昀忧

无双局

桩桩 著

II

北京联合出版公司
Beijing United Publishing Co.,Ltd.

目 录

第二十二章 锦衣卫捉作弊

随着禁卫军的到来，街道上的喧嚣消失了，取而代之的是庄严与肃穆的氛围，和穆澜一样提前来到国子监的考生们都感觉到一丝异乎寻常的气氛。

"会试也没来过这么多禁军吧？"

"听说这次是由锦衣卫监考。"

"不是吧？会试都只是由礼部和都察院监考，区区一场国子监入学考试，竟还劳动了锦衣卫？"

"国子监入学考试虽比不得春闱选士，却是皇上亲自下旨。没准儿啊，这试题压根儿就不是国子监的博士们出的。"

听着考生们的议论，穆澜想起了无涯身边的那些锦衣卫，她觉得自己已经猜到无涯的身份了。年纪轻轻的无涯在锦衣卫中的地位一定很高，难怪他说要抓作弊的。

以前为师傅杀了东厂的人，现在却认识了锦衣卫里的高官；她的身份明明见不得光，却和朝中这两处难缠的地方都沾上了关系。穆澜想到此处，不由得叹了口气。

辰时一到，国子监集贤门大开，里面有两队锦衣卫鱼贯而出，只见他们身着黄色绣鱼龙纹的飞鱼服，腰佩宫禁牌，斜挎绣春刀。那绷紧的脸颊、凌厉的眼神，瞬间让赴考的举子们心头都惴惴不安。

领头的人穿了件红色的蟒服，腰系鸾带，不怒自威。他扫了眼候在集贤门外的考生，不紧不慢地开口道："本官奉旨监考，进此门之前，若有夹带私藏，自己扔了，一概不予追究。舍不得扔掉的、心怀侥幸的，也无妨，进得此门，在考场中也莫要拿出来。在考场中若被本官与属下儿郎发现，那就对不住了，锦衣卫的大牢里还有不少空房。本官是粗人，你们都是斯文人，搜身就不必了。"他说完，很是干脆地一摆手，"进去吧！"

与会试不同，参加国子监入学考试的两千一百名学子无须自备文房四宝，故而都空着双手顶着两边锦衣卫的凌厉目光顺着集贤门往里走去。

一名锦衣卫瞧着这些考生吓得都跟鸡崽儿似的，忍不住轻视起来，低声对领头的千户说道："大人，这种考试用得着咱们锦衣卫出手吗？杀鸡焉用牛刀。"

因是自己的心腹，千户瞪了他一眼，压低声音说道："御驾亲临，你小子给老子警醒点儿。这差使交给锦衣卫，东厂正吃味呢。"

"大人放心，属下只是担心这些读书人看到是锦衣卫监考会吓得拿不动笔。"

穆澜随着人群过了集贤门，在国子监里维持秩序的监生们吸引了所有考生的目光。

每逢祭祀、朝会、节礼时，监生们都会身穿礼服。此时隔着两丈远站得挺直如松的监生们统一穿着淡青色的圆领大袖襴衫，戴着黑色纱罗质地的四方平角巾，个个身姿如松，将儒士的飘逸展现在考生们面前。

负责引路的监生看到考生们眼中的羡慕，矜持地说道："不过是常服罢了，各位若能通过考试，开学礼孔庙祭祀时便可穿上礼服。"

但就这样的常服已经让考生们惊艳了。想着将来能穿上国子监监生礼服，风光于人前，考生们眼里都露出一种异常的兴奋与渴望。

考场设在彝伦堂前宽阔的广场上，禁卫军分列四周，严严实实地围住了考场。高台上已搭起了雪白的软帐，帐子被垂下的纱帘遮挡着，帘前站着一排锦衣卫。帐前两侧为礼部、都察院、国子监的官员设了数席座位。

能进国子监六堂管理层的监生都着紫色襴衫，只是腰带颜色有所不同。

进了考场，引领考生们进场寻找座位的都是六堂的监生，腰带颜色有蓝、黄、绿、红、白、黑六种。考生以地域划了片，穆澜报了籍贯、姓名后，便被一名监生指了座位。她刚坐下来不久，就看到林一川、林一鸣兄弟俩联袂而来。

林一鸣一看到她两眼直放光，朝她挥着手，等他乐呵呵地找到自己的座位，发现自己就在穆澜的身后，禁不住咧嘴大笑道："穆兄，可真是巧啊！"

考生太多，广场再宽敞，座位之间也隔得很近，林一鸣伸脚不费劲儿地就能踢到穆澜，伸长脖子就能看到她的卷子。他怕被人瞧见，趴在桌子上蒙着脸笑得哧哧的，心想，给率性堂贴名字的监生的那几百两花得真是太值了！

林一川走到穆澜邻桌坐下，撑着下颌望向她："小穆，好久不见，你好像又瘦了？不如考完后我请你去吃会熙楼，好补一补？"

今天天气很好，春天的阳光温暖而不炽热，暖融融地晒得人想舒服地睡一觉。穆澜因起得太早，张嘴打了个哈欠："我还要赶回家帮我娘砌墙修屋子呢，改天吧！"

穆澜拿回家的银钱一直都被母亲攒着，之后母亲让周先生拿着这些银子去京郊买了点儿地，打算建庄子。穆胭脂舍不得花钱，就带着李教头和班里的人将大杂院里该拆的都拆了，打算自己动手把粗活干了，好省一笔工钱。穆澜这些天都窝在家里当苦力，拆墙和泥搬砖，也就昨天才歇了工，画了些符出来卖。

让她去砌墙修屋子？林一川心疼了，屁股下面的凳子一滑，就移到了穆澜身边，怕她不愿意，伸手就使出了小擒拿。穆澜压根儿没想到在大庭广众之下，林一川会来这招，她一下就被他握住了手。

"林大公子，众目睽睽之下，两个大男人手握着手很难看！"穆澜磨着牙挤出了这句话。她想起了面具师傅的忠告，恨不得将林一川一巴掌甩翻在地。她的目光朝四周扫去，广场边缘绿树成荫，禁卫军站得像标枪一样挺直，谁知道这些人中有没有东厂的眼线？

"瞧瞧，这哪儿像读书人的手啊？"林一川权当耳旁风，心想，谅你也不敢在这儿对本公子动手。拇指顺着她的掌心滑过，让他情不自禁地想起在凝花楼里观察她的情景。那会儿他怎么就那么蠢呢？这么小的手掌、纤细的手指……早知道那时就握着不放了。

穆澜一脚狠狠地踩在他的脚背上，用力地碾着。

"嘶！"林一川因为疼痛瞪大了双眼，却还是舍不得放手，"小穆，我们是坐一条船……来的！你家有事，在下哪儿能不出手相助？就这样说定了，我找人帮你家修房子去。"说话间，他还"嘶嘶"地吸着凉气，后面却是越说越快。说完见穆澜还在用力踩着自己的脚，林一川疼得没办法，只好松开手。

穆澜若无其事地甩了甩手掌："你坐到我这边来，觉得好吗？"

"怕什么？开考我再挪回去呗！"林一川厚着脸皮又撑着下巴看着她，那比常人幽深的眼眸里噙着她看不懂的神情，她突然冲他笑了笑。

他一直都知道的，小穆笑起来如冰河炸裂、鲜花绽放，美得令他目眩。离得这么近，他看到了她肉嘟嘟的耳垂，耳轮覆盖着一层浅浅的绒毛，让他想起了新出生的小兔子。

眼前的景象陡变，林一川"扑通"一声坐到了地上——穆澜踹翻了他的凳子，理了理袍角，没事儿人似的打开桌上的墨盒，捏着墨条慢慢地研磨起来。

四周已来了不少人，他们这一片是江浙一带的考生，有人认出了扬州林氏兄弟。见林一川摔倒，哄笑声就响了起来。一名监生径直走了过来，板着脸道："怎么回事？"

林一川已经从地上站了起来，笑道："师兄，我坐滑了。"

那名监生看了眼四周，声音冷峻道："别怪我没提醒你们，考场中打闹说笑、高声喧哗、礼仪不周者，会被直接赶出去。"

听到这话，穆澜转过脸看向林一川：听到了吧？消停点儿吧！以为这是扬州？

小狼崽子！林一川气呼呼地坐了回去。

林一鸣幸灾乐祸，低声笑道："穆兄，干得漂亮！"

她才不是想要对付林一川呢，穆澜懒得搭理林一鸣。

"快看！快看！许玉郎来了！"

穆澜和林一川同时抬起头。考场最前面是京城直隶的考生，也是荫监生扎堆的地方。许玉堂穿着件绿色的广袖宽袍，噙着和煦如春风的浅笑，缓缓进场。那一刻，穆澜以为见到了无涯。林一川只瞧了一眼，就看向她。她愣怔的神情让他不屑地嗤笑起来："长得像个兔儿爷似的，风吹就倒。万人空巷看玉郎，京都没美男子可瞧了吗？"

他的声音不大，周围的人却都听见了，众人都憋着不敢笑出声来。这时，有个胖子正大声地跟旁边的考生道："进了国子监，本公子想在京城找个媳妇会很容易嘛！"

他是无意，听者却有心。考生们再也憋不住，炸了锅似的哄笑起来。

许玉堂只觉得诧异，他身边的靳小侯爷却是个机灵的。身后那些考生瞅着表哥笑得不怀好意，他不由得大怒，咬着牙道："表哥，他们在嘲笑你呢！"说着撸起袖子就想打架，这时一声铜锣声响起。

"礼部尚书许大人到！都察院左都御史谢大人到！国子监祭酒陈大人到！"

一行官员缓缓走上了高台，国子监六堂监生齐齐转身，弯腰揖首，考场里的考生们也顿时收敛了笑容，起身行礼。又听见数声静鞭响起，一个尖而阴柔的声音响了起来："皇上驾到！"台上官员与场中众人齐齐下跪，伏地相迎。

穆澜悄悄抬起脸偷看，只见锦衣卫拱卫着一抬銮轿上了高台。林一川发现她的脖子越伸越长，悄悄移了过去，手搭在她的肩头使劲儿压着她，低声斥道："想当出头鸟啊？"

穆澜狠狠瞪了他一眼。

这时，从轿中走出明黄与绯红两道身影，进了软帐。

日暑的光影渐渐地移动，又三声锣响，国子监的大门缓缓关上。礼部尚书许德昭宣读了圣旨，亲手拆开了密封的试题。斗方书就的"正"字悬于高台之上，考生们都看得清清楚楚。这道题显然有些出人意料，考生们有的欢喜有的愁。场下的议论声再小，但架不住人多，嗡嗡声渐起。

"肃静！"国子监祭酒陈瀚方站起身说道，"题目已经出了，众考生扣题自由发挥，体裁不限，诗、词、歌、赋、策论、八股皆可。巳初开考，午末收卷。每人只有一张答题纸，且想好再答。开考！"

如此灵活的考法考生们闻所未闻，官员们也为之不解。陈瀚方将目光往软帐中一转，笑着向官员们解释道："国子监入学考试比不得春闱会试，只是看考生有无入学的资格与后天培养的天赋。"

官员们心里就有了数，题目是皇帝出的，怎么考也是皇上的意思。

陈瀚方又笑道："若是这些考生也能做好八股，就直接参加乡试考举人去了。"

众人听了又一阵释然，若能做好八股文章，考中举人，也就用不着再来考入学考试了。

考法太灵活，考生们反而更加不安了。有才华的，自然尽全力写八股去了；才华一般的，就想着做点儿诗词歌赋博眼球；最痛苦的莫过于不学无术的考生，能提笔写字已是极限，望着那个斗方"正"字，急得直挠头。

这道题说难也不难，但想要答得出彩也不容易。

穆澜也在叹气：身为杜之仙的弟子，名声在外，她答不好会削了先生的脸面；答得太好，又会是出头鸟，怎样才能中不溜儿地混过去呢？陈瀚方的话引起了她的注意。每人只有一张白宣答卷，是否意味着落笔无悔，不容涂抹修改？污了卷子要扣分？她慢吞吞地研着墨，脑中渐渐有了主意。

监考的锦衣卫不过二十人，进了两千多人的大考场，像撒进汤里的盐。

皇帝和官员们是不会在这儿枯坐着等的。开考一个时辰后，太阳升到了头顶，高台上有了动静，礼部、都察院、国子监的三位大人陪着两乘銮轿离开了，只留下几位品阶低的官员。不多时，国子监的小吏们一溜儿小跑，提着食盒进了考场，留守的官员和锦衣卫们说笑着一起去了广场一侧用饭。考生们只能饿一顿，但眼神却欣喜异常，蠢蠢欲动。

树荫下锦衣卫们一边吃着饭，一边在低声议论着："给他们多少时间？"

领头的千户笑了笑："两刻钟。早了还在探头张望，晚了不好抓现行，咱们的人都安排好了？"

这厢，考生们探头探脑地试探了会儿，见官员和锦衣卫压根儿不往考场这边看，如平湖般的考场顿时被风吹起了阵阵涟漪。

夹带的各种作弊手段没舍得扔的，这会儿全拿出来用了。像林一鸣这样找枪手替考的赶紧交换试卷，有直接找枪手进场代考的，早就答完了。

林一川半个时辰前就写完了卷子，他一直撑着下巴在看着穆澜。考试过了一个时辰，穆澜都没有动笔，她在想什么？穆澜突然歪了身子，撑着下巴斜望着他笑。林一川做着口型无声地说：“你不答卷？”

穆澜眨了眨眼，显然在说，你猜？

这哪儿猜得中啊？林一川更加好奇了，他想了想，伸出了一根手指头。

就知道他想出银子，穆澜笑得浑身直颤，巴掌翻了翻。

真贪财！林一川暗骂了句，笑容越发地灿烂，答了她一个“好”字。

穆澜悄悄用手指了指身后，林一川瞥眼看去，林一鸣正趴在桌子上装睡，将发下来的白宣卷成了一束，从桌子下面伸过去，去捅穆澜的背。她若早写完卷子，现在就该和林一鸣交换试卷了。林一川收回目光，瞪了穆澜一眼，示意她不准帮林一鸣。

穆澜忍着笑，身体往后仰去，听到林一鸣轻若蚊蚋的声音：“换卷子啊。”

她往桌子一侧偏了偏身子，让林一鸣看到自己的白卷，身后就传来他吃惊的声音：“你还没写啊？”

穆澜发出一声叹息，却听林一鸣说道：“算了，我自己写。”

这句话让穆澜和林一川同时惊讶起来。两人也就更不急了，等着林一鸣写卷子。

午时过半，锦衣卫千总打了个哈欠方站起身来，手一挥，锦衣卫们“嗖”地冲进了考场。一人负责一片，二十个人将整个考场划分成了二十个区域。

考生们心满意足，该做的都做了，盯着也不怕。

穆澜算着时间，方把卷子答了。答完没一会儿，就听着礼部官员高呼一声：“考试时间到，众考生停笔起立！若有违者，试卷作废！”

考生们纷纷离桌站立，就等着国子监的人来收试卷。这时，锦衣卫千总登上高台，慢条斯理地说道：“本官奉旨监考，先前在集贤门便说过了，被锦衣卫逮到作弊的，休怪本官无情，儿郎们可在？”只听考场中同时发出若干声音：“属下在！”

那声音就在身边响起，惊得考生们四下张望，只见被锦衣卫们划分出区域的考场中同时有两三人当场脱了外袍，露出里面华丽灿烂的飞鱼服。考生们看傻了，这也太无耻了吧？明着锦衣卫去吃饭放松了监视，原来早把卧底扮成考生布置在了他们身边。

锦衣卫千总满意地点了点头："查吧！"

"小抄拿出来吧！就藏在你靴子里呢。本官嫌你脚臭，脱鞋！"

"哎哟，出这么多汗哪？字都印你胳膊上了，还不承认？"

一声接一声的指认此起彼伏，指认一个，禁卫军上前架了就走，蹬着腿哭的、当场晕过去的不计其数。林一鸣擦了把额头上的汗——林一川的身后，自己的左手边就坐着一由锦衣卫假扮的考生。幸亏穆澜当时没有答卷，一交换卷子，他就死定了。他悄悄地看向那个锦衣卫。那个锦衣卫冲他一笑："你在午时一刻时想和坐你前面的那位考生交换卷子，对吧？"

"不，不！我没换！"林一鸣慌得直摇手，一把将桌上自己写的卷子拿了起来，"我自己答的！"

只见那卷子上歪歪扭扭地写着："正正正正正正正……"竟然满篇全是"正"字！四周考生诡异地望着林一鸣的试卷，沉默中突然爆发出巨大的笑声。考场上惊慌肃穆的气氛突然被林一鸣这张奇葩答卷打破了。头一个没忍住的就是他身边的锦衣卫，笑得味味的，想板起脸来都没成功。

一想到林一鸣将要滚回扬州，林一川便放声大笑，痛快得不行，还不忘悄悄对穆澜跷起了大拇指。穆澜笑着摇头，这货还真敢写啊！不过，令她诧异的是，林一鸣居然能沉得住气，没有因为被嘲笑而显得慌乱，她心里瞬间浮出了谭弈的名字。她一直很是不解，那位直隶解元、羞杀卫玠的谭弈，为何要和林一鸣这样的草包结交？林一鸣的镇定与神色中的自矜难道来自谭弈的许诺？

林一鸣将卷子放下，挺直了腰背，昂起了头。迎着笑声与嘲讽的眼神，他心里不屑地想，嘲笑就嘲笑吧，反正谭弈说过，只要他答了卷，哪怕只有一个字，他也必定会被录取。而他可没有只答了一个字，整张白宣都被他写满了呢！他怕什么？

考生们嘲笑自己便罢了，令林一鸣不待见的是堂兄林一川的狂笑。见他冲穆澜跷起大拇指，林一鸣突然间明白了，他这位堂兄早就买通了穆澜！什么考完再收银子，穆澜压根儿就是在哄自己玩呢，怪不得他不着急答卷，他根本就不想和自己换卷子！好在自己命大福高，躲过了锦衣卫的监考，结交了谭弈，否则这一次入学考试就要被穆澜带沟里去了。林一鸣盯着堂兄和穆澜，心里那叫一个恨。这两个人，他将来一个都不会放过！

那名锦衣卫笑着了一会儿，倒真放过了林一鸣。他潜伏在这儿，觉得这三个人都很有趣。前排的林一川早就答完了，一直撑着脸看着右边的少年，而右边的少年却在最后两刻钟才做完卷子。两人眉来眼去，说他俩作弊又不像。算了，看两人长得不错，放他们一马吧。

这时，京畿直隶那一片却吵闹起来。一名锦衣公子冷笑道："家父乃吏部侍郎，你说你看到我们换卷子，本公子就要承认？捉贼捉赃懂吗？坏了本公子的名声，定要向你家镇抚使讨个公道！"

三品官员家可以许一子荫恩进国子监，这位锦衣公子开口就自报家门，语带威胁。

这片离高台最近，锦衣卫千户拍了拍额头，有些懊恼地说道："差点儿忘了，儿郎们！验卷子！"

"属下遵令！"

锦衣卫连同卧底的来了百来号人，每人拿了瓶药水直接在考生卷上涂抹起来，白宣一角渐渐显示出考生的姓名、籍贯。换了试卷的，显示出来的名字与卷子上写的名字就有了差别。这么一来，禁卫军又从考场中拖走了几十名考生。

那名侍郎府的公子顿时慌了，硬撑着嘴硬道："考试前我和他拿错了纸！"

锦衣卫千户懒得再听，手一挥，冲过来数名禁卫军架起锦衣公子和与他换卷子的枪手就往外拖。锦衣公子惶恐不已，用力挣扎着，突然就抱住了旁边许玉堂的腿，大喊道："许三哥，你帮我说说情啊！你爹是礼部尚书呀！"

这一片的荫监生都是朝廷三品大员家的公子，大都与许玉堂自幼玩在一处，以他马首是瞻。如果不帮刘七说话，物伤其类，他在荫监生中的声望就会下跌；若是帮刘七说话，但刘七作弊被逮了个正着，他又能怎么办？许玉堂气得想吐血，有这么一个拖后腿的猪队友，他真是倒了八辈子血霉。

"七郎，知耻而后勇，浪子回头金不换！今年你进不了国子监，那就苦读一年，明年为兄与众兄弟在国子监为你摆酒接风。你要记住，你现在不站起来昂首挺胸地走出去，而是被禁卫军像死狗一样拖出去，刘家的脸面就丢在地上再也捡不回来了！"许玉堂的声音铿锵有力，气度卓尔不凡。

吏部侍郎家的公子也不能得罪得狠了，许玉堂如此表现，实在是给太后和皇上长脸。锦衣卫千户眼睛微眯，揶揄地笑道："又不是会试春闱，作弊要革了功名，终身不得科考，明年再来考过便是！"

靳小侯爷一个箭步上前，将刘七从地上扶了起来，仔细给他整了整衣袍，大笑道："刘七哥，明年你通过入学考试，我们在会熙楼给你接风！"

四周的公子哥儿们热血上涌，大声喊道："刘七，一年考不过算什么？明年大家伙儿等你！"

刘七激动地从地上爬了起来，竟有种当了英雄的感觉，他朝四周感激地拱了拱手，一拂衣袖，昂首挺胸地走出了考场。

"不愧是许家玉郎！"转眼间就将一件尴尬事变成了替自己刷声望，穆澜啧啧赞叹。

林一川心里酸溜溜的，自从许玉堂进来，穆澜看他的眼神怎么就那么痴迷呢？她该不会是喜欢上许玉堂了吧？他哼了声道："收买人心而已，本公子见多了这种人。"

"做得漂亮就是有才。"穆澜没留意到他的神色，她看着许玉堂情不自禁地就想起无涯。无涯……临走时，无涯眼中噙着一丝无奈。那双温润的眼睛里似是藏着无数的话，却一句也不能对她说。这样的眼神让穆澜想到了杜之仙，想到了自己，她也有很多心事，难以对人诉说。那一刻，她似乎能感觉到无涯的孤独，和她一样的孤独。

穆澜脑中飘过高台上一闪即逝的明黄色身影。她情愿相信无涯是王孙公侯家的公子，或者是锦衣卫里的人，她不敢也不愿意朝另一条路去猜测无涯的身份。远处的许玉堂实在与无涯太像，她垂下了眼眸，讥讽地扯了扯嘴角，有些人注定不是同路人。

她神色上的变化悉数落进了林一川的眼中，气得他当即转了脸，多看一眼，就让他想要冲到她面前让她把自己看清楚了，他哪点比不上许玉堂？

锦衣卫办完该办的事，再无考生被架出考场。锦衣卫千户向台上的官员们抱拳道："本官奉旨监考，如今职司已毕，剩下的事就与本官无关了。"说完，带着锦衣卫们便扬长而去。

考生们这才拿起自己的试卷挨个儿交到高台上，陆续离开了考场。

第
二
十
三
章

殿
下
，

别
胡
闹

林一川心里憋着火，见穆澜走得快没影儿了，他又后悔了。看中的姑娘自己先放弃，岂不是让许玉堂不战而胜？他迈开长腿就追。商场上的变脸，他小时候就练出来了，脸颊的肉往上一挤，笑容就布满了俊朗的脸。所谓伸手不打笑脸人，先请她吃饭，再雇人帮她家修房子。怎么着，她也要念自己三分好吧？

"穆贤弟！"应明换了身裳服，站在道口迎向了穆澜。

先前考生太多，穆澜想从两千多名考生里找到应明也不是件容易的事。见他站在这里，知道他是听进去了自己的话，没有下场代考，也替他松了口气。她拱手行礼，绝口不提自己的提醒："应兄，小弟正想寻你，能否带小弟在国子监里四处看看？"

新入学的监生都有这样的好奇心，穆澜的要求应明满口答应道："我先请你去吃饭，吃过饭就带你去。"

"是小弟麻烦应兄，怎么能让应兄破费？这顿饭小弟请了！"穆澜的谦逊和感激都摆在了脸上。应明越发觉得穆澜值得结交，便热情地给她介绍起国子监的情况。

她有请自己吃过一顿饭吗？林一川从后面赶上来，正好听见穆澜说的最后的这句话。他绞尽脑汁回忆着，好像从认识她开始，她就一个铜板都没为自己花过，自己则是不停地掏银子、掏银子、掏银子……她在他面前就是只小铁公鸡。对旁人就抢着请吃饭？当他是冤大头啊？

青色襕衫，大袖飘飘。应明与穆澜说话时，桃花眼都快要眯成了缝儿，像钩子似的。

她喜欢的是这种斯文败类？一个许玉堂还不够，又打哪儿认识了这么个狐狸男？林一川越看越生气，越想越失落。被穆澜无视的感觉，让他骄傲惯了的心有了一点儿受伤的感觉。她有什么了不起的？不就是神秘了点儿，秘密多了点儿，他不好奇了还不行？他还想瞧瞧，没有自己暗中相助，她要在国子监里怎么混！

一道绯色撞进了他的视线，擦肩而过的瞬间，满腹心事的林一川撞到了对方的肩膀。换作平时，他或许还会道个歉，但林大公子此时正在气头上，所以理也没理就走了。

"喂！"绯衣少年揉着肩膀勃然大怒，跑到林一川面前，手指直伸到了他的鼻子前，"你撞到我了！道歉！"

纤细的手指嫩白如葱白，指甲上染着粉色的蔻丹，一片片仿佛玉雕出来似的，极为美丽。长发拢在金制的头冠里，明眸善睐，襦衫领子中露出天鹅般细长优美的脖子。这人分明就是个极娇美的女子。

见过穆澜扮男人，再看这个女子漏洞百出的扮相，林一川不屑至极："你自己撞上来的，怨得了谁？东施效颦不自知！"他挥手打开对方的玉指，头也不回地走了。

没有道歉？没有诚惶诚恐地讨饶？锦烟公主气得脑子都糊涂了："他刚才说……说本宫什么？"

她身边同样换了衣服的小太监却不敢重复林一川的话，只是小声地说道："殿下，他在骂您！"

他说她东施效颦不自知？啊呸！她堂堂公主，就算模仿一头猪，也是那头猪三生有幸。就这么稍微愣了一下神儿，她就发现林一川已经走得没影儿了，气得直跳脚："找到他，本宫要诛他九族！"

"殿下，国子监不准女子进来，您悄悄离宫穿了件男人衣裳跑来看热闹，皇上对您够宽容的了，您就甭惹事了。"大乔满面愁容地说道，试图移走她的注意力，"只要他在国子监就跑不了。公主，那件事还要不要去？再晚点儿的话，可就不行了。"

"本宫现在有事在身，且放他一马！"锦烟公主想起自己还有事要办，就带着两个小太监"噌噌"地往考场去了。

考场的高台上，官员们正在整理试卷封存。锦烟公主带着太监急步走了过去，素手伸出，亮出了宫里的牌子，傲慢地说道："皇上口谕，众人接旨！"

留下的低阶官员们赶紧放下手里的活儿，跪了一地。

朝随行的大乔、小乔使个眼色，锦烟公主翘着嘴角，背着双手站得笔直，慢悠悠地说道："皇上问，锦衣卫今天可有抓到作弊的考生？"

品阶最高的礼部员外郎赶紧答道："回陛下，锦衣卫一共抓了四百多名作弊的考生。"

"皇上问……如何作弊，怎么抓到的，你细细禀来就是！"她懒得再想问题，直接令他细细道来。

试卷整齐地分成几摞摆放在高台上，趁着官员们背对着试卷跪伏于地，两名小太监卖力地翻看着。听到动静，有官员想抬起头，薛锦烟怒斥道："认真答皇上的话！"

见这个官员老老实实地低下头，她得意地笑了起来，又缠着官员们拖延着时间。听到吏部侍郎家的公子被抓包，她哈哈大笑起来："刘七就是个草包！"

那笑声脆若银铃，惹得官员们都偷偷瞄向她。只见她颈长肩瘦，柳眉下是一双灵活的明眸，穿着男装依然俏丽可人，一眼就能看出是个女子。见到官员们呆滞的目光，锦烟公主知道自己被认了出来，就嚣张地指着他们道："本宫奉旨问话，再对本宫无礼窥视，定禀了皇兄，将你们革职查办！"

原来是锦烟公主！她扮成男人进国子监，谁又敢多嘴指责她的不是？他们又不是御史，官员们腹诽着低下了头："卑职知罪！"

这时小乔翻出张卷子悄悄塞进了衣袖，朝锦烟公主点了点头，锦烟公主就趾高气扬地说道："问完了，大人们请起吧！本宫这就回宫复旨去。"说完，她兴冲冲地带着两个小太监就走了。

到了莲池旁，四顾无人，锦烟公主寻了岸边柳树下的石凳坐了："大乔，去守着！"

小乔从怀里拿出那张卷子恭敬地递给她："殿下，扬州穆澜的卷子。"

"听皇兄跟陈瀚方夸她，本宫倒想看看杜之仙的关门弟子究竟如何。"锦烟公主说着打开了卷子。白宣上一茎墨荷挺拔怒放，旁边写着一首诗："岸苇无茎轻易折，雨打娇花落红樱。莲池旧是无波水，不逐狂风起浪心。"

"守正之意，倒也扣题。诗不错，字也不错，不过呢，这幅画还不如本宫画得好呢。科举考八股，诗词不堪大用，如此取巧，不够稳重！皇兄把她夸得太过了，悄悄送回去吧！"锦烟公主看完穆澜的答卷，顿时没了兴趣。但她将卷子递给小乔时，细柳被一阵风吹起，柳叶刺向了她的眼睛。锦烟公主下意识地就松了手，抬手护脸，小乔却没接住，那张卷子便落进了水里。

"愣着做什么？赶紧去捡啊！"锦烟公主急得跳了起来。

当小乔将卷子从水里捞起来时，卷面已经糊了，锦烟公主哀叹一声："完了，完了，皇兄定会罚我三个月不准出宫。"

"殿下方才不是说这卷子上的画还不如您画得好……不如找张白宣，依模样做一幅？"

小乔的主意让锦烟公主乐了："不就是一朵墨荷、一首诗吗？本公主的字也不比她差！"

考生们的卷子悉数被搬进了国子监后院的东西厢房中，官员们开始忙碌地阅卷，数位国子监的学正们正在检阅第一遍。但凡字迹拙劣、卷面有涂抹不洁的，先挑出来。这一遍进行得很快。

国子监官员人手不够，礼部又遣了些官员坐镇第二关，主要将考生们的答卷分成三等。再将评为一等的答卷交给礼部尚书和国子监祭酒，再从中选出最佳者，呈供御览。另外，还会遣人将第一遍挑出来的考卷再细细甄别。

被揪出考场的考生虽有四百多人，但有效的试卷仍有一千五百多份，阅卷至少需要几天的时间。皇帝和几位部堂大人已经离开了，锦衣卫千户却带着人守住了整个后院，闲人免进。锦烟公主拿着重新做好的卷子被拦在了院子外头。

"殿下，不是卑职不放你进去，那么多双眼睛盯着呢，卑职也不好做啊。"遇到锦烟公主，锦衣卫千户的脑袋都大了。好好的不在宫里待着，非要女扮男装进入国子监，皇上对她已经格外开恩，他无论如何都不能让她进去。

任凭锦烟公主如何威胁，锦衣卫千户都板着张脸不为所动，锦烟公主只得悻悻离开。

"怎么办？"锦烟公主围着后院绕圈直着急，突然，她眼睛一亮，只见后院外面的一株歪脖子柳树几乎靠近了院墙，她拍掌大笑，"本宫翻墙进去，反正锦衣卫守在外面根本看不见！本宫进去了就说奉旨巡查，趁机把卷子还回去。"

大乔、小乔吓得"扑通"跪在了地上："殿下不可，万一摔下来可不是小事！"

"住口！这卷子不还回去，杜之仙的弟子就缺考了，皇兄还不剥了我的皮？"锦烟公主怒了，揪着大乔的衣领让他趴在树下，她踩着他的背往树上爬去。

大乔、小乔眼睁睁地望着锦烟公主爬上了墙头。锦烟公主喘了口气，开开心心地骑在墙头上冲二人问道："本宫身手还不错吧？"

大乔、小乔听到这句话都想哭了，自家公主机灵如猴，可有时候却蠢得让他俩都看不下去了，偏偏还仗着身份拦不住。小乔愁苦地望着乐呵呵的锦烟公主，担忧地喊道："殿下，您怎么下去呢？"

后院是国子监总领全院事务的办公场所，两进的院落，院墙足有一丈来高。锦烟公主朝下面一望，顿时勃然大怒，指着两个侍从骂道："跪下！一对马后炮！"

大乔、小乔"扑通"就跪在了地上，委屈得不行：谁叫您"噌噌"地就上去了呢？

"蠢货！想法子啊！"锦烟公主生气地骂道。她是不敢跳的，可总不能让她这个堂堂公主一直骑在墙上吧？

"殿下，要不您往下跳，奴婢两个人拼了命也会接住您的。"

锦烟公主骑坐在墙头，却不敢站起来了，她咬着银牙又骂："万一接不住摔断本宫的脖子呢？去把宋千户叫来！"

大乔听了后转身就跑。

"回来！"锦烟公主气恼无比，"宋千户定会禀告皇兄，以后本宫再想溜出宫就难了，去弄把梯子来！"

"殿下英明！"被皇上、太后知道了，公主最多被禁足，自己和小乔的屁股就要遭殃了。大乔恭维了声，"噔噔"地跑了，留下小乔不敢错眼地盯着自家公主。

这时，应明正陪着穆澜逛到了这里："后院外的这片树林又被称为进士林，监生中考中进士者，都会来此种下一棵树。传闻开朝之初有位姓桑的进士种下株柏树，已有五人合抱那么粗了。最神奇的是柏中生出了一株桑树，后来他的儿子果然也来国子监就读并中了进士，此树就被称为父子桑，成了国子监里的一景。"

穆澜听着，观察着地形，她的目的是进士林后面的御书楼。

拐过小径，骑在墙头上的锦烟公主与在树下守护的小乔让两人一愣。应明脸色一沉，率性堂监生负责监管的本能让他开口喝道："什么人敢翻墙偷窥？"

"住口！"锦烟公主也本能地呵斥道，"你是什么人，敢对本……本公子大呼小叫？"

穆澜见她歪着发髻，发丝散落，从声音、体貌来看，分明就是个女子。那身绯红的衣衫让她想起远远对高台的一瞥，她拦住应明低声说道："像是跟在皇上身边的那位……"

应明也想起来了，从銮轿中跟着皇上出来的可不正是这位？冷汗顿时沁了出来，他低声问穆澜："怎么办？我去禀告……"

"你俩嘀咕什么呢？敢叫人知晓，本公子株你们九族！"

敢说诛九族的话，定是皇族了。宫里头未成年的公主有三位，和这位一般年纪的只有从小被养在太后膝下的锦烟公主了。应明和穆澜相望一眼，心想这位殿下就是个棒槌。

猜到墙头女子的身份后，应明手足无措：去叫人吧，会惹恼了公主；不叫人吧，万一摔下来，自己定受连累。

"我有办法，应兄去路口守着，别让人过来瞧见了。"穆澜淡定的神色让应明没来由地相信了她，他点了点头道："好。"

"喂！他去哪儿？"看到应明离开，锦烟公主急了。

穆澜笑道："在下请他去路口守着，免得有人过来瞧见，我帮你下来好不好？"

她走到墙下仰起脸望着锦烟公主，阳光透过绽放新芽的柳枝映亮了她的脸。薛锦烟从来没见过有人笑起来竟这般好看，那笑容直暖到了人的心底，她的两颊渐渐浮起一层绯色："墙有点儿高。"

青色的身影离地跃起，穆澜在柳树上借力，轻轻巧巧地就来到了她的身边，蹲下身朝她伸出了手："我带你下去。"

好潇洒啊！原来他还会轻功！锦烟公主看呆了。

穆澜握着她的手将她拉着站了起来："不用怕。"

他的手干燥温暖，声音里带着强大的自信。锦烟公主胆子立刻就肥了，她眼珠一转："好，你带我下去！"说罢，拉着穆澜朝院子里跳了下去。

我去！这个棒槌！穆澜猝不及防，被她拉着从墙头往院里摔了下去。一丈高的距离说高也高，摔下去也不过瞬间的事。地面近在眼前，陡然间她只得揽住锦烟公主凌空翻了个身，卸了下坠的力道，摔在了地上。背心被青石板地面硌得生疼，穆澜心不甘情不愿地当了回肉垫。

趴在穆澜身上，薛锦烟睁开了眼睛。穆澜的脸近在眼前，清亮的眼睛倒映着自己的脸，他的眼睫好长啊……

"能先起来吗？"穆澜知道了她的身份，就不敢一把将她粗暴地推开了。

"哦。"锦烟公主动作迅速地爬了起来，脸颊红红的，小声说道，"我没压着你吧？我很轻的！"

好事做到底，人都救了，难不成还要埋怨几句，让这位公主殿下不开心？穆澜随口答了句："你没伤着就好。"

这份体贴温柔让锦烟公主感动了，她突然"咔咔"地笑了起来，一拳捶在穆澜的胸口："你好厉害啊！做我的侍卫怎么样？"

殿下，我不想当太监。穆澜对这个任性的公主简直无语了："我带您出去。"

趁着没人发现，赶紧走吧。

"不行，我好不容易才进来！"锦烟公主急了，扯着穆澜的衣袖道，"等我办完事，你再带我翻墙出去。"

穆澜看了眼院子好奇道："您翻墙进这里做什么？"

锦烟公主咬了咬唇道："我偷了份卷子，得赶紧还回去，否则就误了那个考生的前程了。"

那个考生真够倒霉的！穆澜腹诽着。

锦烟公主整理了下衣裳，得意地说道："跟我来！"

"等等。"穆澜叹了口气，伸手将她散落的发丝绾了上去。一瞬间，锦烟公主的脸红得像虾子似的，声若蚊呐："谢谢。"

"好了。"穆澜退开了一步。

十五岁的薛锦烟身材娇小，比穆澜矮半个头儿。她瞥了眼穆澜，只觉安全感十足，不由自主地说道："你扮一会儿我的侍卫好不好？还了卷子咱们还偷偷翻墙出去，神不知鬼不觉就把事办了。"

院子里的人见着殿下您，还想神不知鬼不觉？办完事您还想翻墙出去？说她蠢吧，心肠还不坏。

"锦衣卫不让我进去。"锦烟公主委屈地噘起了嘴。

"您打算怎么把卷子还回去？"穆澜有点儿好奇。

一面金牌出现在锦烟公主的手里，她得意地说道："本公子有这个！"

还本公子呢！穆澜装着糊涂道："好，不过，您得答应我，不能告诉别人是我帮你进来的。"

"本公子可讲义气了！放心吧！"锦烟公主拍了拍穆澜的肩，豪气地说道。

还算可爱！穆澜有点儿喜欢这个"棒槌"公主了，不动声色地给她出主意道："您把卷子给我，您进去后就引开他们的注意力，我趁机把卷子偷偷放回去。"

"就这么办！"锦烟公主把卷子往穆澜手里一塞，趾高气扬地从墙根处往外走了。

穆澜也没打开卷子看看，直接往袖中一塞，跟在了她身后。

前院阅卷，后院清空无人，两人顺利地到了前院。守在门口的小吏蓦然发现进来了两个少年，吃惊得张口欲喊，锦烟公主手掌一翻，露出金牌，呵斥道："奉旨巡视，噤声！"吓得院子里的小吏们"扑通"就跪下了。

锦烟公主带着穆澜直接进了东厢，正在阅卷的官员们抬头就看到一个绯衣少年举着面金牌进来，都愣了。

"本宫乃锦烟公主！奉旨巡视！"

屋子里的几位学正马上离座行礼。

"平身！认真阅卷吧！这位老大人，过来答话！"锦烟公主指着最边儿上的学正，把花白胡子的老学正叫了过来。一屋子的学正们头都不敢抬，行过礼后就坐回去继续阅卷。

趁老学正背对着自己起身的瞬间，穆澜将卷子拿了出来。展开的瞬间，她禁不住蹙眉，原来公主殿下偷的是自己的卷子，还依样画葫芦描了一遍。她来不及细想，便将卷子塞了进去，却没有留意到，这一摞卷子是第一关被挑出来刷下去的。

"……不可因卷面修改就错判考生无才，让朝廷痛失人才。"锦烟公主一本正经地训完话，见穆澜朝自己使眼色，便露出了笑容，"老大人请回吧，不必相送，阅卷要紧。"说罢带着穆澜就走了。

学正们谁也没把这事放在心上，皇帝看重国子监入学考试，遣锦烟公主前来巡视也在情理之中。

再次回到后院墙根下，穆澜却不能再装傻了，长揖首弯腰到底："不知是锦烟公主，先前多有冒犯，还望公主宽宥！"

锦烟公主笑嘻嘻地扶起她："你别怪本宫瞒你就好。"

"得罪了！在下先送公主出去再说。"

见穆澜握住了自己的胳膊，锦烟公主红着脸低下了头。身体陡然飞起，她低呼一声，伸手抱住了穆澜的腰，整个人都偎进了她怀里。

大乔气喘吁吁地扛着梯子和应明赶过来时，就看到小乔张大了嘴巴傻乎乎地站着。当大乔看到自家殿下娇羞无比地靠在一个眉目如画的少年怀里，扛着的竹梯就掉在了地上："殿下……"

被锦烟公主抱得太紧，穆澜无语地和应明对视着："公主殿下，您可以睁开眼睛了。"

"啊？"锦烟公主回过神儿，蓦然看到面前有三双眼睛正盯着自己，她松了手，跺脚道，"全部转过身去！不许看！"

大乔、小乔和应明木然地转过身。

"在下告辞！"

锦烟公主扯住了她的衣袖："你，你叫什么名字？"

穆澜叹了口气，促狭地在她耳边低声说道："殿下，在下姓穆，单名一个澜字，扬州考生穆澜，告辞！"

锦烟公主的小嘴张成了"O"形，穆澜忍着笑，拉着呆愣的应明，飞快地消失在进士林中。

锦烟公主这时才觉得无力，软软地靠在了柳树上。她无意识地扯着根垂下的柳枝，一片片揪着上面的新叶，喃喃地说着："扬州穆澜，扬州穆澜……他就是扬州穆澜啊。"

"殿下，殿下，您没事吧？"大乔、小乔见她失了魂似的，急得直围着她打转。

"哎呀！"锦烟公主扔了柳枝，捂住了自己的脸，"丢人！原来他就是扬州穆澜！"

"殿下？"

"大呼小叫什么？回宫！"锦烟公主斥了两人一句，朝进士林张望了眼，咯咯地笑着，红着脸就跑了。

穆澜和应明从树后探出了脑袋。

"我的妈呀，终于走了！"应明擦着额头上的汗，长长地松了口气。

"小公主心善，很可爱。"

想起锦烟公主的表情，穆澜忍俊不禁。看到她的笑容，应明又长长地叹了口气，好心劝道："穆贤弟，她是锦烟公主。她爹是战死在北地的武英侯，薛家就她一根独苗，自幼被太后接到身边抚养长大，受宠程度比嫡公主还盛。将来你若中了状元，还有可能与之相配。"

他心里还有几句话没有说出口：你都穷得跑街上去摆摊卖符了，穿的衣裳也不过是普通布衫，就算公主看上你，皇家应了这门亲事，镇守北地的薛家军也不会答应。杜之仙已经过世，让薛家独苗、受宠的公主下嫁给你这样一个白丁，那是羞辱。

"应兄说什么呢？"穆澜怔了怔，放声大笑道，"你想多了，在下对公主绝无半点儿遐思。时辰不早了，还请应兄引路，带在下去看看御书楼。"

见穆澜眼神清明，应明这才相信了，就兴致勃勃地带她去了。

树荫深处出现一幢五层木塔，穆澜的心跳快了起来："这就是御书楼？"

"对！"应明自豪地说道，"孤本古籍数千册，如能读完楼里的藏书，此生无憾。"

御书楼！父亲当年醉酒时留给母亲的只言片语清晰地出现在穆澜的脑中。能参加科举的监生成绩应该不错，那么线索应该在二楼或者国子监老师能进的三楼，晚上或许自己可以偷着进来。

穿过青石铺就的路，一堵高达三丈的墙出现在眼前。穆澜瞥了眼，这样的墙难不倒她，然而门口却站着一队披甲的士兵。应明笑着向穆澜解释道："国之典藏都收在楼中，皇上亲政后异常重视，就拨了一队禁卫军守候在此。楼中严禁火烛，监生借阅书籍都在白天。"

晚上来了，如何照明？有禁卫军不分昼夜地看守，楼中若有火烛，太容易被发现了。穆澜有点儿发愁。

"我现在能进去看看吗？"在问这句话时，穆澜感觉自己的心跳都在加快。她看中的是应明率性堂监生的身份，率性堂乃六堂之首，应明应该是有权限进入的。

应明迟疑了下，还是痛快地将自己的身份木牌递给了穆澜："你进去吧。普通监生只能进一楼，六堂监生能进二楼，国子监的老师可上三层，也能带学生进去，四五楼只有持祭酒大人的手书才能进入。我在外面等你，监生每天进御书楼只有一个时辰的时间，没办法，人太多了。"

国子监如果今年录取一半的考生，总人数就将有七千余人，都滞留在御书楼里肯定不行。穆澜心里有了底，进了国子监后，她每天都将有一个时辰能进去查探。

"多谢应兄，我看看就出来。"穆澜分外感激应明相助，长揖到底。她握着木牌朝禁卫军亮了亮，就顺利地进去了。

御书楼里甚是宽敞，密密的书架成排摆放着，偶尔能看到监生站在书架前正在低头阅读。门口坐着位书吏，见她进来，登记了姓名，换了一面牌子给她。穆澜打量了下，这块方木牌正面刻着时辰，背面刻着"御书楼"的字样。管得这么严，她要花多长时间才能找到父亲所说的证据？穆澜决定暂时不想这个问题，先抓紧时间去看看。

一楼她以后每天都可以来，暂时可以不看，她直接上了二楼，朝楼梯入口处的书吏亮了亮应明的木牌，就进去了。二楼不如一楼宽敞，摆的书架也没有一楼多。二楼现在空无一人，窗户倒是开着。穆澜走到窗边，探出身子往外看去。这一面与正门相反，对着国子监的后花园。四顾无人，她翻过了窗户，踩着斜面的瓦往上一跃，就钩住了三楼的飞檐。

她轻松翻进了三楼，国子监的官员们今天都忙着入学考试，四周空荡荡的。一二楼她以后去的机会很多，她今天想看的地方就是三楼。这里摆的书架更少，倒是多了几张书案。她快步穿行其中，目光迅速地扫过书架上编写的目录。绕过几排书架，她呼吸猛然一窒。

无涯手里拿了卷书，抬头间，目光便与穆澜碰个正着——她避无可避。

他站在褐色古旧的书架旁，穿着一件浅紫的缎面襕衫。浅浅的紫，紫藤花初开的颜色，像在水里晕染开来，白玉般的脸如烟如梦。

穆澜有点儿恍惚。第一次相遇，她急得上火，却因为无涯放缓了声音，生怕自己的动作、说话太粗鲁，惊吓了他。第二次邂逅，她变得斯文知礼，安静地坐在他对面喝茶吃点心。

杜之仙教她识文断字，教她如何学做一个男人，但她内心深处始终存留着一个女孩儿对美丽的向往。在无涯面前，她特别痛恨自己这身男装。

"穆澜？"你怎么在我想到你的时候就出现了？无涯放下了书卷。

"好巧，打扰您看书了，再见。"穆澜习惯用主动来掩饰自己。

一次是巧，两次是巧合，相遇的巧合多了，就是缘了。淡淡的喜悦浮上了无涯的心头，他朝穆澜露出了笑容。绝大多数时候，他都笑得安静，像无声绽放的花。这样的笑容让穆澜心跳不已，她干笑着后退："呵呵，我走错了。"然后转身飞奔就想离开。

"你是拿着那个姓应的监生的木牌进来的吧？"

穆澜停住了脚步，她叹了口气，无涯很聪明，一句话就让她走不得。她转过身，无涯正缓步朝她走来。

"我只是好奇，就偷了应明的身份木牌，我现在就拿去还他。"她不能连累应明，尤其无涯已经怀疑应明就是那个要收三千两替人当枪手的监生。把责任揽到自己身上，这样说，应明就不会受牵连了。穆澜自觉解释得很完美，所以冲无涯赖皮地笑道："你不会去告密吧？我走了。"

无涯慢吞吞地说道："你见了我就跑，难不成是害怕……喜欢上我？"

笑容在穆澜脸上抖了抖，她夸张地叫了起来："胡说什么呢？我可是男人！"她用手拍着胸脯，拍得砰砰作响——有牛皮内甲衬着，她不怕。

一声叹息从无涯嘴里逸出："所以你才会躲着我啊。"

穆澜：……

无涯说，因为她是男人，害怕被人发现有龙阳之好，所以才躲着他。

这是什么逻辑？她素来清醒的脑子也被无涯的这几句话绕糊涂了，但以往的训练让她没有糊涂太久，她伸出一根手指头："你给了我一千两，只差没说叫我有多远滚多远了，我当然会躲着你了！"

"是吗？"无涯一个箭步走到她面前，穆澜吓得往后退了一退。他伸出了手，手掌拦在书架前，就没有再收回来。他又往前走了一步，离她不过两拳的距离。淡淡的龙涎香散开，他专注地看着她，不放过她脸上一丝表情。

少年的额头光洁饱满，两撇眉像精致的翎羽，又像初生的新叶。他本能地想要靠近他，本能地想揽他入怀。

穆澜想伸手推开他，手动了动，却在袖子里攥成了拳头。她努力想表现得更镇定一点儿，然而无涯沉默的凝视让她浑身不自在，就像衣裳里钻进只虫子在四处乱爬。她不能往后，那会靠上无涯的手，也不能往前，那会撞进他怀里。她站得越挺直，神情越自然，就越发难受：“拿人钱财，与人消灾，在下的信誉好得很！”

她目不斜视地走开，连衣角都没有擦到他的。无涯一把握住了她的胳膊，声音像风一样轻：“那一千两不是封口费，我不想赶你走，不想……让你离开我。”

他长得像母后——当年后宫里最美丽、最受宠的女人，许多自负美貌的女子见了他的容颜后都会自叹不如。

宫里的女子见到他总是含羞露怯，但那些年轻美丽的侍女在他眼中仿佛都是从一个模子里刻出来的一般，温柔、娴静、知礼，连说话的声音都保持在同样的高度。听得久了，就像一潭死水。

或许是他的错，他亲政之前勤奋学习，亲政之后忙着一点点收回权力，他没有时间与空闲去关注她们另一面的鲜亮与活泼。但他试过了，从灵光寺回宫之后，他就停下脚步和对他行礼的宫女交谈。她们一个个像受惊的兔子，时不时就会羞红了脸，依然是从一个模子刻出来的。

母后遍邀画像上的闺秀进宫聊天儿，他坐在屏风后看着她们，或娇羞或活泼。她们像园子里的花，美则美矣，却是种给别人看的，被花农修剪得太过整齐。不同的人都长着同样的脸，他找不到怦然心动的感觉。

这些天他很少想起穆澜，他以为自己不会再对那个少年念念不忘，直到在国子监外听到他的声音。清脆的吆喝声像敲碎了蒙在心上的壳，让他的心暴露在自己的面前：他还是喜欢他，喜欢他的生动活泼，喜欢他的如画眉眼。他可以转身，却抛不掉对他的牵挂。

无涯又说了一遍：“穆澜，留在我身边。”

无涯的眼神，无涯的话……无涯喜欢男人？穆澜哆嗦了一下，整个人都不好了。

“我喜欢……女人。”穆澜磕磕巴巴地说完这句话，简直欲哭无泪。

看到他的瞬间，穆澜眼里有着欢喜，情不自禁地展露出笑容。虽然那笑容太浅，消失得太快，无涯却看得清楚分明。他喜欢他吗？他想知道。

无涯也很想喜欢女人，但他偏偏喜欢上眼前的少年。

如果你真喜欢女人，将来朕赐你如花美眷就是。我只想让你留在我身边，做我的臣子，让我能时时看见。

无涯像是做出了什么决定，不再柔软如月光："那好，我们去青楼！我请你喝花酒！"

无涯请她去青楼，喝花酒……难道他看出什么来了？京城里的青楼可没第二个茗烟替她打掩护了。

"在下才十六岁，你这是想要把我带歪啊？我娘会打断我的腿的！不去！"穆澜甩开了无涯的手，正义凛然，"青楼又不是什么好地方……我才不会陪你去找小倌。"

她总算能离开这里了。

"我……想找姑娘，你带我去，不会被人发现的。"无涯从来没有说过这种话，也没做过这种事，耳尖微微发红。

无涯不是为了试探自己？他为何想去青楼找姑娘，还要避人耳目？穆澜脱口说道："原来你不喜欢男人啊？那你为何……"

"我喜欢你。"无涯别开了脸，又轻声重复了一遍，"我喜欢你。可我想知道，我是不是真的只喜欢男人。我不能喜欢男人。"他就站在窗前，三月明媚的春光也晒不化他脸上浓浓的忧郁。

穆澜脑中闪过秦刚的脸、春来的脸，还有彝伦堂高台之上那一闪而过的明黄身影，她的心骤然酸痛起来。她不想去猜他的身份，甚至愿意蒙住眼睛，胡乱地给他指个身份，可是避不开啊！她是穆澜，杜之仙悉心教导了十年的关门弟子，是一手布下珍珑局的珑主的徒弟，她欺骗自己，有点儿骗不过去了啊。

"戌时，我在国子监后面的羊圈胡同等你，我带你去京城最好的青楼，找最好的姑娘，喝最贵的花酒……你记得带银子付账啊，我没钱。"

无涯蓦然回头，便看到穆澜轻巧地从窗户跃了出去，就此不见。

"戌时，羊圈胡同。"他深深吸了口气。

"天香楼？"无涯站在门口望着灯火辉煌的天香楼出神。

他还记得在绿音阁的那场架中，为天香楼头牌花魁沈月赎身的人和自己想到了一块儿。当时觉得那人是个人才，事后便让秦刚去查了，结果查到那个人是林一川，他就放弃了招揽的心思。

穆澜笑道："对啊，这是全京城最好的青楼。沈月走了，天香楼又捧了个叫冰月的花魁出来，听说这位冰月姑娘才十六岁，已出落得清丽无双，比沈月姑娘还要美十倍。其舞姿翩跹，能及得上赵飞燕做掌上舞。我打听过了，咱们来得巧，正赶上冰月姑娘今晚首次献舞，招入幕之宾。"她不怀好意地瞥着无涯道，"若是瞧见无涯公子的容貌，冰月姑娘估计不要银子也会点了你做她的入幕之宾。"

想起在绿音阁和穆澜互相吹捧对方的容貌，无涯大笑，他的心情随之转好，竟说起了俏皮话："我敢打赌，今晚天香楼里没有人会比我更有钱。"

别人有钱放银库里，您的银库是这片江山，您富甲天下呢。穆澜暗暗撇了撇嘴。

墙角那边春来的脑袋像贼似的探了出来，四周隐约有身材壮实的男人装成嫖客在楼前徘徊。无涯不想惊动任何人，但秦刚却不敢真让他一个人进天香楼，这些人四下散开，却悄悄地将无涯围在了中间。穆澜装作没看见，摆出一副小人得志的神色笑道："哦？那小爷我今晚就狐假虎威一把！走，我帮你争冰月姑娘去！"

见穆澜昂首挺胸兴冲冲的模样，无涯眼中一片宠溺。只要穆澜高兴，就算花再多的银子，他愿意也让他耍够威风。

天香楼的布置与众不同，三层阔气宽敞的厅堂中浅池蜿蜒流淌，巧妙地将座席分开。通往后院的木门隔扇全部被取下，浅池流水与一片小湖相连。宫灯皆是琉璃为罩，映得池水银光闪烁，美不胜收。暮春三月，晚风并不凉，吹得席间垂下的纱帘柔柔飘起，让人觉得仿若置身于仙境之中。

"好地方！"无涯禁不住赞了声。

有银子好办事，穆澜和无涯的位置正好在临湖的那一处，月影、宫灯相映，风景绝佳，望向厅堂，视线又无阻隔。穆澜朝四周扫了几眼，看到邻近有三桌坐着那些明显带着军中气息的汉子。她心想，就算是明抢，冰月姑娘今晚也陪定无涯了。

这时一缕笛音从湖中悠然而出，有人欢喜地叫道："冰月姑娘献舞了！"

四周的光线暗淡了下来，厅中的宫灯被悄无声息地灭了数盏。众人明明身在厅堂中，却宛若坐在水中央。厅堂正中有方小小的舞台，几个仆役正在用力地转动绳子，一盏硕大无比的莲花灯被缓缓拉向空中。升到顶层时，三楼的宫灯齐亮，灯光凝聚之处，一个白衣女子自横梁上一跃而下。

鲛纱所制的披帛像风吹动的流云。她旋身一转，素纱缝就的舞衣轻柔地展开，缝制在舞衣上的金丝银线在灯光下熠熠生辉，像夜色中绽放的烟火，艳惊四座。

"好！"厅堂中骤然爆发出响亮的叫好声。

冰月落在了粉色的莲花灯上，踏着一瓣莲，旋身起舞。乐声徐徐，她似在花中漫步。乐声突急，她离花而行，凭借着悬挂在顶层横梁的白色绸索绕梁飞行。偶尔直坠而下，在某桌客人前舞上一段，引得饥色的男子离座而起，伸手去抱。她轻笑数声，攀着绸索，"嗖"地就飞走了，反而让宾客们越发痴迷。

"好一个月宫仙子！好一个冰月！"宾客们如痴如醉，啧啧赞叹。

无涯饮了杯酒，笑道："真是极美。虽蒙着面纱，但看这舞姿、这气质，必定是位绝色。"他却没有听到穆澜附和，便有些诧异地望过去，就看到她正目不转睛地望着冰月，仿佛除了冰月，她眼中再无他人。

穆澜真的喜欢女人？想到这个，无涯的心像被蚂蚁咬了一小口，有点儿痛，又有点儿酸。他自嘲地将酒倒进了嘴里，饮得急了，便剧烈地呛咳起来。他以袖掩着唇咳嗽着，穆澜却仍痴痴地望着冰月，竟是丝毫没有注意到自己的动静，他的唇角渐渐抿得紧了。蒙着面纱仍能将穆澜迷得失魂，就让他瞧瞧那位冰月姑娘究竟是何等绝色吧。

一缕高音之后，三层的宫灯尽灭，楼下的灯光明亮起来，冰月从莲花灯中消失了，还没看够的宾客们哄然叫嚷了起来："蒙着面纱算什么？取下面纱再跳一段！"

这时，天香楼的老鸨花枝招展地走了出来，她脸上挂着招牌式的甜笑，手中团扇直摇："诸位爷，跳这曲《月中嫦娥》费体力得很，冰月姑娘身子骨弱着呢。"

"大爷最会疼人了！"

"叫冰月姑娘出来，爷好好疼疼她！"

宾客们不依不饶地起哄。

天香楼失了沈月，却又来了冰月，一亮相就引得满座哄抢，老鸨笑得花枝乱颤："今天是冰月第一次献舞，照规矩，她就在天香楼挂牌了。诸位爷着什么急呀？往后常来天香楼，还怕见不着她？诸位爷都是熟客，知晓规矩，妾身先行谢过诸位爷对冰月的疼爱了。言归正传，冰月姑娘自今天起挂了牌，入幕之宾得由冰月自己选。我们家冰月可不是那贪财之人，只看哪位公子能合了她的眼缘……"

厅堂里的客人们就笑了起来："到爷面前来，让爷瞧上一眼就合眼缘了！"

"沈月姑娘当年的入幕之宾给了白银五千两，冰月姑娘怎么也得收上万两才合她的眼缘吧？"

老鸨拍了拍手，就从一旁进来一队婢女，那些婢女的手里都提着一个三层食盒，分别走到了每桌客人面前。老鸨摇着团扇笑道："冰月姑娘说了，这攒盒里有一百种小食，谁能挑出她最爱吃的，谁就是她的入幕之宾。每桌客人只能选一种，冰月姑娘吃了哪桌客人送去的小食，哪位就是她今晚的入幕之客。"

"真不要银子？"无涯很好奇地问道。

穆澜的双眸被水色、灯光映着，变幻莫测："以冰月姑娘的才艺与绝色之姿，那位幸运的入幕之宾若不给笔丰厚的缠头，哪儿还有脸继续在京城待下去？"

无涯想了想点头道："也是。不过这样一来，我带的银子岂非无用了？"

"能省就省，不花银子最好。"穆澜说着突然捂住了肚子，她苦着脸道，"无涯，相信你一定能选出她最喜欢的小食，我先去趟茅房……"

"我选？"无涯愣住了。见穆澜一溜烟儿地去了，他的眸色渐渐变得深幽。这小子明明眼珠子不错地盯着冰月，他一定很喜欢冰月，却还顾念着自己想要试试是否会喜欢上女人的事……也罢，看在出题别致的份儿上，他且试一试。食盒打开，数盘各色糕点、水果、花生、瓜子等琳琅满目。

"公子请挑选一样，这些小食是天香楼免费赠送的，冰月姑娘寻常极爱吃豌豆黄这类的点心。"婢女偷眼看着无涯，被他的容貌吸引了，话也就多了。

无涯突然看到一枚核桃。这是一枚小小的山核桃，山核桃皮厚果肉小，挑果肉特别费劲儿。

"核桃。"无涯想起袖中一直没还给穆澜的那方青色锦帕，帕子的一角绣着两枚圆圆的核桃。就它吧，他拿起了这枚山核桃。

见他不听自己的，婢女有些失望，她将山核桃装进了一只锦袋中，羞恼地朝无涯蹲身行礼后便拿着锦袋走了。

湖旁柳林最精致的依兰小筑里，冰月沐浴完出来，正坐在妆台前用桃木梳梳理着及腰的长发。铜镜磨得光可鉴人，映出一张欺霜赛雪的清丽容颜。她怔怔地看着镜中的自己，无意识地梳着头发。这时，一只手握住了她的手，冰月惊愕地回头。

"核桃，我找到你了。"穆澜的声音听不出喜怒，她拿过桃木梳，握着那漆黑的头发，细心地梳着。

冰月眼睛一眨不眨地望着镜子，眼泪像断线的珠子，扑簌簌地掉了满襟。

镜中，少年的嘴角噙着浅浅的笑容，眉目如画，似是归家的丈夫，在温柔地替娘子梳着妆。

她突然转过身，抱住穆澜的腰，放声大哭。

两名粉衫婢女提着盏月牙儿形的灯笼缓缓走来，天香楼里所有的宾客都兴奋地等待着，除了无涯。

他心不在焉地饮着酒，心里矛盾异常，穆澜还没有回来。

他觉得冰月的舞姿不错，估计人也是绝色，但他为什么无法像穆澜、像这满堂的男人一样，期待着能成为冰月的入幕之宾？是因为他喜欢的仍然是穆澜那样的少年？无涯叹了口气，又饮了杯酒。

他知道，秦刚一定带着人在四周保护着自己，所以他并不担心自己的安全。如果在天底下最能哄男人的青楼中也找不到一个女子让他喜欢，他该怎么办？也许醉了，他就不会去想这件烦心事了。

月牙灯笼停在了他面前，无涯有些诧异。

紧站在粉衫小婢身边的还有两个假扮成嫖客的锦衣卫，他们看似是跟过来瞧热闹的，却在无形中将无涯护得严严实实。

"恭喜公子！贺喜公子！冰月姑娘在依兰小筑相候。"粉衫婢女喜气洋洋地蹲身行了礼，请无涯移步。

穆澜说，好，我带你去最好的青楼，找最好的姑娘，喝最贵的花酒。

穆澜说，走，我帮你争冰月姑娘去。

穆澜说，无涯，相信你一定能选出她最喜欢的小食。

送小食的婢女说冰月爱吃豌豆黄那类的糕点，他没有听，随手拿起了那枚山核桃，结果他就成了冰月姑娘的入幕之宾。无涯突然大笑起来，是穆澜吧？是穆澜让他成为冰月姑娘的入幕之宾的吧？他对穆澜说，我喜欢你，但我不能喜欢男人，所以穆澜就借着去茅房为他想出了办法，帮他争来了天香楼新捧出来的花魁。他，怎忍辜负？

"烦请带路。"无涯饮完杯中酒，站起，长身玉立，灯光下的容颜引来一片惊叹声。

无涯随着婢女去了，锦衣卫扮成的客人们也悄然散开，暗中跟了过去。这时，厅堂里的议论声仍没停歇。

"什么中意的小食，明明是早瞧上了那位公子。"

"还别说，那位公子若出现在街头，万人空巷和羞杀卫玠就轮不到许玉郎和谭公子了。这样俊俏的公子，哪个姐儿不爱？"

角落里，谭弈转动着酒杯，眼里惊诧莫名。冰月选中的入幕之宾，那张脸像极了深宫中的世嘉皇帝，是他看错了吧？皇帝怎么会来天香楼嫖妓？一定是他看错了。

"谭兄。"旁边的林一鸣叫他一声，见他没有反应，又喊了他一声，谭弈终于回过神儿来："何事？"

林一鸣讨好地说道："谭兄若是喜欢那位冰月姑娘，反正她已经挂牌了，明天小弟就请她来陪你如何？"

"不必。"谭弈心里仍然对远远瞥见的无涯耿耿于怀，他想了想道，"一鸣，我有点儿事要离开会儿，你在这儿等等，如果看到冰月姑娘的那位入幕之宾出来，你就悄悄跟上去，看看他往哪个方向去了。但要记得，千万别跟得太近。"

"呵呵，我明白，我明白，谭兄等我好消息便是。"林一鸣拱手相送。

他心想，老子又不傻，你盯着那位公子的眼神冷冷像冰块似的，分明就是嫉恨他比你生得还好看，夺了你羞杀卫玠的名头。让我来盯着他，你好去找人，想等他出了天香楼套只麻袋揍一顿出气吧？可万一谭弈回来得迟了呢？不如干脆帮他把这事办了！

一念至此，林一鸣叫来小厮吩咐道："你赶紧回铺子去，找十来个身强力壮的伙计来天香楼，快去！"

小厮已经完全习惯了林一鸣的纨绔作风："像在扬州时一样？"

林一鸣笑骂道："废话，赶紧去！"

这就是要带上粗木棍和麻袋打黑拳了，来京城后就没有再威风过了，小厮摩拳擦掌："少爷就等着瞧好吧！"说罢兴冲冲地去了。

无涯到了依兰小筑院外，锦衣卫也从夜色中出现了，谁知道楼里有没有刺客？秦刚犹豫了下，从柳树后现了身。无涯回头睃了他一眼，摇了摇头。粉衫小婢含羞地蹲身行礼，低声说道："奴婢告退。"

无涯走进了院子。

皇帝要嫖妓，却不让人跟着，锦衣卫们面面相觑。

被皇上发现最多是斥责受罚，可如果皇上出了事，就会人头落地。秦刚摆了摆手，瞬间有数条黑影翻过了院墙，各寻各的位置，暗暗地将依兰小筑守得如铁桶一般。

正房外，冰月带着名贴身小婢朝无涯盈盈屈膝。她梳着双螺髻，长发及腰，面纱外露出清亮如星子的双眸与新叶般的眉。粉红的内衫外罩着素白轻薄的绡绢，如隐露红晕的白莲花。

"玉女袭朱裳，重重映皓质。"无涯脑中闪过这句诗，望着冰月的眉眼，他的心突然"咚咚"地急跳起来，他下意识地伸手想去摘她的面纱。

冰月抿嘴一笑，碎步退向门后，脚步轻移，转到了屏风后面。纱制的轻屏映出她的蛛首细颈、曼妙身材，她隔着屏风望向他，无涯毫不犹豫迈进了门。小婢朝里面看了一眼，轻轻将门关上，垂头站在了门外侍候。

屋里橘色的光朦朦胧胧的，房中摆了桌席面，冰月正在斟酒。无涯愣怔地坐了下来，不错眼地望着她。冰月优雅地将酒送至他面前，眼眸低垂，晕生双颊。无涯端起酒，却没有喝，而是用目光一直看着她："姑娘为何选中了我？却又不肯以真面示人？"

"因为我最喜欢的小食就是核桃啊，满座的宾客中只有公子选中了这枚核桃。"冰月张开手，那枚小小的山核桃就在桌上滚动着，她撑着下巴，用手指轻轻拨动着核桃玩，"奴家许过誓，只肯给喜欢奴家的男人看，公子连奴家敬的酒都不肯喝，又怎么喜欢我呢？"

她的声音里带着江南的软糯，眸子像会说话似的，柔柔地望着无涯，仿佛在嗔怪无涯不肯喝她的酒。伏在窗外的锦衣卫急得都想冲进去了，谁知道酒里有没有毒。无涯望着冰月的眼睛，端起酒杯一饮而尽，一股热意直扑上他的脸颊，这酒似乎比外面的酒更烈。灯光似乎更加朦胧，那熟悉的眉、那熟悉的眼让他朝冰月伸出了手。

冰月没有躲开。

指尖触到了轻柔的面纱，无涯突然将手收了回来，喃喃说道："不，你这样最好看。"

她有着和穆澜一样的眉、一样的眼睛，可是她的声音却不像穆澜，穆澜的声音没有这样轻柔软糯，穆澜说话时没有扬州口音。摘下她的面纱，也许就不是他想见的人了。

冰月只是微笑着，又替无涯倒了一杯酒："这个酒是我自己酿的，加了些药材，比寻常酒烈，对身体极有好处，公子不妨多饮几杯。"

看着她的眉眼，无涯笑了："好。"

"这是我头一回来青楼。"也许是酒意，也许是冰月的眉眼，也许……是他很想说话，"我选了枚核桃，成了你的入幕之宾。"

无涯的眼神变得温柔起来，他的手指抚上了冰月的眉，一点点地勾勒着她的眉形。心跳得这样剧烈，他收回手按住了胸膛，感觉到心在"怦怦"地跳动。他笑了，原来他是可以喜欢女人的！

"以后你的客人只有我一个。"无涯霸道地说道。

冰月只是笑："那您需要花很多银子。"

一只荷包扔在了桌子上："够吗？"

冰月解开荷包，里面有张五万两的银票。她有些震惊地望着无涯："公子真大方。"

无涯"呵呵"地笑了："记住，你的客人只有我一个。"

"奴家记住了。"冰月站起了身，"公子醉了，奴家服侍您就寝吧。"

灵台一直保持着清明的无涯摇了摇头，他摇摇晃晃地起身说道："我该回去了。"

冰月并没有挽留，盈盈朝他行了个蹲礼。

院子外面，秦刚正来回踱着步，是将醉酒的皇帝留下来宠幸一个妓女，还是带回宫去？真是道难题啊。如果皇帝临幸了这个青楼女子，也绝对不能光明正大地将她带进宫中，要不补在宫女名册中送进宫去？院门突然打开，无涯走了出来，他醉眼蒙眬，站立如松，却将手伸向了秦刚："回吧。"

秦刚大喜，上前扶住皇帝低声喝道："走！"

锦衣卫们纷纷离了依兰小筑，簇拥着无涯离开。

房中，冰月坐在妆台前慢慢摘下了面纱。新叶般的眉、清亮如溪的眼、玲珑挺直的鼻梁勾勒出如画的容颜，浅浅的胭脂晕红了她的脸颊，染得那双唇像清晨带露的玫瑰。她痴痴地望着镜中的自己，喃喃说道："穆澜，你疯了。"

身后传来脚步声，穆澜迅速取下了发簪，利落地将长发绾成了道髻。核桃打了盆水端过来，看到穆澜脸上的胭脂，她有些愣神儿，低下头拧了块帕子递了过去："少班主，您这样做太危险了。"

穆澜接过帕子擦净了脸上的脂粉，又变回了原来清爽的模样。核桃望着她的脸，熟悉的感觉便又回来了，眼里有了笑意，嗔道："就会胡闹！"

是啊，她是在胡闹。穆澜的心情很复杂，她想救核桃，想破坏面具师傅的计划，还想……放纵自己。

无涯今晚心血来潮要逛青楼，而核桃化名花魁冰月也要在今晚挂牌，献舞招入幕之宾。看到冰月攀索起舞时，那熟悉的杂耍功夫让穆澜一眼就认出了她。穆澜心里透亮儿，这绝非巧合。核桃化名的冰月姑娘就是冲着无涯来的，只要无涯成了她的入幕之宾，核桃一定会被弄进宫去。

面具师傅得到消息的速度太快，让穆澜不得不怀疑锦衣卫中也有珍珑的人。

穆澜曾告诉面具师傅，以后，她与珍珑再无关系，但她都杀了六个东厂的人，又能撇开吗？她陷入局中，就不想再让核桃成为被利用的棋子。

如同以往一样，穆澜厚着脸皮问核桃："我扮女人很漂亮，是吧？"

这话果然逗乐了核桃，她"咯咯"笑着说："那是我手巧，给你化的妆容好看。"

穆澜揽着她的肩大笑："是，我家核桃手最巧，对少班主我最好了！"

"少来！"核桃甩开她，叉腰骂道，"你要是被无涯公子认出来可怎么办？你能为我挡一次，将来……"

一只荷包塞进了她的手中，穆澜笑嘻嘻地伸出个巴掌在她面前晃了晃："那位无涯公子要包下冰月姑娘，给了五万两。"

"五万两！"核桃惊呼了一声，又迅速捂住了自己的嘴巴，"乖乖，这么多钱啊！"

天下都是他的，五万两又算得了什么，穆澜得意地笑道："他不会常来，你记住，如果他过来找你，你就和他另约时间。"

核桃有点儿犹豫："怎么向珑主交代啊？"

面具师傅设下的珍珑局谋的是天下，他当然想把核桃送进宫去，但那样只会毁了核桃的一生。

"交代个屁！"穆澜火大道，"你进了宫，一辈子就全毁了！"

可是我又能去哪儿？无处可去，还不如舍了这条命帮你。核桃低垂下眼，不敢看穆澜。

"看着我！"穆澜抬起了核桃的下巴，看着那双盈满眼泪的美丽眼睛，狠下心，冷冷地说道，"核桃，我们俩从小一起长大，你是信我，还是信那个连脸都不敢露的面具人？如果你信他，你这不是在帮我，是在害我，你明白吗？"

天底下，少班主是她最亲的人了，核桃闭上眼睛，伸手抱住了穆澜："我信你，少班主。"

"放心吧，有我在呢。"穆澜轻轻地拍着她的肩，核桃心里没有依靠，自己又怎么忍心将她推离呢？

黑漆平头马车载着无涯离开了天香楼，车辘辘轧着石板路发出嘎吱的响声，走得不缓不急。街道旁换了便服的锦衣卫们看似是行走在街上的路人，拱卫着马车，车旁骑马随行的只有秦刚一人。

才离开天香楼不远，一群手执棍棒的人便呼啦啦地从旁边的巷子里冲了出来。车夫勒住了马，锦衣卫们停下了脚步，像极了等着看热闹的路人，只是目光极冷。只等着秦刚一声令下，就将这些敢劫道的人拔刀击杀。小厮扛着棍子，见对方的护卫才一个人，张狂地笑了起来："兄弟们……"

一道人影不知从哪儿蹿了出来，小厮的话还没有说完，就听到"啪"的一声脆响，半边脸就麻了。他站立不稳，摔倒在地，捂着脸抬头一看，怒了："燕声，你敢打我？"

燕声啐了他一口道："我是代我家少爷打的！"

大公子？小厮哆嗦了下。被叫来的伙计面面相觑，大公子来了？一人高声叫道："我们是二老爷的人！"不然也不可能被林一鸣使唤得这么顺溜。

这时蹄声响起，林一川和雁行带着一群人骑马赶了来，他满脸带笑地朝秦刚拱了拱手道："见谅，家务事，给我打！"

雁行一摆手，身后那些带来的人就恶狠狠地冲了过去。燕声高高兴兴地朝着小厮走过去，挥舞着拳头，拳拳见血，揍得小厮满脸开花。秦刚颇有兴致地看着眼前这一边倒的群殴，突然觉得林一川有点儿意思。这小厮带的人分明是想拦马车打黑拳，却被林一川拦了下来。

狗拿耗子多管闲事！老子劫道揍人，你林一川跑来坏什么事？躲在巷子里偷看的林一鸣气得用脚狠踹着墙，听着一声声"我们是二老爷的人"越来越弱，他一咬牙从巷子里冲了出来："林一川，你别太过分！"

林一川翻身下了马，揉着拳头走向他，满面笑容："我正找你呢！"

在扬州家中被林一川痛揍的记忆还在，林一鸣转身就跑："我和我爹也占商行的股子，凭什么我就不能使唤家中的伙计？"

林一川哪儿容他跑，轻轻松松就撵上了他，揪住衣领便将他掀翻在地，一脚接一脚地踹上去："我是老大，我说了算！"

"你欺负我不会武艺！"林一鸣抱着脑袋遍地打滚儿，就不输这口气，心想你有种打死我啊！

须臾间，战斗就结束了，林一鸣叫来的伙计被悉数打趴在地上，不断地呻吟着，雁行冷冷地说道："从现在起，你们被解雇了。"他带着人让开了道。

林一川也放过了林一鸣，笑着向秦刚拱手赔礼道："耽误了您的行程，见谅。"

秦刚只是扫了他一眼，随后车夫就驾着马车离开了，街头看热闹的"路人"如影随形。

无涯身边的护卫是锦衣卫，林一鸣居然想劫无涯的马车，他活得不耐烦了，自己却还要替他擦屁股，想着就窝火。林一川抹了把额头沁出的冷汗，想再揍林一鸣一顿。

"林一川，你给我记住，小爷一定会报今日之仇！"林一鸣偷偷骑着马溜了，回头破口大骂道。

雁行及时提醒道："少爷，莫与二公子一般见识，幸亏铺子里的人通知及时，没有惹出大祸。"

"不知天高地厚的混账东西！"林一川冷着脸道，"告诉商行里的人，谁再听二公子使唤，直接打二十棍赶出去！林一鸣为什么要打无涯公子？"

"方才盘问他的贴身小厮，说无涯公子成了天香楼新花魁冰月姑娘的入幕之宾，惹恼了谭弈，二公子想要巴结讨好他。"

林一川怔了怔，哈哈大笑："入幕之宾？无涯逛青楼成了冰月姑娘的入幕之宾？这简直太好了！"

一点儿也不好，雁行和燕声心有灵犀。两人几乎同时看到穆澜从天香楼中出来，异口同声道："少爷，穆公子也来天香楼喝花酒了！"

笑声戛然而止，林一川神色古怪，她一个姑娘家喝什么花酒？无涯来逛青楼，穆澜也出现在青楼……他顿时黑了脸："三个男人了！"

什么"三个男人了"？雁行和燕声听不明白，只见自家少爷翻身上了马，朝着穆澜飞驶而去。

趁着还没有宵禁，穆澜正打算租辆车赶回家中。天香楼这一条街灯红酒绿，游人如织，听到蹄声嘚嘚而来，她也并没有在意。然而马就停在了她面前，穆澜抬头一看，乐了："林一川，你也来天香楼喝花酒？"

这是承认了！她一个女人喝什么花酒，必然是另有目的。就一时没看紧，她就跟着应明走了，晚上又来了天香楼，独独没有想到过自己。林一川心里百般不是滋味，只笑着看着她："林一鸣想打无涯的黑拳，我来得及时。"

他看到穆澜的眉扬了扬，心里又暗暗生气，她果然是为了无涯而来。

林一川向她伸出了手："我送你回去。"

穆澜迟疑了下："我饮了点儿酒，想走走散散。"

林一川跳下了马："行，我陪你。"

"不用了。"穆澜拱了拱手，含笑告辞。

今天晚上冰月为钓无涯出现，面具师傅说不定把一切都瞧在眼中，也许走进哪条清静的巷子里，他就会出现，穆澜不想让林一川发现自己的秘密。她脚步甚快，转眼就融入了人群中。而她走的方向是无涯离开的方向，难道她在担心无涯？林一川气结，情不自禁地跟了上去。

第二十五章 眼中不同的风景

黑漆平头马车离开了热闹的街道，朝着承恩公府的方向行驶着，宁静的夜里只听到车轱辘轧着石板路的声音。锦衣卫们扮成的路人仍然沿着街道两边护送着。就在这时，箭破空袭来，带着长长的尾音。几乎在箭射来的瞬间，屋顶上数道黑影一跃而下，雪亮的刀锋交织成网，朝着马车袭去。

秦刚拔出了刀，将射来的箭砍成了两截儿。他骑在马上，镇定地望着前来行刺的人。两侧的锦衣卫已分成两拨，一拨将马车围住，另一拨人挥刀迎了上去。长街上只听到刀剑相碰发出叮当的声响。秦刚眼露诧异，这些人竟能与锦衣卫高手打成平手？

就在这时，街边屋顶上又突然出现了一队人马，点燃了箭镞的火箭，便朝着马车齐发。星星点点的火光让秦刚一跃而起，手中的绣春刀舞成了一个圆，他与护卫马车的锦衣卫一起将火箭拨开。

秦刚的耳朵动了动，只见一支箭夹杂着雷霆之势"嗖"地射来，他来不及细想，脚尖在马车上一点，朝那支箭狠狠砍了下去。眼前的火光突然一分为三，射来的竟然是三支箭。秦刚砍断一支，另两支眼看就要射中马车时，一道银光闪过，瞬间将那两支箭拨开，一个青衣少年稳稳地落在了马车顶上。

"穆澜？"秦刚不由得大喜。

穆澜手微动，长匕首收进了袖中："返家路上，正好遇巧了。"

屋顶上的持弓人见一击未中，就打了个呼哨，根本不给锦衣卫任何追击的机会，飞快地离开了。这边人一走，与锦衣卫对峙的黑衣人竟也退了。眨眼工夫，长街再次安静下来。若非扮成路人的锦衣卫受了点儿伤，散落在马车四周的箭矢还在，这一次的截杀就仿佛未曾发生过一般。

"无涯公子还好吧？"穆澜松了口气，从马车上一跃而下。

秦刚微笑道："你去瞧瞧不就知道了？"

这话怎么听着有点儿古怪？穆澜实在放心不下，便走近马车，车帘掀起了一角，伸出一只白玉般无瑕的手。穆澜顺着车帘掀起的缝隙往里面看，许玉堂正笑眯眯地望着她。无涯呢？怎么马车里坐着许玉堂？她下意识地后退一步，看向秦刚。

"穆公子，你久去不归，无涯公子饮醉了，已经返家了，你也骑我的马早点儿回去吧。"秦刚将自己的坐骑的缰绳递给穆澜，"先前我的提议仍然有效，有任何难事你都可以来找我。"

听说无涯回去了，穆澜也不再多问，利落地骑了秦刚的马拱手道："多谢，先走一步。"她骑着马很快就离开了。

许玉堂笑道："秦统领，这位穆公子似对皇上很关心啊。"

秦刚望着穆澜的背影道："皇上看人的眼光不错。"他跳上车，将掌心的暗器收了起来。

马车驶动，许玉堂倒了杯茶递给秦刚："那两拨儿黑衣人是一伙的吗？"

"不是。"秦刚摇了摇头，慢慢喝着茶水道，"一拨是东厂的人，应该是试探而来，并无拼命行刺的意思；另一拨儿……行事果断狠辣，身份不明。"

穆澜并没有走远，拐过长街离开了秦刚一行人后，她放缓了马速。她看得分明，射出三支火箭的人分明就是面具师傅。以她对面具师傅的了解，那三支箭只用了一半的力量。

在灵光寺，面具师傅并没有杀无涯；药里下的老参也只是想让无涯缠绵病榻的时间长一些，而今天这三支火箭也不过是想点燃马车，让无涯受惊或受伤？

身侧的屋顶上响起脚步踏过瓦片的声响，脚步很轻，像一只蚱蜢跳过。穆澜继续前行，拐进一条清净的小巷里时，她勒住了马。屋顶上的人也停住了脚步，月光将他的身影投在穆澜的马前，她仰起脸来望着他。面具师傅的身影遮住了月光，如黑暗中的山带着威严压向她。

"我说过，你再坏我的事，我不会对你留情。"喑哑的声音不带丝毫感情。

穆澜握紧袖中的匕首，微笑道："你不动我的人，我自然就不会坏你的事。"

"你的人？愚蠢！"面具师傅讥诮地笑了起来，笑声像夜里的老鸹，极其难听。

这是第二次她出手保护无涯，面具师傅流露出讥诮的感情。十年前的科举舞弊案，是先帝判的，可就算误判错杀，那时的无涯也才十岁。只要她找到证据，她相信以无涯的正直一定会为那件案子平反昭雪。于公于私，她都必须保护无涯。

两人对视着，都感觉到了对方目光中的坚定。穆澜紧握匕首的手渐渐沁出了汗，她的功夫是面具师傅教的，她不知道练成了小梅初绽的自己能否胜过面具师傅。

"你赢不了我的。"刹那，面具师傅朝着她跃来，手腕一抖，银色的长鞭在空中划出一个接一个的圆，笼罩着她。

"原来珑主的武器是银鞭哪。"学艺十年，她头一次见面具师傅拿出武器来。穆澜感叹了一声，似与手中匕首融成了一体，直冲进长鞭的圆阵中。"叮当"数声轻响后，两人在巷子里分开。

面具师傅身上的披风缓缓飘落下一角，一道鲜血顺着手腕滴落。他用受伤的手攥住披风，冷冷地说道："再有下次，我会杀了你。"说完，面具师傅身影如乌云，轻飘飘地掠上屋顶，消失在了黑夜里。

穆澜"噗"地喷出一口血，腿一软靠坐在了墙边。她啐了口血沫，抬手擦去嘴角的血渍，合上眼稍作休息。她胜不了面具师傅，那一鞭若用尽全力，她的脏腑都会被击碎。

明知自己会坏他的事，却还是手下留情了，看来自己这枚棋甚是重要。她撑着墙摇摇晃晃地站起身来，突然，她瞪圆了眼睛喝道："谁？"

林一川沉默地从墙角处走了出来，看到她衣襟上的血渍，他上前两步："你还好吗？"

匕首顷刻压在了他脖子上，穆澜冷冷地说道："大公子，你是在找死！"

匕首锋利的刀刃如纸一样薄，林一川毫不怀疑自己只要扭扭头，脖子上就会出现一道血口。她真会杀了自己？林一川凝视着穆澜，她的眼神看似锋利，却没有杀气。她的眉心紧蹙，他感觉得到她心里的急躁。他不信，举手想去拨开颈边的匕首。

"别乱动。"穆澜的声音冰冷，手也没有抖，锋利的匕首继续贴在林一川的喉间。若跟来的是东厂或是锦衣卫的人，也许她早就下手了，可偏偏是林一川。

"这世上有两种人会怀疑你：一种是想害你的人；另一种是关心你的人，这两种人都会异常关注着你。盯着一根竹子的时间长了，就能发现它的特点，能把它和别的竹子区分开来。"

"所以，我最好成为这两种人眼中的陌生人，不引起前者的怀疑，同时远离关心我的人。"

从前与老头儿的对话清晰地跳了出来。

一瞬间，穆澜也想起了秦刚——锦衣卫想要招揽她。还没进国子监，她就已经站在了风口浪尖上。还有无涯……愣怔间，林一川轻轻握住她的手，拿开了匕首。

她原本就不是个喜欢滥杀无辜的人，更不可能杀了林一川。穆澜也不矫情，顺势就将匕首收了。她不知道林一川听到了多少，又看到了多少，而掌控林家南北十六行的林一川不是林一鸣，响鼓不用重锤，但她仍然警告他道："大公子，林家家大业大，胡乱掺和别人的事情，好奇心太重，会害死人的。"

穆澜强撑着上了马，林一川却拦在了马前。月色勾勒出他脸部清晰的轮廓，那双比寻常人眸色更深的眼瞳沉稳而镇定。他望着穆澜，淡然地说道："小穆，我可以不让你发现我。"

但他还是从藏身处走了出来，因为他关心她的伤势，他担心她。

他的眼神让穆澜心神一颤。

我去！穆澜抓狂了。

无涯说喜欢她。无涯的忧郁，无涯的孤独打动了她。她带着无涯去了天香楼，她换上女装扮成冰月让无涯知道，他也能喜欢女人。可林一川这是什么眼神？穆澜哭笑不得，她有这么好？男女通杀？

"大公子，今天的事请你忘记吧。"穆澜叹了一声道，"离我远点儿，对你只有好处。"

"小穆，你可以尝试多信任我一点儿。"林一川让开道，绽开了笑容，"看来你的伤没有我想象中的严重，早点儿回去吧。"

穆澜懒得再和他纠缠，拍马就走了，林一川望着她的背影喃喃地道："傻姑娘，你有没有想过，我知道了这天大的秘密，你却没有杀我，其实在你心里，你是相信我的。"

素公公站在乾清宫门口，平静地与谭诚对视着。小太监和宫婢们努力躬低了身体，生怕自己的脸被谭公公记住。偌大的皇宫里，也只有素公公敢把司礼监掌印大太监、东厂督主谭诚"温柔"地拦在宫门外。

这个老货！一向镇定的谭诚忍不住在心里暗骂了声。

"素公公，咱家有要事觐见皇上。"谭诚沿着白玉石阶缓步上行，踏上最后一级时，他终于和素公公平视。

素公公双手笼在袖中，怀抱着拂尘，突然感慨道："春天了，风也暖了，记得十年前也是这样的天气，谭公公深夜来觐见先帝。"

十年前！谭诚眼瞳微微收缩。他那时还没有坐上东厂督主的宝座，对素公公也是礼敬有加。那天晚上，他站在皇帝前，等候着许皇后，然后，那天晚上，皇上就驾崩了。

十年之间，这宫里去了多少老人，乾清宫如今就剩下一个当年亲口宣读先帝遗旨的素公公。

"宫里的老人越来越少了，素公公寂寞，想找个聊天儿的人也不容易。"谭诚淡淡地回应道，抬脚就往殿门走去。素成眼睛一瞪，喝道："谭公公，你想闯宫吗？"话音刚落，就被谭诚后面随行的番子一把推了个跟跄，吓得周围的小太监和宫婢们簌簌发抖着。

谭诚微笑道："咱家不敢！"虽说着"不敢"，手却已经推向了宫门。

"你敢！"素成气得浑身发抖。

宫门在这一刻忽然开了，春来躬身立于门后，细声细气地说道："宣谭公公觐见。"

素成愣了愣，谭诚的眉峰挑了挑，他整了整衣袍，安然迈进了宫门。

九支铜树灯台的烛火在墙角幽幽燃着，春来落后两步低着头紧跟在谭诚身后。他不敢抬头，用目光默数着谭诚不紧不慢的步子，一起穿过了偌大的前殿。明黄绣九龙的门帘透出一室温暖的光，谭诚停住了脚步，春来赶紧禀道："皇上，谭公公来了。"

春来亲手打起了门帘，谭诚一步就迈了进去。羊角宫灯将寝殿照得如同白昼，帷帐挂起来一半，无涯穿着浅黄色的中衣，斜倚在炕头的大引枕上。那白玉般的脸庞带着淡淡的倦意，似是才被人从睡梦中惊醒，声音分外慵懒："春来，给谭公公看座。"

"谢皇上。"谭诚毫不客气地在锦凳上坐下，抱歉地低了低头，"打扰皇上休息了。"

无涯微笑道："公公这么晚前来，定有要事。以后谭公公进宫，不论多晚，直接通禀，不得阻拦。"这后一句是向赶来的素公公说的。

"老奴记住了。"素公公恭敬地应下，退到了门口站着。

谭诚欠了欠身："谢皇上恩典。"

他想起当年才十岁的皇帝，将内阁的条陈从案几上一扫而落，涨红了小脸儿大声吼道："这等逆臣通通该杀！"

十年过去了，皇帝有了城府，喜怒不再流露于表面。

"皇上令锦衣卫查国子监入学考试作弊一事，吏部尚书家的刘七郎被揪出了考场，河南总督的公子也被捉了个现行，大概有七名荫监生被赶出考场。三品大员可让一子荫恩进国子监，这本是朝廷给官员们的恩典，如今却都要通过入学考试才能进国子监。朝廷出尔反尔，大臣们颇多怨言，这是东厂收集的背地里诋毁皇上的官员名单。"谭诚从袖中拿出一张纸来。

东厂监督百官，谭诚此举无可厚非。春来上前接过，送到了无涯手中，但无涯看也未看，只无奈地叹道："国子监生员太多，户部负担不起，朕这才下旨举行入学考试。没想到三品高官的公子们竞相找枪手替考作弊，正好撞到了枪口上，如今怎么安抚这些官员，谭公公可有主意？"

"皇上下了圣旨，考不过也就罢了，作弊被当场抓了现行，还敢说皇上的不是，这样的臣子，该罢便罢吧。"

无涯咬紧了牙，七名荫监生背后站着的是七名三品高官，只因为自家儿子发几句牢骚就被罢官，当他是暴君、昏君吗？

谭诚抬起眼与无涯对视着。今晚东厂试探，却没有探出马车里的人是谁；他深夜闯宫，皇帝却好好地待在宫里。金蝉脱壳！以为这样就能混过去？皇帝的胆子越来越大了，想离宫就离宫，倚重锦衣卫，轻视东厂，是该给他个教训了。

"子不教父之过，皇上，这是内阁的条陈！"谭诚将条陈亲自送过去，放在了无涯的手边，恭敬无比地弯腰行礼道，"咱家就不打扰皇上休息了。"说罢，也不等无涯开口，便拂袖离去。

无涯铁青着脸，紧紧攥住了条陈。

暮春的阳光从宽敞的金銮殿大门投射进来，无涯的目光越过下方的文武百官望向殿门口那一片被阳光耀亮的地方。那里离龙椅有点儿远，无涯有种想离开龙椅走过去晒晒太阳的冲动。

跪于殿堂正中的官员唠唠叨叨地念着弹劾的条陈，嘴巴开开合合。真像只苍蝇啊，一只嗡嗡地替谭诚张嘴说话的苍蝇，无涯听得心烦。

文武百官，谁又能保证自家孩儿个个都出类拔萃、文武双全呢？即使在国子监的入学考试中被抓住作弊，可国子监的入学考试又不像春闱会试那般重要。无涯想了一夜，还想申斥几句，罚个俸银就算了，想必百官也不会太放在心上。然而，昨天晚上谭诚说该罢便罢了吧。

今天早朝，都察院的御史们就举着弹劾条陈站了出来。一桩桩、一条条，誓将那七名官员钉在贪官污吏的耻辱柱上。

才一个夜晚，东厂收集的罪证就足以让这七名官员获罪罢官，这就是东厂督主谭诚的态度。接下来，要看的就是自己这个皇帝的态度了。

无涯看向了谭诚。谭诚的目光平静如水，看不到丝毫的情绪波动，连一丝讥嘲之意都看不出来。他静静地站在金銮殿上，仿佛那些官员的弹劾与他无关，只有那身紫色礼服上绣的五蟒云龙张牙舞爪地讲述着他的威严与权势。无涯无声地叹了口气。

"臣附议！"

"臣附议！"

"请皇上定夺！"

最后这一声唤回了无涯的思索，玉阶之下跪伏着大半的官员，高呼着请他定夺的人正是内阁首辅胡牧山。胡牧山曾经做过太傅，教导过他。他曾对胡牧山寄予厚望，尊敬有加，如今，心底却只有一片冰凉。

发起弹劾的是御史，首辅代表着内阁的意见，内阁代表着百官的意见。身为皇帝，无涯有种胳膊拧不过大腿的无力感。但他不着急，谭诚想看自己的态度，那就如他的意吧。如以往一样，无涯慢悠悠地说道："内阁既然已有定论，朕就准了。"

"皇上圣明！"

他并不圣明，只有悲哀。这么多桩罪行，短短一天时间就收罗齐全，东厂对百官的监督做得实在太好了，好到他这个皇帝想替那些官员辩解都找不到话说。

无涯意兴阑珊，这样的事情，自亲政以来又不是头一回。目光扫过，看到一些没有开口说话的官员的眼神中藏着愤怒与鄙夷、隐忍与悲伤。这世上总有一些正直清廉的人，如同殿前的那片阳光，与阴影同在。无涯甚是欣慰。

收到无涯的示意，素公公平静地开口："有事启奏，无事退朝！"

"臣，有本启奏。"国子监祭酒陈瀚方出列，一板一眼地说道，"国子监入学考试昨日已毕，经一夜批阅，从一千五百四十八份考卷中筛选出八百一十三名监生，名单已呈交礼部。"

无涯望向礼部尚书许德昭。

"皇上，录取名单尚未审核，待审定之后礼部再呈交御览。"许德昭不紧不慢地回禀道。

刷下了近一半的人，承恩公府的门槛都要被说情送礼的监生踏断了，还有东厂……许德昭的目光飞快地和谭诚碰了碰。无涯心里没来由地一紧，他温和地开口说道："筛下了近一半的考生，需认真复核，莫要因一时的疏忽让朝廷失了人才。"

"臣遵旨。"

"此次国子监入学考试的考生卷子，朕亲自复阅。"

无涯突如其来的一句话让文武百官都愣住了。皇帝居然不问百官意见，直接表达出他要定夺新进监生的录用，无数的目光在百官之间交流碰撞着。素来连和稀泥都懒得做的年轻皇帝似乎有了变化，这样的变化让一些官员于惊讶中生出了喜悦，也让另一部分官员隐隐觉得有点儿不舒服，就像是……本来婆婆不管事了，媳妇当家做主母习惯了发号施令，婆婆却突然说，家还是让我来管吧，媳妇就憋屈得不行。

许德昭眉头蹙了蹙，这是礼部分内之事，他想要什么人进国子监，和自己说一声即可。皇上亲自复阅所有考生试卷，也太不给自己这个舅舅面子了。

许德昭出列拱手："皇上！"

"朕累了，退朝。"无涯的声音依旧温和。

许德昭涨红了脸，皇帝居然都没让自己把话说完，就这样走了？四周官员的目光刺得他狠狠一甩袍袖，大步朝殿外走去。才刚走下玉阶，身后就传来一声嗤笑，许德昭阴沉着脸回过头。谭诚正在仰头看天，身边的小番子殷勤地为他系着披风的带子，他看了眼许德昭，便在东厂番子们的簇拥下离开了。

那笑声像根刺扎在了许德昭心头，他想起了二月间与谭诚的对话："稚鹰向往飞上蓝天……"皇帝亲政两年，对自己这个舅舅不再如从前那样尊敬，而谭诚已经将内阁、都察院捏在了掌心。

"走着瞧。"许德昭冷冷地一拂袍袖，走向跟谭诚相反的方向。他不急，皇帝想要从谭诚手里收回权力，只能倚重他这个舅舅。

又核对了一遍礼部呈上来的录用名册，春来小声地禀道："没有穆公子。"

他就知道！无涯瞧也不瞧名册，庆幸自己在朝堂上果断做了决定。他面前摆着两摞试卷，一摞是取中的，一摞是筛下来的。饮了口茶，他不紧不慢地翻阅着中选的考生试卷。

林一鸣的卷子太奇葩，被他直接挑了出来："这也能录用？"

看着满篇歪歪斜斜的"正"字，春来"扑哧"笑出了声，他在林一鸣的名字上画了个圈。很快，无涯拿起了林一川的试卷。

"君子以其身之正，知人之不正。以人之不正，知其身之有所未正也。既以正人，又反以正己。"无涯点了点头，评道，"人最难自省。林一川、林一鸣，扬州林家这两兄弟一个有才，一个却是活宝！"

"皇上，这是穆公子的卷子。"春来从筛下来的试卷中找出了穆澜的卷子。

无涯接过来一看，脸色就变了："怎么字迹和锦烟的一模一样？"

"字迹相似也是有的。"春来笑着说道。

本想着穆澜能答出一份上佳之作，没想到只看到一幅画和一首诗。无涯嘟囔道："他倒是取巧，不求上进！"这时，脑中突然跳出灯光下初叶似的眉、清亮如星的眼眸，他当时为何没有勇气摘下冰月的面纱？

见无涯发怔，春来小声问道："皇上的意思是穆公子考得不好，所以才被刷了下去？这是录还是不录？"

明知故问！无涯站起身，直接将穆澜的卷子扔到了考中的卷子里，背负着双手走了。春来抿嘴笑着在名册上添上了"扬州穆澜"四个字。

秉笔太监重新抄写了国子监今年新录监生名册后，无涯示意送给礼部张榜，他有些惬意地想，总算让自己做成一件事了。

春末的御花园里百花怒放，无涯难得有心情在园子里摆了书案作画。一笔一叶，宣纸上画出了秀美的竹林。春来侍候在侧，探着脑袋瞧着，心里纳闷儿不已。园子里有各种花、树，唯独没有竹子，皇上御花园赏花，兴致来了要作画，怎么就画起了竹子？

无涯轻扬笔锋，一片舒展着筋骨的竹叶跃然纸上。穆澜的眉就是这样，让他画不够。

"皇上……"

"扬州十里竹溪，碧涛如波。"

突然传来的声音让无涯笔端微凝，滴下一滴墨汁。谭诚不知何时已来到书案边，欣赏着无涯的画作，见墨汁滴落，他不觉一笑："老奴惊到皇上了？"

无涯若无其事地将那滴墨汁几笔勾勒成一只飞翔的麻雀，才满意地放下笔，接过春来递上的帕子擦拭着手道："怎么会？方才谭公公说的可是杜之仙的家？"

"是啊。皇上若是去过，定会被那十里翠竹成溪的景色迷住。"谭诚微笑着继续试探。

"哦？如有机会的话，朕真想去看看江南的繁华。"无涯离开书案，沿着石板路慢悠悠地逛着园子。谭诚落后一步，不紧不慢地跟他。

"可惜杜之仙过世得早，朕甚为遗憾，如今能让他的弟子荫恩进国子监，也算朕对杜之仙的一番心意。"谭诚出现在这里，定是为了国子监录用监生名单而来，无涯只得抢先用话来堵他。

"就怕穆澜会辜负皇上的厚爱。听说他的试卷头一遍就被刷了下来，杜之仙的关门弟子空有名气却无才华。"谭诚淡淡地说道。

无涯半步不让："正因他才华平平，朕不能让他辜负了杜先生，是以才将他选中，送进国子监好好读书。"

谭诚话锋一转，感慨道："皇上对杜之仙的这番心意，就算是九泉之下的杜之仙也必感激涕零。他过世时，幸得扬州林家大力相助，才不至于走得凄凉孤独。"

原来是为了林一鸣而来。满篇"正"字，还写得歪歪扭扭，这样的人也好意思进国子监？无涯略一沉吟，让了步："听谭公公这么一说，朕倒是想起来了，那林一鸣虽然不学无术，却有向上之心，腹无诗书，也能端正写上满篇'正'字，着礼部将他补上吧。"

"皇上对杜之仙一片拳拳心意，爱屋及乌，老奴遵旨。"谭诚坦然地接受了。

君臣间一个眼神碰撞，国子监的录用名单就算定下来了。

待谭诚离开后，无涯唤来了秦刚："扬州林家可是投靠了东厂？"

秦刚愣了愣："卑职这就去查。"

回到东厂衙门，谭诚也叫来了梁信鸥："去查一下扬州穆澜。"

梁信鸥有些诧异，当初他去扬州时已经查过了，但他素来对谭诚的话信而不疑，领命后便去了，倒是侍候在侧的谭弈有些不明白："义父，您当初不是不打算让穆澜进国子监，并以此试探皇上和杜之仙的故交们的态度？"

"七名三品大员说罢就罢了，皇上并没有多说什么，但是一个扬州穆澜，皇上却竭力护着。"谭诚的眼神变得凌厉，"阿弈，你好好想想，杜之仙死了，皇上为何一定要护着穆澜？"

"杜之仙的故交好友遍布朝野，在民间声望颇高。皇上护着穆澜，就等于拿到了这些人脉。"谭弈想都没想就答道。

谭诚点了点棋枰："皇上争的是这个眼。养活穆澜，就能得到一大片地盘；堵死穆澜，咱们就赢了。"

谭弈深吸了口气："孩儿明白了，孩儿会在国子监好好待他的。"

"与对手下棋，最怕看不清楚他要什么，知道了，就等于拿住了他的软肋。今天皇上能为了穆澜向咱家妥协，将来他也会。"谭诚淡淡地说道。

国子监外终于贴出了礼部颁下的录用名单，一时间人头攒动，考生们或喜或悲。

"还有没有天理了？林一鸣居然被录用了？"林一川盯着林一鸣的名字看了又看，渐渐就笑了。

燕声陪着林一川从人群中挤了出来，不解地问道："少爷为何还挺高兴的？"

他笑，不等于高兴。林一川站在国子监外，看着眼前的熙熙攘攘，肩头感觉到了沉重。他敢肯定，林一鸣上榜与东厂不无关系。东厂想控制林家，这是明摆着要扶持二叔一房来打擂台。如果自己不全心替东厂当好钱篓子，林家就要易主了。

"雁行，我在国子监读书，吸引他们的注意，来之前咱们商量的事你可以着手办了。"

"少爷保重。"雁行一刻也没有多待，朝林一川行过礼，转身就走了。

燕声早已习惯了，反正他的脑子比不过雁行，他只需要照顾好少爷就行。

"穆澜也被录用了，燕声，咱们去她家贺一贺。"林一川没有在人群中看到穆澜，他也不打算离她远一点儿，便带着燕声直奔大杂院去了。

此时，穆澜正在忙着跑堂卖面。大杂院的门脸儿改成了铺面，挂出了卖面条的店招。

"两碗阳春面来喽！"穆澜端着托盘，将两大海碗阳春面送到了桌上，笑容灿烂。

面馆开张，穆胭脂说什么都不愿意抛头露面，只躲在后厨煮面，前堂就靠周先生当起了掌柜，伙计们都是班里的徒弟。今天正式开业，四邻都来捧场，生意很不错。铺子里的桌子都坐满了客人，穆澜忙得脚不沾地。又送了几托盘面，她回到后厨，笑眯眯地望着母亲煮面。

"怎么，想吃老娘煮的面？"穆胭脂左手捏着一双长筷，利索地将面挑进碗中，让等候的小子送去了前堂。这一轮总算煮完了，她又从案板上抓起一把面下进锅里："浇头自个儿弄！"

"娘，我今天才发现你是左撇子！"穆澜大为吃惊道。

穆胭脂白了她一眼，将面挑在碗里推给她："小时候用左手吃饭，你外祖母说不雅，硬将娘的左手绑了，好让娘养成用右手吃饭的习惯。这倒好，反而养成了左右手都行。想当年，娘还能使双枪来着。国子监哪天张榜啊？离着远，也不能叫人天天去盯着。"

往面里浇了两大勺肉臊子，穆澜"呼噜"吃了一口："筋道！香！放心吧，我结识了个国子监的监生，今天开业，邀了他来吃面，若是录用了他会告诉我。"正说着，有伙计进来叫穆澜，说应明来了。

听说是国子监的监生，穆胭脂赶紧又煮了碗面，浇了厚厚一层臊子，让穆澜端出去和应明一起吃。

邻居热情，附近几条巷子的人都来贺面馆开张。铺子里没了空位，穆澜就让人在院子里的照壁下支了桌椅，她递了臊子面给应明，爽朗地说道："铺子里坐不下，委屈应兄了。"

应明笑得桃花眼眯成了缝："我回家都还要做农活，哪有那么多讲究。我就不客气了。"他搅拌着面，想起今天张榜，继续说道，"差点儿忘了重要的事情，今天张榜了，你被录取了。"

"太好了，进了国子监还请应兄多多照应。"穆澜并不知道因为自己深宫里的皇帝与谭诚暗中的博弈。她不求成绩引人注目，便取了个巧应试，觉得考中并不意外。知道被录取，她也很高兴，催促着应明赶紧吃面，林一川就在这时赶到了穆家。

大门一侧改成了铺面，大敞的门脸儿，一眼就能看到店里的人。坐在门口照壁下的穆澜和应明极为打眼，林一川迟疑了下，还是大步走了过去："恭喜恭喜！我来吃面！"

不是叫他离自己远点儿？怎么又来了？见到林一川和拎着礼品的燕声，穆澜心里犯起了嘀咕，"哧溜"一声吸进口面条，放下筷子道："这是国子监率性堂的应明应公子，这是林一川林大公子。来者是客，我去拿凳子。"

"林公子。"应明放下碗筷，起身与林一川见礼。

率性堂的监生？穆澜结识应明是为了他的这个监生身份？林一川心情突然就好了，拱手笑道："应兄，在下扬州林一川，与穆澜是同乡，进了国子监还望应兄多多照拂。"

两个大男人在照壁下拱手见礼。应明见林一川穿着湖蓝色的新锦衣，衣襟、衣袖上皆用银线绣着万字不断头的花纹，一看就是个有钱人，该不会是穆澜圈起来想宰的肥羊吧？想到穆澜卖符，自己沾光赚的银子，应明就乐了，看林一川也分外亲切："林公子也被录用了？放心吧，率性堂为六堂之首，在下也有那么一点点权，将来若有需要，大公子只管言声。"

遇到个被穆澜利用的傻货！林一川顺杆儿就上："多谢应兄照拂！改天再请应兄吃酒。"

等穆澜提着凳子回来，应明和林一川已经熟络如朋友了。她只想把林一川赶走，就把破凳子放下，很无奈地说道："店里没了座位，招待不周。"

木凳没有刷过漆，不仅是旧的，四根凳腿也参差不齐，凳面还有两道缝。年深日久，木头上泛着怎么也擦拭不掉的黑色污渍。

你能坐吗？不坐，就走吧。

"大公子，你坐这儿，在下刚好吃完。"应明笑呵呵地站起来，直接将林一川按在了自己坐的那张竹椅上，"我今天是溜出来的，还要回去考勤，先走一步，我们五月国子监见。"

没想到应明这么热情客气，穆澜有些傻眼。应明走了，林一川坦然地坐在了竹椅上："不招待我吃面？我可是来贺喜的！"

"赶紧煮两碗面！加双倍臊子！我这儿来客了！"穆澜冲后厨吼了一嗓子，皮笑肉不笑地说道，"哪儿能不请大公子吃面呢？就怕大公子嫌弃。"

林一川笑道："这么多客人，想必味道一定不错，我已经闻到香味了。"

穆澜挑了挑眉，没有说话。

"少东家，没碗了！稍等！赶紧洗碗去！"一名打下手的伙计早得了穆澜的吩咐，挽起袖子端着一大盆碗就进了院子，三四个丫头拎了桶水便开始洗碗。铺子是倒座改的，从照壁处就能看到厨房后面洗碗的情景。

"今天生意真好！"穆澜边吃边望向洗碗的地方，又喊了一嗓子，"先洗两个碗出来，客人等着呢！"

他要吃的面用的碗就是那个木盆里的？林一川不由自主地就盯住了洗碗的地方。燕声也看了过去，大木盆里高高摞满了吃完的面碗和筷子，油汤浮了一层。丫头抓了把灰色的东西扔进盆子里，水立刻就变得混浊了。主仆二人眼睁睁地看着白色的擦碗布浸入水中，在碗里擦了擦，再拿出来时则变成了灰色，他们眼中顿时噙满了惊恐之色。

"撒进去的灰是什么？"林一川不淡定了。

喝完最后一口面汤，穆澜拿着碗和筷子站了起来："碱面，去油的。"她走过，把碗筷放进了木盆里，顺手从一只桶里将丫头们洗好的碗筷拿在手中往下甩了甩水，"我给你们俩端面去！"而那只水桶里浮着一层油光。

她一走，燕声都要崩溃了："少爷，您还是别吃了吧！"

林一川叹了口气道："我也不想吃了。"

然而眨眼工夫，穆澜已托着两大海碗面过来了："我给加了双倍臊子！"

林一川主仆二人还没来得及推辞，面碗已塞进了手里。燕声顾不得自家少爷了，端着碗道："我出去吃！"转眼就出了大门。

摆在小方桌上的面盛在粗陶海碗中，碗的四壁还有水滴。面条并不是雪白的，有点儿泛灰——小面馆用不起上等细白面，麦面煮出来的颜色就是这样。汤是大骨汤，汤色混浊。面上浇着厚厚一层臊子浇头，撒了点儿葱。油腻的肉汤沾在了碗沿上。

"香着呢，趁热吃吧！"穆澜坐在对面，歪着头看着林一川，见他迟迟不拿筷子，她又曼声说道，"瞧不起我家的面？这里本就是穷人才来的地方，款待不起像大公子这样的人物。您的心意我领了，您就甭勉强自己了。"

就在这时，林一川拿起筷子，挑了一筷子面条吃了。他吃得很斯文，但很快，几乎能用风卷残云来形容。

真吃了？穆澜惊得下巴都快合不拢了。

将最后一筷子面条塞进嘴里咽下，林一川拿了块帕子把嘴擦了，示威地朝穆澜笑着道："味道真的很不错！"

这家伙，赶不走的牛皮糖啊！穆澜无语了。

"这双竹筷是新的，你拿进去的两只碗里其中一只碗壁上有烧出来的三络花纹，可你端出来的碗上却都没有这个花纹。我猜，这碗也是新的。"林一川很满意自己的眼神，满脸阳光地望着穆澜道，"想捉弄我又舍不得？小穆，你对我真好！"

没把人折腾走，反而被发了张好人牌，穆澜真想戳瞎林一川那双观察入微的眼睛。这里不是说话的地方，她起身朝林一川道："大公子随我来，我有话对你说。"

林一川笑着起了身，随她进了宅子。

后宅有个小小的花园，花园里早已没有了花。两株大杨树四周开辟出几个菜园子，种上了葱、蒜和白菘。穆家班的人都去了前面铺子里帮忙，这里清静无人。

林一川慢悠悠地跟在穆澜身后，她因在铺子里帮忙，穿着件褐色粗布衣裳，挽着衣袖，走路时脚步带风，身材修长。他想起那个涂着蔻丹假扮成男人的女子，同样是姑娘，穆澜连个背影都好看啊。穆澜在树下停了下来，回过头看向他道："那天晚上你听到了多少？"

他听到了一切，听到她叫那个面具人为"珑主"，"珍珑"的"珑"。他又想起那枚巧妙让穆澜捡回的残破云子，他看到了两个人的比试，虽然不愿意承认，但他心里已经肯定，穆澜是东厂要抓的珍珑刺客，可眼下却不是让她知道的时候。林一川叹了口气道："我到的时候只看到一个黑影离开，你受伤坐在墙根下，你的伤好了吗？"

"记住这句话，你看到的就是这些。你可以走了，以后最好离我远点儿。"反正她对林一川下不了杀手，只能这样警告他一番。穆澜不能肯定如果面具师傅知道林一川听到了更多，会不会给他带来杀身之祸。

林一川靠着树，望着地里的菜出神，唇角隐隐带着笑："小穆，你担心我，对吗？"

"我不喜欢牵连无辜。林一川，你家的麻烦已经够你折腾的了，你就别再掺和我的事了，行吗？"穆澜很无奈。

林一川偏过脸看她，目光专注而认真："小穆，我喜欢你，我想保护你。"

轰的一声，穆澜的脑子里一片空白。短短数天之内，已经有两个男人对她说，我喜欢你。

无涯那样可怜，他烦恼着自己喜欢一个少年。但林一川呢？观察入微的林一川也会喜欢男人？穆澜若这样想，就不是能轻松刺杀六名东厂之人的穆澜了。

"小穆，你可以试着信任我。"

她的心"咚咚"地跳着，每敲击一下，都会带着股血气直冲脑门儿。林一川的声音像从天边传来，穆澜仍处于呆滞中。他不知何时已经走到她身边，那双比寻常人眸色更深的眼睛里带着穆澜不想看懂的情感。

她，马上就要进国子监，成为一名监生。她要为父母了愿，为十年前的那桩科举舞弊案翻案；她要揭开杜之仙去世之谜，找出他叩拜丹桂的答案；她要揭开面具师傅的面具，要保护核桃、保护穆家班，她绝不能因为被林一川识破性别就前功尽弃，她闭上了眼睛："你想要什么？"

她的声音清冷，背挺得笔直，像一只蓄势待发的豹子。

他知道她是位姑娘，但她不知道他知道。他说他喜欢她，如果她对他有意，她的反应就不会是这样，哪怕她跳起来夸张地嚷嚷"老子是男人"也好啊。林一川愕然，继而心里泛起了一丝苦涩。她在猜自己是否识破了她的性别？所以她问，你想要什么？在她心里，他是那种会要挟她的人吗？

"哈哈！小穆，你逗死了！我真是太喜欢你这性子了！我喜欢你呀，当然想要帮你了。我想要什么？我缺钱吗？我缺的是朋友！"林一川放声大笑，俊朗的脸染着阳光，像是听到这世上最好笑的事情一般。

穆澜睁开眼睛，就看见他笑得灿烂无比。真的是她过于敏感吗？穆澜看着他，林一川还在笑——她扮了十年的男人，她不可能露出破绽。她都要被他吓死了，便暴怒地吼道："你的话一点儿也不好笑！老子快被你吓死了！"

"别呀！"林一川很痞子地把手搭在了她肩上，用力地搂了搂，"我朋友少，你算一个。我喜欢你的性子，我不帮你谁帮你？小穆，别有事一个人扛，还有我呢！这天底下就没有用银子摆不平的事！"他完全一副有钱人家纨绔大少的骄横模样。

原来是喜欢她的性子，喜欢她这个朋友呀，穆澜一颗心晃晃悠悠落到了实处。

有钱能使鬼推磨，可她的事是鬼见愁，她很认真地问道："林一川，那天你也看到了，你确定不怕被我连累？"

"不怕，那个面具人打伤了你，迟早我会帮你报仇。"

"你都不问我，他是什么人？"

林一川的口气很冲："管他是什么人！你有仇家，我就帮你！小穆，我说的是真心话，相信我，我能帮你。你愿意说就说，不说也没关系。"

如果林一川知道珍珑局的存在，听到自己叫面具师傅为"珑主"的话，他应该就不会这样轻松了。穆澜暗松了口气，林家毕竟被绑上了东厂的船，而区区一个林家，对东厂来说只是一只蝼蚁。老头儿说观林一川面相，他将来会有大造化，可就算林一川反感东厂，但为了家族，有些事根本不会以他的意志为转移。珍珑和自己的关系，他不知道最好。

"那晚打伤我的人与我师父有渊源，我是替老头儿鸣不平。这事是我的私事，我不希望你掺和进来，就当你没看到，行吗？"

林一川也没指望穆澜现在就信任自己，他笑道："反正需要我的时候，你尽管开口。"

看来他是黏定自己了，穆澜也不再相劝。林一川铁了心要帮她，她将来定会尽全力护着他，她一拳捶在他胸口："没看出来啊，林一川，你还挺讲义气的！"

"那是！所以进了国子监，你也要多多照顾我才是啊！你可是奉旨入学，杜之仙的关门弟子。小穆，你说你怎么就这么机灵，没几天工夫就结识了个率性堂的监生？"林一川真真假假地说着，即使感觉到穆澜身上溢出的清冷之气渐渐散于无形，他也不敢马虎再让她瞧出什么破绽。

"你有银子，我没有啊，只好多认识点儿朋友。"穆澜笑嘻嘻地说道。

她果然是冲着应明的率性堂身份才与之结交的，林一川又想起了无涯："小穆，那个无涯是什么来头？"

穆澜的眸光闪了闪，把球踢了回去："林一鸣想劫无涯的道，你还赶去解围，你猜他是什么人？"

"该不会是宫里的皇帝吧？皇帝不可能去逛青楼喝花酒的，我想他应该是哪位王爷家的世子。小穆，这种人你还是离他远点儿好，像他这种人是不会轻易折节结交咱们这种身份的人的。"林一川想起无涯那张静月般优美的脸，心里隐隐有点儿犯酸。长得那般颜色，还是权贵世家子弟，随从侍卫都是锦衣卫。都说京都居大不易，但达官贵人也实在太多了，林家就算再有钱，到了京城也摆不了威风，真是人比人，气死人。

"我心里有数。"穆澜垂下眼，长长的眼睫掩住了她的情绪。

"行了，我先走了，国子监见。"林一川若无其事地告辞。走到后院的门口时，他停下脚步回头看去，穆澜依旧靠着那株大杨树望天出神。她有心事，与无涯有关。

刺客珍珑之上还有个珑主，她为了无涯违背珑主的意愿，才会被打伤。无涯，值得她那样喜欢吗？

"你在看风景，而我在看你。"林一川低声喃喃道，唇边泛起一抹苦涩与无奈。

第二十六章 报到先争房

四月十六，宜出行、祭祀、祈福。春暖花浓，如洗蓝天，是极好的日子。国子监外的茶楼、酒肆如同新开张，喜气洋洋。新进监生今天起报到，大都找寻着同乡或友人相聚，附近几条街巷的店铺，老板收钱都收得手软。

穆澜跟着人群进了国子监，顺着张贴的告示去了报到的地方。新监生在报到处的监舍外排起了长龙，她估算了下时间，懒得排队，打算先去找应明打听点儿消息。这时，前面的人群突然乱了，有人高声叫道："凭什么荫监生能住最好的天字号院？地字号房需要多给银钱才能选住？以身份、钱财选住监舍，有才华的穷监生就该低人一等吗？一进国子监，所有监生都应一视同仁，如此安排，置国子监的监规于何地？在下不服！"

这声音怎么听着耳熟呢？听这话里的意思国子监的住宿分成了几类，穆澜赶紧向旁边的学生打听。原来国子监毕业了一批人，又迎来了新监生，空出来的宿舍分为天、地、玄、黄四种：天字号房两人一间，有单独的浴室；地字号房也是两人一间，但没有单独浴室；玄字号一屋住四个人；黄字号房六个人一间。穆澜一听，她一定要争到天字号房，洗澡、住宿的事比什么事都要紧。想到这个，她奋力地挤到了人群前面。

报到处的监舍外面，谭弈穿着一袭湖色春裳，儒雅而不失英气。在他周边站着一群学生，皆愤愤不平地盯着负责新生录入的国子监学正。

虽然国子监监规规定，所有监生都要一视同仁，但荫监生都是三品高官家的公子，而捐监生都有钱。从多年前第一位荫监生受照顾入住天字号院之后，国子监的老师们都将最好的天字号房心照不宣地分给了荫监生。次等的地字号房多交钱则可以选房入住，剩下来的宿舍才会随意分发给剩下的监生。

一句话，没权没钱，就得住别人挑剩下的房间，只是这种心照不宣的事从来都没有被当面揭穿过。荫监生得了好处，不会声张，觉得理所当然。肯多给钱的捐监生也不在乎每个月多出点儿银两，让自己住好一点儿。而国子监最差的黄字号宿舍，也比那些穷学生家里的住房好数倍。能进国子监读书，穷学生们已心满意足。初来乍到，他们都怕得罪了学正和权贵子弟而受到排挤和欺负，故而也不会声张。如此一来，国子监给新生分宿舍就成了民不举官不究、心照不宣的旧例了。

廖学正气不打一处来，两撇小胡子随着他呼气的动作高高翘起。他在国子监十几年了，占着登记新生入学的肥差。讨好荫监生，就等于讨好了朝中大员。外地的高官子弟为得到他的照拂，逢年过节都会送来丰厚的节礼。捏着好房子收监生们银钱，从来都赚得荷包鼓胀。学生们之间闹别扭想换房，也会向他孝敬疏通。他相当满意自己这个类似在国子监打杂的职位。然而，今天谭弈站了出来，喊出不公，拒绝接受分给他的玄字号宿舍。

断人财路如杀人父母，廖学正阴狠地望着谭弈，语带威胁："新进监生不守规矩、不遵分配，一个月内还能被退学，我看你是不想在国子监读书了！"

看来这个小胡子并不知道自己的身份，否则再给他一个胆子，他也不敢这样说话。不过，谭弈要的就是这种效果，他冷笑道："学正刚才对在下说，给钱就能挑宿舍，在下还不知道国子监的宿舍居然被人当成赚钱牟利的私器了！"

学生们一片哗然。

这种事能拿到台面上讲吗？廖学正满脸通红："你敢污蔑本官？"

谭弈正义凛然地说道："谭某最看不得这种不公正之举！监生的食宿穿衣都是由户部供给，住在国子监本来就不需要监生多花银钱。宿舍有新有旧、有好有坏，而大家都是新入学的监生，难道不该以成绩优劣来分配宿舍吗？再不济也该抽签决定，公平分配！大家说对不对？"

一句话将穷学生们煽动得热血沸腾："对！公平分配！荫监生凭家境不需要考试就能进国子监，凭什么他们还要住最好的宿舍！"

"大胆！我看你们都不想入学了！"廖学正气得将学生名册狠狠摔在了桌子上，小胡子翘了起来，"不报到登记，就不算国子监的监生。"

不登记，就不算国子监的监生。这句话让一些穷学生犹豫起来，国子监包吃住、发廪银，即使住得差一点儿，也比家里的房舍好，要不就算了吧？

有东厂撑腰，谭弈今天喊出不公，为的就是笼络人心，在国子监树立威望。占住了理，他无论如何也不会放过这个机会，便高声喊道："一室不治，何家国天下之为？莫要被他吓住了！我们寻祭酒大人评理去！"

他是解元，虽然没有参加今年会试，但在举子中的声望极高，不少落榜举子就是被谭弈想办法弄进国子监来的。他一喊，身旁就同时响起应和声："对，找祭酒大人评理去！"

"反了！反了！"廖学正还从来没有见过如此胆大包天的学生，他也高声叫了起来，"想报到的学生过来！"

"不准去！我们要团结起来！"追随谭弈的人立刻结成了人墙，挡在了监舍外，场面立时就乱了。

穆澜奉旨入学，算是荫监生，如果照旧例，她应该能分到天字号院的宿舍。听到这里，她不禁埋怨起谭弈来。眼见学生们都闹了起来，她无意替荫监生们说话，就悄悄退出了人群，静观事态变化。

"小穆，总算找到你了。"林一川挤到她身边，朝前面张望着，"住宿的事包在我身上，哥哥有银子，我不信买不到一间好宿舍，你就甭担心了。"

穆澜正犯愁呢，听他这么一说，好像又多了条路，她也就不着急了。

"哈哈，这下有好戏看了！"林一川大笑起来，朝着穆澜挤眉弄眼道，"上次在绿音阁没掐起来，这次如愿了。"

一群锦衣公子正朝着报到处走来，许玉堂被簇拥在前，青衫飘飘。望着他，穆澜又想起了无涯，脸没来由地就红了。她移开目光，正看见林一川专注地盯着自己，她诧异道："你盯着我干什么？"

她没有瞧着许玉堂移不开眼，林一川眉开眼笑道："小穆，我一定会把天字号房弄到手。"

我们两人同住一间房，我不信在国子监读四年书，你眼里会没有我。

天字号房对穆澜的吸引力其实就一间独立浴室。林一川的目光让她心思微动，大隐隐于市，也许住六人间的黄字号房，更容易隐藏自己。单独和林一川住一间屋，以这家伙的观察力，迟早会被他看出破绽。穆澜扬了扬眉，笑道："看许玉堂他们肯不肯让了。"

朝中三品官员并不多，家中适龄读书的公子就更少，本届荫监生也只有三十几人。锦衣华裳，神态矜持，如鹤立鸡群，立时就和普通学生区别开来。靳小侯爷虽然人比较单薄瘦弱，但却气势十足地冲前面吼道："干吗呢这是？不报到就让开道！"

光看他们的衣着，学生们就知道是京城的荫监生们来了。大多数人都想着多一事不如少一事，少得罪权贵弟子，便哗啦啦地让开了。这样，荫监生们就和高呼着要去找祭酒大人评理的谭弈等人撞了个正着。

一个烈如骄阳、英气毕露；一个静美如莲、斯文儒雅，京城两大美男又一次相遇了。谭弈不怀好意地盯着许玉堂，笑着问道："来得正好！许玉郎，你倒是说，大家都是新入学的监生，凭什么你们这些荫监生们就能住天字号房，其他的学生却要多给银钱才能选房住，或者只能挑剩下的宿舍？"

"对！凭什么？"跟随在谭弈身后的学生们怒目而视，荫监生们顿时陷入不满的目光的包围中。

"吼什么吼？"靳小侯爷恼怒地叫道，"住不上好房难不成赖我们？"

"小海！"许玉堂喝止了他。

许玉堂的父亲是礼部尚书，正管着国子监，他心里清楚，国子监向来都会将最好的宿舍分给荫监生。不仅如此，在国子监入读，官员们也会尽可能地照顾他们，但这些事情是不能放在明面上说的。所以，他绝不能承认，他更不想给人造成纨绔子弟飞扬跋扈的印象。

许玉堂斯斯文文地回道："我们也刚来，还没有报到，谭公子凭什么说我们都能住天字号房？安排谁住什么样的宿舍，这应是国子监所管之事，谭公子若对宿舍不满，可自去找管分配宿舍的学正反映。"说完，他不卑不亢地望着谭弈。

没想到这个许玉郎还是个聪明人，不上当，谭弈心思转了转，笑道："我们找祭酒大人评理去！"

许玉堂只是一笑。

总是有猪队友跑来扯他的后腿，在这节骨眼儿上，廖学正看到了许玉堂——顶头上司的直属部堂大人家的公子来了！他根本没有心思判断眼下的形势，条件反射般就从监生中轮着小短腿飞快地跑到了许玉堂面前。他觉得终于等来了能给自己挣回二两面子的人，便堆着谄媚的笑容对许玉堂道："许公子，请来这边登记，领取物品，您的宿舍已经安排好了。"

想着先前他威胁众人的模样，如今却对许玉堂前倨后恭，便如火上浇油，学生们勃然大怒：

"欺人太甚！"

"如此不公，这书没法儿读了！"

"跪皇城请愿去！"

这句话喊出来后，所有人都知道事情闹大了。谭弈占了理，又有东厂撑腰，自是不怕。他身材高大，高声叫道："诸位同学冷静！我们先问祭酒大人去，说不定是这位廖学正私自所为！"

区区一名学正，他还不放在眼中。学生们以他马首是瞻，纷纷附和。

"出什么事了？"一声喝问响起，人群自动分开，陈瀚方带着国子监司业和监丞大人赶来了。

再见陈瀚方，林一川想起了灵光寺一行："小穆，你说咱俩运气还算不错吧？去一趟灵光寺踏青就能遇到祭酒大人。"

"也不知道那桩凶杀案破了没有。"穆澜又想起老姬房中被擦去的血字。无涯很关心这个案子，他会吩咐锦衣卫去查的，将来有机会可以问问他。

陈瀚方缓缓扫视了一圈，见学生们脸上还带着隐隐的怒意，便淡淡地问道："为何不排队报到，在此喧哗？"

廖学正赶紧上前，指着谭弈抢先开口告状："大人，这名学生嫌弃分配的宿舍不好，阻止学生们报到。"

"祭酒大人！"谭弈抬臂施礼，"学生谭弈，乃今年新录监生。按国子监监规，所有监生应一视同仁，廖学正却将天字号房留给荫监生，地字号房要多收银钱才能选房入住，学生们觉得不公平！"

挺拔昂扬，英姿焕发，满脸正气，没想到在谭诚的义子脸上看不出半点儿东厂的阴戾之气。陈瀚方想起自己递交给礼部的录入名单，笑容和煦如春风："国子监有天、地、玄、黄四种宿舍，天字号房最少。荫监生们以父荫入读，是朝廷对三品以上官员的恩宠。如论公平，他们以恩入监而非以才华入监，这就是不公。然而你们入读国子监，将来出仕为官，难道不是想着为社稷、百姓谋福祉，封妻荫子，光宗耀祖？他们因长辈为朝廷做出了贡献得以荫恩，前人栽树，后人乘凉，又有何不公？"

不就是这个理吗？廖学正听得眼泪哗哗的："大人英明！"

"大人此言差矣，荫恩入学已是恩宠，难不成荫监生不学无术，将来也能顺利毕业出仕为官。既然进了国子监，那么所有学生都该一视同仁。"谭弈下定决心要把这件事办得漂亮，便掷地有声地说道。

所有目光都望向陈瀚方，他微笑道："你说的也有道理，且符监规。这么着吧，抽签分配宿舍。廖学正，取制签来。"

抽签！穆澜笑了："果然公平。"

"抽签看运气啊。"林一川想起穆澜出千的手段，悄声问道，"小穆，你抽签时能不能出千换掉竹签？"

"你想多了，当众出千，被捉个现行，我就不用去报到了。"穆澜叹了口气道。

"要不要打赌，我能让你住到天字号房去。"

"需要赌吗？哪个穷监生命好抽到天字号房，林大公子一张银票塞过去，他会心甘情愿和你换的。"

林一川气结，转过身腹诽，太聪明的女人一点儿都不可爱。

不多时，廖学正就带着两名小吏提着满满一大桶竹签赶了回来，他朝陈瀚方等上司行礼后道："天字号房一共四十支红签，地字号房二百二十支白签，玄字号房四百支绿签，余下的黄签则是黄字号房的。"

竹签染色的一端插在桶中，上面一般无二。陈瀚方示意廖学正找人抬桌椅过来，之后，他便和司业、监丞一同坐下："今年新录监生排队取签，登记报到，不得耽误时间，开始吧。"

祭酒大人亲自监督取签，自然公平，谭弈笑着抬臂行礼："多谢祭酒大人替学生们主持公道！大家排队取了签就去登记报到吧！都排好队！"

他倒不是头一个上前取签的，而是带着追随他的人维持起秩序来。

学生们都有点儿顾虑，不愿头一个上前取签，许玉堂站了出来："我来抽！"

荫监生们跟在他身后排好了队。许玉堂随意抽了支竹签，看到竹签尾端的那抹红色，笑了笑，便走向监舍登记。

报到录取处恢复了正常秩序，林一川跟着穆澜慢慢排到了桌前。陈瀚方瞥了眼穆澜，她给他的印象太深。这个穆澜不仅与皇帝同游灵光寺，两巴掌扇醒了被吓成失心疯的举子，而且还是杜之仙的关门弟子。

"见过祭酒大人、司业大人、监丞大人。"穆澜团团作揖，从签桶中抽出了一支签，随后就让开了。林一川探长了脖子也没看到她抽的是什么，只好跟着团团作揖，抽了支竹签就追上去："小穆，你抽到什么了？我是白签！地字号房，还不算太差。"

"我运气还算不错！"穆澜将竹签反转，露出染绿的尾端，是一屋住四人的玄字号房。

林一川嫌弃地看着她道："果然手霉！真不知道你赌钱时到底是怎么赢的。"

穆澜回肘撞在他胸口："你还不赶紧换房去！祭酒大人他们都在，机灵点儿。"

"把你的给我，我一起拿去换。"

"分头换，快一点儿。"穆澜哄着他，然后便笑嘻嘻地离开了——她压根儿就不想换。林一川一定能换到天字号房，那么如果她想沐浴，找机会趁他室友不在去就行了。比起洗澡的麻烦来，穆澜现在觉得林一川才是真正的大麻烦。

林一川笑嘻嘻地走向了排队报到的监生们，他一本正经地望着前方，手里捏着一支竹签，只露出染色的一小截尾端，嘴里念经似的嘀咕起来："五百两换天字号房，五百两换天字号房，五百两换天字号房……"

没过多久，就有名穿着普通的监生红着脸飞快地看了看林一川，林一川大喜道："张兄！我寻你好久了！"

不等人家反应过来，他便亲热地搂住了那名监生的肩，如逢故交般将他带出了队伍："在榜上看到了你的名字，正寻思着今天会遇到你……"

两人走到旁边的树下，寒暄中银票与竹签已借着衣袖的遮掩飞快地交换了。

"我，我姓朱。"那名监生手心攥紧了银票，心虚地拱了拱手，飞快地去排队了。

一双眼睛沉默地注视着绿树下的交易。在林家宅子里，谭弈看到的林一川病得两颊凹陷，肤色蜡黄。今天，经过林一鸣的指认，才让谭弈将林一川认出来。

"林一川什么时候认识那个监生了？谭兄，我敢打赌，他一定花钱换房间去了。"林一鸣来报到，找到谭弈后就黏上了其身边，而他抽到的是支黄色的签。

换房间？谭弈眼中闪过一抹深思："一鸣，你去打听下，林一川和谁住在一起。"

林一鸣拍着胸脯道："小事一桩，包我身上。"

等林一川排队登记报到完，穆澜早已领了刻有自己名字的监生木牌以及发的监生常服与礼服，拿了房间钥匙就离开了。

天、地、玄、黄分别是四个院落，穆澜问过路才找到玄字院。院门上方挂着匾额，写着"玄鹤居"。院子方正宽敞，中间摆着五个装满清水的大石缸。穆澜照着钥匙上刻的字找到了丙十六室。只见房间的门大敞着，里面已经住进两位监生，他们正在收拾。打了个照面，穆澜发现室友里居然有个熟人。

"呀，恩公！"苏沐认出了穆澜，放下手里的东西，抬臂行礼道。

灵光寺里被自己几耳光打醒的那个举子？还真巧了，穆澜连道不敢："我姓穆名澜，苏兄叫我名字就好。"

苏沐见着熟人也很高兴，给穆澜介绍另一位监生道："这位是侯庆之侯兄，淮安府人氏。"

穆澜随手将领取的物品放在一张空着的床上，拱手见礼："扬州穆澜。"

侯庆之面相憨厚，个头儿不高，全身的肉似长错了方向，瞧着很像无锡著名的泥娃娃阿福。他似被穆澜的名字惊了下，有点儿不安，手足无措地和穆澜见礼道："小兄弟可是杜之仙杜先生的关门弟子穆澜？"

"蒙先生不弃，教在下读了两年书，实在惭愧。"这句话穆澜已经说得极为顺口，然而听到侯庆之的声音后，她心里有点儿惊奇。真是巧啊，侯庆之与应明是同乡，他应该就是自己和无涯在后巷窗外听见的那位请应明当枪手的人。

"穆公子，你睡这儿！"苏沐一心想要报恩，他与侯庆之来得早，占了靠窗的两张床。说着，他就将自己放在床上的东西抱起，执意要和穆澜换。因为靠窗方便，穆澜推辞了下也就应了。

房间宽敞，四张床相离甚远，中间摆着一张八仙圆桌。靠墙的空地摆着四口空木箱，一排空书架。窗外正对一片小树林，甚是幽静。

登记报到一天时间，还给了监生一天假，穆澜见时间尚早，打算回家拿行李。她正和苏、侯二人告辞的时候，门外进来一个铁塔般的少年，只见他背着巨大的包袱，一只手里提着个书箱，另一只手拎着一杆铁枪，立时就将门堵得严严实实。

"俺叫谢胜，以后也住这屋了！"谢胜声如洪钟，震得三人耳膜嗡嗡作响，半天都没有吭声。谢胜将行李放在唯一空着的床上，提着铁枪东瞄西看，最终将枪横着放在了枕头边上。他大马金刀地在床上坐下，浓眉微蹙道："报上名来！"

谢胜一副响马打劫的做派，惊得苏沐和侯庆之目瞪口呆，穆澜"扑哧"笑道："在下穆澜，来自扬州。这位是淮安侯庆之，这位是苏沐。"

"哦！"谢胜扫了三人一眼，除了横着长肉的侯庆之，穆澜和苏沐都很瘦，这种书生他没有兴趣，放下帐子，他上床躺下，"骑马赶了三天路，俺困了，你们聊。"话音才落，鼾声就起来了，三人面面相觑。

"我回家去拿行李，明天我们一起聚聚如何？想来明天谢胜也能睡醒了。"穆澜拱手告辞。

出了房间，院子里新来的监生三三两两聚在一处交谈着——丙十六室的动静吸引了监生们的注意。谢胜的鼾声极有韵律，像唢呐吹出的曲子，金戈铁马，颇为雄壮。穆澜回头，见苏沐和侯庆之捂着耳朵从屋里冲了出来。苏沐脸色苍白，失魂落魄。侯庆之眼神惊恐，肥手指塞着耳孔，看不出是笑还是哭。她忍俊不禁，笑着走了。

这边林一川领了东西，四处都没有找到穆澜，只得先去了房间。天擎院环境优美，屋舍建在花树与浅湖旁，院中还有一座两层飞檐八角形凉亭。林一川抱着东西找到了甲三号，房门敞开着。他心想不管住的是谁，小爷都用银子将他打发走就是。想到这里，他进屋时脸上就堆满了笑容。

"哎呀，堂兄，你也住在这里？"熟悉的声音让林一川愣了愣，但他马上就笑了，好啊，林一鸣，你敢不搬走，爷就天天揍你！可当他抬头一看，屋里八仙桌旁坐着两个人，谭弈微笑着站了起来："林大公子，在下与你同住。"

林一鸣、谭弈，怎么就这样巧？是巧吗？不，绝没有这般巧的事，他敢肯定谭弈是东厂的人，这是条盯着自己的毒蛇。

"真巧啊，将来功课上有问题正好可以向谭解元请教。"林一川绷着笑脸打了招呼，将物品放在了另一张床上，也不停留，"在下要回家去取行李。一鸣，你的行李带过来了吗？要不要和我一起回去？"

"我叫小厮带来了，正在国子监外候着呢，就不和堂兄一道了。"林一鸣心里"呸"了声，心想，还好老子机灵，你有这么好心叫我一同返家？回去铁定会被你揍一顿。

"告辞。"林一川懒得多说，就匆匆出了门，他站在擎天院门口回望，磨着牙道，"一丘之貉！想弄死爷，门儿都没有！"

林一川的行李其实也早让燕声带来了，只是国子监不准小厮、仆从进来，燕声也同样在国子监外等着。他并不着急，先去报到处查了登记名册，见穆澜压根儿就没有换房间，他打听到玄字号院的位置后，直接找了过去。

丙十六号房间的鼾声引得院中的监生指指点点，苏沐和侯庆之唉声叹气，各寻各的同乡去了。林一川进了房，一把将帐子掀了起来，见床上的浓眉少年正抱着杆铁枪睡得正香，他伸手就去推谢胜："喂，醒醒！"

手刚碰到谢胜胳膊的瞬间，他忽然双目睁开，抱着的铁枪朝着林一川就刺了过去。林一川侧头躲开，大声说道："天字号院，你住不住？我和你换！"

"滚！"谢胜声如炸雷，震得林一川直捂耳朵。谢胜收了枪，两眼一闭，鼾声就又起来了。

林一川：……

从十岁起，林一川就被父亲带在身边接触林家的掌柜与生意了。商人重利，但父亲常常教导他说赚钱不是目的，用赚来的银子让家族与生活变得更好，这才更为重要。所以，他从小就懂得如何花钱。不同于堂弟林一鸣一掷千金的玩虫逗鸟，林一川的银子都花在收买人心、结交朋友、砸银开路这些事上。

林一川盯着鼾声依旧的谢胜看了又看，以他常年光顾江南纤巧阁这类奢侈制衣店的眼光来看，谢胜身上的蓝布夹袄不会超过二两银子。目力所见，最值钱的应该就是谢胜抱着的这杆铁枪。仔细一打量，林一川看出了这杆枪的不同。这杆枪通体都用纯铁锻造而成，长约七尺，至少重三四十斤，这说明谢胜力气很大。枪是马战时常用的武器，难道谢胜出身军中？谢胜不重银钱，难道重感情？

林一川快步离开，在国子监外转了一圈，拿了行李便直奔玄鹤院。鼾声仍然轰隆隆作响，笼罩在整座玄鹤院上空。院中已有新进监生恼了，冲着丙十六号房大吼道："还要不要人休息了？"

林一川忍着笑，直接进了房间，扬手间，水囊里的水洒了一半在谢胜脸上。谢胜铜铃般的凤眼猛地睁开，林一川高声叫了起来："兄台，兄台，醒醒！"

"下雨了？"谢胜早忘了被林一川弄醒过一回的事，他抹了把脸上的水，迷糊地望着林一川，嘟囔道，"你盯着我做什么？"

"兄台，在下是扬州林一川，今年的新进监生。"林一川见弄醒了谢胜，就愁容满面地说道，"在下住的是两人一间带独立浴室的擎天院，同屋的监生生性好武，硬要拉在下习武强身，可在下却是个手无缚鸡之力的书生。兄台武艺过人，枪法精绝，不如和在下互换房间，兄台也算找到志同道合之辈，你看如何？"

谢胜打了个哈欠："不换！"

习武之人的义气呢？林一川急了："为什么？擎天院地方宽敞，兄台练完枪洗澡方便，比玄鹤院四人居无独立浴室强太多了。我没撒谎，和我同居一室的监生武艺特别好，听说他还擅长枪法。"

"俺娘让俺进国子监读书，不让俺和人比武。和你换了房间，俺会忍不住要和你同屋之人切磋。"谢胜羡慕地看着林一川道，"有人肯指点林兄，林兄跟着练练，不仅身体强健，读起书来也不会很累，这是好事啊。"

这叫搬起石头砸自己的脚？林一川挪了张小凳子坐到了谢胜床前："谢兄，我给你五百两银子，咱俩换换行吗？"

"五百两？"谢胜的声音大得像铜锣，他眼中羡慕之意更浓。从小到大，他每个月才二两银子月钱，攒到十九岁，连五十两私房钱都没攒下。

还是银子管用！林一川拿出了一张五百两的银票诚恳地说道："只要兄台肯与在下换房间，这五百两就是你的了。"

谢胜瞪了他一眼道："不换！俺答应过俺娘，就一定会做到！"

这憨货！油盐不进哪！林一川眼珠转动，一掌倏地就拍向了谢胜。谢胜本来坐在床上，躲闪不易，见手掌已拍到了身前，他直接一拳迎了过去。拳头夹带着风声，正击中林一川的手掌，发出"啪"的一声脆响。林一川"咦"了声，退后一步，以江湖礼抱拳道："听闻兄台枪法精妙，在下想讨教一二。"

"你骗我？还偷袭！小人！"谢胜怒了，从床上一跃而起，手中铁枪往地上一蹾，青石板地面就裂开了。

"如果我赢了，你就和我换房间，敢吗？"林一川使出了激将法。

谢胜想都没想就道："为何不敢？此处施展不开，找地方去比试！"

看了眼窗外的树林，林一川足尖轻点，从窗户就跃了出去："来呀！"

谢胜提着枪就跟了出去。两人进了树林，找了处空地正要比试，不远处突然传来声响。那声音微弱，听不清在叫喊些什么，只喊了半截儿就没声。林一川和谢胜交换了个眼神，便同时朝着那地方奔了过去。树林深处一株高大的古槐横枝上，一个人悬在半空，双腿还在挣扎着。

"苏沐？！"谢胜睡归睡，睡之前他记住了同室的这名监生，他提起铁枪用力掷了过去。枪头割断绳子，苏沐摔了下来，林一川飞奔上前，正好接住了他，一看他的脖子，已被绳子勒出一条深深的红痕。摸着苏沐还有脉息，林一川松了口气："还活着！"

谢胜取下扎进树身的铁枪，一只手就将苏沐扛在了肩上："是跟我一屋的同窗，先带他去医馆！"

林一川顺手将苏沐上吊的那根绳子捡了起来。他想起来了，在灵光寺时见到老妪被杀，被吓得瘫在地上的举子不就是苏沐吗？后来他追丢了人，去禅房时，苏沐和无涯聊得很是投机。苏沐因春闱落第，所以才进国子监读书，他怎么可能在报到这天在小树林里投缳自尽？他站在树上看了看那根树枝的高度，下面连个踏脚的石头都没有，想弄成自尽也太蠢了吧？不，也许是自己和谢胜来得及时，对方还没来得及布置现场，到底是什么人想弄死苏沐？

这下好了，房子没换成，还遇到一起谋杀案。林一川朝四周看了看，没听到丝毫动静，只得先跟着去了医馆。

国子监的西南角门处设有医馆，免费为监生问诊。见谢胜背了苏沐来，医馆的郎中喂了苏沐一杯水，替他在脖子上抹了药膏，把了脉道："醒来就无事了，他为何要悬梁自尽？"

谢胜挠了挠头："不知道。我俩在玄鹤院后面的树林里撞见他悬在树枝上，就把他了救下来。"

监生自尽，兹事体大，医馆的郎中不敢隐瞒，便唤了小吏去禀报管人事的纪典簿。

苏沐没过多久就醒了，他捂着咽喉痛苦地咽着口水。

"是哪个监生想不开要自尽？"穿着八品绣黄鹂补子的纪典簿急匆匆地赶了来。

苏沐捂着喉咙，声音嘶哑，那惊魂的一幕深深地印在了他的心间。在身后拿着绳子勒住他的人有一双粗糙的手，当时他被勒得眼球都要从眼眶中跳出去一般。

"你看到了不该看的。"那人的声音很冷，说这句话时粗糙的手还在用力勒着他。

他看到了什么？苏沐痛苦地闭上了眼睛。

"此监生伤了咽喉，需休养几天，才能正常开口说话。"郎中赶紧替他解释道。

谢胜又将事情的经过讲述了一遍。见苏沐无事，纪典簿寒着脸训道："能进国子监是何等造化，竟不知珍惜！念在还未行开学礼，就饶你一回！本官不管你是因何事想自尽，如有下次，定要绑送绳愆厅严惩！"说罢，拂袖而去。

苏沐轻轻嘘了口气，虚弱地向林、谢二人拱手道谢。他白着一张脸，目光惊惧，不肯与林、谢二人对视，林一川心里也就更加肯定苏沐不是自尽。谢胜想着是同住一间屋的同窗，便蹲下身道："苏沐，我背你！"

苏沐并未推辞，嘶哑着嗓子说了声谢谢，便伏上了谢胜的背。林一川的行李还在玄鹤院，就跟着两人一同回去了。待进了房间，谢胜将苏沐安置在床上躺下，将郎中开的药放下，又热心地去张罗茶水饭食了。林一川坐到苏沐的床前："苏兄可还记得我？灵光寺我听到苏兄的叫喊，才去追凶手。"

"灵光寺。"苏沐声音嘶哑地重复了一遍，心头一道电光闪过，人跟着就哆嗦了下。想杀他的人是灵光寺的凶手！难道那凶手以为自己看到了他？想杀自己灭口？

"不是自尽，是有人想杀你。"林一川肯定地说道。

"不不不，是在下家中出了事，一时想不开。"苏沐不顾嗓子疼，只一味地否认，目光惊惧地左看右看，当看到窗外的树林时，他一把攥紧了被子。

见苏沐不愿意说，林一川也不再勉强，他想到了换房的事，就试探地说道："此处不如擎天院有高大的院墙，苏兄可愿意与在下交换房间，搬去擎天院住？"

离开这里！擎天院以往都是分给荫监生住的，院子四周有高大的院墙，还有护院巡视，苏沐求之不得："林兄真的愿与我换？"

得来全不费工夫！林一川重重地点头："真的！"

他迅速地拎了沐苏的行李，等苏沐休息了会儿，表示可以行走后，林一川便将他送到了擎天院自己的房间，正好谭诚与林一鸣不在，大约吃饭去了。安置好苏沐，林一川浑身轻松地拿了自己的东西离开。他得意地看了眼擎天院笑道："一举两得！谭弈，你有本事就跟来住四人间吧！"

想着穆澜回到宿舍看到自己的脸色，林一川哈哈大笑起来。

第二十七章　情意两心知

伙计将灯笼点起挂在了檐下，穆家面馆刚开张，生意还不错。反正穆家班的人都住在院子里，穆胭脂打算让面馆开到坊门关闭。入夜后人渐稀少，穆澜回家又帮了会儿忙，正和伙计们在一起吃饭。

穆胭脂知道她明天就要扛行李住进国子监了，就特意下厨给她炒了两道她爱吃的菜。一大家子拼了几张桌，热闹地聚在了一起。这时，一辆马车停在街对面，从里面下来一位客人，径直走向了面馆。看到里面的伙计们都在用饭，就以为打烊了，犹豫地站在了店外。李教头起身来招呼道："客人可是吃面？小店尚未打烊。"

客人微笑着走进来，看了眼柜台后的水牌道："来碗臊子面吧。"

穆胭脂就站了起来道："我去煮面。"

没多久面就端了过来，那名客人抽了筷子坐在角落里吃着。穆家班的人也没在意，继续热热闹闹地缠着穆澜说国子监。

"……'羞杀卫玠'扬臂高呼，几百号监生立时响应，那群贵胄公子全部像吃了瘪一样，都盯着'万人空巷'，结果许玉郎也知众怒不能犯，就乖乖地听祭酒大人的安排去抽签了。"穆澜讲述着国子监争房一事。众人早听过谭弈和许玉堂的绰号，皆哈哈大笑起来："不知道贵胄公子们有没有住进黄字号院，估计没两天就要哭了。"

穆澜用筷子敲着碗沿悔恨不已："我要是运气好些就好了，若是抽到擎天院，转手就能卖给那些贵胄公子。五百两，包管有人买。"

"五百两！"众人又一阵惊叹，心痛得仿佛真有五百两不翼而飞了。

"那得卖多少碗面才赚得到啊？"

穆澜跟着笑道："没那命啊！赶紧吃完收拾了。"

众人很快就吃完饭，齐力把桌子收拾干净，又留下几名伙计应付晚上偶来的客人。穆澜正要回房，却被那名客人叫住了。穆澜这才发现这位客人吃得极慢，仿佛等着她吃完似的，她顿时警觉起来。

"客人有什么吩咐？"穆澜仍挂着笑容问道。

那位客人四十出头的年纪，目光清明，温和地说道："你就是杜先生的关门弟子？"

穆澜一怔："正是不才。"

客人久久打量着穆澜，眼里泛起一丝伤感："先生旧病缠身，走得可安详？"

这是老头儿的故交？穆澜心头闪过老头儿曾给她的几个人名，却没有一个对得上号，但她依然恭谨地答道："先生是睡梦中过世的。"

客人似有些安慰，拿出一张名刺放在了桌上，不容置疑地说道："老夫昔日与杜之仙也有些交情，明天国子监还有一天假，老夫府上正开赏花宴，你且也来吧。"

他数出十五个铜板放在桌上，施施然起了身。穆澜眼尖，瞄了眼名刺，吓了一跳，她赶紧拦住他道："既是长辈，这碗面理应由晚生款待您。"

客人也不推辞，将铜板收了，微笑道："明天记得来。"

穆澜直送到马车旁，等他上了车，马车走远，她才拍了拍胸口："吓死个人啊！内阁首辅来我家吃面？"

她走回面店，伙计正在收碗。穆胭脂从厨房里出来，正好奇地拿着那张名刺左看右看。

"澜儿，他是什么人啊？"

穆澜将名刺拿了过来，心想该怎么对母亲说呢？照实说是内阁首辅胡牧山？她敢打包票，明天整座坊的人都会知道，母亲一定会借此扬名。

"哦，是杜先生以前的同僚，知道我进了国子监，邀我明天去他家用饭。"

穆胭脂压低了声音道："官大吗？你若查到了证据，他能帮上忙不？"

母亲心里只有翻案这一个心思。穆澜心想，我都认识皇帝了。若真找到证据翻案，她肯定直接去找无涯。她笑着安慰母亲道："还不知道他现在在哪个部堂供职。明天赴宴，我会见机行事，多结识点儿官员。您放心，我已经顺利进入国子监了，一定会找到父亲留下的证据。"

"娘不急，你去歇着，行李娘叫个伙计给你送国子监去。"穆胭脂叹了口气，催促穆澜回去歇着。

穆澜去了安静的后院，靠着杨树拿起名刺来看。她心里没表面那样轻松，老头儿给她交代的可信之人中可没有这位内阁首辅。与之相反的是，当初谈及父亲的那件案子，十年前走运的人中就有这位内阁首辅胡牧山。

他为何亲来小面馆，又邀自己去他家赴宴？穆澜百思不得其解。

船到桥头自然直。穆澜一觉睡醒，换上了老头儿给自己做得最好的锦裳，骑着马去了胡府。她以为首辅大开赏花宴，定是极热闹的场面，没想到到了胡家，被下人引进府中花厅后，整个花厅里只有自己一个客人，她顿时警觉起来。

不多时，胡牧山身着便服来了。穆澜这时不能再装着不知其身份，抬臂弯腰揖首道："晚生拜见首辅大人。"

胡牧山说了声免礼，分宾主坐下后，他开门见山道："本官府中的花开得不错，穆公子且去观赏一番吧。"

有名老管事早候在一旁，请穆澜移步。胡牧山坐着没动，穆澜只得跟着老管事去了。这是有人想要见她，又会是谁呢？竟能劳动胡牧山亲自来请她。其实想让她进胡府，打发个下人来送张帖子，她也不敢拒绝内阁首辅的邀请，可胡牧山为何还要去小面馆吃面呢？

心事重重又警觉无比的穆澜跟着老管事穿过回廊小径，来到一处葫芦型门前，老管事躬身说道："穆公子，您请吧。"

处处透着诡异，穆澜更加警觉，谢过之后，她便走进了园子。走了数步，她回过头一看，老管事还站在门口，透出亲自守门的意思。她往里面一望，花园里清静无人，不远处有一片粉白深红的花海，透过初绿的林梢直扑入眼帘。

此花的确值得赏，人却又吓了穆澜一跳。这是她第一次见到司礼监掌印大太监、东厂督主谭诚。

高大的辛夷花树热烈地绽放着，景美令人叹。树下置着一方棋枰，谭诚穿着青色便袍安然坐着。穆澜离他三步开外就站住了，此时她并不知道面前的人是谁，只能抬臂见礼："在下穆澜，应胡首辅之邀前来赏花。"

"是咱家请他邀你前来，穆公子请坐。"看到穆澜，谭诚眼中闪过一丝失望，他温和地请她坐了。

咱家？穆澜后颈的汗毛"嗖"地竖了起来。能劳动胡牧山这位内阁首辅，又自称咱家……她心里"咯噔"了下，她该如何表现呢？惶恐、害怕、震惊、不安，还是平静？她被突然出现的谭诚扰乱了心思，只得先见礼道："晚生拜见督主！"

"是个聪明的孩子。"略带尖厉的笑声从谭诚嘴里冒出来，"坐吧，陪咱家下一局棋。"

棋？！穆澜只觉头皮发麻，难道谭诚知道她是刺客珍珑？冷汗从后颈渗了出来，她局促不安地坐了半边凳子："在下棋艺不精……"

"你会下这局棋就行。"

这局棋她见过。穆澜凝神看去，却松了口气，只要不是被东厂怀疑身份就好。

这是老头儿以前常摆的一局棋，老头儿没说和谁对局，只是不停地复盘。她曾陪着老头儿下过，亦好奇地询问过，老头儿说："当年输了，这些年重新复盘，其实是有机会赢的。"

谭诚邀她再下这局棋，她该赢还是该输？复盘下的次数多了，穆澜对这盘棋已了若指掌。然而棋是活的，谁也料不准棋局中是否还有别的变化。她想着老头儿的心思，淡定地落下一子。

时间慢慢推移，阳光从粉白嫣红的辛夷花树上透下来。已近午时，穆澜额头已然见汗，棋下至尾盘，胶在一起。她就像行走在悬崖边上的人，背水一战或许能突破重围，赢得胜利，然而谁又知道脱离了现在的险境，前方是否又有埋伏等待？然而，现在弃子认输她又不甘心。谭诚的棋也并非稳赢的局面，她心里充满了迷惑，难道老头儿说的有机会赢是指现在这个局面？

谭诚的目光从她脸上扫过。少年眉目如画，见之令人心喜，可惜了……他不知道自己是可惜无法招揽穆澜，还是可惜没见着想见的人。

穆澜落子并未多想，谭诚心里一叹，弃了手中的棋子："和杜之仙下过很多次？"

"是。家师对这局棋念念不忘，是以在下才能支撑到现在。"穆澜实话实说。

谭诚再落下一子，直把穆澜逼至绝境。既然这样，那就拼个鱼死网破吧。穆澜的棋子正要落下，耳边响起谭诚的声音："你若赢了，便要死在这里。"

她心神一颤，抬起了脸。

"你若输了，也会是个死人。"谭诚淡然地看着她。

她有机会杀他吗？穆澜的手指稳稳夹着棋子："赢不得输不得，这盘棋该如何下？"

"这是你的问题。"

辛夷花开得灿若云霞，花园静谧无声。

"哗啦"一声，穆澜打乱了棋子，轻松地将手里的棋子扔回棋盒："不能赢也不能输，那就不下了。"

她微微笑了起来，像一个捣蛋的孩子耍起了无赖。那笑容让谭诚眼前一亮，也让他的心情无端地好了起来，他嘴里发出尖厉的笑声，竟然是十分舒畅的模样："好，杜之仙耗费十年心血，果然教出了一个好弟子。"他起了身，朝穆澜笑道，"咱家其实也舍不得吃了你这颗子。"说罢施然离去。

穆澜一直望着他的身影出了花园的葫芦门，整个人才瘫了下来："我的小心肝禁不住这样吓啊……"

她擦了把额头涔涔渗出的冷汗，瞧着衣袖上的汗渍苦笑着想，今天这场见面果然弄得她一头雾水。乱花迷了她的眼，心中笼罩的迷雾又多了一重。谭诚究竟是想看看十年之后，老头儿研究这盘棋能否赢了他？还是另有所图？

"舍不得吃了我这颗子……我是一枚棋子？那么，谁又在下这盘棋？谭诚想和谁对弈？面具师傅吗？留着我不杀，是为了钓出面具师傅？他知道面具师傅的存在？"穆澜喃喃自语着。

没有人进园子来打扰她，胡牧山仿佛忘记她是被请来的客人。一上午心力交瘁，穆澜瘫坐在椅子上，几乎想闭上眼睛睡上一觉。然而这里是首辅家的花园，不是穆家的大杂院。穆澜起身站起，望着高大的辛夷花树突然想起春来说过，无涯喜欢这种花。

辛夷花树大都长于南方，北方甚少，胡牧山家里却种着无涯喜欢的这种花树，是巧合吗？穆澜累了，懒得再想。由花思人，她想起了核桃，时间尚早，她不如去看看核桃？她起身离开，没走多远，花园的葫芦门外又进来一行人。

胡牧山陪着无涯出现在她的面前。四目相对，无涯露出了惊讶的神色，他身后的秦刚和春来也都瞪圆了眼睛。他们怎么也没想到，穆澜会出现在当朝首辅的花园里。

"多谢首辅大人相邀，贵府的花树果然美极了。"穆澜抢先抬臂揖首见礼，"大人有客，在下先告辞了。"

"贤侄喜欢的话，有空不妨常来，此花还要开上一两个月才会败。"胡牧山像待晚辈一样，温和亲切。

她受了胡牧山招揽？无涯抿紧了嘴唇。

这是什么情况？春来的小眼神像刀子似的，他掩不住情绪，咬着小牙愤怒不已。穆澜不想过多解释，只装着不认识无涯，施礼后毅然离开。穆澜走后，胡牧山惶恐道："臣与杜之仙有些交情，知晓他的关门弟子如今进了国子监，故而臣今日特意邀请穆公子过府叙叙旧。臣不知皇上今日会出宫来臣的府邸赏花，是臣失礼了。"

"朕算着你府上的辛夷花该开了，便心血来潮而至，又怎怪得了首辅大人？"无涯若无其事地朝前走去，目光瞥到花树下被打乱的棋局。穆澜和谁在此下棋？他心里又多存了个疑问，目光望向树上的花枝。

胡牧山知晓往年规矩，便叫人抬了竹梯、拿了剪子来。无涯亲自顺着梯子上了树，慢慢寻觅着开得正好的花枝。母后喜欢辛夷花，满京城只有胡家养得这几株树开得最壮观美丽，年年他都会亲自到胡府亲手剪花枝以示孝心。今天来胡家，是谁提醒他的呢？无涯脑中闪过了母后身边女官梅青的脸。

他只有今天来，才能在胡府遇到穆澜，是故意吗？胡牧之是谭诚一手提拔起来的，是想让他知道穆澜有可能已投靠了东厂？穆澜会吗？无涯站在高高的竹梯上，怔怔出神。下面一群人目不转睛地盯着他，秦刚随时准备一跃而起，接住脚踩滑的皇帝。

无涯定了定神，剪下了花枝。随着他平安下到地面，所有人都松了口气。

胡牧山看了眼日头道："皇上在府中用顿便饭吧。"

"不用了，回宫。"以往无涯会留下来用饭或是赏会儿花，但他今天没了心情，脑中全是穆澜的身影。

出了胡府，无涯的马车朝宫中驶去。走到中途，无涯敲了敲厢壁，春来掀起门帘，低声告诉秦刚："去天香楼。"

天香楼？皇上还没忘记那位冰月姑娘？秦刚愣了愣，示意马车转向。两骑飞快离队，先行去天香楼打点。此时，穆澜已先无涯一步到了天香楼，核桃笑嘻嘻地迎接了她，将服侍的婢女打发走后，亲自置了酒席。

"少班主，不如在我这儿歇一晚，明早再去国子监？"核桃亲手给她卷了个鸭饼递过去，"那位无涯公子给的银钱让妈妈很是高兴，让我专心服侍他一人。"

无涯……至少无涯今天不会来。穆澜一嘴咬下去，满口香，示意核桃再包："珑主来过吗？"

"说也奇怪，珑主一直没有找过我，我心里正不安呢。"核桃专心服侍着穆澜吃饭，见她下筷如飞，不由得抱怨道，"怎么饿成这样！"

今天的事太费脑子了，穆澜饿得前胸贴后背，她大口地吃着，有些诧异道："居然没有找你？算了，水来土掩。天香楼离国子监也不远，有事的话，你记得在院子里放一支冲天火，那是杜先生做的，隔了数里都能瞧见。"

核桃翘着嘴角开玩笑道："听说国子监里巡查的护卫都是高手，当心你翻墙被捉住受罚！"

"你还不信我的功夫？"穆澜没来由地就想到自己练成的小梅初绽，想到面具师傅，她不愿再去想这些伤神的事，和核桃耍起了花腔，"就算受罚，我也要赶来救我家核桃啊！"

核桃心里一甜，转念就想到穆澜是姑娘，但那又怎样？只要少班主在她身边，她就什么都不怕了："少班主，你放心吧，我会保护好自己的。"

这丫头！穆澜揉了揉她的脑袋："烤鸭真香，再给我卷一个。"

一张卷了鸭肉的荷香饼正要塞进穆澜的嘴里，门外忽然响起了脚步声，天香楼的老鸨人未至笑先闻："冰月啊，无涯公子来看你了！"

穆澜两口将鸭饼塞进了嘴里，这才低声骂了出来："又这么巧？还能不能好好吃顿饭了！"

老鸨以专业的眼光欣赏着打前站的两名锦衣卫，挺拔的身材，冷峻的气度，眼神中透出的傲慢……啧啧，就算是养的护卫也丝毫不弱于来天香楼的公子哥儿。想起无涯的大手笔，老鸨喜滋滋地奔进了门。一大桌子菜吃得七七八八，核桃装模作样地擦拭着嘴。

"哎呀，我的好姑娘，这样贪嘴下去，你的腰身还要不要了？赶紧沐浴梳妆去。"老鸨推着核桃去浴房，又叫了婢女赶紧收拾，重置酒席。核桃娉婷走到浴房门口，回过身嫣然笑道："妈妈，无涯公子不喜欢外人侍候。"

她那美丽的杏眼朝门外一瞥，老鸨就明白了："妈妈这就走，赶紧着！"

收拾完，老鸨就带着婢女出来了，冲着两名锦衣卫笑道："我家姑娘正在沐浴呢。小筑里只有三间房，绝对没有外人。"

等她走了，两名锦衣卫将院门一关，进了房间。三间正房悉数打通，正中一间布置成宴息处，另两间以屏风与多宝阁架子相隔，一目了然。看过梁上与床底，确定没有藏人。卧寝后面连着浴房，里面水声哗哗。一名锦衣卫犹豫了下，站在浴房门口轻声问道："冰月姑娘，我家主子最多两刻钟就到。"

略带吴音的声音从浴房中响起："你梳头时快一点儿。"

"是。"

锦衣卫听出里面只有冰月姑娘与她的婢女，便向同伴使了个眼色，两人退到了正堂。不多时，从浴房中走出穿着宽大锦裳的冰月与她的青衣婢女，隔着屏风能看到她披散着长发坐到了妆镜前。

"惊扰姑娘了。"一名锦衣卫低声说着，绕过屏风进浴房看了眼，出来时眼角余光扫到冰月的背影。那带着湿意的黑发铺在白色的裙裾上，像肆意晕染的水墨，让他心头一跳，不敢再多看，低着头就出去了。穆澜在镜中看到他离开，眉梢微扬。

"少班主，会不会太冒险了？"当面顶包，核桃心里发虚。

"有时候越是浅显的谎言越不容易被揭穿，谁能想到你才是真正的冰月呢？妆化浓一点儿吧。"

同样的眉眼，勾长了眉梢，晕染了眼尾，镜中的穆澜便平添了三分妖媚。长发高梳，往后坠成蝶鬓髻，露出优美如天鹅的脖颈，脸型也变了两分。穆澜不怕头重，左右插了金菊花簪，前面用了金丝绞花冠坠红玉璎珞，指头大的红玉正坠在额心。后髻簪上大如婴儿手掌的翠玉卷荷，坠着一排明珠。挂上金质灯笼形耳珰，染得红唇如水，颊似桃花，明丽而娇艳。

核桃取来一袭翠绿夹金丝织兰竹花纹的通袖大裳披在她身上，退后一步感慨不已："少班主，我都快认不出你了。"

"你都认不出，那傻蛋就更认不出！"穆澜瞥了镜中的自己一眼，穿男装太久，她都已经穿厌了啊。取了面纱蒙上，她叹道："核桃，去吧。多低头，少说话。"

"明白！"核桃低下头出了房门，见那两名锦衣卫已站在院子门口，门外一行人簇拥着戴着帷帽的无涯进来了。

他就是皇帝？那天晚上她因为心里害怕，再加上天黑，故而也不敢多看。核桃有些好奇，想抬头看清楚无涯的脸，又害怕被识破犯了欺君之罪，她只得低着头。湖水一样的衣摆从她眼前飘过，她看清楚了上面晕染的麒麟纹，刚蹲身行礼："我家姑娘……"无涯的脚步就已迈进门槛，"吱呀"一声将门合上了。核桃的脑袋朝屋子偏了偏，竖起了耳朵。

门外，天香楼的酒菜也掐着时间送来了。经过锦衣卫检查，食盒递到了核桃手中，她轻轻敲了敲门："姑娘，酒菜来了。"

"进来吧。"穆澜略带着吴音的声音慵懒而轻柔。

真不像少班主啊！核桃想着，提着食盒就进去了，将酒菜布在正堂的八仙桌上。她好奇地往卧寝看了一眼，少班主还坐在妆镜前，无涯远远地坐在屏风前，静静地望着少班主……隔着屏风，无涯取下了帷帽，但核桃还是没有看到这年轻的皇帝到底长什么样，她带着遗憾出去了。

院门已经关上，院子四角都站着护卫。

"姑娘，泡壶茶来。"院子西南角的鸳鸯藤下，坐着的两人朝核桃吩咐了声。

听不到屋内的动静了，核桃只能无奈地去了茶房。

春天的阳光从窗棂照进来，她半边身子都沐浴在阳光下，头上的金饰璀璨夺目，刺得无涯眯了眯眼睛。她坐得笔直，交领处露出的脖颈优美纤弱，让他脑中浮现出《洛神赋》里的那句"肩若削成，腰如约素。延颈秀项，皓质呈露"。单看背影，他就知道她一定是个美人。

他有点儿不太习惯她这身明艳的装扮，他脑中浮现的是那晚如月色一样清幽的她，眉若初叶，眼似寒星。今天她穿着华丽的衣裳，戴着精美贵重的头饰，那她的眉眼呢？还是令他心动的那片浅浅月色吗？无涯望着她的背影，不敢叫她回头。

他很感激冰月，她让他知晓自己的心还会为女子怦怦狂跳，哪怕她只是与穆澜拥有相似的眉眼。

今天，穆澜出现在他眼前，他身后是灿若云霞的辛夷花。他第一次看他穿除了青、黑、蓝色的衣裳，大概是被邀请来首辅的府邸，他穿着一件象牙白的锦袍，发饰由青布带换成了一根白玉簪，像浮在花间的云。

以前许玉郎被姑娘们蜂拥围观的时候，他曾笑评道："公子优雅，淑女好逑。"今天看到穆澜的瞬间，他竟想起了曾评说许玉郎的话。他甚至觉得，哪怕去握着穆澜的手，也能坦然走在阳光下。

然而沐浴在阳光下，满头珠翠的冰月却令他如此失望。无涯怔怔地坐着，自行想象着背对着自己的冰月依然拥有那样清新的眉、那样清亮的眼睛，不施粉黛的模样。

穆澜很想把肩垮下来，铜镜中只能看到无涯的半边肩膀，她非常不喜欢这种看不到对方的情景。或者说，她非常不适应这种把后背露给别人盯着的情形。可是，无涯进房间第一句话就是："不要回头。"

他来看冰月，难道不是为了那晚露在面纱外的眉眼？为何今天他来却不想再看了？这样也好，免得他忘不了核桃。不然，纵使有一天他不想，他身边的人也会将核桃弄进宫去，如了面具师傅的愿。但是他不再来找冰月，面具师傅又该怎么利用核桃呢？

穆澜沉默地望着镜中的自己，越来越觉得有一万只虫子在背上爬……她终于用吴音缱绻地问道："公子打算这样一直瞧着奴的背影坐一整天？"

略带陌生的口音吓了无涯一跳，他突然站起身来，走到穆澜的身后。穆澜背部一僵，笼在袖中的手就握得紧。忽然，脑袋轻了轻，坠着明珠的翠玉卷荷被抽出来，放在了妆台上。穆澜愣了愣，无涯想做什么？紧接着是花簪、钗饰……没有干透的黑发自由地披散开来。

嫌她戴的珠翠过多？也是，宫里头的贵人们头饰繁复，他早已看厌了吧。穆澜没动，然而无涯的手突然移到了她的腰间，她下意识一把抓住了他的手。可她从来没有过温柔的举动，所以就如老鹰抓小鸡般捏着无涯的手腕，同时将垂至胸口的面纱也握在了手里。

"大白天的……"她想娇嗔一点儿，声音却干巴巴的。

无涯盯着自己的手，照理说，不是该轻柔地握着吗？这动作怎么看着如此别扭呢？他便用力往外一抽。尚未意识到自己动作不像姑娘家的穆澜自然没有被他甩开，可这一扯，却将她的面纱扯掉了。她惊愕地抬起脸，看到无涯投来的目光。

阳光将她的脸映得纤毫可见，仿佛眼前有一团白光闪过，无涯吃惊地微张着嘴，忘记了她还擒着自己的手腕。穆澜松开了手，深吸口气，正视着他的打量。

初叶般清新的眉，眉梢略长；眼尾晕染着红，让清亮的眼妩媚如春……无涯的手抚上了她的脸颊，穆澜闭上了眼睛。

他轻抬着她的脸，拇指温柔地抚摸而过。如果穆澜的眉也用螺黛这样画长眉梢，如果穆澜的眼尾染上春天的桃花红，大概也是如此妩媚动人吧？无涯做了自己想做又一直不敢做的事，他低下头，把唇覆在了她嫣红的唇上。

淡淡的龙涎香萦绕在鼻端，这一刻穆澜几乎立时闭住了呼吸。她清楚地记得，闯进绿音阁假山上的亭子时，他坐在窗前煮茶，茶香袅袅。像每次清晨踏进竹林的感觉，薄雾蒸腾，竹叶被染得翠绿，叶尖一颗晶莹的露水悬而未滴。她之所以练成小梅初绽，就是不想惊扰了这些自然的精灵……这样美的无涯，在温柔地亲吻着她。

她是冰月，不是穆澜。他是无涯，不是皇帝。穆澜不停地在心里念叨着，直到耳边传来一声呓语："穆澜……"

无涯的声音轻若蚊蚋，在她的耳中却无疑响若春雷。她几乎立时转开了脸，长长的睫毛低垂着，盖住了她的情绪，微颤的吴音像受惊的鸟："菜凉了，冰月叫人热热去。"

她是冰月！柔若春水的江南软调，妩媚明艳的美丽脸庞，他怎么会叫失了口？无涯怔然，她不会生他的气吧？他语气忐忑不安道："哦。"

拒绝了留在胡家用膳，他还真有点儿饿了。不过，怎么可能让无涯吃热过的饭菜，反正这桌席面也是要算银子的，天香楼很快又送来一桌酒菜。依然由锦衣卫们查验，核桃送进去。这一次她终于看到了无涯的脸，年轻的皇帝长得是挺好看的，不过，没有少班主好看。少班主笑的时候是她见过的最美的男人！

核桃睃了穆澜一眼，见她的发髻全散了，披散着一头青丝，面纱也没有了，不由得一愣。发生什么事了？又见无涯呆愣地坐着，核桃暗想，皇帝瞧着也挺傻的呢。少班主说得没错，宫里头红墙围的天地像鸡笼子似的，左一个规矩右一个规矩，拘也把人拘成了木头。少班主对付这样的木头，定会无恙的！

穆澜和无涯此刻都心事重重，谁也没有注意到核桃美丽的脸变幻着各种神情。

"奴婢告退！"核桃有意提高的声音和门"吱呀"合上的声音同时惊醒了两人。

送来的菜里有一道片皮烤鸭，穆澜不想枯坐着，取了张荷叶饼卷了鸭肉，放在了无涯面前的碟子里。无涯拿起筷子去夹，穆澜脱口而出："手拿着吃才痛快！"

无涯愣了愣，他长这么大，还从来没有直接用手拿过食物，就算是饼，也是切成一小块一小块的。御宴上也根本没有这道菜，虽然他知道，但一直没吃过——呈上的御宴不会出现需要直接用手拿着吃的食物。宫里的春饼很像这种吃法，但也是卷好了，用银刀切成小段。

他无比自然地伸出了双手——既然要用手拿着吃，用薄荷青柠水洗过手才行，普通的水也可以。但穆澜误会了，她从无涯的碟子里拿起鸭饼，放在他手中，很是可怜地看着他："吃吧，味道不错。"

见他还愣着，穆澜又包了一个，咬了一口——鸭饼就是这样吃的！她闭着嘴嚼着，这是最优雅的吃法了。但是她又在向无涯示意，眉眼便灵动起来，那熟悉的感觉刹那如闪电击中了无涯。他木然地将整只鸭饼塞进了嘴里，腮帮子鼓鼓的，沾着的酱汁溢出了嘴角。他边嚼边笑，然后飞快地咽下，又挽起袖子亲自动手包了一个，狠狠地咬了一大口。

见他吃得香，穆澜忍不住就笑了，瞬间如冰河乍裂，满室生辉。无涯的心像那天被穆澜拉着翻窗而过时，一下子就浮到半空，好半天才悠悠荡回胸腔。

他的目光太专注，穆澜赶紧低下头，吴音婉转道："公子吃得合口，冰月再给你包一个吧。"

"好。"无涯移开了目光，心底一声叹息。

他笑着用完饭，柔声说道："我给你煮茶好不好？"

穆澜本不想多说话，便微笑着点头。

西次间被布置成练功房，置了茶具。核桃只会跳舞与煮茶，琴棋书画短时间也学不会，而这里的茶具都是上品。无涯和穆澜分坐在案几对面，她默默地看着他煮茶。仿佛时光回转，回到了她和他在京都初见时，他优美的姿态如兰绽放。

"瞻彼淇奥，绿竹猗猗。有匪君子，如切如磋，如琢如磨。瑟兮僩兮，赫兮喧兮。有匪君子，终不可谖兮。"《诗经》里的句子在穆澜心中荡气回肠地吟哦着。

"冰月姑娘，请。"

"多谢公子。"

他还是那个静月青竹般的无涯公子。她此时是天香楼妩媚动人、一舞成名的花魁冰月。

室内安静，唯有茶香飘浮。也许每个人心里都有那么一刻，希望时间就此凝固停留，锁定眼前的美好。无涯很少开口，目光温柔缱绻。穆澜更没有开口，只是唇角的笑意不散。

如果他把她当成冰月，就当是她女扮男装的十年中为了自己燃放的烟火。哪怕烟花易逝，终究灿烂过。

时间是冷酷无情的，不会因谁的心愿而停留片刻，窗外响起了春来小声的提醒："公子，时辰不早了。"

好像就坐着看了她一会儿，用了一餐饭，煮了一壶茶，阳光怎么就跑得这样快？午阳已变成了夕阳。室内的光如此柔和，她披散着黑发懒洋洋地靠着椅子，似想着心事。纤细的手指搭在黑金泥的茶盏上，赏心悦目。无论从哪个角度看，都别具魅力。

她是这世上独一无二的。无涯的心情很好，他目不转睛地看着她，将她的神情、眉眼铭刻进了心间。他该回宫了，虽然恋恋不舍，但他想，他还能再见到她的。无涯摩挲着紫砂茶盏，毅然地收回了手："冰月姑娘，多谢你的茶，我该走了。"

明明是他挽袖煮茶，怎么谢的却是她？穆澜没有客气，将微凉的茶水饮尽，放下了茶盏："奴送公子。"

他站起身，她起身相送。从西厢到中堂再至门口，不过二十来步的距离，可无涯走得慢，穆澜也走得慢。

"我……每月十五晚上会来，来不了，我会嘱人告诉你。"无涯盯着地上的青砖轻声说道。每个月，我都想见到你。我怕我不说，就见不到你。

每月十五？她能保证那一天可以顺利离开国子监吗？

"有时候我会去上香……"穆澜斟酌着语句，不敢把话说得太死。

无涯平静地说道："院子里有架鸳鸯藤，如果你不在，折一枝挂在门环上，我就知道了。"

天香楼里有他的眼线，穆澜反应了过来。今天她是从后面翻墙进来找核桃的，本来是为了防面具师傅，想必无涯的人也并没有看见她。

她没有想到两人的对话颇有些鬼祟幽会的味道。走到屏风处，无涯回过头开口道："你平时就用面纱吧，你的脸，我只想我一个人能看见，天香楼里的人不会为难冰月姑娘的。"

穆澜愕然抬头。

情意盛在无涯的眼中，他的双眸倒映出她如花的美貌。那目光如此坚定，又如此温柔。她想起在灵光寺从水潭中出来时，他冻得双唇发白，却踏前一步挡在了她的面前。他的眼睛会说话，他在告诉她，他会保护她……这一刻穆澜心里翻江倒海，有着淡淡的喜悦，又有着淡淡的悲伤。无涯已经看透了她，却还愿意陪着她发疯，她垂下了眼帘，声音清越："公子有心了。"

"留步吧，冰月姑娘。"

"公子慢行。"

不再是软糯吴音，但他仍然叫她冰月姑娘，她闭上了眼睛，将那股冲入眼底的酸涩压了回去，无涯却突然回身将她抱进了怀里："我从来没有像今天这样高兴。"但只是一抱，他就松了手，取了帷帽戴上，拉开房门就出去了。

笑容一点点从穆澜脸上荡漾开，眼泪终于滑落。她的腿这样酸软，无力地倚住了屏风。她的额头抵在沁凉的边框上，声音低不可闻："我也是。"

房门打开，又被无涯反手合上，候在门口的核桃及时地缩回了脑袋，低下了头。春来和秦刚瞪大了眼睛……皇帝亲自将房门拉来关上，他长这么大，动手关过门吗？

帷帽遮住了无涯的脸，谁也看不出他的情绪，但他的脚步太快，快得秦刚差点儿没反应过来。秦刚迅速朝院子里的护卫使了个眼色，顺便拉了把呆愣的春来，一行人赶紧跟上无涯，簇拥着他离开了。

总算走了！核桃三步并作两步上前闩了院门，提起裙子就跑向了正房。她用力推开门，大声喊道："少班主！"

"咋咋呼呼地做什么？"穆澜打了盆水，拧了帕子，洗去脸上的脂粉。

"我只打了个转，你的发髻就散了，面纱也没了！到底出什么事了？"核桃白了穆澜一眼，气鼓鼓地说道。

穆澜背对着核桃，借着帕子掩饰着唇角溢出的笑容，漫不经心地说道："他不喜欢满头珠翠装扮华丽，就让我摘掉了。"

"就这样？"核桃总觉得怪怪的。

"他说以后让你蒙着面纱，每月十五他都会来。如果我来不了，你就挂根鸳鸯藤在门环上。有他的人盯着，珑主也会忌惮几分，不会轻易找你麻烦。"穆澜洗着脸叮嘱着核桃，心里却又担忧着。核桃有了价值，面具师傅暂时不会动她，可是无涯来的时间有了规律，会不会让面具师傅有机可乘？

怎么就这么难呢？穆澜回想起和面具师傅交手的那晚。下次，她若是拼尽全力，又能否揭掉面具师傅的面具呢？谭诚舍不得吃掉她这枚子，面具师傅看起来也舍不得废掉她这枚棋，这是否就是她的机会？

"知道了。"核桃重新打了盆水，动手帮穆澜绾好道髻，插好玉簪固定，瞧着熟悉的穆澜变了回来，她心情极好，"每月十五少班主都能来看我了？"

每个月十五，她都要想办法从国子监翘课了。穆澜答非所问："只要他每个月都来，珑主就不会逼着你进宫了。先拖上些时日，等我办完事，就带你离开这里。"

"少班主，到时候我们去个珑主都找不到的地方。"听穆澜说要带自己一起走，核桃美丽的杏眼变得亮晶晶的。

珑主都找不到的地方……她连面具师傅的真面目都不知道，这盘棋里，她不过是枚棋子。核桃眼里的希冀让穆澜不忍告诉她，将来会走得多么辛苦，穆澜笑着捏了把她的脸道："好。"

穆澜喜欢穿漂亮的衣裙，盼着自己能像所有姑娘一样，但习惯就这样可怕，换上裙子，像被捆住了手脚，走路都不敢迈大步。换上自己的衣裳后，她伸了个懒腰："还是这样舒服。"

"是啊，瞧着也顺眼。今晚你就别走了，明天一早再去国子监好不好？"核桃很想和她多待一会儿。穆澜也可以不走，核桃将服侍的婢女支走就可以了，但是这时院门被大力拍响，老鸨来了："冰月！冰月，你锁着门做甚？"

"核桃，我还是不留宿了，人多眼杂，行事稳妥一点儿好。"穆澜想了想说道，"天香楼的妈妈准是尝到了甜头，教你如何讨好无涯公子。你小心应付吧，我先走了。"

核桃一直望着穆澜的身影翻出了围墙，这才去开了院门。

第二十八章
一山不容二虎

穆澜回到国子监时，暮色已然弥漫开来。她走到集贤门门口，听到街对面有人叫自己，回头一看，应明从对面一间酒楼里蹿了出来，如释重负般道："总算等到你回来了！"

"应兄？你等我做什么？有急事吗？"穆澜很吃惊地问道。

"今天你不用考勤，我却要应卯，再过半个时辰就封门了，回去再说。"应明赶时间，便急步往国子监走去。

两人进了国子监，应明又拉着穆澜陪他点了卯，这才去了新进监生所居的玄鹤院："我帮你搞到间天字号房，现在我们就拿行李换房间去！"

"啊？"穆澜哭笑不得，她觉得自己住四人间很合适，还能避开林一川，没想到应明却利用率性堂监生身份，给她弄到一间擎天院的宿舍，"应兄，真不用了，我并不想搬宿舍。你拿去卖给那些贵胄公子，还能赚上一笔银钱。"

我也想卖掉赚钱啊！可惜这间天字号房不是我弄到手的。应明眼中的羡慕一闪而过，皇帝下旨荫恩的监生就是待遇不一样啊。想起对方的承诺，他下定决心要把这件事办妥当了。

应明以三寸不烂之舌苦口婆心地劝道："穆贤弟，你比我小几岁，就听哥哥一言。侯庆之是你的舍友吧？他是我同乡，昨天找我诉苦，说同舍的谢胜鼾声如雷，根本没办法睡觉。你正是长身体的时候呢，而且睡不好，白天没有精神，功课怎么办？国子监里多少双眼睛盯着你呢，你可是皇上亲自下旨的荫监生！学业不好，让皇上没面子，到时龙颜大怒……你承受得起吗？"

她学不好功课，无涯就会没有面子……他龙颜大怒时会是什么模样？穆澜想着想着就笑了。暮色掩饰住了她脸颊上的晕红，她嘟囔着："谁怕他呀。"

"你说什么？"应明没有听清楚，继续游说道，"和你同屋的人是许玉堂！许家最有出息的三公子！他爹可是礼部尚书，祭酒大人的上司。与他搞好了关系，毕业之后，你考评得个优，出仕定能挑个肥缺。听哥哥的话，赶紧搬行李去！"

搬到擎天院，同住的人还是许玉堂？穆澜这时才发现应明待自己过于热切了。侯庆之是他同乡，两人曾一起谋划考试作弊，关系应该不差。侯庆之昨天找到应明诉苦，应明搞到间天字号房，没有给侯庆之，却给了自己……这间房，是无涯的心意吧？穆澜心头泛起一丝甜蜜。既然如此，搬去和许玉堂住，应该更安全。她回过神儿揖首道："多谢应兄，小弟就却之不恭了。"

总算能交差了，应明暗松口气，待穆澜更加热情了："赶紧搬行李去，戌时各院都会落锁宵禁，明天一早新监生还要举行入学礼。"

谈笑间两人走进了玄鹤院。暮色中，挂在院落檐下的灯笼亮了起来，监生们大都回了房间，与室友们联络着感情，站在丙十六号房门口的林一川就显得格外醒目。

自从穆胭脂叫了伙计将穆澜的行李送过来后，他就在房中坐不住了，时不时走出来站站，他实在很期待看到穆澜知道她和自己住在一起时的表情。

"小穆！"惊喜在看到穆澜和应明联袂而来的时候少了三分，但林一川仍快步迎了过去，"伯母差人送来了你的行李，我出去拿进来的，你怎么这么晚才回来？应兄，原来小穆一整天都和你在一起啊。"

"我也是才遇到小穆的。"应明觉得这样称呼更拉拢关系，就顺着林一川的话也这样叫了，压根儿没注意到林一川的脸黑了一半。

国子监里几千监生，他才不相信两人会这么巧在国子监偶遇。林一川偷瞄了眼穆澜，发现她换了身自己从未见过的新衣裳，象牙白的锦缎上蒙上了层灯笼的暖光，清雅中又不失秀美。

和旁人在一起，就换这么好看的衣裳，和自己在一起，却穿得跟叫花子似的。林一川心里不痛快，一个箭步上前，生生从穆澜身边将应明挤到了旁边，低声说道："小铁公鸡，你是不是舍不得花银钱去换宿舍？和我说，我还不能先借给你？不把我当朋友？"

穆澜只能讪讪地笑，她指使林一川花钱换了房，自己却躲开了他。他没有计较，还热心地将自己的行李都拿进了宿舍。她心里愧疚着，嘴上却不服软："你家的银子姓林，我事事都冲你伸手，成什么人了？我自己会想办法的。"

"以后可不许再这样了！"林一川换房成功，自然不会再计较。他笑眯眯地陪着穆澜进了屋。

"应兄！穆贤弟！"侯庆之像见着救星似的上前见礼。

这间宿舍搬走了一个苏沐，却来了个林一川。苏沐斯文儒雅，已经是举子了，功课上还能讨教一二。林一川却是个富家公子哥儿，东西流水般搬进来，占了半间屋，只差没把床给换了，神情也傲慢得很，几乎就没正眼瞅过他。再加上一个鼾声如雷的谢胜，侯庆之顿时觉得孤立无援，他扯了应明的衣袖到书架旁，低声说道："我愿意出银子，应兄帮我想想办法。"

"今天太晚了，你先忍两天，我想办法帮你换间房。"应明今天受人之托，专心办穆澜的事，哪有工夫替侯庆之换宿舍，只得先安抚一番。

穆澜的行李是两个大包袱，包袱结是她自己打的，没有动过的痕迹。拎了包袱，将国子监发下的东西打包好就可以走了。这时，林一川一屁股坐在了自己的床上，眉眼间一片欢喜："小穆，我决定和你同甘共苦。我和苏沐换了房间，我们以后就是舍友了！"

穆澜眨了眨眼睛，神情有点儿呆滞。

"哈哈！我就知道你会是这副表情！"林一川终于如愿以偿，痛快地大笑起来。

应明看了眼表情尴尬的穆澜，又瞅了眼没说话正在认真擦拭着铁枪的谢胜，匆匆对侯庆之说道："过两天等我消息。"他走到穆澜的床前，拎起了最大的包袱，"走吧。"

穆澜背起一个包袱，抱起国子监发下来的物品，似笑非笑地对林一川道："大公子，在下换去别的宿舍了。"

什么？！林一川从床上跳了起来："你换了宿舍？"

我千方百计换到这里，你居然换走了？有这么捉弄人的吗？林一川心情坏到了极点。

"是啊。咱们不是说好花点儿银钱换房间的吗？只不过我托了应兄，少出了点儿银子。"穆澜睁着眼睛开始编瞎话，满脸遗憾道，"哪知道你动作这么快，你提前告诉我一声多好。唉，阴差阳错，真对不住你一片心意了！"

一席话里，只有最后这一句是她的真心话。

整来整去，成了他搬起石头砸自己的脚？林一川被噎得半晌说不出话来。他端详着穆澜的神情，还是什么都没看出来。他就知道，这小铁公鸡想骗人时，装得忒像。但苦涩的感觉仍然漫上了心头，如果她真有心，她就会把签给自己一起拿去换了，在她心里，始终和自己隔着距离。

林一川属于遇强则强的人，他"嘿嘿"笑道："小穆，你能换到更好的宿舍，我自是替你高兴。你别内疚了，我会想办法的。"

他有银子，用银子砸也要把和穆澜同室的人砸走！想到这里，林一川就不恼了，伸手从穆澜肩头拿过包袱道："我送你。"

再推辞，估计林一川就会知道自己想摆脱他的黏糊，若真惹恼了林家大公子，他的破坏力也不容小觑，穆澜笑了笑道："辛苦你了。"

"什么话！咱们是朋友嘛。"林一川说着就大步出了房间。

三人出了玄鹤院，应明带路。远远望见擎天院大门口的灯笼，林一川心里越发不是滋味，早知道穆澜托应明换了擎天院的房间，哪怕再不想被谭弈盯着，他都不会换宿舍。

擎天院丁字七号房正处于院子的最边上，是单独的一间屋子。前面临着小湖，左边和旁边的三间屋宇隔了两丈多宽的花圃，右边临着一片小树林，再过去能看到高大的围墙。这房间私密性够强！穆澜想到是无涯的安排，嘴角微微地翘了翘。

"这间屋子比较小，原是小厨房，后来监生统一安排用饭，这里就弃了。

擎天院环境好，房间却少，这里就重新改建成了一间监舍，小是小了点儿，但胜在清静。"应明已经在国子监读了三年书，所以对这里极为了解。

林一川观察了下这间房，点头道："树林有条小径，顺着小径过去，围墙那边应该还有道角门，倒是方便。"这里很适合穆澜，如果能把和她同住的家伙赶走就更好了。

"大公子真是目力过人，是有条小径通向角门，不过很多年前这道角门就锁住不用了。"应明相当佩服林一川的眼神。

围墙有点儿高，借一条索钩就能翻出去，穆澜没把角门的事放在心上。

小屋里亮着灯，林一川大大咧咧地上前敲了门："有人吗？"

门很快开了，许玉堂悠然地出现在门口。

许玉堂？小穆的同舍室友居然是许玉堂！林一川心里一沉，许玉堂可不是砸银子就能搬去玄鹤堂住的人。不过，他还能想出别的办法让许玉堂搬走，他便对许玉堂露出了笑容："许兄！"

"原来是扬州首富家的林大公子。"

林一川堵在门口，许玉堂没有看到他身后的穆澜与应明。见他手里拎着个包袱，许玉堂心里禁不住犯起了嘀咕，这房间明明是秦刚费劲儿才弄到手的，怎么来的不是穆澜？想起当初在林家吃的闭门羹，许玉堂抢在林一川开口前道："在下跟你不熟，有事莫要找我。"

这叫什么话？他得罪过许玉堂？林一川完全不知道许玉堂曾被林一鸣奚落的事。为了将来能让许玉堂搬走，他忍了下来，侧身让开了道："许兄，穆澜与你同屋，我是帮忙来送行李的。"

许玉堂的脸色变化之快如同电闪雷鸣，他一步迈出了门，抢先向穆澜拱手行礼道："小穆，能和你同屋，我很高兴。"

两人先前在街上的马车里见过一面，穆澜也笑着行了礼，向他介绍了应明。

应明跟着自己叫穆澜小穆，许玉堂居然也叫她小穆！林一川看出穆澜和许玉堂之间似是相熟，心里百般不是滋味，她什么时候和许玉堂又有了交情？

"小穆，我帮你拿东西。"许玉堂热情地从穆澜手里抢过了物品，带着几人进了屋子。这间屋子只有玄鹤堂的一半大，进门设了扇屏风，绕过屏风是一张八仙桌，北窗下摆了一张床，已挂上了青色的帐子。东面靠墙的书架上已摆满了书，墙角放着春、夏、秋、冬四只衣箱，西面有一道小门。

许玉堂颇有些抱歉地说道："听说这里原是厨房改的，西屋原是间小小的柴房，我便占了大的这间，东屋是浴房。"他走向西屋，将穆澜的物品放在了案几上。

还能有单独的房间住！穆澜瞬间眉开眼笑，连声向应明道谢。

如果她把抽到的签给自己，难道自己不会帮她？见三人聊得高兴，林一川心里很是失落，他气呼呼地将包袱放在床上，打量起这间屋子来。这间原是柴房的小屋，北窗略高，窗下放着一张床，南墙下摆着一张书案，还有靠墙的书架与衣箱，比起进门的那间小了一半。

不过也好，这样除了自己，就没人能发现穆澜的秘密了。林一川心里虽然不痛快，也觉得这间屋子或许是整个国子监里最适合穆澜住的。他出了房门，去了浴房，浴房的窗户很高、很小，他又查看了下门，门是新安上的，里面有门闩。这样，他才彻底放心了。不过，如果能住在穆澜外面守护着她，他会觉得更完美。

穆澜在屋里收拾着行李，应明和许玉堂退到了外间寒暄着，林一川就凑了过去。见他过来，许玉堂立时住了嘴，淡淡地说道："戌时就要锁院门宵禁了，明天还要早起参加入学礼，就不留二位了。"

应明先告辞离开，林一川朝许玉堂灿烂地笑着："许兄，商量个事行不？"

许玉堂目光微闪："何事？"

知道砸再多银子也请不走许玉堂，林一川想到了别的主意："我可以在擎天院找到更好的房间，许兄到时可否搬过去住？我想和小穆住在一起，我们是同乡，她年纪小，我能照顾她，还望许兄成全。"

穆澜是表弟看重的人才、杜之仙的关门弟子，自己怎么可能放过与之结交的机会？许玉堂毫不客气地回拒道："林大公子，你的意思是在下会欺负穆澜不成？我和他也有交情，我不会和你换宿舍的。"只差没说，你就死了这条心吧。

林一川几时这样低声下气过？他压低的声音里带着几分不满："许兄，我可是诚心诚意想与你结交。"

他不过是一介富商之子罢了，自己又是何等身份？前面缀着太后、皇帝，正儿八经的皇亲国戚。许玉堂也压低了声音，高傲且冷漠地说道："这里是京城，是龙得盘着，是虎得卧着，林一川，你以为你是谁？一介商贾之子，有几个臭钱就想和我结交？你配吗？"

生意场上，再讨厌对方都不会这样直接把话说绝了。直接被打脸打得啪啪作响啊，林一川大怒，他怎么就这么讨厌许玉堂呢？他越生气时越冷静，他没有还嘴，只是微眯着眼睛打量着许玉堂，恍然了悟：这家伙和无涯是一路货色！那种浸入骨髓的高傲似是与生俱来，这让他想起了东厂的梁信鸥，一个大档头就能逼着自己宰了家里的镇宅龙鱼。若不是为了权势，他又何必来国子监？

还要在国子监混几年呢，想整死许玉堂有的是机会！林一川懒得与之口角，朝东厢喊了一嗓子："小穆，我先回去了！"

穆澜匆忙出来，就见许玉堂高冷地站在书架旁，若无其事地拿了卷书，而林一川的笑容很淡，这两个家伙之间有过节儿？

"我送你，今天谢你帮忙啦！"

"客气什么，咱俩是过命的交情！"林一川的声音比较大，引得许玉堂忍不住瞥来一眼，他要的就是这样的效果。再讨厌许玉堂，也总比让穆澜和谭弈住一屋强百倍。林一川大度地想，是我的就跑不了。他还不信穆澜会喜欢上许玉堂这种高傲渗进骨子里的贵胄公子。

穆澜将林一川送到了门口，她忽然想起他好洁来，他放弃有独立浴室的擎天院，跟着自己搬到了玄鹤堂，他怎么住得下去？穆澜越发愧疚地道："你想洗澡可随时过来。"

她的担心让林一川心暖，和许玉堂怄的气一扫而空。但有许玉堂在，他怎么可能来这里借浴室洗澡？国子监只准监生休沐日出去，他总能想到办法的。可是厚着脸皮来，就是见她的借口与机会，林一川遂大声答了句："好！"

偏来这里借浴房洗澡，气死许玉堂去！多好！

林一川倒退着离开，一直笑望着穆澜，直走到花圃处，他才停了下来："明天见！"

石柱的灯光照出他英俊的脸，他不是无涯，他不知道她是女子，但他仍然对她这样好，穆澜心生感动，大声说道："明天见！"

一直以来，他黏着她时，总感觉她在有意回避，此刻听到她这样说，林一川几乎痴了，他从来不知道自己的情绪竟这么容易被穆澜的态度所影响。他一直望着穆澜返身回屋，轻轻掩上了房门，这才蹦了起来。

夜色中，掌控着南北十六行的扬州首富林家大公子难得地露出了小孩儿的心性，从花圃中摘了一朵花，簪在帽檐上，吹着口哨溜达着回了宿舍。

卯初，悠长的钟声响彻整个国子监。

新进的一年级监生们早就被舍监通知过了，国子监的监生卯时左右起床，卯时三刻用朝食，辰时早课。因今天有入学礼，辰时的早课就取消了。

国子监一共有六个饭堂，分别靠近天、地、玄、黄四座院子，位于东、西、南、北四个方向，方便各年级监生用饭。饭菜都是一样的，只是厨子手艺不同，口感上略有差别，而擎天院的厨子自然是手艺最好的，如果黄字号院的监生想去擎天院附近的饭堂用饭也可以，起早一点儿，多走一段路就行。另外两个饭堂，一个是国子监官员们专用，另一个则是六堂监生专用。这两个饭堂面积小一点儿，菜肴自然也更精致可口。

一年级新监生们对监生生涯充满了好奇，卯初钟声一响，几乎没有人赖床，起床、洗漱，换上新发下来的礼服，三五成群去了离宿舍最近的饭堂。穆澜收拾整理好后，就与许玉堂联袂出了宿舍。想尽办法换进擎天院住的新生仍然以贵胄公子和有钱人居多，林一川花钱换宿舍并非首创。走在院子里，靳小侯爷和几个公子哥儿看到许玉堂就高兴地招呼起来。

家境不同，难以融入，穆澜有意放缓了脚步。许玉堂才和几个熟悉的公子打过招呼，转身想叫上穆澜，却已不见他的踪影。

穆澜避开这群公子哥儿，却遇上了刚踏出房门的苏沐："苏沐！"

苏沐为了遮挡喉间瘀痕，便在颈间围了块帕子。见到穆澜，他不由自主地想起了灵光寺的凶杀案，还不知道凶手什么时候又会找上自己，不能再连累恩公了，所以他就装作没有听到，埋着头匆忙地走了。

他怎么了？穆澜并不知晓苏沐身上发生的事，她有些诧异地停住了脚步。

"呵呵，穆公子！"旁边有一个声音阴阳怪气地响了起来。

穆澜回过头，就看到林一鸣与一群学生正和谭弈站在一起。谭弈瞄了他一眼，又转过头和身边的举子说笑着走开了。每次见到谭弈，穆澜都有一种说不出来的违和感。说他不正直吧，他又站出来说分宿舍不公；说他正直吧，一个正直的人怎么会和林一鸣交上朋友？他的眼神总让穆澜感到不舒服。

林一鸣心里记恨着穆澜和林一川联手整自己，就摇着把纸扇走到他的面前："好巧，穆公子也住擎天院啊。"

见他拦住了路，穆澜敷衍地抬臂见礼："林二公子。"

林一鸣睥睨着穆澜道："还好穆公子没打算当枪手，否则当场被锦衣卫抓住，我就进不了国子监了，真是老天有眼哪！"说罢，他压低声音，恶狠狠地说道，"别以为我不知道你被林一川收买了！没有你帮忙，我也一样进了国子监！"

"林二公子这是抱上粗大腿了？写满篇'正'字都能考中国子监，谭公子能耐不小嘛，竟然连祭酒大人都要给他几分薄面。"穆澜趁机试探谭弈的背景。谭弈和许玉堂不对付，他肯定不会走礼部的路子，但名单是要通过礼部审核的，难道是陈瀚方卖了人情，才让下面的学正博士没有将林一鸣的卷子刷下来？

"祭酒算个屁！穆澜，我实话告诉你，谭公子是东厂督主的义子，是我林一鸣的铁杆儿兄弟，你和林一川就等着看本公子怎么弄你们吧！"林一鸣"唰"地打开了折扇，像只骄傲的小公鸡，昂着头就追谭弈一行人去了。

谭诚的义子！穆澜倒吸口凉气，她犹豫起来，早知谭弈住进了擎天院，她打死也不搬宿舍，然而无涯暗中安排的这间房实在太合她心意。比起谭弈的关注，和许玉堂住在一起更为保险。看来她将来若要悄悄出入擎天院，更要加倍小心了。穆澜一边思忖着，一边走向饭堂。

好奇加新鲜感让新生们最早来到了饭堂，卯时三刻才开饭，擎天院的新生们几乎都到了。才开学第一天，监生们已自然形成了小团体。谭弈、林一鸣和一群相熟监生站在一起，以许玉堂为首的荫监生们聚在一处。穆澜看到苏沐孤零零地站在一旁，便取了餐盘走了过去。这时厨子敲着盆大声喊道："开饭了！"

监生们蜂拥而至。

"排队！"管理饭堂的学正大声喊了起来。

一群监生从穆澜身边跑过，她只得停下了脚步。

靳小侯爷打出生起就没有排队领过饭，新鲜之余，就挤到了前头，不忘回头招呼许玉堂等朋友。极自然的，这群贵胄公子哥儿都因靳小侯爷跑得快，挨个儿地插了队。家世、身份不如他们的，皆敢怒不敢言，新监生中有钱无权的有心巴结，会自动退后，让这些公子哥儿排在了队伍前面。

一直在观察的谭弈抿着嘴笑了，他朝林一鸣使了个眼色。林一鸣端着餐盘走出队伍，走到一旁探头看着早饭的菜式，眼神却瞟着站在靳小侯爷前面的那几名监生。恰巧，苏沐为躲穆澜排在了最前面。等他打了早饭端着餐盘要离开时，林一鸣悄悄伸出了一只脚。也活该苏沐倒霉，他压根儿没注意到林一鸣的动作，人就突然朝前扑去，一餐盘食物也悉数飞了出去。

早饭是一碗粥、两个馒头、一个鸡蛋和一碟咸菜。靳小侯爷个子瘦小，立时被苏沐扑倒在地，算是躲过一劫，可他身后探长脖子对集体排队用早饭充满好奇的公子哥儿们就惨了。条件反射去扶靳小侯爷的许玉堂恰巧避过了飞来的热粥，随后他听到几声痛呼，回过头一看，一名公子被烫得直叫唤，还有三四个人的衣裳都溅上了米汤、咸菜。

林一鸣已悄悄地闪了，得了谭弈一个赞赏的眼神后，他得意不已，心想本公子出马肯定手到擒来。他不忘煽风点火道："前面怎么回事？不打饭就走开，没见后面这么多人排着队在等吗？"嚷完后他就缩回了脑袋，偷偷地笑着。

"没看到有人被烫伤了？只顾着吃，你是猪呀！"公子哥儿们纷纷回头，怒目而视，却又找不到开口说话的人。

靳小侯爷一把将苏沐从身上推开，扶着许玉堂的手站了起来，大骂道：

"你怎么走路的？"

"对不住，对不住！"苏沐连连作揖，嘶哑着嗓子说道。这两天他精神恍惚，根本不记得是自己不小心绊着还是被人绊了一跤，只得暗叫倒霉，躬身道歉，但被他弄脏衣裳的那几位公子哥儿却不肯吃这个亏："说声对不起就行了？你让哥儿几个也泼碗粥试试？"说着推搡起苏沐来。

谭弈笑了笑，从队伍中站了出来，他可不会放过任何一个增加自己威望的机会，可这时响起一个懒洋洋的声音："发下来的礼服只有一身，如果我是你们，就赶紧去把衣裳弄干净，免得入学礼时失礼。"

被弄脏衣裳的公子哥儿们顿时都愣住了，许玉堂蓦然回头，看到已经站出来的谭弈，心头警醒，难道有人故意使坏，想让自己与荫监生们失礼？

谭弈也在这瞬间回过头，迎着黑压压一片好奇的目光，他失望地没有发现是谁在说话。

"下次小心点儿！"训了苏沐几句，公子哥儿们连饭都不吃了，许玉堂自然陪着他们，一群人匆匆回去打整礼服。这时，穆澜看到林一鸣"扑哧"一声掩唇偷笑，谭弈眼神意味深长。她虽然捏着嗓子提醒了许玉堂，此时却觉得谭弈似乎早有准备。

苏沐无心用饭，失魂落魄地离开了饭堂。经过穆澜身边时，她有心想叫住他，但想着他对自己避之不及的模样，便又打消了主意。

刚才发生的事情她都看在眼中，她没有站出来指认是林一鸣使坏，也没有追上许玉堂提醒他要提防谭弈还有后手，她觉得自己能捏着嗓子提醒那群荫监生已是仁至义尽。她不是救苦救难的观世音菩萨，她进国子监也是提着脑袋在玩儿命。她低低叹了口气，目送着受了池鱼之殃的苏沐离开。

饭堂里恢复了正常秩序，穆澜排队打了饭，在饭堂里选了个角落的座位坐下。她一边喝着粥，一边思索着谭弈今天挑衅许玉堂的用意。

谭弈是东厂督主谭诚的义子，他有直隶解元之才，却放弃了今年春闱会试，选择进入国子监读书。能让他放弃眼前的大好前程之人，只有谭诚。无涯出宫去天香楼那次，让许玉堂坐在马车里顶包，可见两人的关系定十分亲密。朝堂上谭诚独揽大权，举朝皆知，所以谭弈不惧许玉堂的身份，想拿他立威。

弄脏礼服，换成穷监生都知道该如何清洗，但养尊处优的荫监生只能找洗衣房的仆妇帮忙。穆澜可以想象，当那些公子哥儿们找不到洗衣房的仆妇，又出不了国子监，急得团团转的模样。许玉堂又会怎么办？入学礼上衣衫不整会直接被学正纠察逮着，轻则斥责，重则以不敬之罪送交绳愆厅处置。哪怕是最轻的斥责，也是谭弈所乐见的。如果国子监里的官员们对此视而不见，就是不公平。不处罚服饰不洁的荫监生，国子监的官员们将来如何服众，管理监生？谭弈倒是懂得以小博大。

正想着时，她眼前忽然多出几个人影。穆澜咽下一口粥，才抬起了脸。

林一鸣说到做到，绝不肯轻易放过她。谭弈想着义父的话，也有心欺负穆澜。得了他的支持，林一鸣和几个追随谭弈的监生就端着餐盘来到了穆澜面前。

"穆澜，你起来，这是我的座位。"林一鸣大摇大摆地将自己的餐盘放在了桌上，他眼中透着兴奋，很久没有这样威风地欺负过人了，很是期待啊。

穆澜二话不说就起身把座位让了出来。一拳头打在了棉花上，林一鸣没有享受到折磨穆澜的过程，便恼怒不已地喝道："你把桌子收拾干净了！"

饭桌上明明干干净净的，这摆明了是要找碴儿。穆澜暗叹，不想在国子监惹是生非，不想引人注目都难啊。

选定在这里坐下时，她就已经将四周的环境看在眼里。这里是饭堂的角落，背后除了窗户，就是墙。现在六个监生加林一鸣围住了自己，将外面的视线挡得严严实实，这是想收拾他还不让人瞧见？穆澜翘了翘唇："行，我收拾。"

她端起餐盘，作势用衣袖在桌面、凳子上拂拭过，然后打算离开。林一鸣眼珠转了转，故技重演，又悄悄伸出一只脚想绊倒穆澜。可刹那脚背一疼，他大叫了声朝前扑去。穆澜贴墙站着避开，林一鸣就扑向了那几名还没放下餐盘的监生。

稀里哗啦的响动惊动了饭堂里的人，几人狼狈地站起来时，身上的礼服已经溅满了粥、汤和小菜。

"穆澜，你敢踩本少爷的脚！"林一鸣气急败坏地吼道，"他人呢？！"

穆澜早已越窗而出，离开了饭堂。

听到动静，谭弈看了过来。他没有看到穆澜，眼里生出一丝阴云，这小子会功夫，不好对付。

"一鸣，你们几个赶紧回去清洗礼服，别误了入学礼。"

林一鸣几个人的脸色就变了，设计荫监生的事怎么就同样发生在了自己身上？他哭丧着脸道："老大，洗衣房的……"

"给钱还找不到帮你们洗衣裳的人？还有一个时辰，来得及！"谭弈打断了他的话。洗衣房的仆妇收了银钱，不到巳时的入学礼是不会出现的，而这事他绝不能让林一鸣当众说出来。

穆澜吃了一半，没有吃饱，反正四个饭堂都能用饭，时间还尚早，她决定去最近的地字号饭堂再领一份饭吃。她心里记着老头儿画过的国子监地图，便选了条近道——直接穿过擎天院与锦地院之间的树林。

此时尚未天明，路上石柱里的灯烛还没有熄灭。进入树林，视线并不是特别好。只是才踏进树林，穆澜就听到一阵闷响，像是拳头打在肉里的声音，瞬间，她的身影如青烟一般飘起。

大概是进林子时她没有刻意放轻脚步与呼吸，令对方有所察觉，声音蓦然就消失了。穆澜悄悄靠近了声音出现的地方，就见在前面五六丈开外的地上躺着一个人。借着极淡的夜色，让她看清那个人身上穿着监生的礼服。旁边有一排低矮的冬青，她敢肯定，冬青树后藏着一个人。

这个人连呼吸声几乎都没有，如果不是练成了小梅初绽，她一定会以为这个人已经离开。这是一个高手。没有声音，树林里异常安静，空气中却弥漫着淡淡的杀气。

她是否该故意大声叫喊，惊走冬青树后的杀手？不，她不能让自己暴露在凶手面前，给自己惹来更大的麻烦。是否不顾这个监生的性命退走离开呢？穆澜冷静地思考着这个问题。

对方没有动，穆澜在犹豫。黎明前最后的一刻黑暗时间，不会超过两刻钟，晨曦就会洒向这里，让那个人无所遁形——对方比她着急。就在这时，那躺在地上的监生的手动了动，脸偏过来几分，额头的鲜血虽然汩汩淌了半边脸，但穆澜仍然认出了他，是提前离开饭堂的苏沐！

既然是认识的人，穆澜就不忍心走了，她只希望苏沐能坚持到晨曦初现的时候。但冬青树下藏着的人显然也想到了这个问题，静默中，他突然从冬青树后一跃而出，手中的刀狠狠向苏沐刺去。

风声"嗖"地响起，一道光出现在黑影的眼瞳中，他只得收刀竖直挡在面门前。叮当声中，一把匕首去势未竭，扎进了旁边的树里。他并未犹豫半分，一击不中，便腾身跃向冬青树后，刹那便退走了。穆澜这才从树后出来，感觉到林中无人，她朝着苏沐跑了过去。

"苏沐！"穆澜叫了他一声，见他没反应，伸手在他颈间一按，脉息全无。

苏沐的脑袋旁边有块石头，上面染满了鲜血，穆澜看了看位置，看起来像是他走在林中，不小心绊了一跤，额头因撞在石头的尖角上意外身亡。而她知道，苏沐是被人打晕带到这里，然后用石头砸破了头。

她站在黑暗中久久无语，苏沐一个落第穷举子，怎么会引来高手刺杀，还被摆成意外死亡的模样？淡淡的晨光涌来，让林中渐渐亮了起来，穆澜看到苏沐刚才动弹时手指甲在地上画出的痕迹。那是几条极短的弧线，稍不注意，只会让人以为是手指随意从地上划过的痕迹。

穆澜将这几条弧线仔细地记在了心里，低声说道："苏沐，对不住，你已经死了，我只能让你暂时留在这里。一有机会，我会说出今日所见，让衙门抓住凶手替你报仇。"

她可以告诉秦刚，让锦衣卫出面。

这几天没有下过雨，穆澜没有发现任何痕迹。她再也无心去锦地院附近用早饭，取下扎在树上的匕首，悄悄离开了树林。

第二十九章
入学礼上的凶案

巳时，灿烂的朝阳肆意挥洒着光。国子监彝伦堂前的广场上新进监生们身着礼服排列整齐地站着，年轻的脸如同春天的太阳，朝气蓬勃。以率性堂为首的六堂监生为给学弟们树立一个好榜样，站在了最前面，六色不同的礼服格外醒目。

晨风微拂，衣衫飘飘，一派赏心悦目。

一个时辰前，苏沐被人砸死在树林中。新监生们急于赶来参加入学礼，老监生们按时上课，是这个原因才让苏沐的尸身到现在都还没被人发现吗？阳光灿烂的广场，监生们精神振奋。想到苏沐孤零零地躺在树林中，穆澜暗暗叹息着。

那么早的时间，那个人能准确找到落单的苏沐并杀死他，这个人一定是国子监里的人。林中光线太暗，她的匕首飞过去时，那人竖刀挡飞，刀光亮过的瞬间，穆澜记住了他握刀的手——骨节粗大，皮肤不白，身材高大，是个男人。

穆澜只庆幸自己未对监生有太多的同窗之情，没有让自己暴露在那个凶手面前。她在暗敌在明，这已经是最好的结果了。但苏沐画的那几条弧线又是什么意思呢？她一边想着这件事，一边不动声色地打量着四周。

监生们的位置是按举监生、荫监生、贡监生和捐监生排列的，穆澜奉旨入学，排在了荫监生之首。学正们正拿着名册挨个儿点名，听到谢胜的名字，穆澜往右首看去，让她很意外的是，谢胜居然是荫监生。谢胜站得如标枪般挺直，大声应"到"的时候，手里的铁枪往地上一戳，就惊得身边的荫监生哆嗦了下。

"你拿的是什么？谁说可以持枪来参加入学礼了？"学正被这一声闷响惊得愣了愣，快步走到谢胜身边。知晓他是荫监生，学正的语气中便少了怒意，多了些啼笑皆非。

谢胜憨憨地答道："俺娘说枪不离人，人不离枪，人在枪在！"他那浓浓的口音惹得身边的荫监生们直笑。

"谢公子，这是入学礼，不是战场，来人！"学正心里骂了声"憨货"，叫了个小吏来，客气地说道，"谢公子，入学礼完了就还给你。"

但谢胜就是摇头，学正为难了，许玉堂笑着说道："谢公子，你把铁枪放在一旁，你人在，枪也没丢，这也叫人在枪在，你说是吧？否则犯了监规，被逐出国子监，你怎么向你娘交代？"

谢胜还没憨到蠢死，想了想，向许玉堂行揖道："多谢你提醒。"

学正松了口气，心想，许尚书家的公子明事理肯帮忙，难怪京城的姑娘们都倾心于他。如此，他对许玉堂的印象便又好上了两分。

谢胜没把铁枪交给小吏，他大声说道："他拿不动。"说着自己走到广场边缘，将铁枪往地上使劲儿插了下去，这才走回来。他的目光斜望过去，正好能瞧到自己的铁枪，才算放心了。

穆澜盯着谢胜，他的手骨节粗大，肤色黝黑，有几分像林中凶手的手。那杆铁枪少说也有几十斤，谢胜的武艺一定很好。可惜，凶手的身材没有谢胜那么壮实高大。如果比照谢胜的手去找凶手呢？她扬了扬眉，觉得这个主意或许有点儿用。

视线所及，那几位早晨被弄脏礼服的监生衣着已经变得整洁。她右边站着的许玉堂迎上了她的目光，朝她露出一个笑容。穆澜半开玩笑地问道："你们自己洗的衣裳？"

许玉堂低声答道:"找学正拿了新的。为防礼服破损,国子监多做出了一些……都要养家糊口不是?"

但逢大典,监生都要穿礼服,不过总会有各种意外,如果这个时候衣裳脏了、破了,监生就很着急,国子监负责衣袍的后勤官员们就逮住了这个机会,多做一些备用,然后高价卖给急需的监生应急。因典礼上衣冠不整惩罚监生,扣学分,坏了他们前途,那不如让下面的低阶官员赚点儿银钱。这是皆大欢喜的事,国子监高层官员也就睁只眼闭只眼地过了。

许玉堂的爹是礼部尚书,他对国子监的情况一定早就打听清楚了。许玉堂的最后一句话轻如蚊蚋,倒让穆澜对他高看了几分。没想到身份尊贵如许玉堂,也知道养家糊口。看来谭弈虽有东厂撑腰,但强龙压不过地头蛇,目前谭弈对国子监的微妙情况还不是特别明白。

穆澜早晨在饭堂里刻意粗着嗓音出声提醒,并不想当场引起谭弈等人的怨恨。现在私底下让许玉堂承了自己的人情,也许将来就会有用着他的地方。再加上无涯这重关系,又和许玉堂是舍友,穆澜很自然地就把林一鸣卖了:"是林一鸣绊了苏沐一跤。"

林一鸣为何要绊倒苏沐?想害自己衣衫不整受罚,真够歹毒的!许玉堂根本不用想,他朝前面的谭弈投了一个冰冷的眼神:"东厂走狗!"

穆澜更是诧异,她今天才知道谭弈的身份,看来许玉堂早就知晓了。

"晚上回去再说。"眼下不是说话的机会,穆澜肯告知自己实情,意味着她肯定是站在自己这边相帮皇帝的,许玉堂很是高兴。

"苏沐!"负责点名的学正拿着册子站在举监生处,见没有人应答,又叫了一声,"苏沐!谁和他同住?"

谭弈和苏沐同屋居住,只得拱手道:"学正大人,学生与苏沐是舍友,学生最后一次看见他是早晨在饭堂里,他先行离开,之后学生就再没见过他了。"

学正愕然,入学礼何等重要,这名叫苏沐的落第举子居然无故缺席,他气得叫了小吏过来去找苏沐。

穆澜认出了早晨在饭堂里跟着林一鸣想要欺负自己的两个举监生,还有

106

被自己踩了一脚而弄脏了礼服的林一鸣，皆穿戴整洁。看来谭弈这拨人也迅速在国子监里找到了门路，自己也不能太过看轻了他们。

监生们站在广场上说话也都是压低了声音，所以学正点名的声音就分外清楚，站在后排的林一川伸长脖子往前看着，举监生所站的地方明显空出一个位置来。他不由自主地想起和谢胜将苏沐从树上救回的事，心里生出了不祥的感觉。

点名仍在继续，没有人过多纠结一个监生的缺席。国子监的官员们以陈瀚方为首站在台阶上，抚须微笑望着学生们。每年新监生入学，看着这些青春四溢的少年郎们，官员们总会想起自己年轻的时候，感受着扑面而来的蓬勃朝气，他们仿佛也跟着年轻了几岁。

这时，一阵礼乐之音传来，广场那头蜿蜒行来皇帝的步辇。旌旗鲜明，宫婢随行，锦衣卫护持，皇帝居然亲至国子监参加这届新生的入学礼，一时间广场上的监生们都激动不已。以祭酒大人为首，官员、监生们纷纷行礼相迎。

多少人踏进仕途，也无缘看见皇帝一眼，新监生们在听到一声"起"后，好奇心驱使着他们不顾礼仪，悄悄地抬眼望向了高台。春风吹拂着黄罗盖伞，宝座上的年轻皇帝身着圆领窄袖黄纱罗长袍，腰系玉带，戴着乌纱折角向上巾，露出了静美如月的容颜。

按制，应该在五月初一那天，今年春闱中榜的新科进士们祭祀孔庙时，皇帝会亲临。而皇帝却提前在四月中旬来到国子监参加新监生的入学礼，给了这届监生最高的礼遇。

御驾亲临，礼部官员只能随行。祭祀孔庙，见新科进士倒也罢了，新监生的入学礼算个什么事？礼部的官员们都生出一丝荒谬感，感到了一丝委屈，但部堂大人都不觉得委屈，他们也只好默默地咽下心中的不甘。

礼部尚书许德昭此时感觉极好。皇帝亲政两年，也就下过这么一道要进行入学考试的旨意，还亲自复核了新录监生的考卷。皇帝想来参加入学礼，他是支持的，就像顽皮的小孩儿，你想让他乖乖待在家里，总也要塞给他两件新奇玩具才能哄得他安静下来不是？

谭诚再一次与许德昭在皇城的窄巷里相遇时，谭诚就警告他，皇帝并不是图新鲜，国子监的监生今天只是学子，明天也许就是各部各地的官员。可那又怎样？许德昭心里冷笑，如今内阁连同六部的官员中替东厂说话的声音已高过了替许家说话的声音。皇帝是他的亲外甥，不过才亲政两年，拉拢监生的事又是自己最疼爱的三子许玉堂在做。投靠皇帝，还不是投靠自己？

他在朝堂上说了句："先帝在位时，也有过先例。"就凭这句话，无涯才顺利来到了国子监观看新监生的入学礼。

窄巷中，谭诚只是一笑："承恩公将来莫要后悔便是。"

不支持自己的亲外甥，难不成要支持你这个阉狗？许德昭拂袖而去。

照仪制，皇帝亲至观礼，即使只是坐一坐，也是天恩浩荡了。许德昭朝国子监祭酒陈瀚方点了点头，示意可以按正常程序勉励新监生们、颁布监规等。陈瀚方开口前朝宝座施了一礼，就在这时，无涯竟然站了起来。

皇帝想做什么？礼部的官员们惊愕着，还没来得及劝阻，他已漫步行至台前。

"皇上！"许德昭上前一步，拱手弯腰。

"朕想勉励他们一番。"

这是祭酒大人的活计，这么做有违事先定好的仪程！许德昭愣了，他脑子飞快地转动着，心里组织着语言，该怎样才能把皇帝劝回去？陈瀚方却直起了腰，冲台下说道："诸生聆听皇上训诫！"

皇帝亲自训话，这是多大的荣耀！广场上的监生们激动得再次行礼，三呼"万岁"。许德昭狠狠地瞪了陈瀚方一眼，眼睁睁地看着无涯走到了高台的边缘。

风微微吹动他的衣袂，无涯的目光掠过广场上的监生们。他没有刻意去看穆澜，却仍然准确地从荫监生的队伍中找到了她。她低垂着头，没有看他。在来的路上，他就一直在想这个问题。当他坐着步辇，穿着龙袍出现在她面前时，那个对面不相识的谎言还能再继续吗？

他的目光落向了更远处，排列整齐的监生队伍是未来、是希望，他们中将产生忠于他的臣子。一股豪情与冲动让他暂时忘却了台下的穆澜，缓缓开口：“不少监生以为，进了国子监就能吃朝廷的、穿朝廷的、花朝廷的，将来还能出仕为官搜刮百姓……朕不要这种臣子！”

掷地有声！无涯坚定地宣告着。

“户部每年负担国子监监生的衣食住用已不堪重负，因此朕下旨，今年举行入学考试，调了锦衣卫监考，只盼着国子监能真正录进有用之才，为朝廷培养更多的清官、好官！”

第一次见到皇帝的监生们皆无比震惊。传言，深宫中的皇帝身体羸弱，毫无主见，亲政两年只晓得和稀泥，政务全由内阁处理。哪怕这次入学考试是由皇帝亲自下旨，调锦衣卫监考，监生们还是认为，这是户部不堪国子监费用而提交的条陈，皇帝最多不过是拿起玉玺盖印通过罢了。不曾想，入学考试的主意竟是皇帝拿的。

“不要以为考进了国子监，就可以混到毕业，顺利谋个官做。从这一届监生起，国子监必将加强对监生的管理考核。以成绩、德行、操守定优劣，决定将来可选任的官职。朕亲拟了十八条监规，朕可以许诺你们，有才华之人必将得朕重用！”

无涯的这一段话说出来，让礼部的官员们呆若木鸡。皇帝等于是在向监生们许诺，你们听朕的话，好好学，朕就会重用你们。皇上，你就算拉拢人，也不能这样直白啊！

谭弈面无表情，义父早就料到了这些，他也只能在肚子里骂皇帝无耻。皇帝的许诺实在太有诱惑力了，学得文武艺，卖与帝王家，有谁比皇帝的笼络更名正言顺的呢？他可以预见自己拉拢人才的艰难。

以成绩定官职，意味着蓬户寒门无须再担忧朝中无人，就能得到更好的职位。监生们年轻的脸上显现着激动和兴奋，不知是谁高呼了声：“皇上圣明！”接着，浪潮般的呼声响彻整个国子监。

第一次，无涯感觉到九五至尊的威严，他露出了笑容。

也许是看得久了，林一川眼睛有点儿酸，他揉了揉眼睛，高台上那个明黄的身影依然像道最刺眼的阳光。无涯是皇帝！他以为无涯最多是某个王府里的世子。

说得冠冕堂皇，又有那本事吗？官职又不是御花园里的花，你想摘多少就能摘多少，想给谁就给谁，当内阁与东厂是摆设呢？林一川心里泛着酸，暗暗腹诽着无涯。这时，他突然惊恐地想到了一个问题，如果无涯发现穆澜是姑娘，悄悄销了她的监生资格，把她弄进宫去，自己能拦得住吗？想到这里，他恨不得马上跑到穆澜身边，看她是何反应。

无涯想说的话、想见到的，都如了愿，也总算还顾忌着礼部官员们的脸色，没有再别出心裁给入学礼增添新花样。然而就在无涯示意摆驾回宫，礼部官员们长舒一口气时，安静的广场上响起一名小吏惊惶的声音："死人了！苏沐死了！"

监生们刚才都听得清楚，点名时苏沐无故缺席，没想到他竟然死了，一时间议论声嗡嗡而起。

"噤声！"高台上的太监尖声喊了一嗓子。

喊苏沐死了的人正是刚才被学正点名吩咐去寻找苏沐的小吏，他跌跌撞撞跑来报信，完全不知道皇帝和礼部官员们来了。国子监的官员们恨不得将那名小吏踹死了事，看向学正的眼神都透着一个意思：你弄了个蠢笨如猪的小吏当下手，你还能干成什么事？

那名学正的脸涨成了猪肝色，知晓自己数年内都甭想再在国子监里往上升一步，气得上前就捂住小吏的嘴，咬牙切齿地低声骂道："御驾在此，你想找死，别拖累了本官！"

御驾？！小吏的眼睛蓦然瞪圆，脸"唰"地就白了。

国子监里出了人命案，死的人竟然是苏沐？无涯脸上的笑容消失了。灵光寺一行，他与苏沐交谈甚欢，苏沐的才华说不上极好，却也谈吐不俗。苏沐春闱落第，是他把苏沐弄进了国子监，他有心培养苏沐，没想到苏沐连入学礼都没参加就死了。这是在向他示威？是谭诚做的吗？想把他招揽的人才一个个都弄死？

无涯沉着脸又坐了回去："叫那小吏上前说个清楚。"

两名锦衣卫"噔噔"下了高台，将吓软脚的小吏提溜了上去。小吏擦着额上的汗，跪伏于地，颤声说道："新录监生苏沐死在了擎天院后面的小树林里，他摔破了头，没，没气了……"

苏沐为何不来广场参加入学礼，却去了擎天院后面的小树林？他怎么摔破的头，又怎么断了气？无涯淡淡地说道："秦刚，你去查。"

"臣领旨！"锦衣卫对仵作这行并不陌生，秦刚叫了两名锦衣卫，就带着小吏去了。

国子监里发生的命案让锦衣卫去查，皇帝这是不相信国子监了？陈瀚方站不住了，躬身请罪："惊了圣驾，臣等罪该万死！既是国子监里发生的命案，臣有责任查个水落石出。"

国子监的官员们也跟着纷纷请罪。

"监生们食住皆在国子监，安全都不能保障，又如何能认真学习？苏沐一案，陈祭酒必须给朕一个交代。"无涯不动声色地点了陈瀚方的名。你不是做了十年的不倒翁吗？这件案子有朕的人插手，你若企图替东厂隐瞒，就给了朕拿捏你的把柄。

陈瀚方不敢抬头，连声应是，当即令国子监绳愆厅的两名官员去了。

"回宫。"苏沐的死给国子监的入学礼蒙上了一层阴霾，无涯沉着脸走了。

礼送着皇帝的仪仗离开后，国子监的入学礼继续进行，只是祭酒大人没了心思，言简意赅地勉励了新监生们几句。监丞大人干巴巴地读着太监刚送来的、皇帝亲拟的监规。率性堂等六堂监生代表发言……

广场上的监生们或与苏沐不熟，或与苏沐认识，或多或少都有着自己的心思，不相熟的已相互打探起苏沐是什么人。

如谭弈，他与苏沐是舍友，头一个就要接受盘问讲述苏沐的行踪。他想到早晨在饭堂里安排的事情，怎么会这么巧呢？苏沐恰巧排在靳小侯爷和许玉堂前面，恰巧被林一鸣绊了一跤，然后就死了？会不会是那群贵胄公子对苏沐进行了报复，结果意外将他打死，又伪造成他是因摔破头而意外身亡的假象？还是想陷害自己？让人怀疑自己因不喜与苏沐同舍，就对他下手呢？

被苏沐推倒在地的靳小侯爷"哈"了声，心想老天开眼，苏沐居然摔破头死了！那几位当时被弄脏衣裳的公子哥儿也这样想。可许玉堂却生了疑，早晨荫监生围着苏沐想揍他的情景被许多监生都看到了，会不会是谭弈欲借此栽赃陷害荫监生?

　　谢胜下意识地扭过头去找后面队伍中的林一川，他想的是苏沐前天想上吊才被他们救了，怎么今天就摔破头死了?

　　是什么人想杀苏沐? 林一川此时和穆澜想的是同样的问题。

　　至于侯庆之，他跟与苏沐相熟的举子们一样，更多的是惊愕、叹息和怜悯。

　　入学礼就在监生们复杂的心思中结束了。接下来是分班，监生们可自由报名。国子监中分有太学、律学、算学、书学等，监生们报名后，会张榜公示，后天即正式授课。所以，此时监生们分别涌到了高台前向学正们报名。林一川这回学聪明了，落到了后面，直看到穆澜排进太学的队伍中时，他才挤到她身边道: "小穆，你报太学?"

　　穆澜低声说道: "人最多，考试最好混。"

　　"将来可选的职位也最多。"林一川笑眯眯地补充了句。

　　她可没有想过将来要谋个一官半职。穆澜只是笑了笑，这次没有再因为林一川更改自己的选择。

　　除了一些对律学、算学、书学特别感兴趣的监生，绝大多数人都报了太学。分班出来之前，新监生们没有课程安排，而空闲下来的时间可以让他们熟背监规，熟悉国子监里各个部门所在之处。

　　报完名已近午时，林一川邀穆澜一起用饭，而谢胜和侯庆之想去打听苏沐的事，四个人便先去了擎天院后面的树林。

　　林外站着国子监的小吏，这片小树林已经被围了起来。四人赶到时，正碰上苏沐被抬了出来，监生们不胜感慨。

　　先前秦刚叫了两名锦衣卫过来，此时林中却走出三名锦衣卫来，多出来的这名锦衣卫脸很瘦，单眼皮、小眼睛，眼睛却极为有神。他穿着件千牛服，挎着绣春刀，腰带间挂着两枚细长的铃铛，走路时铃声清脆。他扫视了一遍围观的监生们，小眼睛滴溜溜地转着，笑眯眯地说道: "将他们全部看住，一个都不准放走!"

　　"为什么要抓我们?"监生们本来是抱着瞧热闹的心情过来的，突然听到这句话，心里都慌乱不已。东厂名声臭，锦衣卫的名声也没好到哪里去，都是杀人不眨眼的主，谁愿意被锦衣卫抓去审问呢？穆澜朝人群里看了眼，发现谭弈、林一鸣，包括许玉堂等人都在里面。她也不急，等着看这名走路叮当响的锦衣卫说出理由。

谭弈和许玉堂不约而同地开口说道："大人为何不放我们离开？我们又不是凶手！"

监生们齐声说道："对！我们又不是凶手！"

"没有证据，凭什么拘人？"

"一般说来，嫌犯作案之后都会回到现场围观，也许是你，也许是他。总之，本官相信，你们中有认识苏沐或与之相熟的人，好不容易都聚在一起了，本官也就不用挨个儿唤人询问了。"

与苏沐相熟或像穆澜知晓更多情况的监生被他说中心思，都愣住了。

林一川低声对穆澜说道："这名锦衣卫不像普通的锦衣卫，很年轻、很骄傲，也很转，看起来很会破案的样子。"

他当然不是普通的锦衣卫，穆澜的目光扫过他腰带上挂着的那对金铃，低声告诉林一川："你知道东厂有十二飞鹰大档头，那你也应该听说过锦衣五秀。"

林家从前就想和锦衣卫攀关系，林一川自然是知道的，他恍然大悟道："他就是心秀丁铃？"

锦衣五秀的名声比东厂的十二飞鹰大档头要好一些，缘故在于东厂的大档头经常出现在抄没官员府邸的现场。锦衣五秀皆独立听命于锦衣卫的那位指挥使大人，五个人中抛头露面最多、特征最明显的就是丁铃。另外四秀穆澜只从面具师傅那里听说过，连特征都难以描绘，他们或许隐藏在六部衙门中，或许其中的某人是江湖上的某位独行客。

丁铃以心思细腻著称，传说至今为止，他手里还没有破不了的案，连刑部六扇门遇到棘手的案子，都会求到锦衣卫，借丁铃一用。而丁铃最讨厌的人是东厂的梁信鸥。据说丁铃是梁信鸥的小师弟，二人一同学艺时有场考试，需要他们在一间屋子里找出不属于那个房间主人的东西。最后梁信鸥在丁铃搜过的床上找出一根女人的青丝，比女主人的要粗直、黑亮。丁铃输给了一根头发，气了一场。等到两人出师后，梁信鸥又告诉丁铃，那根头发其实是他悄悄夹带进屋的。不过，丁铃没发现，也只能算他输，这又把丁铃气了一回。后来他们一人投了东厂，一人进了锦衣卫。两人都以查案心细出名，也就成了死对头。

一个新监生的死本轮不到丁铃出手，只是他手里接了一个案子，卷宗里有苏沐的名字。他叫小吏抬了把椅子过来，而后便大摇大摆地坐下："有熟悉苏沐、知晓案情的人自己先站出来，莫要让本官来找你。等你们说清楚后，本官就放你们用午饭去。"

"俺叫谢胜，和苏沐曾经是舍友，之前曾在玄黄院后面的树林里将他救了，他当时正上吊自尽哩！"

监生们都感到忐忑不安，但谢胜觉得丁铃的话极有道理，而他也没有半分惧怕之意。所以他第一个站了出来，他握着枪很自然地走到丁铃面前，坦诚地告诉丁铃他所知晓的情况。

"昭勇将军的百胜枪！"丁铃看到这杆铁枪，又听到谢胜自报姓名，已然想起了他的家世。谢胜的爹驻守北境时死在了战场，死后被先帝追封为正三品昭勇大将军，留下遗孀与幼子。如今十几年过去了，谢家除了这个昭勇将军的虚爵，早已一贫如洗。谢家就谢胜一根独苗，谢夫人当然不愿独子上战场，便走荫恩的路子将他送进了国子监。丁铃的眼神温和了许多，问道："你是一个人去树林里练枪？"

谢胜摇头："是去比武。"

"这个憨货！"

穆澜感叹着谢胜的身世，心想他可能是荫监生中最穷的一个。同时，她又吃惊于苏沐竟然上吊自杀过，忽然就听到林一川嘟囔了句，而后林一川从她身边走了出去，站在谢胜身边道："当时苏沐吊在树上，是我和谢胜一起发现的。"

一个说上吊自尽，另一个却说吊在树上。丁铃想起树林中的死亡现场，他不禁来了兴趣，摆手止住两人道："你俩先站旁边去。下一个继续啊，说完就可以走了。"

见他真的只留下与苏沐相熟或认识的人，谭弈和许玉堂等人都陆续走了出来，顺溜地被拨到了旁边。穆澜和苏沐曾做过一天舍友，她也站到了林一川、谢胜和侯庆之的身边。其他与苏沐不相熟或不认识的监生壮着胆子，一个个上前说和苏沐没关系时，虽被丁铃盯得心里发毛，却都顺利地被放走了。

应该没有人看到自己绊了苏沐一跤吧？没有吧？林一鸣踟蹰半天，还是壮着胆子走到丁铃面前，说曾在谭弈房间里见过苏沐一面。

"当本官面说谎，本官会用铁夹夹着他的舌头，看看是不是比旁人少一截。"丁铃早就发现林一鸣的慌张，便吓唬了他一句。

林一鸣用手猛地捂住自己的嘴巴，看到丁铃似笑非笑的表情，他哭丧着脸把手放下了："在下说的话都是真，真的！"

"你留下！"

林一鸣腿都软了，是因为认识苏沐才留下自己的吧？是吧？

"一鸣。"谭弈走到林一鸣身边，搂着他的肩将他带到了旁边，"胆子真小，见过苏沐的又不止你一个人！怕什么！"

天塌下来有个儿高的顶着呢，谭弈是东厂督主谭诚的义子，他怕什么？林一鸣这才镇定下来，嘀咕道："谁不怕锦衣卫啊？"他擦了把额头上的汗，似乎自己真是因为害怕锦衣卫才会这样慌乱。

真是一群有趣的少年！丁铃心里感叹了声，淡淡道："先去饭堂用饭吧，用完饭找间空屋子，本官挨个儿细问。"

看着一网捞出了十几个与苏沐有关系的人，丁铃大为满意。

众人听着前头叮叮当当的响声，只能无奈地跟在丁铃身后去了最近的饭堂。还好锦衣卫和国子监绳愆厅的官员们坐在了邻桌，让监生们顿时松了口气。丁铃胃口极好，干掉一餐盘饭菜后，又添了一回。他埋头大口吃着饭，一双绿豆眼却像黑曜石般闪亮，时不时就扫过众人，他发现了一些有趣的事。

比如方才那个显得颇为慌乱的林一鸣，此时的胃口就很不错，只是有点儿看不上国子监的饭菜，不时低声抱怨着，和旁边的谭弈念叨起会熙楼的蜜汁水晶肚，约他休沐日一起去吃。

荫监生们已经讨论起苏沐来，被粥汤烫伤脸的监生委屈地说道："泼了我一脸粥汤，我倒是想揍他，可一指头都没碰到他。"

许玉堂意味深长地望着谭弈和林一鸣那边，安慰他道："身正不怕影子斜，咱们怕什么！"

这群新监生进国子监才两三天就起了争执，苏沐会因为监生之间这些鸡毛蒜皮的事导致意外身亡吗？丁铃思索着，这时他又听到一场有趣的对话。

"苏沐哪天上吊寻死被你俩救了？"这是穆澜的声音。

"报到那天，我和谢胜进树林比武时，听到动静，就发现他挂在树上。"林一川看了眼背对自己而坐的丁铃，又补了一句道，"树枝有点儿高，多亏谢胜一枪切断了绳子，否则救他还要费点儿劲儿。"

骗谁呢？以你的武功，上棵树还会费劲儿？穆澜蓦然反应过来，苏沐不会武，树枝又高，他是怎么把自己挂上去的？她想起母亲形容父亲的上吊自尽，讥讽地笑了笑。她没有走进树林时，那个凶手的确是想把苏沐弄成因摔破头而死的样子，但被自己发现后，凶手生怕苏沐不死，不惜从冬青树后出来，明着刺他一刀。这是否意味着，只要能杀死苏沐，对方根本无所谓是否要将他伪装成自尽的模样？

丁铃听够了想听的话，打了个饱嗝儿站起身来道："本官就在院子里，被叫了名字的一个个过来。"

饭堂的院子极宽阔，丁铃站在院子中间，能保证自己的问话不会被人听到。第一个被叫人的是谭弈，他是苏沐的舍友。看着英俊高大的谭弈走过来，丁铃的小眼睛动了动。谭诚的义子、直隶的解元，却没有参加会试，这是冲着皇帝对国子监人才的期待而来？

"是你主使的吧？早晨叫人绊了苏沐一跤，让粥汤泼了荫监生们一身，然后又杀了苏沐，企图嫁祸荫监生们，说他们是因为报仇打死了苏沐。"东厂的人，丁铃一点儿都不想客气。

"早晨的事是一场意外。用过早饭，我与同窗们一起围着湖散了会儿步，就去了广场参加入学礼。"谭弈平静地说道。

哦，不在现场，还有人证。早晨不管是否是意外，都称不上是证据，最多是前因。丁铃笑道："如果凶手或主谋是你，你猜本官会不会因为你是谭公公的义子就不敢抓你？"

他的身份如今正以一种极自然的方式慢慢地袒露在所有人面前，谭弈骄傲地一笑，眼神变得挑衅："如果我想苏沐死，杀了也就杀了。"

这句嚣张的回答让丁铃腰间的铃铛脆响了一声，他低喝道："滚！"

谭弈连礼都不行了，转身就走。

接下来，丁铃没用多长时间就弄清楚了早晨的泼粥事件。林一鸣双腿直哆嗦，挣扎着半真半假地说道："我真不是故意的，苏沐神思恍惚，自己没看到踩了我的脚，可怨不得我！"

"走吧。"监生之间互相看不顺眼使损招，这种小事情丁铃不想浪费时间。他把侯庆之、谢胜、林一川和穆澜放在了最后，前两个也是三言两语就打发掉了，轮到林一川时，丁铃问出了一件事："你怀疑苏沐上吊不是想要自尽？"

林一川并不想隐瞒："树枝太高，苏沐没有武艺，脚下也没有发现任何供他踩蹬的东西。"

"当时送他去医馆，为何不将情况禀告给赶来的纪典簿？"

"苏沐被救活后，其中虽似有隐情，但他并不愿意和在下多做交谈。"

苏沐既然无事，而他们本来就不熟，林一川自然不会刨根问底下去，但他也没想到凶手这么快就又下手了。他迟疑了下，还是把自己的看法告诉了丁铃："在下是在灵光寺认识苏沐的，当时他还是前来参加会试的举子，借居在京郊灵光寺。后来当在下提起灵光寺时，苏沐很是惊恐。"

"谢谢，你可以走了。"丁铃的小眼睛亮了，他本来就是因为灵光寺的老妪被杀案才接了苏沐这个案子。苏沐的档案已经被他看了个遍，清贫的家境，找不出与人结仇被杀的动机。他一直怀疑是因苏沐看到了灵光寺里的凶手，如今在林一川处得到了肯定。

"当时你在灵光寺追凶手时，可有看到过什么？"

"我追出去时，他都已经跑远了，我只看到一个穿黄色僧衣的背影，戴着僧帽，看不出是否剃度，眨眼工夫人就追没了。"再回想那天的事，林一川依然觉得遗憾，如果早两步，也许他就能追到凶手了。

"可惜了。"丁铃一直遗憾苏沐没有看清楚那个做僧人打扮的凶手，但现在看来，苏沐定是看到了什么，只是他自己没有觉察，会是什么呢？

穆澜是最后一个走到丁铃面前的。

"杜之仙的关门弟子穆澜？"

已不知多少人一开口就是这句话，穆澜揖首道："正是在下。"

翠竹般鲜嫩的少年，秦刚说穆澜武艺不错，极得皇帝青睐，可穆澜却拒绝进锦衣卫。锦衣卫哪点儿不好？当个暗卫又不影响你将来做官。丁铃忍不住问道："秦统领特意向我提到过你，你想好了吗？"

穆澜愕然，马上坚定地回道："大人，学生志不在此。"

丁铃吊儿郎当地拍了拍她的肩道："本官觉得你很有潜质！关于苏沐一案，你可有话对本官说？"

凭什么他会认为自己比林一川他们知晓更多？穆澜心里微惊，谦逊地说道："未看到现场，学生不敢妄言。"

丁铃盯了他半晌道："走吧，再陪本官去现场看看。"

"学生遵命。"穆澜跟在丁铃身后走向饭堂大门时，丁铃突然低语了一句："如果有人看到凶手就好了。"

是希望有人看到，还是丁铃怀疑现场有一个目击证人？穆澜突然想起被凶手磕飞插在树上的匕首。

街上救无涯时，她曾用匕首磕飞了面具师傅射出的火箭，但也只是一击便收，她可以肯定，秦刚最多怀疑她的武器是匕首。难道丁铃连两丈开外树上那条被匕首扎出的小缝隙都找到了？因此就怀疑自己是苏沐被杀的目击证人？如果真是如此，丁铃就太可怕了。那对匕首她再也不能用了，否则，心细如发的丁铃极可能会把她和刺杀东厂人的珍珑联系在一起。

穆澜不想说出实情了，她下定决心要离锦衣卫远点儿，再远点儿！

两人走出饭堂时，穆澜看到等在饭堂门口的林一川，从他的眼神中，她看到了关心："我和丁大人去现场看看，回头再找你。"

"林大公子一起来吧。"林一川在灵光寺追过凶手，或许自己能问出更多的东西，丁铃便叫上林一川一起去。

丁铃只是一时兴起，没想到随意拎来的林一川比起穆澜来，给他的印象更深。

到了现场，丁铃有心考验两人："你们看看，能找到些什么线索？"

苏沐的尸体已被抬走，地上用石灰粉画出了尸体痕迹。林一川走到那块沾满血迹的石头处，单手用力抓了起来："这块石头原本不在这里。"

丁铃笑了："为何这样说？"

林一川翻了个白眼道："大人难道没有发现，这块石头下面的草根本不像长时间被石头压住的样子？"

"你说的对极了。"丁铃"呵呵"地笑着，身上的铃铛脆响了几声。

既然觉得自己找不出更多的线索，那他还叫自己来做什么？林一川倨傲地说道："大人看出些什么线索直接说，没看出来的，在下再帮着找。"

哟，还很骄傲！自己没看出来的线索他帮着找？是棵好苗子啊！

反观穆澜，他只是点头认同，根本没有要帮着寻找线索的意思。丁铃好奇地想，这穆澜是没这本事，还是本来就看到了一切？丁铃来了兴致，指着前面那排冬青树道："凶手曾经在树后藏过身，虽然没有留下明显的脚印，但有两根草茎被踩折了。"

穆澜脑中闪过凶手从冬青树后跃出挥刀的画面，她默默地想，如果不是凶手从树后跃出时脚掌用力，估计连踩过的痕迹都不会留下。

"树林边的泥地上有半枚脚印，极为清楚，应该是凶手在石径上打晕苏沐将他扛过来时留下的。从那半枚脚印看，凶手身材高大，穿的是千层底布靴。这种布靴，国子监几乎人人都有，没法儿查。这块石头也是在树林边上捡来的，已经找到了它原来所在的位置。本官基本能断定，苏沐是被人扛到这里，又被人用石头砸破了头而亡的。中途苏沐应该醒过来一回，无力地抓挠了几下，因为在他的指甲里发现了泥土。本官发现的就是这些。"丁铃简单地说完，看向两人道，"如果杀死苏沐的凶手也是灵光寺杀人案里的凶手，你二人当时皆在现场，可有什么没写进卷宗的发现吗？"

穆澜想起老姬房中那个像是被人踩了一脚，变得模糊的血"十"字，然而她和林一川同时摇了摇头。丁铃有点儿失望道："林大公子，你方才说还能发现一些本官没有找到的线索？请吧！"

锦衣卫受无涯之令查案之前，因是国子监的小吏发现了苏沐，故而苏沐周围的地面都已被踩乱。林一川蹲在苏沐抓挠的地方看了一会儿道："苏沐或有意识时曾用手抓过这里的地面，虽然被踩了两脚，但痕迹仍在，像是几条弧线。"

苏沐用指甲划出的弧线看起来毫无规律，林一川用手指在半空中划了划："大人，在下觉得苏沐应该不是胡乱抓挠，他像是想写点儿什么似的。"

丁铃从怀中拿出一张纸，纸上已经用随手捡的土坷垃将那几条弧线画了出来："瞧着不像是有意识留下的。"

林一川坚持道："他肯定想写或者画点儿什么，只是一时想不到而已。"

一直都是这位林大公子在说话，丁铃想起了穆澜："穆公子觉得呢？"

穆澜苦想了一上午也没想出来，只能摇头。

看来这位穆公子很谨慎啊，丁铃只是一笑。这时，林一川已扩大了搜索范围，他从一棵树下捡起块指甲大小的东西："大人，这是新鲜的树皮。"

丁铃又瞥了穆澜一眼，穆澜依然平静地沉默着。丁铃遗憾地想，这条线索本来是想用来试探穆澜的，没想到还是被林一川找了出来，他"呵呵"笑道："大公子的观察力很强啊。"

穆澜一直很佩服林一川的观察力。这棵树离苏沐死的地方至少有两丈远，且和旁边的几棵树挨在一起。另外，匕首很薄，扎进树里的缝隙，目力很难注意到，林一川却偏偏能在这棵树下找到自己拔出匕首时落下的这么一点儿树皮。

林一川一跃而起，顺着树干察看，没用多长时间就找到了："大人，这里有条缝，像是匕首插进去造成的。"

丁铃不得不又上了次树，说也奇怪，他跃上树的时候，腰畔的金铃没有响。这是极高明的轻功，让穆澜对丁铃的戒心更重了。

丁铃装模作样地看了半天，一本正经地说道："的确如大公子所言，而且是把薄而长的匕首。"他说这句话的时候，又看了穆澜一眼，但穆澜还是没有承认自己就是他猜测中的目击证人。

林一川疑惑地说道："为何这棵树上面会插进一把匕首？现场又没有打斗痕迹。"

丁铃接口道："也许凶手在杀苏沐时，有人正好撞见，因距离太远，所以掷出一把匕首想要阻止，却被凶手磕飞了。"

"有道理！有目击证人了！"林一川刚说完，眼神就变了——穆澜的话好像特别少，他悄悄看了她一眼。他记得在杜家竹林中遇袭时，穆澜曾用一把薄而长的匕首杀了东厂假扮的黑衣人；在长街上和面具人打斗时，她用的也是匕首。

穆澜很想帮苏沐，也想把知道的情况告诉丁铃，但她不想让丁铃看到自己用的匕首，她只好一直保持沉默，她也看了林一川一眼。

还真是穆澜！她不说话意味着另有隐情，他在这儿逞什么强？林一川懊恼地拍了下自己的脑袋。

"林大公子想到什么了吗？"丁铃关心地问道。

"没什么，就是不太明白。如果这个凶手跟灵光寺杀老妪的凶手是同一人，但当时苏沐说这人蒙着脸，并没有看清楚，不知道凶手为何一定要杀他灭口。"林一川不动声色地转开了话题。

穆澜终于开口说道："大人，苏沐离开饭堂时，天还没亮，他这么早就被凶手盯上……"

"本官已经在查国子监里所有的官员、吏员和杂役，监生更是一个也没有离开过国子监。"这个穆澜有点儿意思，一直保持着沉默，然而她太冷静了，反而有些此地无银三百两。林一川发现有目击证人的反应是兴奋，而穆澜如此平静，岂不是不打自招？丁铃敢肯定，穆澜是那个扔出匕首惊走凶手的目击证人，但她为什么不肯说呢？

丁铃不着急，因为他还要在国子监盘桓些时日，他笑道："大公子，今天发现的线索很重要，如果有新的线索，可以随时来找我。本官还要继续排查国子监里的相关人等，告辞。"

听着清脆的铃铛声行远消失，林一川四顾无人，才低声说道："小穆，你真看到凶手了？还用匕首惊飞了他？"

"嗯。"穆澜严肃地说道，"但是我不想让丁铃看到我的匕首，以后我也不会再用了。"

最好别再用了，刺客珍珑杀东厂人用的都是匕首，太容易被认出来了。林一川热心地说道："放心吧，我不会说出去的。我认得好匠人，替你打一对峨眉刺如何？"

与匕首异曲同工，她应该会使得顺手。

"不用了，我的武器本来就不是匕首。"穆澜淡淡地答道。

林一川好奇了，问道："那是什么？"

穆澜笑而不语。

"不说就算了。"她不肯说，林一川就打消了主意，"说说，当时什么情况？"

穆澜也不瞒他，细细说完道："我总觉得苏沐用手指在地上划出的线条似曾相识，可一时半会儿又想不起来。"

"说不定哪天突然就会想起来。不过，小穆，我之前曾追过凶手，他会不会也来杀我呢？"林一川眼珠转了转，一下就抱住了穆澜的胳膊，"我害怕，你要保护我！"

我去！穆澜被他肉麻得起了一身鸡皮疙瘩，偏又甩不掉他的手，只得嫌弃地说道："你只见过他的背影，他才懒得杀你。"

"是啊，苏沐只见过他蒙着脸一闪而过的样子，他为什么非要杀苏沐不可呢？"林一川突然有了主意，拉起穆澜就朝擎天院奔去，"回你宿舍画出那个凶手的样子，看看正、反有什么不同，说不定能让我们猜到苏沐看到的线索。"

第三十章
花匠老岳

　　很多时候穆澜都在暗暗提醒自己，离林一川远一点儿，可事实上她却和林一川走得越来越近。她的武功、她的武器、她和面具师傅的那一战，都被林一川看在了眼中。如果不想暴露自己的秘密，她应该杀了林一川，但她只能在心里暗叹，她下不了这个手。这样的情形让她不得不信任着林一川，也许，如他所说，她真能多信任他一点儿。

　　"你瞧。"林一川在专心作画，并未发现穆澜眼中的挣扎与犹豫。

　　他画了两幅画，栩栩如生。一幅画的是他在灵光寺追凶时看到的凶手背影。前方是寺中碑林，凶手身穿黄色僧袍，戴了顶僧帽。黄衫飘荡，身形应该比较魁梧，而个头儿据林一川说，比他矮一点儿，比穆澜高一点儿。另一幅画画的是灵光寺老妪厢房外。一个蒙面的黄衫人从门中跃出，手中拿着一柄匕首。红梅树下，苏沐惊吓在地。

　　他搁下画笔，转过脸来，发现穆澜在发呆。她眼神愣愣的，有点儿可爱，他笑着曲指朝她的额头弹去。刹那，穆澜平平往右移动了一步，躲开了他的手指，眼神重新变得清亮。林一川的动作落了空，虽有点儿尴尬，但更多的是好奇："小穆，你连发呆时都在防备，你不累吗？"

　　穆澜愣了愣，淡淡地说道："习惯了。"

她才十六岁，得练多少年，才能练成这样的习惯？她养成这样的习惯只是为了冒死进国子监吗？也许最初是她的性情吸引了他，也许是她的神秘吸引了他，但此时，林一川的心里浮现出淡淡的怜意。他真的很想保护她，想拢着她入怀，让她能暂时放下所有的警戒与心防，在他怀里歇息一会儿。

那双比寻常人颜色更深的眸子噙着的心情让穆澜微蹙眉。林一川知晓了自己太多的秘密，他好奇心也太强了吧？他是不是又在想她为什么要发呆？想到这里时，在穆澜心中生出的还有一丝恼怒："别以为知道我一些事，我没杀你，就得寸进尺！"

小铁公鸡！小刺猬！林一川暗暗恼恨自己又一次表白给了瞎子看。他虽心里暗骂着，脸上却还得装出一副夸张的表情："我这不是在关心你吗？"

"用不着。"穆澜答了一句，提笔也画出自己在林中所见的凶手。凶手一跃而起，提刀遮着面门，那柄刀很普通，握刀的手筋骨分明。她回想着当时的情形："他的手比较粗糙，肤色较黑，刀很普通，但很短，容易藏在身上。"

林一川想了想，慢慢地总结道："他的年纪应该在三十岁到四十岁左右，身长七尺五寸左右，手粗是因为习武，肤黑不似养尊处优之人，看体格或许他留有浓密的胡须。在那么早的时间能准确地找到苏沐，说明他是国子监里的人，或许是近期才来到国子监。"

穆澜的手在桌面上画着，那几条浅浅的弧线究竟代表的是什么呢？她突然想到面具师傅所戴的面具。看到老头儿的丹桂刺青之后，她才认出面具师傅所戴的面具上刻的是一模一样的丹桂花。

"也许凶手在灵光寺轻松杀死老妪时，并未蒙面，听到苏沐赏梅的脚步声后，他一心想遮挡面目逃走。汗巾帕子不正是随身所带之物吗？于是他拿出自己的帕子或者是从老妪的针线篮中拿块绣好的帕子蒙在了脸上。这块帕子上……"穆澜看到了画上的红梅，肯定地说道，"蒙面的汗巾上绣着一朵梅花，苏沐画的弧线是梅花的花瓣！"

林一川眼睛亮了："新监生报到，国子监或许会临时招一批杂役进来帮忙。"

两人几乎异口同声道："他可能是饭堂的杂役！"

穆澜将桌上的画纸卷好放进怀中，两人兴奋地跑了出去。

丁铃正翻动着名册，国子监临时招进的杂役是他最怀疑的对象，这批杂役分别去了四座饭堂和织衣局。他先召齐了织衣局的杂役，挨个儿核对着名册，一一排除能让他的双眼生疑的对象。紧接着他先去了擎天院旁的饭堂，这里离苏沐遇害的地点最近，也许凶手就是因为看到苏沐从饭堂离开，然后才跟踪了他。

饭堂分来了八名杂役，丁铃对照着名册，询问着是由何人所荐、家住何处这类琐事。他认真地观察着他们的手，然而他没有看出一个人有问题。他又去了玄鹤院，这里是苏沐被发现上吊的地方，和擎天院的位置是对角线。

照丁铃的想法，排除掉这两间饭堂后，他再去地字号院和黄字号院附近的饭堂。之后，在去的路上，丁铃看到一名杂役正在扫地。他心中微动，招来国子监绳愆厅的官员问道："不是说临时来的杂役都被安排在饭堂和织衣局了吗？"

这种杂务不归绳愆厅管，旁边跟随的小吏翻看着名册，笑着答道："入学礼前，临时知晓有御驾亲临，就抽了一些人负责清扫。"

丁铃本能地回头望向擎天院的方向。

林一川和穆澜出了宿舍。入学礼后新监生们得了半天假，正是开课前彼此熟悉、结交同窗，向老监生打听各种消息的时间，所以留在宿舍的人很少。

擎天院有独立的浴堂，还有间专门用来烧热水的小屋，两名杂役正在整理柴垛。院子里清幽美丽，比起旁处来，这里多了几名花匠。一名花匠正拿着大剪刀将新冒出头的冬青枝叶修剪整齐，剪刀发出的"咔嚓"声极有韵律，枝叶分离间散发出一股淡淡的清香，在空中弥散开来。

也许是这排低矮的冬青树让穆澜想起了树林中凶手用来藏身的冬青，也许是这片苗圃旁边就是苏沐只住过两晚的宿舍，她随意看了一眼，就发现这名花匠无论是身形，还是执剪刀的手，都与林中的凶手极为相似。

花匠的眼中似是只有那一片冒出头的冬青树，他低着头认真地修剪着，直到穆澜的身影挡住了他面前的阳光。他微微佝偻着身体，有点儿手足无措地望向穆澜，不知道这名眉目如画的监生有何事来找自己。

林一川莫名其妙看着穆澜走到了花匠面前。

"大叔，你是新来的吧？"穆澜的笑容很有感染力，灿烂得不染一丝尘埃。

花匠被她的笑容感染着，露出了憨厚的笑容："不是，小人在这里干了十年活儿了，一直是擎天院的花匠。"

这个人在国子监里已做了十年的花匠，不是新来的杂役。林一川放下了戒心，以为穆澜看走眼了："小穆，走啦！"

"哦。"穆澜答了声，跟着林一川离开。只见她走了十来步时，伸手折下一根冬青树枝，拿在手里玩着。

"小穆……"林一川正想打趣她看走眼时，穆澜手中的冬青树枝已闪电般射了出去，他吃惊地张开了嘴。

那名花匠背对着他们，手中的铁剪继续发出清脆的"咔嚓"声。树枝掠起一丝风声，如弩箭射出的箭矢，强劲而有力。

穆澜是在试探那个花匠，林一川的脑中刚闪过这个念头，就发现那根树枝丝毫没有减弱力道——如果她认错了人，那名花匠一定会受重伤。这两个念头刚闪过，那根冬青树枝已经飞到了花匠背后。眼见就要刺进花匠的身体，林一川迅速地转过了身，警觉地看向院子。这时候他心中只有一个想法，如果被人发现，自己该怎么替穆澜遮掩？

"咔嚓！"一声剪刀剪断树枝的声音传进林一川的耳中，没有意料中的痛呼声，让他很是吃惊地转过身来。只见那名花匠手执剪刀面对着他们，穆澜射出的冬青树枝断成两截落在他的脚下，露出新鲜的断口，那佝偻的腰身已经挺直，憨厚的眼神变得凶狠冷厉。

"今晨是你？"穆澜的笑容灿如春阳，可那片阳光却没有染暖她的眼睛，清亮的双瞳像屋檐下的阴影，带着几分冷意。

花匠似有几分不明白，打量了下自己，他穿着国子监发下来的杂役服，浑身上下实在没有丝毫破绽——如果能轻易被人看出破绽，他也不会在国子监做上十年的花匠。

"为何会怀疑我？"

看到花匠剪断冬青树枝的时候，林一川已经慢慢地挪动着步子，站在了花匠的背后。他自诩目力过人，也实在没想明白穆澜为何会确定这个花匠就是杀害苏沐的凶手。

花匠身后的监舍房门紧闭，门旁钉着写有"甲三"的号牌。这个房间原是林一川花了五百两银子换来的，后来又换给了苏沐。擎天院的甲字号房间比起其他房间来也更好，屋外低矮的冬青树呈弧形围成了一个小小的庭院，让这里看起来像是私人庭院。

穆澜缓缓开口道："你剪得太过了。"

什么叫剪得太过了？林一川看向那圈冬青树，四下一对比，这才发现甲三号房间外面的这圈冬青树修剪得颇为整齐，唯有花匠所在处的冬青树被剪得比旁处低了寸许。

"开了春后，冬青树会生枝发芽，需要修剪才能保持原来的整齐美观。我住在丙字号，房间外也有一片花圃，出门的时候，我看到那片花圃里的冬青叶已经长得参差不齐。既然你在擎天院已经做了十年的花匠，难道不应该先把这些冒头的枝叶修剪整齐？然而你却一直在修剪着这里早就被修剪得平整的冬青树。"穆澜慢慢地说道，"你一直留在这里，恐怕只有一个原因。虽然苏沐的物品已经被国子监绳愆厅的官员拿走了，你却不放心，还想进他的房间再搜一遍。早晨的时候，你完全可以趁着新监生参加入学礼时进去搜，但你做了十年花匠，你不着急，想稳一稳、等一等。然而，皇上下旨令锦衣卫查案，来的人却是丁铃，你害怕心细如发的丁铃会找到绳愆厅官员找不到的东西，你想趁丁铃再来查看苏沐房间之前，进去再搜一遍。"

"所以我一直站在这里修剪着这片冬青树，观察着擎天院的情况，等待时机进屋。"花匠叹了口气，微眯着眼睛望着温暖的阳光，喃喃地说道，"这样美好的春天，你二位为何不去踏青或是观赏国子监的风景，却来看一个老花匠修剪树枝？"

那个"枝"字从他嘴里说出的瞬间，粗大的铁剪发出"咔嚓"一声，冬青树被剪下一片寸许长短的枝叶。他随手拂过，细碎的枝叶便朝空中散开，像漫天撒落的暗器朝着穆澜飞射而去。他脚步一顿，地上的泥土溅起一些细小的颗粒。面对着穆澜，他人朝她身后跃了出去。

一道掌风朝他袭来，林一川出手了。花匠感觉到那掌风的凌厉，心往下沉了沉。他之所以面对着穆澜，是想盯着她出手。在他看来，这两个少年中最大的威胁是穆澜，站在穆澜身后的那个少年并不为惧，然而他没想到林一川的功夫并不弱。他凌空翻动着身体，将手中的铁剪当成棍子，挥向了林一川。

但这一掌延迟了他逃跑的时间，当他的脚踩在地面的瞬间，他的瞳孔猛地收缩了下。穆澜像一把剑，破开了飞至面前的树枝、花、叶，已到了他的身边。一道银光从她手中吐放，花匠看得明白，这是早晨射向他的那把匕首。

铁剪在他手中张开，不偏不倚夹住了穆澜刺来的匕首。这一次，没有剪断匕首的"咔嚓"声传来。他用力挥动铁剪，可又一次判断错了。穆澜松开手，身体如春天飘荡的柳絮，借着他一甩之力荡向了空中，然后轻巧翻转，手中竟又多出一把匕首，身体从上往下朝他刺来。这时，林一川的双腿已踢向了他的下盘。

如果他攻向林一川，就避不开穆澜；若是避开穆澜，又势必会被林一川踢中。花匠冷笑了声，将铁剪当成暗器扔向了林一川，随后手又从衣襟下抽出一把刀迎向了穆澜的匕首。两个声音几乎同时发出，"咚"的一声是林一川躲开的铁剪掉在地上发出的。花匠的刀与穆澜的匕首在空中相击数下，叮当声不绝。

花匠无心恋战，边打边退。穆澜与林一川两人都想生擒他，便只缠不攻，拖延着时间。花匠每下杀手，就发现两人躲得比兔子还快。而穆澜的轻功更胜他一筹，躲开之后，又会迅速袭来，缠着他不放。过不了多久，林一川也会奔过来加入围攻。

花匠渐渐焦躁起来。很快，这边的打斗就会传开，然后丁铃就会过来……思索中，他脚下微凉，竟踩进了擎天院的湖水中。刀顺势贴着水面一掠，银色的水花疾射而出，穆澜和林一川配合默契，"嗖"地躲闪开。"哗哗"数声，水花洒落在岸上，湿润的泥地上就出现了一片密集的泥坑。

林一川撇嘴道："湖里的水多得很，你往里面跳呗！"

花匠竟然纵身就跃向了湖水。

"真贱！叫你跳就跳啊！"林一川骂了句，他自问没有这种蹬萍渡水的轻功，但他相信穆澜有，"小穆，你去追他，我去对岸拦他！"

花匠的身体在空中坠下的瞬间，他抽刀击水，借力再跃。可这时，穆澜却停住了脚步。

"小穆？！"林一川不明白地看着她。

"我听到了铃铛声。"既然丁铃已经赶来，那她为何还要暴露自己的实力？

她的话音刚落，清脆的铃铛声就在湖面响起。丁铃的身法太快，红色的斗牛服像落在湖面上的一缕晚霞，飘逸无比。铃声停住，他已落在湖对岸，挡住了花匠的去路。花匠沉默地看着丁铃，准确说，是盯着他手中的金铃。

"你逃不掉了，束手就擒吧！"丁铃望着他悠然地说出这句话。

湖岸边，林一川和穆澜见丁铃拦住了花匠的去路，二人同时松了口气。林一川这时才有时间夸穆澜道："小穆，你真厉害，这么快就发现了杀苏沐的凶手。当时我都吓了一跳，生怕你伤错了人。"

穆澜笑道："那我若真认错了人怎么办？"

林一川轻松地说道："我会给他很多银子，再向他赔礼便是。"

一个穷苦的花匠，被莫名其妙袭来的树枝刺伤，因此得到大笔银钱养伤，应该会很高兴。

"我胡乱伤了无辜，你还会喜欢我这样的性子？"穆澜想起林一川说过的话，疑心渐起。

"哎，小穆，你哪会随便伤人呢？"林一川有苦说不出，又不敢让穆澜知道自己早就晓得了她的性别，只好睁着眼睛说着瞎话，"你看，你一试他就露出原形了。"

他这是等于没有回答。望着林一川英俊的侧脸，穆澜心里的感觉怪怪的。不过，湖对岸的刀光闪烁，很快就打断了她的思索。

花匠挥起了刀，丁铃掷出了手中的金铃。刀光中鲜血四溅，铃声响了一声后便沉寂了。花匠的身体倒向了后面的湖水，溅起一大片水花。水声之后，暗红的血洇开，染红了这片湖水。一对金铃牢牢地挨在一起，细长而韧的银索紧缠住了他的双腿。

　　他一共挥出了三刀，前两刀削掉了自己的脸颊，第三刀割断了自己的咽喉。他睁大了双眼嘲笑地望向天空，似在讥讽丁铃也有判断失误的时候。他根本没有想过能从丁铃手中逃走，他选择了毁容自尽。

　　"他娘的！"丁铃气得直跳脚。他想抓活口，所以才没理会花匠出刀。他对自己的金铃有信心，然而花匠的刀不是砍向他，而是砍向了自己。两案并查，凶手就在眼前，可却自尽了，而且还是当着他的面自尽的！丁铃像生吞了只苍蝇一样难受。

　　这时，听到动静赶来的人越来越多，已有住在擎天院的老监生认出这个花匠来："这不是咱们院里的花匠老岳吗？"

　　"是啊，我在国子监快四年了，从来不知道老岳会武艺。"

　　原来他是擎天院的花匠，怪不得能盯死苏沐的行踪，一大早就杀了他。丁铃恨恨地盯着湖里的花匠，又笑了起来："其实你已经告诉了我很多东西：一、你在国子监待了十年，苏沐一定不会是你的目标；二、本官已经见过你的脸了。你执意毁容，是不想让人因为你的脸去指认你的主子，那么你应该不是个默默无闻的人，本官一定会查出你的祖宗三代！最后，甭以为你自尽了，本官就会结案，你给我等着！"

　　丁铃在说这么一长段话时，只是动了动嘴皮，没有人听到他的声音。可是他的表情极其丰富，一会儿自信地笑，一会儿又咬着腮帮子瞪眼。跑到湖对岸的林一川见着，就笑个不停。

　　"很好笑吗？"丁铃突然回过头，指着林一川道，"说的就是你！你怎么发现他的？"

　　怎么抢在本官找出他之前发现他的？

　　林一川下意识地回头，却发现穆澜没有跟过来，她不想在丁铃面前露面？无涯看起来和锦衣卫走得很近，穆澜如果被丁铃盯上，弄不好无涯会知道她是女子。这样一想，林一川理所当然地把发现花匠是凶手的"功劳"扛到了自己身上。他绘声绘色地将自己如何"发现"花匠站在苏沐宿舍门口修剪冬青树的不对劲儿的过程讲了出来："……然后，我出手一试，他就逃了。我赶紧叫上小穆一起去追，才追到湖边，眼看着他就要跃湖而逃，幸亏大人及时赶到！大人英明！"

"穆澜呢？"丁铃习惯性地想听两个人的说法，当看到穆澜还远远站在湖对岸时，又气不打一处来。锦衣卫想招揽她，她却有多远躲多远，当锦衣卫少了她就不行？丁铃哼了声。

见丁铃望向对岸的穆澜，林一川大步上前，挡住了他的视线，奉承道："大人怎么查出这个花匠有问题的？他在国子监里待了十年呢，不是新招的杂役。"

丁铃是想回擎天院查一查那几个临时抽来扫地的杂役，听到动静后才赶来的，他脸也不红地说道："本官焉能不知道？"

国子监绳愆厅的官员们和小吏们也都赶到了，丁铃恼火地对国子监的小吏说道："还不赶紧把凶手捞出来！"

小吏们将面目全非的花匠从水里拖了出来，丁铃从他身上亲手解下那对金铃系回了腰间，又亲自查验了花匠的尸身，才摆手让人抬走。

绳愆厅的官员们已经从旁处知道了这名花匠的身份。一个在国子监做了十年花匠的人，在锦衣卫的大刑下能说出多少国子监的阴私事？看到花匠的脸血肉模糊，颈边有一道深深的刀痕，死得不能再死了，官员们心中松了口气，讨好地对丁铃说道："丁大人名不虚传，这才半天工夫就抓到了凶手……"

马屁自然拍到了马腿上，丁铃冷冷地望着他们道："他在国子监里隐藏了十年，绳愆厅吃白饭的？都没发现他身份可疑？"

一句话将绳愆厅的官员们气得脸都绿了，国子监里监生数千，官员数百，不管谁犯了案，难不成都要怪绳愆厅失察失职？

丁铃慢悠悠地朝北拱手道："皇上英明，所以才令本官亲自来调查此案啊。"他脸上的神情太过自恋，官员们只能硬着头皮继续恭维："是啊，有丁大人接手，这案子才能破得这么快、这么轻松……"

见官员们的脸色也像生吞了苍蝇般难受，丁铃的气才消了一半，接着，他让林一川带路去苏沐的房间。

"丁大人，苏沐的行李和物品，我们都已经搬去了绳愆厅。"一名官员觉得他们还要去苏沐的房间有些多此一举。

丁铃又朝北拱手叹道："皇上之所以令本官彻查此案，就是知道本官能看出你们看不见的线索啊！"

一句话噎得绳愆厅上下人等半晌无语，皆讪讪应道："皇上圣明！"

林一川险些憋成内伤，他强忍着笑在前面领着路，心想，自己见过的两个东厂飞鹰大档头，朴银鹰威风严肃，梁信鸥笑里藏刀。从前他觉得神秘的锦衣五秀应该是与之匹配的人物，直到今天才知道，被六扇门视为神捕的心秀丁铃其实就是个自恋毒舌的活宝。

丁铃的声音突然出现："花匠是穆澜发现的吧？"

还挺贼的！林一川反应极快："丁大人可不能信口开河抹了学生的功劳啊！"

丁铃负着手往前走去，铃铛叮叮当当响个不停："除非你帮我找到点儿有用的东西，我才会相信。"那双小绿豆眼精明地在林一川脸上打了个转，心想，这是个人才，不用白不用。

林一川愣了愣，看到湖边的穆澜已经消失无踪，不由得暗骂，小铁公鸡太没义气了！谁叫他舍不得她有事呢？他叹了口气，无奈地带着丁铃去了苏沐的宿舍。

谭弈还没有回来，林一川倒是松了口气，他并不想现在和谭弈直接对上。房间里空着一张床，苏沐的行李都已经被搬走了，他只在这里住了两个晚上。联想到苏沐当时惊恐不安、躲躲闪闪的神情，林一川想，也许苏沐真会留下点儿什么。然而连床底、床褥都翻了个遍，也没有任何发现。

丁铃蹙眉说道："花匠老岳想进这个房间，他想找什么呢？"

林一川却觉得花匠老岳想进这个房间正常："也许苏沐压根儿不知道自己到底看到了什么，但花匠宁肯错杀一千，也不肯放过一个，苏沐死得冤枉啊。"

离开这间宿舍后，丁铃让小吏带路去了花匠老岳的住处，花匠老岳住在国子监的杂役房最末梢的一个单间里。丁铃独自进了房间，朝林一川招手道："你也进来。"

绳愆厅的官员们心里生出了不满，他们才是专业人士好不好？有官员就道："丁大人，他不过是个新来的监生。"

"本官觉得他有用。"丁铃有嚣张的本钱，却不知道这句话将林一川推到了风口浪尖上。

官员们更不痛快了，一个监生比自己这些专事调查断案的人有用，真当他们是吃白饭的啊？林一川原本只是好奇，图个知晓内情，又被丁铃拿话捏住，一心想将穆澜掩藏起来。被官员们用不友好的目光瞟着，他暗骂丁铃不厚道，笑着团团一揖："诸位老师何等身份，给丁大人打杂这种粗活让学生来做就行了。"

官员们顿时觉得林一川很会说话，拈须而笑道："房间太小，我等进去也不方便，丁大人有何吩咐，你手脚勤快点儿照办就是。"

"学生谨记教诲。"林一川好不容易把人哄好了，这才进了房间。

"砰！"丁铃毫不客气地把门关上了。

"丁大人，你这样让在下很难做……"

丁铃看上了林一川，笑眯眯地说道："本官这么嚣张知道为什么吗？"

那还用说，你是锦衣五秀，直接听命于锦衣卫指挥使，国子监的官员被你骂了也只能唾面自干。

"有兴趣当锦衣卫的暗探吗？"

林家已经上了东厂的船，看来丁铃还不知道这个消息。林一川想求个两全法，心中微动："当了锦衣卫的暗探有什么好处？"

"好说，且先看看你的能力如何。"丁铃悠闲地坐下，微笑道，"林大公子能根据树下指甲盖大小的树皮发现树上匕首的插痕，想必也能找出点儿有用的东西。"

房间不大，摆了张单人床、一桌两椅和一个柜子，就没有更多的空地了。一个谨慎到自尽都要削掉自己的脸皮、毁掉自己容貌的人，他会在屋里留下什么有用的东西呢？

花匠老岳的被褥泛着油光，枕头布上睡出一块深灰的痕迹，也不知道多久没有清洗过了。林一川瞧着直犯恶心，他眼珠转了转，很谦虚地对丁铃说道："在下只是一时侥幸，怎比得上大人心细如发？也没有经验，万一线索被在下弄没了，就不太好了，还是请大人亲自动手搜查吧。"

兔崽子！丁铃没想到会有人不惧锦衣卫，将自己的军。兹事体大，他也不勉强让林一川动手，他不耐烦地挥了挥手："站门口去。"

林一川听话地背靠着木门站着，好奇地看丁铃如何搜查。丁铃在屋子里来回踱了两圈，随后走到床前，他将枕头撕开，沙一般的荞麦从枕头里泻了满地都是。他又将被子掀起，扯着被面撕了，将里面已经变成团状的棉絮抖散扔在了脚下，之后又揭了床单，拆了床，每根木头都仔细地看过。

太粗暴了！怪不得他要赶着关门。林一川以袖掩鼻躲避着扬起的灰尘，心里腹诽着。

转眼间，床已经成了地上的一堆垃圾，接着是衣柜、炉子……一片狼藉。丁铃累得又叉着腰喘气，一脚踢飞一个破碗，气道："能把自己的脸都削了，他能在这屋子里藏什么东西？！"

线索难道就随着老岳自尽断了？丁铃敢肯定，这个花匠说不定连姓名都是假冒的。十年前，谁还记得怎么招了个杂役进来做花匠？关键是人死在了自己眼前，煮熟的鸭子飞了。丁铃想着就生气："还有你，居然有两次机会都让他从你手中逃了，你也太蠢了吧？"

自己查不到线索反而迁怒他？林一川倨傲地昂起了下巴："大人，您查完了？"

丁铃哼了声："让开！"

林一川从门口让开了，丁铃正要开门离开，林一川忽然开口道："被子不知道盖了多少年，都盖了个层油光。可他却精心养着一盆花，看来他真是个好花匠。"

花？丁铃回头，看到窗台上摆着一盆茉莉。这盆茉莉种在一只脏兮兮的褐色陶盆中，长得很是凄惨，两根褐色的花枝上只有两片春来后抽出的新叶，叶片上蒙着一层灰，除了还活着，实在很难看。

"本官早就发现了。"丁铃看过这盆花，发现花盆很久都没有被移动过的痕迹，就没怎么注意它。但是林一川的话提醒了他，一个连被子都懒得清洗的人怎么会有闲心种花呢？他暗悔自己被花匠自尽弄得心浮气躁，如此明显的东西竟然被自己忽略掉了。他一脸深沉地说道："因为它不像是老岳养的，极可能是与同谋联络之物，所以本官才刻意留它在此，等着人来自投罗网。"

连床都拆成一堆废品，整出这么大的动静，还想等人自投罗网？哄鬼去吧！林一川自叹不如丁铃的脸皮厚，但他还是很坚持自己的想法，他站在门口对丁铃说道："大人……能否把那盆花抱过来让在下瞧瞧？"

丁铃觉得奇怪："为什么你不走过来自己看？"

林一川决定学学丁铃的厚脸皮，说了句不好笑的笑话："万一地上还留有线索，在下怕踩坏了。"

有证据他早就找出来了！丁铃突然反应过来，林一川是嫌地上脏、乱、差。他不肯动手搜查房间竟然是嫌脏！自己居然就被他骗着做了苦力！丁铃怒从胆边生，提起花盆就朝林一川摔了过去："林大公子你就好好瞧吧！"

他以为林一川能够轻松接住，谁知道林一川却往旁边闪了闪，任由那盆花砸到了墙上。"哗啦"声中，花盆碎了，一只匣子从泥土中飞了出来。

真有东西藏在花盆里！铃声叮当，丁铃的金铃瞬间飞出来卷住了匣子，他理直气壮地说道："本官就知道花盆里肯定藏着东西。"

林一川拂了拂溅在身上的泥土，心想，你还能更无耻一点儿吗？难怪小穆不肯和你打照面，也就是我没按住好奇心，傻乎乎地跟了来，帮你找到线索，还要拍你马屁："大人不愧是锦衣五秀中查案最厉害的！"

"否则皇上也不会钦点本官前来查案了！"丁铃脸不红心不跳，仿佛本就如此。

林一川学着他的模样朝北拱手道："皇上圣明！"

丁铃仿佛没看到，专注地盯着手中的铁匣子。小小的铁匣子只有两寸见方大小，没有锁，丁铃轻松掀起盒盖，里面叠放着一块帕子。帕子的布料是青色的绸，质地并不算好，上面绣着一枝红色的梅花，绣工也很一般。

林一川没有把和穆澜一起画凶手画像的事情告诉丁铃，所以丁铃拎着这块帕子看了又看："老情人的？还是他身后的组织以红梅为记？"

"大人，苏沐的死因正是这块帕子。"林一川看到丁铃怀疑的目光，解释道，"如果花匠老岳跟杀死灵光寺老妪的凶手是同一人，当时他穿着僧衣戴着僧帽出没于寺中，自然不会引人怀疑，那么他去杀老妪时也就无须蒙面。但他刚杀了人后，苏沐就去了老妪房外赏梅，他只得随手从针线篮中拿起这块手帕蒙了脸逃走。苏沐看到了这块帕子上的梅花，他遇害前清醒时在地上画出的弧线不正是梅花的花瓣吗？"

丁铃像看白痴似的看着林一川："那他为何要在国子监里杀了苏沐？"

"因为苏沐看到了这块蒙脸的帕子。"

"这块帕子是从老妪那里随手拿的，又不是凶手的，苏沐看到又如何？难道花匠老岳用随手拿的这块帕子在苏沐面前招摇，然后害怕苏沐认出他来，所以就把他杀了？凶手第一次在玄鹤院想把他吊在树上伪装成上吊而亡，被你和谢胜救了后，今早就直接用石头敲死了他。"

凶手都将手帕藏在了铁匣子里，又埋进了花盆里，肯定不会再拿出来用了。林一川悟道："凶手是为了这块帕子才杀了老妪。"

就为了抢走这块普通的手帕而杀人？林一川觉得没这么简单。

"总算没蠢到家，这块帕子定有缘由。管好你的嘴，还有……你的好奇心。"丁铃将匣子和帕子收了，打开了门，就见屋外的官员、小吏和四周看热闹的人齐齐望向了屋里，他严肃地说道，"什么线索都没有留下，去把当初引荐老岳进国子监的人叫来。"

小吏呈上册子，苦着脸道："大人，十年前国子监招杂役是张榜告示，老岳会种花，考核过关就留下了他。"

还真是没有漏洞，但老岳十年前就进了国子监，他总不可能十年前就预知了苏沐会进国子监。杀苏沐也许只是顺手所为，看来灵光寺老妪被杀案的背后还有隐情，花匠老岳在国子监也另有目的。丁铃暗暗思忖着。他记住了老岳的籍贯，他一点儿都不着急，只要能画出老岳，以他临死前毁容的举动，一定会有人认识他。

"老岳杀了监生苏沐，动机不纯，如今凶手已经畏罪自尽，本官会如实回禀皇上。案子发生在国子监，就由绳愆厅向京畿府报案吧。"

管他什么动机，凶手畏罪自尽是真的，由国子监绳愆厅报案，此案就意味着结案了，锦衣卫也不会再留在国子监。官员们长长地松了口气，真心诚意地揖首："下官恭送大人！"

丁铃走之前眼神闪了闪，笑道："林一川，你才进国子监就发现花匠有问题，果然是个人才啊！"

我去！这是报复自己刚才学他面北拱手吗？是又想将自己活生生地拖进绳愆厅的官员们的仇恨中啊。林一川暗骂丁铃心眼儿小，谦虚地团团作揖："全仗绳愆厅维持国子监风气，学生不过刚来，就时刻警醒，这才侥幸发现了花匠有疑！各位师长早到一步，一定会比学生更早发现花匠可疑，学生不敢居功！"

睁眼说瞎话，谁不会？林一川不服输地和丁铃的目光斗了个来回。丁铃"呵呵"笑着大力地拍着他的肩膀，恨不得把他拍趴下："年轻人，有前途啊！"然后低声在他耳边说道，"进了锦衣卫，本官有大大的好处给你。"

"我就不打算进锦衣卫。"脚踩两条船有翻船的危险，林一川想清楚了。

"为什么？"

"我不想给你当手下。"

丁铃不由得气结，指了指他，拂袖而去，林一川笑着抬臂揖首："大人慢走。"

第三十一章
一起拉下水

卯时，国子监的晨钟悠悠敲响，新监生们开始起床、洗漱、换衣，用过早饭后迎着薄薄的晨曦踏入了教室。

一色浅蓝圆领镶黑色宽边的直裰，头戴乌纱四方平定巾。少年郎朝气蓬勃，一派赏心悦目。远处传来老监生们早课的诵读声，朗朗声音隔着树林、屋宇被风吹来，仿佛一曲清新的歌，让新监生们为之向往振奋。他们还没有开课，今天的早课无须诵读，彼此正熟悉着周围的同窗。

甲三班有一百名监生，穆澜很开心没在教室里看到谭弈，大概是举子的身份把他们单独分到了一起。她环顾四周，看到了许玉堂、谢胜、靳小侯爷等荫监生，又看到了林一川和林一鸣。林一川不知道又花了银子还是使了别的招，恰巧坐在了她身后。穆澜撇了撇嘴角，心想还是荫监生太少，难不成因为林家捐的钱多，所以林一川与林一鸣才会与自己分到了一班？

撑着下巴望着近在咫尺的穆澜，林一川满心欢喜。领间露出她纤细的脖颈，不必费劲儿就能看到她饱满小巧的耳垂。林一川的心就痒痒起来，手不受控制地捅了捅穆澜的背："小穆，咱俩打个赌呗？"

穆澜回过头看他："嫌银子多了想让我帮着花？"

那张干净如雨后的脸，让林一川怎么看都看不够似的，他厚着脸皮无话找话道："我赌今天的早课定是让咱们熟读监规，一百两。"

案几上除了文房四宝，就是摆着新印出来的《国子监监规》，穆澜轻蔑地说道："和丁铃待了一下午，学会他的不要脸了？"

只要她和自己亲近，林一川就开心："不赌？"

有钱不赚王八蛋啊！穆澜也笑道："为何不赌？我赌今天的早课要给咱们一个下马威。别说我没提醒你啊，你抓紧时间背监规吧。"

林一川翻动着监规，不服气地说道："今早才把监规印出来，我不信就让咱们背出来。监规九条，几十条细则，写监规的人恨不得往死里管咱们啊！"

"你想满门抄斩？"入学礼上无涯说得明白，监规是他亲写的。骂他，是嫌命太短了？穆澜低声警告了林一川一句。

就是知道无涯写的，他才不想背！林一川硬气地把册子扔在案几上："赌了，一百两！"

"成交！"穆澜眉开眼笑地转过身继续看监规去了。

瞧她看得认真，林一川心里不免犯酸。如果不是无涯写的，她会这么认真吗？他压根儿没把和穆澜的赌约放在心上。随便翻翻，大错不犯，还混不过去？他还就不信了。

这时，两名穿着紫色襕衫，系着黄色腰带的监生和两名官员走了进来，新监生们都知道来的是率性堂的监生。

穆澜感叹自己的运气真好，因为管理甲三班的率性堂的监生里有一个熟人。应明也看到了穆澜，朝她使了个眼色，他心里也在庆幸，如果不是帮穆澜搞定了宿舍，也许他不会被指派到荫监生扎堆的班。谁不知道荫监生家中有权，捐资多的捐监生有钱？这是六堂弟子抢破头的肥差。他清了清喉咙，喝了声："肃静！"

课堂上的交谈声立时停了，监生们端正地坐好。应明朝两名官员拱手道："大人，请。"

来的两名官员监生们也都认识。一人正是廖学正，只见他往前一站，先朝许玉堂露出了笑脸，然后说道："本官受命，主理甲三班的事务，将来你们的学习、纪律与生活则由纪典簿和率性堂的应明、陈道义负责。现在点名。"

看到廖学正的小眼睛，林一川就想起了丁铃。

"许玉堂！"

"到！"

"许公子请坐，有什么问题尽管向本官反映，呵呵。"

廖学正的态度一如既往地阿谀，对印象中朝中三品大官的公子们和蔼可亲。

穆澜对这个班更加满意了，有这些高官贵胄家的公子哥儿在，日子还会难过吗？

点完名之后，廖学正朝身边的另一名官员说道："纪典簿请。"

这名官员被林一川和谢胜同时记了起来，苏沐上吊被他俩救起送到医馆后，得了消息赶来的官员就是居中领头的这位纪典簿。纪典簿四十来岁的样子，留着浓髯，肤色略黑，不笑的时候嘴唇两边有两道极深的法令纹，一看就是长年板脸严肃的人。

"本官系绳愆厅官员，分管监中纪律，甲三班有任何违反监规之事皆由本官处理。今天上午的课就由本官来讲，给诸位一个时辰熟背监规，一个时辰后，本官抽查。"说完四人便离开了教室，应明走之前又朝穆澜使了个当心的眼神。他们一走，教室里就炸开了锅。

"一个时辰？能背几条啊？"靳小侯爷不满地摔了监规。

穆澜则回过头伸手道："愿赌服输，给银票！"

林一川翻了个白眼："也就走走过场罢了，你没看到廖学正阿谀奉承的脸色？就算背不出来，他又敢把这些人怎样？"说着朝前面的许玉堂等荫监生看去。

"走着瞧！"穆澜得了应明的提示，心想廖学正想巴结讨好荫监生，纪典簿却是个一看就不徇私的人。枪打出头鸟，她怎么着都要多背几条监规，绝不当垫底的货。

许玉堂也劝靳小侯爷："多少背一点儿，说得过去就行了。"

一时间课堂上嗡嗡的背诵声渐起。

林一鸣打了个哈欠，拿着监规，眼皮直打架。昨天锦衣卫走后，开了门禁，他和谭弈一行人就去了会熙楼喝酒。虽然赶着门禁时间回来了，但林二公子的酒还没醒呢，身边背诵声让他心里发慌，不会这么倒霉就抽查到自己吧？他将册子打开竖在眼前，脸埋在案几上，双手在下面悄悄合十："各路神仙保佑，定上高香还愿……"

林一川心里不服气，粗略地翻动着监规，就是抵触着不想背。他抄着双臂四下一打量，看到了右边林一鸣的动作，不屑地嗤笑了声。

一个时辰很快就过去了，纪典簿和两名率性堂的弟子进了教室。学生们立时放下监规，眼里露出了惧色。应明和那个陈道义手里捧着两件东西，一个人手里捧着根两尺长的木尺，另一个人手里捧着条乌丝缠柄的鞭子。

背不出监规要挨戒尺和鞭子？怪不得应明神色古怪。

最先跳出来的还是靳小侯爷："纪典簿，难不成我们背不出监规，还要挨他们手上的家伙？"

纪典簿眼皮都没动一下，话里有着森森寒意："犯了监规，进了绳愆厅，见到的就不是这样的小家伙了。靳小侯爷，监规明确规定，随意打断师长的话是为无礼，当受罚，念尔初犯，这顿戒尺就先记下。"

这番话噎得靳小侯爷脸红筋暴，愤愤地扭过脸去不吭声了。连靖海侯的世子爷都吃了瘪，学生们知道这回是动真格的了，皆噤若寒蝉，生怕抽查到自己，只有穆澜听到林一川在嘀咕："有好戏看了。"

她明白林一川的意思，自然是要看那群贵胄公子们的好戏。明知道荫监生全部都在这个班，廖学正倒是态度极好，恨不得把人当祖宗供起来。纪典簿却反其道而行之，这中间又有什么缘由呢？

"穆澜！"

正想着时，冷不丁听到有人在叫自己的名字，穆澜"啊"了声，引来同窗们低低的笑声。

"杜之仙的关门弟子，奉旨入学，就由你开始，为全班同窗做个表率吧。"

为什么是她，不是蹦跶的靳小侯爷？或者是荫监生中威望最高的许玉堂？穆澜心里飞快闪过这个念头，人已站了起来。

"监规第七条第九则，背。"

真奸诈，一来就抽后面的。入学礼时监丞虽将皇帝钦定的监规念过一遍，但当时人人心里都想着苏沐之死，所以皆是过耳就忘。反正会发下监规手册，谁会听一遍就能记住？今天给了一个时辰，这本册子如林一川所说九大条几十条细则，谁能背得滚瓜烂熟？这不是为难人吗？

　　这纪典簿为何要点自己的名呢？是因为自己是杜之仙的关门弟子？还是他受人指使，有意为难？穆澜绞尽脑汁，只记得第七大条说的是礼。监生在国子监要守各种礼，第九则是守什么礼啊？她想了又想，总算想起了开头："学校之所，礼仪为先。各堂生员每日诵书，在师先立听讲解……"

　　她能背出这个已经很不错了好不好？纪典簿看着她，沉默着，班里的学生们也睁大了眼睛，教室里显得安静无比。

　　"学生一个时辰只记到了这里。"穆澜平静地开口说道。

　　应明担忧地看了穆澜一眼，纪典簿已从他手中拿过了木尺，走到穆澜身边："伸出你的左手。"

　　右手还要握笔写字，一般打的都是左手，穆澜伸出了手。只见那木尺黑黝黝的，是乌木所制，厚约寸许。木尺挟带着一股风"啪"地打在了穆澜的手心上，吓得教室里的学生们哆嗦了下。

　　穆澜在木尺挨上手掌的瞬间往下沉了沉，使了个巧劲儿化开。虽听着声音响，有点儿疼，却不会打坏手骨。在她看来，国子监的一般官员武艺皆不高，绝对是看不出来的。然而纪典簿微眯了下眼，厉声喝道："背不出监规还敢躲闪，小小年纪这般奸猾，不严惩，何以服众？"

　　难道自己看走眼了？纪典簿竟然是个隐藏不露的高手？穆澜微蹙了下眉，却没想过纪典簿不知道打过多少学生戒尺，稍有不对立时就能感觉出来。她心里暗悔，早知道不如就挨实在了，还能知道纪典簿如此针对自己，背后又是谁在指使。

　　纪典簿大步走到陈道义身边，取了鞭子回转，对着穆澜的背用力抽了下去，学生们一片哗然。

　　"纪典簿！你这是在故意为难人！"许玉堂在他挥鞭的瞬间站起来说道。与此同时，一只手挡住了纪典簿。穆澜惊愕地转过脸，看到林一川站在了纪典簿面前。纪典簿盯着林一川缓缓说道："按监规第八条第四则，违逆毁辱师长者杖四十！念尔初犯，跪下认错，本官可免罚于你。"

林一川朗声说道："监规总则，在学生员当以孝悌忠信、礼义廉耻为本心，师长当友爱之。监规发下来不过一个时辰，穆澜能背到第七条第九则的一半就已经很是不错。纪典簿罚了她一记戒尺也就罢了，还想抽她鞭子，学生不太明白，纪典簿这是和她有仇？还是恨不得把甲三班一百人都抽一顿，才算达到了教学生们读懂监规的目的？"

纪典簿扔了鞭子，望向站在台前的应明和陈道义。应明同情地看着林一川，往前站了一步说道："师长教诲，若有忤逆者，送交绳愆厅严加治罪。"

"今天上午的课就到这里。"纪典簿瞟了眼林一川腰间挂着的刻有监生姓名的木牌，"林一川，酉时前自行去绳愆厅领罪吧。"

也不怕人赖着不去，若真赖着不去，被绳愆厅的小吏捆了去，那才是斯文扫地、颜面尽失。

课到此为止，纪典簿也不会再抽查为难人，林一川倒也觉得值得："四十大板而已，没什么大不了的，学生去绳愆厅领了就是。"

穆澜动了动左手，疼痛已过，最多打红了手掌，她拱手对纪典簿道："此事皆因学生未能背出监规引起，学生甘愿代林一川受罚。"

"小穆！"林一川急了，她可是姑娘家，怎能去挨板子？

"住口！我的事要你管！"穆澜狠狠地瞪了他一眼，她有老头儿特制的裤子，打不坏。

林一川还未开口，纪典簿就冷笑道："好个同窗之谊，只是……你们当国子监是什么地方？赏罚分明，焉是你想就能代罚？穆澜，你记好了，监规第七条第九则你没背出来的另外半条是'各堂生员每日诵书，在师先立听讲解，其有疑问必须跪听，勿得傲慢'。你妄言替人代过，也领十板子去，下课！"

监生们一哄而散，恨不得离这个纪典簿远点儿。纪典簿阴沉地看着两人，低声说道："有人托本官好好照顾你二人，本官不敢违之，瞪着本官也无用，未来的四年里，本官会好好照顾你俩的。"他眼中露出轻蔑之意，随后拂袖离开。

"谁叫你为我出头的？"林一川气急败坏地拉过穆澜的手，见她的手掌已经被打红了，心疼得挽起了袖子，"反正要被那狗官折腾，不如我现在先将他揍个半死再说。"

"先别冲动。"穆澜抽回手道，"躲得过初一，躲不过十五。有人要整我们，换个人来不是也一样？先把这顿板子应付过去再说吧。"

两人正说着时，许玉堂和应明都走了过来。

"我没事。"穆澜扬了扬手掌，"我看纪典簿不对劲儿，许三，你能不能去查一查？我看他对荫监生都没好脸色。"

许玉堂心头微凛，想起了无涯的话来，难道这纪典簿是受东厂指使？"我先去打点一二，免得你俩进绳愆厅受苦。"说罢就匆匆走了。

"许三倒也有点儿义气。"听许玉堂说要去打点，林一川对他的不喜减了几分。

应明低声说道："今晨我们过来时，有人在路边等着纪典簿，他们二人说了几句话，之后，纪典簿就对我们说，要给你们一个下马威。"

穆澜反应快，问道："不是国子监的官员？"

应明在国子监里待了三年多，又进了率性堂，上下官员都认得，他这样说就一定不是他认识的人。

"是个新来的监生，那时天还没亮，所以没看清楚脸。"新监生的常服都一样，不好辨认，"绳愆厅在下也有几分熟悉，在下也去走走路子。"

应明一走，谢胜和侯庆之也过来了，谢胜道："俺陪你去，打完可以背你回宿舍。"

林一川笑了："不用，不用，酉时还早着呢，下午还有课，完了再去吧。"

几人并肩出了教室，林一鸣从后面案几上抬起了头，笑得见牙不见眼："林一川，你开学第一天就被打板子，我一定会去绳愆厅看看你有多惨！"

出了教室，穆澜和林一川辞了谢胜、侯庆之单独走了。

离午饭时间还尚早，两人去了国子监东南角，松柏掩映着红墙，院子里就是监生们谈之色变的绳愆厅。两人四顾无人，悄悄上了树往里面张望，院子清静，偶尔有官员走动。正堂大敞着，隐约能看到穿着官服的绳愆厅主官范监丞正坐在书案后面看书。记下他的相貌后，两人便溜下了树，穆澜有些不解地问林一川："许三和应明都已经疏通关系去了，一个身份贵重，一个在率性堂混了多年，都比咱俩人生地不熟的强吧？"

"小穆，我十岁起就跟着我爹做生意，凡事皆靠别人，我心里不踏实。我不是信不过他们，我做事喜欢自己心里有谱。"林一川解释道。

林一川想起绳愆厅的官员、小吏在丁铃面前的尿样，打心眼儿里就瞧不上他们："他们也是人，也要吃饭养家糊口。纪典簿在绳愆厅只是属官，所谓擒贼先擒王，我看纪典簿是有心针对咱们，若是直接把范监丞笼络好，就能叫纪典簿有力没处使。"

"这主意倒是不错。不过，赌债不能欠，一百两，先拿来。"穆澜笑嘻嘻地伸出手来。

这时候她居然还惦记着自己输给她的赌约？不是舍不得一百两银子，林一川就是气穆澜没心没肺，他倒真不怕挨那四十大板，就怕被打。他气鼓鼓地拿了银票给她，恨恨地说道："小穆，你还有没有良心？我帮你挡了鞭子，才会被罚四十大板，你好意思追着我讨赌债吗？"

穆澜大方地将银票揣下："一码归一码，不过看在你为我出头的份儿上，我送你件礼物。"

小铁公鸡肯拔毛了？林一川哼哼着跟她回了擎天院："你还能有什么好东西可以本公子看上眼的？"

穆澜笑而不答。

回了宿舍，她打开自己的衣箱，拿了条裤子出来："送你了。"

穆澜把她的裤子送给他？林一川有点儿眩晕。明知道许玉堂没有回来，他仍然下意识地朝外面看了一眼，耳根有点儿发烫，不好意思地别开眼道："这个不好吧？"

穆澜将裤子直接塞进了他手里。

裤子都是敞腰系腰带，唯一的差别是长短。这条裤子送林一川，可以让他挺过四十大板，但要剪一截，让他穿在里面，外面再套一条薄裤。

穆澜很是舍不得："你穿上就知道它的好处了。"

林一川捧着裤子，如捧着火炭般烫手，神情也古怪至极。别的姑娘送礼物，大都是香囊、荷包、扇套，穆澜可好，送条粗布裤子给他穿。如果将来穆澜能成为他的人，这定情信物也太特别了吧？

见他呆站着，穆澜以为他嫌弃，恼怒地伸手去拿："喂，干净的好不好？我还没穿过呢！"

"谁说我嫌弃了？"林一川用力拽着不放手，这怎么能再让穆澜拿回去呢？绝对不可以！他总算回过神儿，吃吃地问道："干吗要……送我条裤子？"

穆澜没好气地说道："那你还指望我送你什么？不是嫌我没什么好东西吗？"

比如肚兜啊、手帕啊……但林一川也就只敢在心里想想，还没有傻到以为穆澜真要送定情信物给自己，他愣怔地说道："这裤子有什么特别的？"

"老头儿特意为我做的。"穆澜眼里掠过一丝伤感。那是她最舍不得的时光，瓜棚花架下，杜之仙一针一线为她准备进国子监的衣物。

"什么？"林一川的声音情不自禁地提高了，是他想偏了：杜之仙明知自己的徒弟是姑娘，他怎么还好意思给自己的徒弟做衣服？

穆澜收敛了情绪，她并不知道林一川的心思，极认真地说道："我师父知道我要进国子监，去世前手不离线，我所有的衣裳都是他做的。"

难道亵衣、亵裤都是杜之仙做的？林一川的脸都黑了。穆澜奇怪地看了他一眼道："怎么，你还嫌弃？嫌弃就还我！"

"我喜欢！"林一川有苦说不出，憋了半晌，才咬着牙拍起了杜之仙的马屁，"杜先生号称江南鬼才，他做的裤子定机关重重精妙不已……"

他这番语无伦次的话逗得穆澜"扑哧"一声笑出声来："哎哟，一条裤子还机关重重！不过，的确精妙不已。"她不再卖关子，将裤子从林一川手里拿了过来，铺在桌子上，"老头儿跟我说过国子监里各种惩罚学生的手段，这条裤子的膝盖和臀部都缝进了牛皮，还垫了层极薄的钢片。我试过，普通的打板子，绝对不会受伤。"

听她这么一说，林一川这才伸手去摸，眼睛也亮了："摸不出来，好东西！"

"纪典簿敢下手，也定有办法在咱们去之前支走范监丞。你的收买大计以后再说吧，咱们也不了解范监丞，临时去收买他，万一他拒绝呢？再给你安个贿赂的罪名，追加六十大板，打完逐出国子监，也不是没有可能。"

先将杜之仙为她特制的裤子拿给他看，又说出这番话，林一川生出了一种幸福感。穆澜拿出剪子，将裤子从膝盖上方剪断了："就算许三和应明没疏通好，你外面再穿条裤子也看不出来，四十大板也就能挨过去了。"

这样一来，这条长裤就变成了条四方的短亵裤。

"我不会针线，你将就着穿吧。"剪掉的裤脚没有收口，穆澜也没放在心上。

这是穆澜亲手给他"做"的亵裤啊，林一川抓起裤子就高兴地往浴房走去："我换上试试。"不多会儿，他就换好出来了。他走到穆澜身前，转了身趴在桌子上道："你打我试试。"

穆澜大笑，一巴掌就打了下去。她用了点儿力道，林一川却没有感觉："你再用力！"

穆澜瞪他道："你不疼，我还手疼呢！"

她的手猛地就被林一川握住，他握着她的左手，手指轻轻地在她掌心移动着："戒尺打得还疼吗？我当时就恨不得踹那老黑狗的心窝子一脚。早知道他有意整你，我连这戒尺都不会让他打你。"

他话里透出的心疼让穆澜心脏一跳。无涯孤单的背影、欲言又止的神情一点点浮上心头，她抽回了手笑道："我哪知道纪典簿能看出我使了巧劲儿躲闪呢。没事，也就听着声音响。"

林一川看了眼自己空了的手，笑道："你也换条裤子吧，我在外面等你。"说完，他大步出去，将房门拉拢关上了。

穆澜收拾着那两条剪下来的裤腿嘀咕道："林一川又不知道你是女的，他不过是待朋友义气罢了，怎么会突然想起无涯来了？"

她眼中生起一层淡淡的惆怅，无涯这次还能保护她吗？离下个月十五还有六天，他会想她吗？

下午来上课的是位白须飘飘、和蔼可亲的蔡博士。

蔡博士极有意思，说话很慢，点完名差不多就过去了小半个时辰。上午纪典簿给学生们留下的印象太深，正襟危坐的学生们注意力高度集中，但听着蔡博士慢悠悠的点名声，学生们终于还是打起了哈欠。蔡博士大概年纪大了，视力也不太好，恍若未见。坐在后排的学生挺直的腰背都渐渐弯了下去，林一鸣差不多已经趴在桌子上耷拉起眼皮。

蔡博士望着窗外的春柳拈须微笑，保持这番姿态足有一刻钟之久，才慢吞吞地说道："以春为题，作首诗吧，明天交卷评点。"说完，大袖飘飘潇洒地离开了课堂。

教室里静默了片刻，然后爆发出各种笑声和议论声，学生们三三两两收拾好文房四宝陆续地离开了。许玉堂走了过来，朝穆澜使了个眼色，示意她跟自己出去。林一川迟疑了下，见许玉堂仍然一副高傲的模样，就没跟着去，而是站在窗口望向走到树下交谈的两人。

"范监丞愿意给我面子，他说纪典簿罚得重了点儿，但也不能驳了他的处罚，毕竟林一川当众挡了他的鞭子。是以，免了你受牵连的十板，可林一川的四十板却是免不了的。"

话虽这样说，穆澜却看出许玉堂根本没有为林一川说项的心思，她笑了笑道："多谢你了。"

许玉堂低声说道："咱们是一条船上的人，皇上叮嘱过我要好生照顾你。"他朝教室看了眼道，"我知道林一川是为你出头才挨了罚，但你还是离他远点儿吧。他这人太狂傲，受点儿教训也是好的。"

难怪林一川不相信许玉堂，穆澜平静地说道："你不喜他，但他却是我的朋友。"

许玉堂急了，一手指天："他也不喜欢他，你还要和林一川做朋友吗？"

无涯不喜欢林一川，林一川就不能是她的朋友？穆澜退后了一步，和许玉堂拉开了距离："如果这话是他让你告诉我的，那么请你转告他，林一川是我穆澜的朋友。"

许玉堂倒吸口凉气，他知道他这番话是对谁说的吗？许玉堂惊愕地看着穆澜，穆澜平静地与他对视着。

教室中，谢胜和侯庆之围住了林一川，谢胜还是那句话："我们也去，打完板子，我能背你回宿舍。"

"多谢。"林一川看谢胜又顺眼了几分。

侯庆之也憨笑道："我先去找应明打探下消息，他这时应该还在上课，我去等他。"说罢就匆匆去了。

林一川透过教室的窗户望着站在树下的许、穆二人，见他们神情严肃，他心想，果然许三靠不住。

"春光明媚，好天气啊！"林一鸣经过两人，故意大声地说道，眼神瞟着林一川，不怀好意地道，"堂兄，你说你要挨四十大板，为何我心里这般高兴呢？"

谢胜大怒："他是你堂兄！你不担忧还幸灾乐祸，也太过分了！"

"黑炭，你还带着你的铁枪来上课啊？幸亏早晨纪典簿没看到，否则连你一块打。"林一鸣鄙夷地说道。

"既然这样，不如先把你给揍了！"林一川挽袖子就去抓林一鸣。林一鸣没想到林一川敢在教室里揍自己，吓得哆嗦了下，大叫着往外面跑去："救命啊！"

"林兄！"谢胜一把拽住了林一川，"别再惹事了。"

林一川被谢胜拦住的工夫，林一鸣已经跑出了教室，他看到旁边甲一班也放了学，谭弈一行人正走出来，胆子顿时又肥了，站在门口冲林一川扮了个怪脸，贱贱地说道："来打我呀！"

林一川大怒，甩开谢胜的手道："今天不收拾他，我心里过不去！"

见林一川真的又追了出来，林一鸣飞快地跑向谭弈："谭兄救我！"

谭弈上前一步，任由林一鸣躲在了自己身后。林一川停住了脚步，冷冷地望向谭弈。有了谭弈撑腰，林一鸣又"活力四射"蹦跶欢了："谭兄，咱们去绳愆厅瞧瞧某人被打板子如何？"

这种拉仇恨的事，谭弈想都没想就同意了，冠冕堂皇地寻了个理由道：

"开学第一天就有人不守监规要去绳愆厅受罚，去瞧瞧也好，方能引以为戒。"

他也没放低声音，众人皆听得清清楚楚。穆澜听见，心里不由得生出一股怒气，许玉堂急忙拉住了她："穆澜，你知道谭弈的身份吗？你当面对他发作，他要对你使阴招防不胜防，眼下不是和他硬碰的好时机，想要对付他得另找机会。"

"我自己知道在做什么！"穆澜甩开许玉堂，大步走到了林一川面前，拽着他就走，同时大声讥讽道："明明是落井下石，还说什么引以为戒，当婊子还想立牌坊！"

林一川低头看着穆澜拉着自己的手，轻声笑了起来。忽然，眼前人影一花，谭弈黑着脸拦住了两人的去路："你刚才说什么？"

穆澜头一昂："我骂的是婊子，你气急败坏地跳出来做什么？"

看热闹的学生们没忍住，都大笑了起来。谭弈一耳光朝穆澜扇了过去，便是"啪"的一声脆响——他没打着穆澜，手掌与林一川的手碰个正着。谭弈冷着脸，瞬间攻出几招，林一川也不客气，两人打得难舍难分。正好侯庆之带着应明赶来，穆澜记起了一条监规，大声喊了起来："打架了！打架了！"

"都住手！生员斗殴罚二十大板！"应明听到一声"打架了"，看到学生们围成一团，他大喝着走进了人群。

林一川顿时就明白了穆澜的想法，他停下来任由谭弈打了自己一拳，揉着胸口叫道："在下认罚，谭弈是不是也该被打二十大板？"

应明愣了愣，他还不清楚状况，心想林一川怎么抢着又给自己多加了二十大板？

"师兄，赏罚要分明，我看到他俩犯了监规在打架！"穆澜毫不客气地将谭弈刚才说的话还了回去，"开学第一天就有人不守监规要去绳愆厅受罚，大家都去瞧瞧，方能引以为戒。"

"师兄明鉴，是林一川想打我！我自卫！"谭弈大声说道。

"我做证！"林一鸣赶紧跳了出来。

应明不清楚谭弈的背景，得了穆澜的暗示便板着脸道："我亲眼看到你

150

打了林一川一拳。不管是谁的过错，国子监里都不能动手打架，自己去绳愆厅认罚吧！此事在下会记录在案。"见穆澜笑了，应明深觉自己做得对，也不方便和她多说，拂袖走了。

哪里来的棒槌！应明的一席话气得谭弈脸色发青。

林一川心情大好："谭兄何时去领罚呀？"

"怎么打也是有区别的。"谭弈低声说道，给了两人一个阴冷的目光，带着自己的人真朝绳愆厅去了。

"我们也去。"林一川眉开眼笑，全然不把那六十大板放在心上。

一场风波吸引了大批学生的注意，闹腾着都往绳愆厅去了。许玉堂也没想到竟然把谭弈拖下了水，心想林一川也不是全然没用。能看谭弈的笑话，他自然也要去，荫监生们便跟着他都去了。一时间，绳愆厅院子的外面围满了监生。

来的监生太多，惊得绳愆厅的范监丞亲自出了院子。

"何事聚集于此？"

见到范监丞和绳愆厅的官员们出来后，穆澜抢先行礼开口说道："大人，今日我与林一川还有谭弈分别被纪典簿与率性堂监生应明所罚，故前来认罚。同窗们深以为戒，故来此观刑。"

当着这么多监生的面，绳愆厅就算被东厂威胁，也不敢对林一川下狠手。穆澜想到这里，便抢先开了口。

看到范监丞投来的目光，纪典簿躬身行礼道："大人，今天早课时穆澜背不出《国子监监规》，下官要责罚于他，林一川却出手阻挡，是以罚了林一川四十大板。穆澜不服，也罚了他十记大板。"

应明也上前道："下午学生见到谭弈和林一川打架，按监规各罚了二十大板，如今谭弈也来了。"

三名监生站在范监丞面前，让他眼前一亮：谭弈身材高大、长相俊美，英武之气迫人；林一川剑眉星目，气度不同常人；穆澜身材瘦弱些，眉眼如画。范监丞的目光和许玉堂微触，便又分开。以许玉堂的身份，穆澜又是被牵连，免了责罚自是小事一桩。

"甲三班的事本官已知晓，第一天上课念穆澜初犯，责罚可免。"

纪典簿针对的人是林一川，自无异议。

"林一川，你在早课上阻拦纪典簿训斥学生，已违遵师之道，罚你四十大板，可心服？"范监丞望向林一川问道。

林一川早有准备，平静地答道："学生愿意领罚。"

范监丞冷着脸训斥道："早课时被罚了四十板，下午又和同窗打架，罚二十板。林一川，这才是第一天上课，你就犯了两条监规，单独再加二十板！以儆效尤！"

谭弈的唇角慢慢勾起了一抹笑，自己就算挨了二十板，林一川却要被打八十板，这笔账怎么算都划算。他的目光与范监丞一触，不等他开口发问，就已抢先认错："学生不论是否属于自卫，都不该和林一川打架，学生认罚。"

谭弈一句话，就将过错悉数推到了林一川身上。东厂督主的义子、直隶的解元……范监丞双手往后一背，扔下话道："都进来认罚吧。"

林一川和谭弈互看了一眼，朝四周同窗团团揖首，昂首挺胸地就走进去了。小吏关上了院门，将众人的视线挡在了院门外。

八十大板，就算有老头儿特制的裤子，林一川也免不了要受伤。穆澜心里后悔不已，早知道就不拖谭弈下水了。杀敌一千，自损八百，林一川要挨翻了倍的板子，这怎么算都划不来啊。

进了绳愆厅，林一川偏过脸看向谭弈，语气轻松地似在和熟人聊今天吃了什么："谭公子从来没被打过板子吧？"

谭弈的声音不大不小，透着股骄傲："我义父乃司礼监掌印大太监，东厂督主，自然没有人敢动我一根毫毛。"

院子里的官员、小吏听得清清楚楚，眼中露出了犹豫害怕之色。范监丞清了清喉咙，吩咐纪典簿道："谭弈的二十大板由你监刑，打完速送医馆诊治。"

本来该抬出两张长凳，让两人在院中一起受刑……纪典簿听了后，面露喜色，走到谭弈身边冲他使了个眼色道："谭公子，请吧。"

竟是将谭弈单独请进了一间刑房。林一川暗骂了声"不要脸"，也跟着要过去。云典簿得了范监丞的眼神示意，拦住了他："林公子，这边请。"

"都是挨板子，难道刑房还不在一处？"林一川故作诧异地问道。

云典簿意味深长地说道："八十大板和二十大板一样吗？请吧！"

被谭弈阴了！林一川气得咬牙切齿。见纪典簿带着谭弈进去后，就把房门关上了。明知有猫儿腻，他却无可奈何。林一川深吸口气，荷包里还有三千两银票，当面贿赂的可能性有几分？

进了房间，林一川望着房中的长条宽凳和手臂粗、漆成黑红两色的水火棍，琢磨着该怎么开口。屋里的光线暗了下来，关上的房门将天光挡去了一大半，阴森森的味道渐渐弥散开。范监丞踱着步在一侧的椅子上坐下，云典簿则在旁边的架子上挑选着水火棍。

竟然是范监丞监刑！若是收买不了，将来的日子也不会好过，可一旦收买成功，将来就不用怕纪典簿这种貌似耿介的小人了。林一川打定主意，朝范监丞抬臂揖首："学生何德何能，竟劳大人亲自监刑，学生谢过大人。"

林一川此时背对着云典簿。范监丞正端起茶壶倒水，一只荷包便轻轻巧巧地投进了他的袖中。

当面行贿？范监丞没想到林一川会这么大胆。愣神儿间，林一川已经接过他手中的茶壶，往茶杯里倒了杯茶："大人请用。"之后，茶壶被他稳当地放在桌子上。他含笑站在范监丞面前，仿佛什么事都没有做过一般。

林家是扬州首富，荷包里不会只有几两碎银子吧？范监丞一时间很是好奇。

"过来趴好！"云典簿终于挑了根合手的水火棍，敲了敲长条宽凳冲林一川喊道。

"大人稍等。"林一川抽着系带，脱着外袍。

云典簿的眼神没那么冷了，话里却满满都是嘲意："林一川，你连监生的常服都如此珍惜，上课第一天却违逆师长、打架惹事！进绳愆厅受罚是要扣学分的，如果不及格，将来你都毕不了业。"

"多谢大人提点。"林一川说着将手里的外裳铺在了长条宽凳上，小心地趴了上去，明明是嫌凳子脏，他还厚着脸皮认真地解释，"看着监生的衣裳，学生这八十大板就能挨过去了。"

云典簿气结，干净利索地手起棍落。

"啊——"林一川的这声惨叫差点儿把屋顶上的瓦片震碎了。

隔壁正在喝茶的谭弈"噗"地一下喷了。纪典簿却在纳闷儿，云典簿素来嘴毒心肠软，却是个认死理的人。范监丞说打，他就打；范监丞说不打，他就不会动。难道范监丞也惧了东厂？但转念又一想，谁不惧东厂呢？听说首辅大人见着谭公公都恨不得摇尾巴……

"谭公子，吃了这盏茶，得委屈您装着挨了打。"

"学生明白。"谭弈笑了，眼角余光瞥着微躬着腰的纪典簿，他想起了义父说过的话。他的义父是东厂督主，他就算行事嚣张了又怎样？他心里数着数，搁下了茶碗起身："送我出去吧。"

被纪典簿叫来的小吏扶着走出院子时，谭弈隐隐听到林一川模糊悲愤的声音："你们太过分了……"

谭弈满面笑容。

绳愆厅的门开了，外面的学生们都好奇地围了过来。

"哎哟，谭兄，你怎样了？"林一鸣冲了过去，从小吏手中接过了谭弈。谭弈懒懒地靠在林一鸣身上，看向穆澜、许玉堂一行人："二十大板，我挨得住，但林一川能否挨得了八十大板，就不知道了。"

"去医馆开点儿药，准假三日。"纪典簿面无表情地说完，折身便回了绳愆厅。

眼睁睁瞧着谭弈被林一鸣扶着离开，连侯庆之都瞧出来了："林一鸣跟秧鸡似的，怎扶得如此轻松？"

一名跟随谭弈的监生似是无心地说道："谭公子是东厂督主的义子，绳愆厅还真敢打狠手啊？"

学生们哗然，哪儿还敢再看谭弈的热闹，纷纷作鸟兽散。

许玉堂走到穆澜身边低声说道："为了林一川和谭弈硬碰硬……"

"许公子，你先回吧。"穆澜打断了他的话，"你与林一川素无交情，甚至不喜他，你不用在这儿等他。"

穆澜在怪他没有帮林一川求情？她怎么不记得皇帝表弟是怎么照顾她

的？他帮了她免了十板子，他凭什么还要帮林一川？一个商贾之子，凭什么在他面前嚣张？许玉堂心里也不痛快起来，朝穆澜拱了拱手，与靳小侯爷等荫监生一起离开了。

纵然穿着杜之仙特制的裤子，林一川仍然觉得那一棍打下来痛彻心扉。

云典簿挥棍开打的时候，范监丞已从袖中拿出荷包，从里面拿出了几张银票，有三千六百两。想他月俸禄米十石，折银二十两，一年加上各种补贴才堪堪能挣三百两左右，他感叹了声："十二年的俸禄啊。"

林一川瞬间忘了疼，扭过脸道："只要我在国子监，每年都会孝敬二位这个数。"

棍子抡起的风声呼呼作响，准确地落在了他屁股上。林一川才说完话，根本没有防备，差点儿被打得闭过气去。

"你们太过分了……"拿了他的银子，还下死劲儿打，不懂规矩吗？

云典簿寒着脸道："公然行贿，罪加一等！"

林一川闭着眼睛咬着牙道："你们对谭弈也敢这样吗？"

第三棍在他话音才落的时候又打了下来。

"你们敢吗？"林一川从小到大皆是锦衣玉食，从没有挨过任何打，今天这三棍子打得他绷紧了肌肉，恨意大起，就什么话都敢说了，"当我不知道你们把谭弈弄到另一间刑房的用意？不就是想让纪典簿放水！国子监监规？狗屁！"

第四棍毫不留情地打在了他屁股上。

"敢说皇上钦定的监规是狗屁，你真是嫌命太长了！收拾你都不用多加一条罪名！"云典簿怒声斥道。

四棍子将林一川的骄傲给打了出来，他好像又看到了林家那两条镇宅龙鱼。为了得到权势，他才捐了监生进国子监，他指责绳愆厅官员对谭弈谄媚讨好又有什么意思？他一字一句地说道："只要我还剩口气，欺负过我的，我都会加倍讨回来！"

云典簿"呵呵"笑了，挥起棍子又来了一记："那先把你打够本儿了再说！"

"最好打死！打残了，你们就都等着吧！"林一川硬气地说道。

云典簿冷笑，水火棍噼里啪啦地打在林一川的屁股上。

"休想让小爷讨饶！做梦！东厂走狗！"

屁股好像没了知觉，林一川已感觉不到疼痛，他骂得酣畅痛快。

"过来歇歇。"看到云典簿额头冒出了汗，范监丞给他倒了杯茶，顺手抽了张千两银票推了过去。云典簿一口气饮完茶，便将银票揣下，笑道："多谢大人。"

林一川趴在长凳上，偏过头看着谈笑正欢的两人，眼睛都气红了。

"小子，要不要喝口水？"云典簿说着还真给他倒了杯茶来。

反正还要继续挨板子，凭什么不喝？林一川接过茶一口气喝下，随后将杯子扔到了地上："打了多少下了？手酸了吧？继续来呀！"

范监丞和云典簿"呵呵"笑了起来。

"是个骨头硬的，怪不得锦衣卫指挥使大人要保你。"范监丞悠悠地望着林一川道。

他说什么？自己没生出幻觉来吧？锦衣卫指挥使保他？

"你们一个是东厂督主的义子，一个是锦衣卫龚指挥使力保的人，本官不过区区六品，甚是为难哪。"范监丞叹了口气，但他虽说着"为难"，却在拈须而笑。

林一川更糊涂了。林家当初一心想搭上锦衣卫这条线，将扬州锦衣卫喂肥后，曾进京给龚指挥使送过数次礼，可那位指挥使大人从未见过林家的人，现在怎么突然就要力保他了？难道锦衣卫已经知道东厂威胁林家要林家投靠他们的事情？锦衣卫特意保下自己，是要和东厂角力？

"你说的没错，谭弈说不定和纪典簿才刚喝完茶。绳愆厅今年刚分到手的春茶，味道不错。"范监丞冲林一川眨了眨眼睛，这种调皮的表情嵌在头发花白、满是褶子的脸上，显得有点儿滑稽。

"既然锦衣卫指挥使大人要我，那你们还敢对我动手？"林一川盯着范监丞和云典簿，恨意更浓。谭弈没挨二十大板，喝茶去了，他们却仍然对自己下了狠手。东厂，想把林家当成钱篓子使，他偏不让他们如意！

范监丞朝云典簿使了个眼色，云典簿笑嘻嘻地走了。

"大公子，得人钱财，与人消灾，你给了三千六百两银子，本官自然要把事情办好。"范监丞将银票和荷包里的两块碎银子都收了后，重新将荷包仔细地挂在了林一川腰间，亲切地说道。

林一川气极反笑："收我的银子还打我这么狠，是我有病吧？"

范监丞认真地说道："云典簿手艺极好，只打你肉多的地方，没伤着你筋骨。若是手法不好，水火棍一棍落下，能把人打残，这样你就永远无法入仕了。"

言下之意是没收这笔银子，你会比现在惨得多。

林一川还是那句话："打残不怕，只要小爷还有一口气在……"

"哗啦"一声，下半身就是一凉，林一川扭过头看去，云典簿不知从哪儿端了个盆来，舀了一勺血水浇在了他身上："你们又想做什么？"

"得人钱财，与人消灾。"云典簿拖长了声音，浇得很是仔细，又退后一步看了看，满意地说道，"挺像那么回事的。"

林一川愣了，范监丞和云典簿搭手将他从长凳上扶了起来。

"林大公子，如果你不给银子呢，本官也就会像纪典簿对谭弈那样，请你坐下来喝两盏茶，回头往你脸上喷喷水了事。不过既然你给了银子，就得把事情办得像样一点儿不是？"

云典簿从长凳上拿起他的长袍，给他披在了身上，又仔细地帮他穿好、系好带子："普通人挨了云某的那十记水火棍，哪还有这么洪亮的嗓门儿，年轻人就是身体好啊。"

林一川觉得眼前发生的一切极其荒谬，他又认真问了一遍："如果我不给银子，我就不用这样？"

不用挨棍子，不用往身上泼血水？

范监丞和云典簿认真地点头："正是。"

林一川哭笑不得。

"大公子，国子监不是扬州。虽然有锦衣卫指挥使保着你，但监规还是犯不得的。谭弈没挨板子，必定也会装出挨了板子的模样。"

"八十大板和二十大板一样吗？"云典簿仍然意味深长地说出了阻挡林一川时的那句话。

两人皆摇头叹息，像是觉得林一川还是个孩子，不懂事。林一川懂了，又似并未明白，他先走到桌前端起茶壶，一气儿灌了大半壶水才道："当我傻啊？刚才那十棍子如果不是有……云大人是在真打啊！"他及时住口，保住了裤子的秘密。

"挨了八十大板的人不用去医馆诊治吗？"云典簿真像看傻子似的看着他。

范监丞拍了拍林一川的肩道："你有伤，谭弈没有。他今天当众说出他是东厂督主的义子，然后装出挨了二十板子的样子。祭酒大人说过，国子监的蚊子都会传播小道消息，监生们知道了这件事后会如何看谭弈？人或许会因为一时畏惧而臣服，如果有一天正义与勇气成了星火燎原呢？"

林一川看到了范监丞脸上的褶子里隐藏的智慧，他站着思索了半刻，云典簿的棍子让他领悟了很多东西，他抬臂抱拳一揖到底："学生受教了！"

范监丞和云典簿相视而笑。

趴在春凳上装死前，林一川问出了最后的问题："你俩是锦衣卫暗探？"

范监丞和云典簿同时摇头："我们是国子监的官员。"

这只说明一件事，憎恶东厂的人其实有很多。也许他二人是因为锦衣卫指挥使的拜托，也许他们就是想帮自己。屁股真的很疼，但林一川很高兴，他看到了对付东厂的希望，他满足地闭上了眼睛。

绳愆厅的院门终于开了，两名小吏抬着林一川走了出来。他趴在春凳上闭着眼，发髻散乱，脸白如纸，血浸透了半个衣襟。和谭弈一比，林一川的伤势简直惨不忍睹。谢胜和侯庆之吓坏了："怎么打成了这样？"

"林一川！"穆澜叫了一声，伸手摇了摇他，他睫毛颤了颤，没有半点儿反应，她的心就往下沉了沉。绳愆厅总不至于因为东厂的威胁，就真把人打死了吧？

"别停下，送医馆！"云典簿擦了把额头上的汗，呵斥道。

两名小吏抬着林一川朝医馆狂奔而去，谢胜和侯庆之比穆澜先回过神儿，拉了他一把："我们也去！"

穆澜跟着一路急走，见林一川的胳膊耷拉在一旁，毫无知觉地甩动着，她脑子里不禁冒出和林一川的种种过往，眼睛跟着就红了。

医馆的小吏将林一川接了进去，连云典簿都被挡在了外头，更不用说穆澜他们这些监生。交了人后，云典簿与尚未离开的纪典簿拱了拱手，就带着人走。纪典簿是甲三班的老师，穆澜和谢胜、侯庆之只得上前见礼。

"林一川也是本官的学生，本官虽然罚了他，也要等个消息。"

是在等林一川伤得有多重的消息吧？谢胜性情憨厚耿介，听着只觉得恶心，行礼后他就走到角落去了。侯庆之胆小，垂着头也敢不吭声。穆澜心里有气，笑道："纪典簿赏罚分明、细致体贴，令学生感动，不知谭弈情况如何了？"

纪典簿目光闪了闪道："他已拿了药回宿舍，养个三五日就无碍了。"

"哦，这么说来，林一川这伤大概要养上月余还不知能否下地。就怕他耽搁了功课，纪典簿，像这种情况，考试会酌情处理吗？"穆澜想的是到时林一川别旧伤刚好，又因考试不及格再挨一顿板子。

"这是廖学正的事情，本官不知。"纪典簿答得滴水不漏。

这时医馆厢房的门开了，走出一名头发花白的医正。穆澜怔住，随之心里涌出一股喜悦，方太医竟然来了国子监！方太医站在台阶上就骂开了："你们也是老师，国子监乃培养人才之地，教育学生又不是审问犯人，何至于此，何至于此！"

穆澜、谢胜和侯庆之的脸色就都变了："他伤得很重？"

方太医脸色极其难看："先在医馆看护几天再说吧。好在年轻，没伤着筋骨。都回去吧，人还昏迷着，不方便见。"

前几天还曾见过医馆的田医正，今天怎么就换了个人？纪典簿看到方太医愣了愣："您是？"

"老夫方正明，新调入国子监担任医正，今天刚到任。"方太医淡淡地说道。

"林一川是下官的学生，请方医正悉心诊治，告辞。"得了准信，纪典簿睃了眼穆澜三人道，"明天还要上课，宵禁前回宿舍。违了监规，林一川就是榜样！"说完，他便走了。

"你们先回去吧，我找医正打听完消息就回去，有什么事明天再说。"

穆澜将谢胜和侯庆之打发走了后，不声不响跟着方太医进了另一间厢房。她关上门，这才上前见礼，高兴地说道："您怎么到国子监来了？"

"我老啦，太医院的活儿也干不动了，就调到国子监来养老喽。"方太医笑眯眯地看着穆澜。

他在太医院继续坐着冷板凳时，突然吏部来了调令，说国子监的田医正医术高明，正式调进太医院。国子监差个医正，就将他调了过来。

本是御医，突然被下放到国子监的医馆，太医们都知道方太医会在国子监医馆终老，极为同情他。不知情的还道是方太医医术不行，所以被贬了，只有他自己心里清楚，不会有这么巧的事。回府收拾行装时，秦刚就悄悄地来了。

方太医瞬间就明白了，这是皇帝的意思。锦衣卫暗中操作，才将他不动声色地调到了国子监。他心里半喜半忧，他想让穆澜离皇帝远一点儿，但皇帝似乎并不这样想。秦刚话里话外都透出一个意思，让方太医尽力帮助许玉堂和穆澜。

他眼中浮起一层忧色，但也添了几分决心。既然都已经来了，他拼了命也要护住穆澜："国子监的绳愆厅素来严苛，你快回去吧，平时小心一点儿，别犯了监规。"叙旧也不急在这一时。

穆澜笑道："天还没黑呢，我想去瞧瞧林一川，他到底伤得怎么样了？我只瞧他一眼便走。"

方太医"咝"地吸了口气，这个林一川到底是什么人？值得锦衣卫单独来打招呼，穆澜又仿佛和他交好："你和他很熟？"

"我们一起从扬州进的京，他也是因为替我出头才挨的板子。"穆澜见着方太医如同看到老头儿一般亲切，也就没有瞒他。

方太医起身在房里踱了几步，往外瞅了瞅，低声说道："他没事，只是屁股有点儿肿，皮都没破，做样子的！"

啊？穆澜大吃一惊："怎么会这样？我得去见见他。"

"别去，要装着不知道。锦衣卫在保他，这小子也不知道是什么来头。你嫌自己的事情还少啊？少出头！"方太医赶紧拦住了她。

"那谭弈呢？"

方太医摇头道："都没让我瞧，抓了药就直接回去了。"

绳愆厅有古怪，林一川也有古怪，之前没发现他和绳愆厅打过交道，难道锦衣卫和东厂在这件事情上打着擂台？穆澜的脑袋突然被方太医打了一巴掌："杜老头儿让你进国子监定有他的想法，你就只操心自个儿吧！赶紧回去，平时无事少来我这里。"

穆澜揉着脑袋应了，她走到门口又回过头问道："皇上调你来的？"

"嗯。"方太医下意识地答了，见穆澜眉开眼笑，他禁不住生气地道，"你套老夫的话？"

"我走了！"穆澜吐了吐舌头，一溜烟儿跑了，脚步轻快地出了医馆。

回了宿舍，许玉堂犹豫了下，还是开口问道："林一川怎样？"

穆澜心情好，也不和他计较："没伤着筋骨，养些天就好了。"

"一起去饭堂？"许玉堂小心翼翼地问道。

穆澜拒绝得很委婉："我想先洗个澡，你先去吧。"

许玉堂有些失落，想了想仍道："穆澜，我知道我对林一川太冷漠，让你不太高兴。但是你要知道，林家和谭弈走得近，而谭弈又是谭诚的义子。各为其主，我无法待他像朋友。"

"我明白，我没有怪你，真的。"

看到穆澜脸上的笑容，许玉堂松了口气，他出门时很贴心地说道："饭后我要去小海的宿舍，宵禁前才会回来。"

这是留给穆澜的单独空间。她拴了门，宿舍里顿时清静下来，她走到自己房间门口，靠着门框喃喃说着："无涯，你的心也跟着方太医来了吗？"

与许玉堂同住的单独房间，将方太医调进国子监以便照顾自己，穆澜仿佛看到无涯就站在她身前，对她说，我会保护你。她心里一片温暖。

这一晚林一川久久无法入睡，他趴在床上想着白天的事，突然出现的锦衣卫指挥使要保他？林家夹在东厂和锦衣卫之间该怎么办？他嘱咐雁行去办的事是否顺利？这时，从厢房的窗户处飘进来一丝风，吹到了他脸上。林一川睁开眼睛，不动声色地看着窗户被一点点打开，一个人跳进了进来。

"我很奇怪，你走路时叮叮当当，可翻窗当贼时，你的金铃却为何不响？"

来人被他吓了一跳，站在窗边扯下了蒙面巾，可不正是丁铃。丁铃自恋地问道："这么想我？想到睡不着？"

黑色夜行衣外挂着一对金灿灿极为醒目的金铃，林一川讥讽道："你为何不把它涂成黑色的？一看到它就知道你是锦衣卫心秀丁铃，还有必要蒙脸吗？"

"能这样看到本官金铃的人，都已进了大狱。"丁铃大大咧咧地走到床边坐下，伸手就拍了林一川的屁股一巴掌："趴着睡，装给谁看呢？"

"嗞——"林一川疼得吸了口凉气。

"不是吧？说好假打，还真挨了板子？"丁铃吃惊不已。

想起范监丞和云典簿那句"得人钱财，与人消灾"，林一川就生气。早知道锦衣卫保他，他干吗要把荷包里的银子都给出去？他突然想到里面还有穆澜的那锭二两碎银子，不行，他得找范监丞讨回来。

"你再去找范监丞一次，他拿了我二两碎银子，你帮我把那锭银子要回来。还有，我只要我荷包里的那锭二两碎银子。"

突然间话题跳到了二两碎银子上，丁铃有点儿摸不着头脑："你让我这个堂堂锦衣五秀去讨二两碎银子？你当我是傻子啊！人家对你手下留情，收你二两银子都要讨回来，你有这么穷吗？"

"你把块碎银子帮我讨回来，我就帮你办事。"林一川毫不犹豫地说道。

"说你胖还喘上了？"丁铃觉得林一川相当聪明，他将一面锦衣卫的牌子搁在了床头，"从现在起，你就是锦衣卫的暗探了。我是你的直属上司，你只需要讨好本官就行了，明白吗？"

"等你帮我拿回银子再说，拿不回来我不接这面牌子。"林一川心里明白，没锦衣卫护着，他早被打得屁股开花了。有谭弈在，自己说不准三天两头就会被纪典簿找碴儿，日子不会好过。林家投了东厂，锦衣卫偏要自己当暗探，他先当个墙头草看看风向，也不失为一个好选择。狗咬狗一嘴毛，且坐山观虎斗吧。

林一川的神色让丁铃抓狂："老子见你是个人才，才肯收你当手下……"

"是'钱财'的'财'吧？"

他偷偷摸摸半夜潜进国子监，不就是想让自己感恩戴德，顺势央求他让自己加入锦衣卫吗？还人才呢。林一川嗤之以鼻。

丁铃尴尬地"嘿嘿"笑了两声："这是上头的事……本官对你那是真心怜才，本官在你这么大的时候，都没练出你这份眼力。"见林一川不搭理他，丁铃哄小孩似的从荷包里摸了一把碎银子出来，"都给你行了吧？老子身上就这么多钱了。"

"我只要范监丞拿走的那锭！你赶紧着，绝不能让他随便就花掉了。"

丁铃这才觉得他说的话是认真的："那锭银子有什么特别？"

林一川从他手中拿起一锭银子，暗运内力捏着："这个形状，成色不太好。"怕丁铃敷衍自己，又吓唬他，"是个信物！"

林家的信物？丁铃认真了。

"能把我这个人都拿走的信物。"林一川一本正经地说道。

丁铃急了："你就是个棒槌！谁把银子当信物？随手花掉都不好找回来。"

"所以谁都想不到它会是信物，等拿回来我就打个孔挂脖子上行了吧？"

林一川的话让丁铃语塞。等过了夜，范监丞若是将那锭二两碎银子随手花掉就麻烦了。丁铃也不久留，瞥了眼林一川道："老子真是命苦，收个属下还要连夜奔波。对了，那件案子有点儿蹊跷，我要亲自跑趟山西。正好你伤重，可申请回家休养，医馆会给你开病假条。届时，你跟我一起去。"

在国子监装养伤也很辛苦，林一川眼睛亮了，嘴却还硬着："拿回那锭银子，我就随你去。"

"放心吧，能把你这个人都拿走的信物，丢不了。"丁铃悄然翻窗走了。

第二天上午来上课的是蔡博士，蔡博士随意抽查了诗篇，写得好的不吝赞赏，写得不好的，也温言鼓励。经过一晚上的时间，学生们早已打听出他是国子监出了名的老好人，课堂的气氛也变得无比轻松。

蔡博士摇头晃脑地点评，穆澜根本没有去听。她身后的座位空着，想着林一川还在装养伤，又琢磨着今天他应该会装着苏醒过来，遂决定下了课就去看看他。

下课的钟声敲响后，蔡博士的读诗声就中断了，他慢吞吞地起身，慢悠悠地总结道："你们的水平，老夫心中已有底了。想要写得好诗，先要练得一手好字；写得一手好字，需要好纸、好墨、好砚、好笔。先从文房四宝学起吧，下午放半天假，你们自行去准备一套文房四宝。自己的文房四宝都不知其理者，老夫会罚戒尺。嗯，罚戒尺打手心会很痛哦。"说罢，就笑眯眯地走了。

学生们目瞪口呆，等蔡博士一走，课堂上就炸开了锅。

"谁不懂文房四宝啊？当我们是傻子吧？"进了国子监的监生都曾经过考试，像林一鸣这种满篇书写"正"字的人，也是提过笔写过字的。

也有人怕了道："该不会像纪典簿一样，想着法子要对我们罚戒尺打掌心吧？"

"表哥，蔡博士让我们学文房四宝，他是在挖苦我们吧？是吧？"靳小侯爷气呼呼地问许玉堂。

许玉堂笑道："这里面学问大着呢，下午去准备吧。"

林一鸣高兴得不得了，下午放假，岂不是又能去会熙楼吃好菜了？

穆澜和谢胜、侯庆之出了教室去了医馆后，正赶上燕声红着眼睛来接林一川回家休养。

一看到穆澜，林一川的眼睛里就有了神，他突然想到，穆澜并不知道自己伤得不重，她会不会很担心自己呢？

"林一川，你怎么样了？"谢胜和侯庆之是真关心他。

林一川的脸色并不好，他趴在春凳上虚弱地笑了笑，气若游丝地说道："多谢二位，等养好了伤，我再回来。"

原以为此时林一川是不方便吐露实情，穆澜就很干脆地说道："谢兄、侯兄，下午正好放假，我送林一川回家。"

谢、侯两人放心地走了。

下午放假，穆澜能陪自己！林一川大喜，满脑子都是穆澜如何关心、如何细心照顾自己的画面。连这种机会都不抓住，他就不是掌管林家南北十六行的林大公子了。林一川继续"气若游丝"，似是连动手指的力气都没有了。

从国子监到林家宅子的短短一个时辰里，林一川让穆澜喂了七次水，穆澜皆不动声色地照办。马车到了林家后，燕声叫来下人帮忙将林一川从马车上抬了下来，又将他送进了房间。穆澜笑道："我瞧瞧你的伤，再帮你上上药。"

"离开医馆前，方医正已经帮我上过药了。"林一川哪儿好意思让她瞧自己的屁股，反倒摸出那条裤子，上面还染着血，"我怕被医馆的小吏清洗时发现里面的秘密，硬是拿了回来。"

他一脸讨赏的模样，穆澜叹了口气道："你都是为了我，让我怎么过意得去？那八十大板都不知道你是怎么挺过来的。"

"只要你没挨打，我挨几板子算什么。"

不肯说实话，还想邀功？穆澜决定给他最后一次机会："谭弈在绳愆厅亮明了身份，他们肯定对你下手更狠。"

林一川虚弱地叹道："谁敢得罪东厂督主的义子呢？小穆，我都担心自己被打残了，唉。"

皮都没破能被打残？穆澜倒了杯茶，弯腰扶起了他的头，柔声说道："不会的，方医正说了，你没伤到筋骨，养些天就好了。"

茶杯送到了嘴边，脸靠着她的胳膊，林一川美滋滋把水喝完了。

"一般说来，打过板子醒了，最是口渴。"穆澜小心地用袖子替他擦着嘴角的水渍，又倒了一杯，"再喝一点儿，我下午陪着你。"

林一川幸福地被她扶起头喝了。穆澜就一直坐在床边陪他说话，直到他开始内急："小穆，我想睡会儿，你也去歇个午觉吧，叫燕声来待候着就行。"

"不用，我不困，看看书就好，你睡吧。"穆澜随手拿了本书，坐得稳稳当当，心想，喂你喝了这么多水，看你能忍到几时。

林一川闭上眼睛，渐渐憋不住了："小穆，我内急，你帮忙叫燕声进来侍候。"

"哦，没事。"穆澜把书放下，让燕声去拿夜壶，"大公子内急！他伤重，我看他下不了床。"

让他在床上放水？林一川呆了，他强撑着道："小穆，你先出去吧。"

"燕声扶不住你，我帮你翻身，我来扶你，这样不会扯着你的伤口。"穆澜说得头头是道，伸手掀了被子，就要来扶他。

让他当着穆澜的面在床上放水？杀了他也不行！林一川都快哭着求她了："不用，不用……"

"燕声，你当心点儿。"穆澜不再坚持，看了林一川一眼道，"我还没吃午饭，饿了。"

如闻天籁之音，林一川马上吩咐道："燕声，让厨下赶紧做饭。"

有小厮请了穆澜去别屋，她回头看了林一川一眼，便笑着离开了。每个人都有自己的秘密，林一川既然不愿意说，她又何必勉强他呢？他能好好的，总比被打得血肉模糊好。

才离开，就听到甲面的燕声惊呼了一声，穆澜知道，定是燕声发现林一川伤得并不重。她用过饭让小厮传话，说自己还要去购置上课用的文房四宝，就不来告辞了。

好不容易支走穆澜轻松了，等她回来都等得快睡着了，却得了这样一句话，林一川郁闷得无以复加。然而丁铃的迅速到来，让他等不到休沐日再见到穆澜。在家养了一天，安排好家中事宜，林一川留下燕声打掩护，又给穆澜留了封信，便悄悄和丁铃去了山西。

第三十三章
冰月进宫

　　林一川就像投进潭水中的石头，激起一柱水浪，荡起一圈圈涟漪。自从他回家养伤没来上课，国子监的学习也变得普通寻常起来。纪典簿没再找甲三班的麻烦，新近出现的老师也都和蔼可亲，新监生们慢慢熟悉习惯着国子监的生活。

　　原来每月只有一天休沐日，但从今年开始每月都有两天假。穆澜一直盼着十五号，心里算计着到了那天晚上就让许玉堂帮忙打掩护，她悄悄翻墙出国子监。等到应明在墙上贴出这个月的课程表，她蓦然发现，其中一天的休沐日正好是在十五号。应明笑着告诉大家："以往国子监都是月末休沐一天，皇上道劳逸结合为好，所以从今年起，每月多增一天休沐。"

　　"皇上圣明！"学生们欢呼雀跃起来。穆澜靠着墙发着愣，仿佛看到无涯站在不远处温暖地笑着。她的心又酸又软，怦怦地跳得那样急。

　　"我……每月十五晚上会来，来不了，我会嘱人告诉你。"

　　那么早，无涯就已经在安排时间了，她却还在为难地想万一出不去该怎么办，她真是个笨蛋！她怎么就不肯多相信无涯一点儿呢？他能为她安排房间，能将方太医调到国子监，他连休沐日都想到了。

　　笑容从穆澜的脸上一点点绽开，无涯并没有对她承诺过什么，他甚至顺着她的心意，一直叫着她"冰月姑娘"。他的情意像越来越浓烈的阳光，晒化了她隐藏在黑暗里的孤单，她突然跳了起来，和学生们一起欢呼着："明天就放假啦！"

今天十五了。

无涯坐在龙椅上，照例望着投进大殿的阳光出神，他脸上带着恍惚的笑容，四月暮春的天气真是美好。

"皇上明鉴！""咚咚"磕在金砖上的声音惊醒了无涯。

殿中的磕头声听着都觉得痛，无涯暗暗皱眉，也许是心情好，他的语气较为平和："去岁淮水泛滥，淮安知州被贬，侯继祖新任，朕曾叮嘱过他，抢在春汛前修好河堤，安置灾民为头等要事。朝廷花了多少银子进去？修的河堤连春汛都没扛住就被冲垮了。沈卿，你告诉朕，他可有罪？"

去岁淮河泛滥，曾于冬季趁着枯水期整治河工，可才修好的河堤就被今年的春汛冲垮了。弹劾淮安府知州侯继祖的折子似雪花般飞来，无涯也恼怒不已。眼看灾民渐渐安抚得当，终于渡过难熬的冬季，但如今新修的河堤又被冲垮，一个县又泡在了水里。身为一州父母官，侯继祖自然是有罪的。

沈浩面露凄色，额头磕得一片青紫。但在他开口辩解前，谭诚的声音却幽幽回荡在殿中："沈郎中，你与淮安侯家是姻亲，就不晓得避嫌吗？"

沈浩隶属工部，任都水清吏司郎中，他此时跳出来力保侯继祖，是因其独生女儿嫁给了侯继祖。殿中官员了解原委后，皆面露鄙夷。

谭诚难得开口，却让无涯诧异着、警觉着。侯继祖调任淮安知州是谁的主意？无涯在心里回忆着，目光和舅舅许德昭碰了个正着，他有些明白了，淮安掐着河运要冲，看来舅舅想安插的官员没有如了谭诚的意，谭诚是要借此机会将侯继祖非扳倒不可。他叹了口气，觉得年过七十的沈浩很是可怜："沈卿，你既然为侯继祖喊冤，朕便听听，他有何冤屈。"

"皇上！"沈浩颤巍巍地摘下官帽，他快致仕了，唯一的女儿嫁到了侯家，若是侯继祖修堤不力的罪名落实，人头就要落地。他已生出死谏之心，他拼了老命也要为女婿说句公道话！既然如此，他还有什么话不敢说呢？"户部去岁拨到淮安府的库银被调了包！银子进了州府银库，才发现除了银鞘两端是真银，其余都是石头！侯继祖无法说清，只得暗中卖尽家财四处募银，才没有拖延修堤，如今他还拖欠着当地富户银两和河工的工钱。据查，河堤是被人破坏才被冲垮，实是有人欲陷害侯继祖！臣所言句句属实！"

库银调包、河堤被人破坏，哪一件都是惊天大案，大殿上一片哗然。被泼了盆脏水的户部尚书惊怒无比，他站出来大声说道："皇上明鉴，户部拨出的银子去岁底已悉数进了淮安府银库！他说是假的，就假了？户部可有银两出入记档！已过了小半年，突然说户部库银有假，岂有此理！"

既已入库，自然与户部无关，就算库银被调了包，那也是侯继祖的责任。

无涯盯着沈浩："你所说的这两件事可有证据？"

如果有证据，侯继祖就不会将库银被调包的事情瞒到现在了，沈浩突然跳起来高喊了声："臣愿以死来证侯继祖清白！"说完，他朝着廷柱撞了去，当场就撞了个血流如注。无涯惊得站了起来："快传太医！"

太医匆匆赶来一查，叹息道："沈郎中已断气身亡。"

无涯望着殿中四溅的鲜血，沉默了。

谭诚冷笑道："没有证据，便来个撞柱死谏，分明是欺皇上心善，沈浩其心可诛！皇上，咱家以为该速将侯继祖缉拿进京问罪！"

"臣附议！"

"臣附议！"

照以往，皇帝望着一片跪地附议的官员，早就挥挥手让内阁处理了。但今天不同以往，无涯的声音异常坚定果断："没有证据就去找！沈浩以死进谏，此事不彻查清楚，何以定罪？着刑部两月内查明此案！"

殿中呈现出一片可怕的静默，谭诚难得出声一回，却被皇帝驳了话，这也是皇帝自亲政以来头一次驳了谭诚的话。

"刑部尚书，你听不到朕的话吗？"

无涯的声音像道雷劈在了刑部尚书的心头，他擦了把额头上的汗，瞥了眼谭诚，心里苦得跟什么似的，声音讷讷如蚊蚋："臣……在。"

谭公公啊、胡首辅啊，你俩赶紧给下官一个明示吧。

"两个月不将此案查个清楚，朕砍了你的人头！"从羸弱的年轻皇帝嘴里说出砍人头这句话，让百官愕然。刑部尚书又擦了把汗，迭声应道："臣遵旨！"声音委屈得像没了娘的孩子。

谭诚有些不屑地看了他一眼，并未把皇帝的威胁放在心上。他的目光移向了许德昭，眼神里讥讽味十足：你有本事抢了淮安知州这个肥缺，却没胆量站出来为属下官员说话。你的势力难道都是被咱家抢走的吗？是官员们不敢追随你啊。

许德昭被这个眼神激怒了："皇上，臣以为应该令东厂出面保护侯继祖进京问话，以免事情查明之前他被人杀了灭口。"

无涯此时觉得舅舅也有可爱之处，可惜他需要的时候，能说出他心中所想的声音还是太少了："嗯，朕信得过谭公公。"

侯继祖就算不死，他也同样能达到目的，谭诚略欠了欠身："咱家会让侯继祖一根头发都不少地进京。"

"退朝。"无涯起身离座，直走出大殿，让阳光晒在脸上时，他才缓缓嘘了口气。

午时，一道密旨送到了锦衣卫指挥使的手中。

核桃住的依兰小筑东面临湖，北面是从天香楼大堂延伸过来的小径，南面挨着草坪、花圃，屋后有座单独的小花园。出了院墙是一片树林，再过去，出了围墙是条死胡同，胡同口开着一扇专用来供送厨房柴、米、菜蔬的侧门。离依兰小筑后花园不远的地方就是天香楼的后门，方便姑娘们夜里悄悄出入，白天少有打开。

胡同对面是几家商户的后院，前面有三间门脸儿，和天香楼大堂一样，开着胭脂铺子、银楼和绸缎庄。这三家商户特意做天香楼里的姑娘们的生意，两相便宜，倒也相处融洽。

穆澜以往都是从胡同里翻墙进的天香楼，她挺喜欢这条死胡同，从胡同尽头的矮墙翻进来，刚好有个夹角能遮挡，视线总能看到前面绸缎庄紧闭的黑漆后门。无人之时，她再悄无声息地翻墙进天香楼。

今天十五，一早她就去买了核桃最爱吃的豌豆黄，而后悄悄进了依兰小筑。两个时辰后，绸缎庄的后门开了，戴着帷帽的无涯走进了胡同，对面天香楼的后门已不知何时打开了，守门的婆子躬着身放无涯进了门，朝对面点了点头，又关上了院门。

无涯顺着小径往前走了几十步，就看到了依兰小筑。院子里的鸳鸯藤蔓延出了院墙，有几径已垂在了门扉上，他来到门口，提起门环轻叩了三下。穿着青衣婢女服饰的核桃打开了门，看到戴着帷帽的无涯后，她沉默地请他进来。

阳光很好，无涯第一次看清楚了核桃的脸。核桃的美丽与如雪的肌肤让他愣了愣，随之释然。他默默地想，这般清丽绝色，能成为天香楼的新花魁乃名副其实。只是，穆澜怎么会与她相熟，甚至能让她委屈自己扮成婢女？

这是穆澜的秘密，是他不能触碰的秘密，他甚至不敢不把穆澜当成冰月。他害怕戳穿这层窗户纸后，连这样的幽会都会变成镜花水月。

"姑娘在后面的园子里。"核桃向他指了路，便站在院子里的鸳鸯藤下不动了。

"多谢。"无涯绕过旁边的回廊走向了后花园，湖绿色的春裳衣袂带风，帷帽上的纱幕轻轻飘动。他像柳树枝头新绽的春芽，如雾如烟。核桃瞧得痴了，长长地叹了口气，坐在鸳鸯藤下，撑着下巴发呆："少班主，你莫要当我是傻子哦，你俩明明就是在幽会嘛。"

可这么美的男人却是深宫里的皇帝，核桃又叹了口气道："少班主，你要是真喜欢上他了该怎么办？愁死个人了。"

依兰小筑的后园里种着很多兰花，此时春兰开得正好，幽香隐隐。无涯踏进后园时，看到花树下躺着一个美人，雪白的樱花花瓣撒了一地，与素色的裙摆融在了一起，映得披散下来的发丝如墨一样清幽。他情不自禁地放轻了脚步，几片花瓣落在发间，他伸手拈去，低头就看到一张薄施脂粉的如画容颜。

"公子来得早了。"穆澜撑着脸，懒洋洋地望着他。脂粉很浅，唇却艳如海棠。无涯见过了她的太多次，却依然被眼前的艳色惊得心如擂鼓。穆澜嘴角微勾，微启的唇间露出炫目的贝齿。无涯被她这一笑迷惑住了，半晌没有作声。

他的眼神太痴了，让穆澜渐渐低垂下了眼。风吹过，开到绚烂的樱花如雨飘洒，落了两人满头满襟。无涯蹲了下来，握住了她的手，他看得那样仔细，手指轻抚过她的掌心，他突然低下了头。

左手掌心传来温暖的触觉，烫得穆澜哆嗦了下，她闭上了眼睛。他什么都没有说，嘴唇长久地印在她掌心里——他都知道的呀，纪典簿拿戒尺打了她一记。穆澜的心软得像豆腐一样，她轻轻地缩回手，迟疑了下，又把手放在他脸颊旁，他便将脸靠在了她手心里："冰月姑娘，今天我做了一件我想做的事情。"

听到这声"冰月姑娘"，穆澜心里蓦然酸楚。他和她都明白，谁都不能揭了这层窗户纸。隔着这层纸，她是天香楼的花魁冰月，他是神秘的富家公子。若是揭开了，她就是女扮男装进国子监的穆澜，而他是九五至尊的皇帝，那时候，身为皇帝的他能放过犯了死罪的她吗？

这样就好，如果可以一直这样，就好。

不需要穆澜询问，无涯挨着她，唇间挂着浅浅的笑容："我父亲过世得早，那时母亲羸弱，而我年幼不懂事，舅舅家贪心却胆小。家中事尽被一老仆掌管，仆人中虽有忠心于我和母亲的人，却都惧怕于老仆，连铺子里的掌柜都听命于他。我想撵走他，却又投鼠忌器，怕他拼个鱼死网破，毁了祖辈留下来的家业。母亲常让我忍着，说等我长大会管事了，再对付他。掌柜们皆帮着他说话，我一直忍让于他，今天，他要将舅舅安排的一个小管事换掉，我让他出拿证据来，这是我第一次当众反驳他的意见。"

穆澜心头微紧，他当众反驳谭诚的意见，谭诚没对他怎样吧？

"他什么话都没有说，还顺着我的意思保证将那小管事毫发无伤地带回来询问。"无涯长长地舒了口气，"我今天才发现，其实驳了他的话，并不是那么困难，我很开心。"

谭诚是那么好说话的吗？穆澜轻声说道："他会不会当面听命于你，心里却想着给你一个更深刻的教训？"

无涯抬起脸，眸子里写着"认真"二字："我开心的是，我终于能当众说出自己的意见了。"

有了第一次，就会有更多次。穆澜明白了，她冲他露出灿烂的笑容："嗯，我也替你高兴。"

无涯站起身，握着她的手道："今天我想带你去逛逛街，然后去会熙楼吃饭，可好？"

春光这样明媚耀眼，他想和她并肩走在太阳底下。早朝让他生出了勇气，他想顺着心意做自己喜欢做的事情。

"好。"

无涯将帷帽给她戴上，牵着她的手走了出去。两人经过核桃身边时，穆澜抱歉地望着核桃瞪圆的眼睛，又变成了一口吴侬软语："我出去走走，看好门哦。"

核桃盯着两人相握的手，杏眼圆瞪，之后又泄了气地道："哦。"

无涯拉着穆澜飞奔而出，他们依旧走的是后门，然后从绸缎庄的后门进去。穆澜看到开门的是秦刚，哪怕有帷帽遮挡，她也下意识地低下了头，无涯握紧了她的手淡淡地说道："我带冰月姑娘随意出去逛逛。"

随意逛逛？皇帝就这样大摇大摆地牵着个姑娘的手去逛街？若是被认出来该怎么办？被人行刺了怎么办？秦刚瞠目结舌，然而那两人已经穿过后院从前面的铺子里走了出去。

"跟上！"秦刚随手戴了顶帏帽遮住了自己的脸，他是皇帝身边的亲卫，是活招牌，一张脸比皇帝还打眼。

阳光下的街头繁华热闹，往来车马人流喧嚣。无涯望了眼身边的人儿，满意地看着长长的纱掩住了她的容颜，心情大好道："让别人瞧见你的脸，肯定会来调戏你的。"

他在夸她漂亮，穆澜偷偷地笑着。

这话才说没多久，他们的眼前突然出现一张痴迷的脸，拦住了他们。无涯没当回事，牵着穆澜想绕开，眼前的女子却突然尖叫起来："天啊，京城还有比许玉郎、谭解元长得更漂亮的男人！"

随着叫声，一道红影朝着无涯飞了过来，身后跟着的护卫根本来不及出手，穆澜随手抓住，发现是一只荷包："这，这谁的？"

这时，街上不知从哪儿冒出来许多女子，瞬间堵住了两人去路，那些女子望着无涯皆羞红了脸……

"什么情况？"穆澜呆了。

瞬间，鲜花、瓜果、荷包雨点般地落下，尖叫声此起彼伏地响起。

"快跑！"穆澜及时反应过来，扯着无涯就朝着旁边的小巷狂奔而去。无涯回头一看，那群女子就像家里跑丢了鸡一般，挽袖扼腕，兴奋地四下张罗着围追堵截："他朝麻花大街跑了！"

在他们身后，花束、瓜果、荷包噼里啪啦地砸过来。穆澜刚带着无涯跑出巷子，迎面就是一条宽敞的大街。无涯还没缓过气来，目光直接和胡同口几名刚下轿的姑娘碰了个正着。看到姑娘们蓦然睁大的眼瞳，他迅速地以袖遮面。

"这位公子……"

"他是太监！"穆澜气急败坏地吼了声，拉着无涯就走。街那边一片缤纷的色彩，姑娘们的笑声传进了耳中："真的！比许玉郎还俊俏！"

穆澜急得团团转，这时秦刚赶着一辆马车过来，她如调救星般将无涯推上了车，而后也飞快地坐了进去，秦刚赶着车就走。

"在那辆车上！"

投掷过来的花、果、菜蔬、荷包砸到车厢壁上直"咚咚"作响，马车奔过了几条街，才算消停下来。穆澜将帷帽扔了，瞪向无涯，他一直没说话，此时突然"哈哈"大笑起来。

"你还笑！知道'万人空巷'是什么意思了吧？简直长了张祸水脸！还好意思不戴帷帽！"穆澜气不打一处来，伸手就捶了过去。无涯张开双臂抱住了她，笑得不能自已："说我是太监？嗯？"

说着，他极自然地低头吻上了她的唇。穆澜浑身一震，下意识地就想推开他。她这个举动让他收紧了胳膊，他的眼神突然变得深邃而痛楚："你看，太阳快落山了。"

太阳快落山了，暮色很快会淹没这座城，他将回到红墙里的深宫，而她要返回男人的世界。穆澜闭上了眼睛，明明想好了就这样假装什么都不知道，为什么她还是抗拒？她从小就想做个漂亮的姑娘，可是她却不能，她不知道什么时候自己才能这样美丽着、被人喜欢着走在阳光下。这是她的梦，就让她不要醒来吧。

在他面前，她不是那个穆澜，她没有秘密，没有责任，为什么不可以？

无涯松开了手，坐得笔直，眼里的光彩在一点点变得黯淡。他一直不敢触碰她的秘密，他也害怕在她面前变成皇帝时，他该怎么办？这样都不行吗？抛开身份、抛开一切，让他拥有一会儿普通人的喜怒哀乐都不行吗？

她的胳膊突然环住了他的脖子，艳如海棠的红唇吻上了他的唇："冰月收了公子那么多银子，怎能不服侍好公子？"

一股热浪冲进了无涯的眼底，他用力抱紧了她。

"皇上午后出了宫，去了天香楼，带了位姑娘上街，结果被京城的闺秀们追得狼狈不堪。"笑声从谭诚的嘴里冒了出来，甚是愉悦，他像是一位关心子侄的长辈，感慨道，"皇上年满双十，也该立后娶妃了。"

梁信鸥低头不语，只有在谭诚面前，他脸上惯有的笑容才会收敛起来。他素来城府深，但在谭诚面前，他却觉得无论自己如何隐藏，都难以遁形。

此时，梁信鸥有点儿心不在焉，他没有细加思索皇帝是否该充实后宫的事，他满脑子想的都是丁铃——这位年轻气盛的小师弟一直处处和他作对，却突然间从京城消失了，他非常不习惯掌控不住对方行踪的感觉。

"阿弈上次在天香楼没有看错，是皇上。只是时间太紧，连咱家进宫都没抓到皇上的把柄。年轻人，反应越来越敏锐了。"谭诚很自然地把这两件事联想到了一起，"既然皇上喜欢，就将那位冰月姑娘送进宫去吧。皇帝逛青楼，像什么样子。"

"是，属下今晚就办妥。"梁信鸥简单应下了，他心里清楚，送天香楼的冰月姑娘进宫可不是谭公公心疼皇帝，只是给皇帝的一个提醒。早朝皇帝驳了谭公公的话，谭公公要给皇帝一个善意的提醒。

谭诚摆了摆手，示意他可以离开了，梁信鸥迟疑了下，还是想知道小师弟丁铃去了哪里："丁铃离开了京城。"

能让锦衣卫心秀丁铃出马的必是大案、要案，梁信鸥不希望丁铃的名声压过自己，然而谭诚却只给了他一个简单的回答："国子监举办入学礼时死了个叫苏沐的监生，正好被皇上撞上，皇上就令丁铃去查。丁铃查出是国子监的一个花匠所为，但那花匠却当着他的面畏罪自杀。京畿衙门以凶手伏诛结了案，但以丁铃的脾气，他不查清前因后果是不会罢手的，他应该会去一趟苏沐的老家。"

梁信鸥与丁铃的宿怨，谭诚心里清楚，所以解释得很明白。

"属下知道了。"

皇帝不遗余力地用锦衣卫，锦衣卫也想依靠皇帝增加权力。这种小事遣丁铃去查，当真是浪费。梁信鸥去了一块心病，便抱拳行礼退下了。

谭诚坐回座位饮了口茶，示意小番子去请另一位飞鹰大档头李玉隼。李玉隼人如其名，极高极瘦，脸上的鹰钩鼻让他看起来像一把寒光乍射的薄刃。他掀袍见礼，动作干净利落，却未说话。

"押送侯继祖进京，东厂不能失手。"

闻音知意，李玉隼沉默了下道："锦衣卫不会错过打击东厂的机会，锦衣五秀会不会出马？"

"丁铃出京去办监生之死一案了，曹鸣去了福建查海商勾结倭寇一事，无箫是龚铁的贴身护卫，从不离身，还有一个晏埙长年盯着东厂。锦衣五秀中有空的，只有莫琴。"

锦衣五秀中唯丁铃最张扬，得了个心秀之名，其他四个皆很神秘，谭诚却如数家珍，让李玉隼好生佩服。

"不论皇上是否想秉公办案，那位指挥使大人都不会将侯继祖的生死放在心上。咱家担保侯继祖毫发无伤进京问审，这对锦衣卫来说，却是大好的机会。"谭诚轻叹，"莫琴此人，咱家也只知道个名字。锦衣五秀都是龚铁从小培养的孤儿，此人应该会很年轻。"

"属下明白，属下此去会加倍小心。"李玉隼认真地听完，说道。

"去吧。"

穆澜和无涯再不敢去会熙楼，另寻了地方用饭，等她目送着无涯回宫，天已经黑了。回天香楼换过衣裳，一看快到国子监宵禁的时间了，她又匆匆离开。只是她前脚刚走，梁信鸥就到了天香楼。一行人也没有乔装打扮，穿着东厂服饰往天香楼大堂中一站，客人就呈鸟兽散了。

"大人，这是……"老鸨也不是没有后台撑腰，只是没有东厂这么霸道罢了，她强自镇定着小心地上前询问。

梁信鸥面带微笑，眼风都没扫她一下，就朝着后面精舍去了。老鸨吓了一跳，见他面容看着尚和蔼，便提着裙子追着问道："后面住着的姑娘都陪着客人，大人想找谁，不如让妾身前去通禀一二，省得冲撞了贵人。"

梁信鸥停了脚步："听说冰月姑娘被一位富家公子包下了，此时，她屋里应该没有客人吧？"

啊？找冰月？那可她的财神！老鸨急了："冰月姑娘犯了什么事，大人能否通融一二？妾身这就叫她来陪……"话还没说完，梁信鸥抬手就将她推到了旁边，和气地说道："妈妈最好闭嘴，省得本官听烦了割了你的舌头。"

老鸨捂住了自己的嘴，眼睁睁地瞧着东厂番子们涌去了后院。

核桃刚沐浴完，恨穆澜来去匆匆，又想起她早晨买给自己的豌豆黄，便吩咐侍候的小婢："把那青瓷碟装着的豌豆黄拿来。"

她端着豌豆黄去了后花园，坐在穆澜躺过的榻上。天上的月亮很圆，核桃盯得眼睛都酸了，也没见它变小一点儿。她拿起豌豆黄啃了一口，入口化渣，绵软香甜。少班主总是这样体贴细心，记得她爱吃的东西，核桃美丽的脸上露出了笑容。

等月亮变成了银豆芽，少班主就该放假了，那天也没有讨厌的人来找她了。少班主答应月底休沐日陪她去逛街、烧香、吃会熙楼，她很是期待。

"冰月姑娘！"突然出现的声音吓得核桃手里的豌豆黄都掉了，她回过头，看到一个四十岁出头、面容和气的男人站在台阶上，她问道："你是谁？"

"本官乃东厂梁信鸥，有事想请姑娘走一趟。"

东厂？核桃吓得脸色大变，她强自镇定着，端起了青花瓷碟："我能带走它吗？我有点儿饿。"

梁信鸥看了眼被她啃了一口掉在地上的豌豆黄，笑着点了点头。

"我，我能换件衣裳吗？"核桃扯了扯身上的广袖轻袍。她才沐浴过，一会儿就打算睡了，所以穿的衣裳又轻又薄，能看到里面红色的肚兜，这让她涨红了脸。

"好。"这是要送进宫的，又不是送进大狱的，梁信鸥并不打算吓着眼前这位肌肤如雪的清丽佳人。

梁信鸥自问眼力过人，从来没有看错过人，直到卧室的窗户处发出"嗖"的一声轻响，一朵红色的烟花染红了天际。他一脚踹翻了绣屏，看到核桃满面惊恐地望着自己，身体簌簌发抖着。

"冰月姑娘，你想错了，本官想带你去的地方有你想见的人。你在这里放烟花，他就算看见，也来不了。"梁信鸥误会了，以为这是无涯留给冰月的信号。可就算皇帝的人来了又如何？他只是想把皇帝喜欢的女子安全送进宫去。

惊惶过去，核桃心里生出一丝后怕，院子里有这么多东厂的人，她怎么能想着让少班主来救自己呢？她咬着嘴唇，大步朝外走去："那就走吧。"

妆台上还放着那碟豌豆黄，梁信鸥瞥了眼道："你不吃了吗？"

核桃怔了怔，拿出手帕包了两块放进袖袋中："够了，这要吃新鲜的才好。"

"嗯，这是京城老高记的点心，本官以后会常买给你吃。"梁信鸥看了眼豌豆黄上印的字模道。

核桃没有回答，很快就出了房门，从婢女手中拿过披风穿好，头也没回就往外走去。守后门的婆子哆嗦着开了后门，看着核桃上了轿子，被东厂的人带走。胡同再次安静下来时，对面绸缎庄的后门开了，守门的婆子和对面的人交换了个眼神，沉默地将门关好。

那朵烟花是杜之仙做的，在空中燃放了很久，才走出一条街的穆澜无意中回头，还能看到染红的天际。

"核桃出事了！"穆澜转身朝着天香楼跑去，她的身影在月光下闪过，越过重重屋檐，她已经看到了流光溢彩的天香楼。

一支箭夹带着风声射来，奔跑中的穆澜侧身闪过，箭插进了脚下的瓦缝中。她转过脸看见对面的屋顶上，面具师傅垂下了弓。

　　他把核桃送进了天香楼，他又阻止自己去救核桃。穆澜望着不远处的天空中湮灭在黑暗里的烟火，心里生出一股烦躁与无力。就算她和面具师傅拼得两败俱伤，也来不及了。穆澜冷静地转过身，冷冷地看着面具师傅道："看来核桃的危险对珑主有利。"

　　面具师傅暗哑的声音不带丝毫情感，一如既往的冷漠："也许我是为了救你。"

　　穆澜毫不客气地说道："救我，也因我对你有用罢了。这么说来，核桃的危险与珑主无关。"

　　面具师傅"桀桀"地笑了："这么相信不是我做的？"

　　"珑主既然能将核桃变成冰月顺利送进天香楼，那么珑主如果想要把她带走，核桃根本不会有机会放出烟花信号。我猜，珑主也应该是看到烟花赶来的吧？"

　　面具师傅没有否认："今天街上的动静太大，满城皆在传公子如谪仙，我来看看。"

　　穆澜心紧了紧，是她和无涯闹出的动静，让面具师傅来了天香楼。那样的动静惊动的人，不止有珍珑局的人。是她的错，是她连累了核桃。

　　这时，面具师傅的语气里多出一丝嘲意："当初的沈月不比核桃容貌差，却少了核桃的那份单纯。容似姑射仙子，心不染尘埃，是男人心中最想得到的姑娘。年少慕艾，美人在怀，皇帝焉能不动心？"

　　看来面具师傅尚不知道自己假扮冰月的事情，穆澜淡淡地说道："你知道我与核桃的情分，我自然是盼着她好，只是宫廷险恶，皇帝非核桃良配。"

　　面具师傅讥讽地笑了起来，声音难听得像老鸹叫："皇帝尚未立后纳妃，年轻俊俏，他既倾心核桃，你怎知核桃不会喜欢他？眼见心上人喜欢上自己的好姐妹，却不能暴露身份，你很难过？"

　　和面具师傅说话从来都是这样，穆澜早已学会不被他牵着鼻子走，只当他说话是放屁，她很快就反应过来："有人将核桃送进宫了，是吧？所以珑主才会出面阻拦我去救她。如今珑主的目的已达到，珑主下一步又想做什么呢？让核桃成为宫里的贵人、皇帝的宠妃，在皇帝身边布下一枚忠心的棋子？珑主谋的是天下。如今天下天平，却有人想谋天下，让我来猜猜，珑主是十年前先帝过世时被血洗家族的世家子弟？珑主帮我，是因为我父亲也在十年前因科举舞弊案蒙冤而死？"

"十年前你尚小。"面具师傅望向皇宫的方向，低沉地说道，"你从未谋面的父亲在你眼中只是一个称谓，你记不得家族满门被血洗的痛，所以你无恨。"

"是，但母亲记得，记得外祖父家被突然的大火烧成了一片白地，记得父亲被人害死却伪装成悬梁自尽，记得她辛苦奔波在大运河上卖艺的苦楚。"穆澜平静地说道，"所以我毫无怨言地扮了十年男人，冒着砍头的风险也要进国子监，但是我不会像珑主这样被仇恨蒙蔽了双眼，连江山都想颠覆。我这人胸无大志，只想现实安好。为无辜冤死的家人寻回公道后，我只想与母亲和穆家班的人好好过日子。谁挡我的道，谁就是我的仇人。"

"棋局莫测，核桃已经进宫了，你还能怎样？"面具师傅不无嘲讽地说道，"发狠说大话有用吗？"

穆澜笑了："皆以为我心软良善好欺吗？如果核桃过得生不如死，我宁肯亲手杀了她，给她一个痛快。"

面具师傅显然是不信的，他最后留给穆澜的话是："如果我是你，我就不会再浪费时间。"

目送面具师傅消失在黑夜中，穆澜又进了趟天香楼。依兰小筑无人，借着月光，她看到卧房桌上放着装着豌豆黄的青花瓷碟。一包豌豆黄有八块，如今少了四块，她拿起碟子中的豌豆黄细看了一下，发现上面用指甲掐出了一个"厂"字。

因为看到无涯与"冰月"在一起，东厂就将核桃送进了宫。穆澜有点儿心疼，夹在面具师傅与东厂之间的核桃又该如何应付？她想起了秦刚给自己的那面锦衣卫的牌子，实在不行，只能找秦刚帮忙了，她拿定主意后才回了国子监。

进国子监小半个月了，穆澜每天都要在御书楼待半个时辰，但仍毫无头绪与进展。

此刻已经过了国子监宵禁的时间，穆澜只庆幸今天是休沐日，晚上不用点卯。她翻墙回了国子监，学生们都已经回了宿舍，四下寂静，只有巡夜的护卫。

面具师傅的话让穆澜踟蹰了下，她避开巡夜人，悄悄潜到了御书楼外。明月高悬在御书楼的飞檐上，守卫的禁军并无懈怠，但严禁烛火的御书楼顶楼却有灯光亮起。那是祭酒大人才有资格进入的顶楼，这么晚了，陈瀚方还在研究学问？

穆澜始终对陈瀚方进入老妪房间后，那个被踩模糊的血字耿耿于怀，而那名杀了苏沐后毁容自尽的花匠也已在国子监待了十年。总不至于有那么巧，花匠十年后遇到苏沐认出他是自己的仇人，那么花匠究竟是为谁而来？

十年前发生了太多的事情：

十年前，父亲因科举舞弊案试题泄露监察不力，酒后被伪装成悬梁自尽。

十年前，陈瀚方升任为国子监祭酒。

十年前，老岳进了国子监当花匠。

十年前，面具师傅或许是被灭门逃脱的世家子弟。

还有死在自己怀里的茗烟，是十年前虎丘蒋家的幸存者。

还有杜之仙，十年前他被母亲救了一命，才收了她当徒弟。

穆澜深吸口气，脱掉了外袍，露出里面的紧身夜行衣。她蒙了面目，将外袍藏在草堆中，化成了黑夜里的风，无声潜进了御书楼。她从阴影中一层层攀高，轻巧地挂在了屋檐的角替上，倒悬着身体望向楼中。这层楼，只有持祭酒大人的手书才能进入。窗户关得很严实，用的是玻璃镶嵌，里面拉着帘子。穆澜无法将窗户捅出一个孔，只能循着窗帘的一丝缝隙往里面瞧。

她只进过御书楼的一到三层。御书楼里整齐的书架、浩瀚的书册给她留下了深刻的印象，她的目标也一直放在御书楼三层及三层以下。因为在那场泄题舞弊案中，监生如果能得到题目，只能在下面的三层。

穆澜没想到自己此时会看到这样一番景象。御书楼的顶层相比下面的楼层显得要小很多，四周只有四排书架，一张极大的书案摆在正中央。陈瀚方坐在书案前，旁边放着一盏做工极为精巧的灯，蜡烛罩在四方玻璃罩中，以防被风吹灭。书案上放着一摞书，他穿着便袍，正拿着本书细心地缝着，手旁放着一把精巧的裁纸刀和针线篮。

书都是印好之后用麻线缝订在一起的，祭酒大人夜里不休息，竟然亲自补订书籍？穆澜诧异之后脑中飞快闪过一个念头：陈瀚方不是为了爱惜书本，他分明是将书拆散后重新缝订好。他想在书中找什么？是与父亲的那件案子有关吗？

看来陈瀚方经常做这件事，一本书很快就被他缝好，他将书放在了那摞书上，轻叹了声，随后抱着书提着灯往楼下走去。穆澜的视线追随着他，看着他一层层下了楼，到了二楼时，将那摞书放进了一个书架里，然后提灯下楼，离开。

夜里寂静，守卫的禁军统领的声音清楚地随风传来："祭酒大人今天倒走得早。"

陈瀚方和气地说道："学生们借阅的多了，总有损坏的，今天需要修补的书并不多。"

御书楼藏数万册，十年中，陈瀚方将这里的每册书都拆完了？他连书都拆了，自己还能找到什么？穆澜禁不住苦笑。不过来都来了，楼中又无人，要不进去看一看？穆澜从窗户翻进了二楼。

御书楼的窗户都极奢侈地用玻璃镶嵌着，今晚月色极好，月光从外面射进来，褐色的木地板上像涂上了一层银子。借着清冷的月光，穆澜径直走到了陈瀚方搁书的那个书架前。被他放回来的这摞书并非四书五经的各种注释本或诗词、百家，而是一些杂书。穆澜将最上面的那本书拿到手里，封面上写着"新侠武义传"。她有点儿诧异，翻了翻，还有《纸美人》《荒村怪谈》等这类写遇神怪奇事的杂书。

在国子监读书的监生如果中了举，大都还是要走科举的路。能上二楼的监生都已进了六堂，是成绩最好的学生，原来这类好学生也喜欢看杂书，穆澜看着封面边角翻起的毛边，暗暗失笑。

面前的这个书架上收罗的全是这类杂书，陈瀚方是拆了所有御书楼的书找东西，还是只找这类杂书呢？穆澜暗暗地思索着。

夜太安静，穆澜敏锐地感觉到从窗外吹来的风有那么一点儿不同。她来不及将书放下，就随手塞进怀里，放缓呼吸躲到了书架后。只见从窗外翻进来一个人，黑衣蒙面，动作轻如狸猫。他在窗边站定，朝四处看了看，想了想，就走到陈瀚方放书的附近位置，但那个书架并不是放杂书的地方。

穆澜透过书架的缝隙看到了黑衣人的行动，她情不自禁地想，难道这人是通过在外面看到灯光停留的位置找过来的？那人随手拿起本书看了看，就放了回去。找遍附近几个书架后，他准确找到了陈瀚方放书的那个书架。他满意地抽出一块黑布，将书一本本地放了进去。忽然，他手指微顿，转而数了数本的数量。

黑衣人的这个动作让穆澜想到被自己揣进怀中的那本杂书，难道这个人知道陈瀚方每天会缝订几本书？他在暗中盯梢陈瀚方多久了？不会也是十年吧？但即便少了册书也没有让那人过多停留，他打了个小包袱负在背上，就迅速地离开了。穆澜没有动，她有种感觉，既然来人不是头一回拿走书，而陈瀚方毫无察觉，他就一定会再把书还回来。

她本以为至少一两个时辰对方才会把书还回来，没想到只过了一刻钟不到，黑衣人就回来了，将那摞书重新放了回去。当他再一次从窗口跃出后，穆澜悄无声息地移到了窗边，看到一个影子朝供禁军居住的院子掠去。能掌握陈瀚方的动静，还调包得这么快，只有一个可能，这人混在看守御书楼的禁军中。

她重新走到书架旁，拿起一本书，放在最上面的依然是那本《新侠武义传》，连位置都没有变，但书拿在手中，她马上察觉到了不同。因为借阅的人多，原来那本书封面的左下角已磨得起了毛边，缺了蚕豆大小的一部分，下面的白色纸张露了出来，比较显眼。她记得自己当时还笑过，六堂监生也看杂书。

穆澜心头微震，难道这十年中，只要被陈瀚方看过的书，对方都对比着书单重新备了一套？御书楼里有几万册书，对方不可能全都备了一套吧？除非陈瀚方是有目地在找书。她从旁边书架上随意取了两本书放进怀里。这里书这么多，只要不是一年一度的晒书日，照着书单查书，或是就那么巧，明天就有人正好借阅她拿走的这三本书，根本不会有人发现少了这三本书的。

穆澜回到擎天院，四周的宿舍都已熄了灯，她抬眼看了看天，月已东移。在御书楼一耽搁，不知不觉已近丑时。房门虚掩着，里面没有灯光，许玉堂给她留门了，穆澜不由得松了口气，推开门闪身而入。

"谁？"许玉堂从床上"呼"地坐起，低声问道。

"是我。"

许玉堂也没点灯，松了口气道："你总算回来了，我可以放心睡了。"

这么晚还在等她，穆澜有点儿抱歉也有点儿感激，知道是无涯叮嘱过他，她想说点儿什么，却又想起核桃来。无涯和许玉堂都对她很好，但他们终究是不同世界的人。穆澜简单地道了声谢，不知该说什么才好："我回房了。"

许玉堂看着她走向小屋，感觉到穆澜对自己有淡淡的疏离，他有些不服气，偏要和她走得近些："需要我帮忙的话，你说一声就行。"

"谢谢。"穆澜迟疑了下，问道，"我要点灯，又不想被人看见，你有没有多余的床单让我遮下光？"

"有。"许玉堂马上生出一种被穆澜归为同党的兴奋，他打开衣箱，拿了条床单出来递给她，"我帮你看着点儿，你去弄吧。"

穆澜用床单蒙了窗户，点起了灯。三本书放在她面前，她仔细地查看着。灯光下，除了那本杂书外，另外两本都不是新订成册的。穆澜干脆把那本杂书拆了，果然有的书页上有两个针眼，一看就是被重新缝订过的。陈瀚方为何要拆看这些杂书呢？难道御书楼的杂书中才有他想找的东西？那个黑衣人看来也知陈瀚方在专门翻查杂书，所以单独备了一套，悉数调了包。

穆澜拿了针线，重新将书装订好。三本书放在她面前，她苦苦地思索着。如果当年科举舞弊案的线索在书中，会不会就在这些杂书中呢？但那些书都已经被神秘人调了包，她难道要把那些书全部偷回来？她能肯定，那些书一定分批被混入禁军的人带出了国子监，她又上哪儿去找？她连要找什么都不知道。

当她的目光再次掠过这三本书时，她呼吸微窒，这三本书分别是《大学》《柏溪笔记》《桑农揖要》，她瞬间想起初至国子监时，应明带着自己游览国子监，曾说过国子监里有株奇树。父种柏，柏中生桑，父子先后都入学国子监，并都考中了进士。这三本书的书名连在一起，让她想到了国子监那株有名的"父子桑"。会不会书的秘密不是夹在了书的里面，而是书名连在一起有异？而陈瀚方却没有想到这个，一直在拆书寻找？

想起许玉堂还守在门外，穆澜吹熄了灯，将床单取下，开门说道："我弄好了。去睡吧，许兄。"

"好。"许玉堂接过床单时顺便往她屋里看了眼，但也没多问，便回去睡了。

第二天一大早，穆澜就去找应明借用他的身份木牌，趁着午饭时人少，去了御书楼。同时，她将三本书还了回去。

白天光线好，穆澜站在那个放杂书的书架旁仔细地观察着，发现昨天放书的地方正是书架最高层的中间位置。如果陈瀚方是盯着这个书架拿书，不出意外的话，还有一天，这个书架上的书就将被他翻阅完。

如果今天晚上陈瀚方还会来二楼，那就印证了她的想法。但二楼的杂书看完了，他又要拿哪里的书？穆澜决定每天晚上都来看看，也许就能发现更多的线索。她围着二楼转了一圈，因为书籍太多，一时半会儿也看不出个所以然来。她只得出了御书楼，上完下午的背诵课后，就将木牌还给了应明。

接过木牌，应明欲言又止，虽然他心里清楚穆澜上面有人罩着，事关自己的前程，他是一定要帮穆澜的，但是……

"应兄放心，我是趁着午饭无人时上去的，没有人看到我。"

应明松了口气，有点儿不好意思："被其他六堂监生发现告发的话，可能会降等。"

想进六堂也需要考试，监生是按成绩名次排位，离开一个，下面的人渐次补缺。如果应明被发现违反了六堂规定，也许会将他从率性堂降等，可以说应明借身份木牌给穆澜用，其实很冒险。穆澜想起应明给自己找的宿舍，心里也有数，她感激地说道："只此一回，多谢应兄了。"

应明也有些好奇："小穆，你去二楼究竟想找什么书？"

"杂书啊！一楼一本杂书都没有。"穆澜半开玩笑地说道，"二楼有整整一书架杂书，借阅得多，书页都翻旧了。六堂监生身为学生表率，传出去不怕被学弟们笑话？"

原来是想看杂书，应明眯起了桃花眼，左右看着无人，才低声说道："小穆，你若想看杂书，我帮你借出来就是了，六堂监生……也能赚些零钱使使。"

穆澜明白了，成天背四书五经、学诸子百家未免枯燥，除了休沐日，平时早晚都要点卯，监生们无聊之余也喜欢看杂书打发时间。但这是国子监监规不允许的事，然而只要是从御书楼里借出来的书则可以看，所以六堂监生就做起了帮人借书的买卖。

"如果借来的书弄丢了或损毁了怎么办？"御书楼里的书都单独加了一页印有"御书楼"字样的封皮，穆澜想的是那位调包兄背后的势力不小，用作调包的书封皮与印鉴做得丝毫不差。

应明以为穆澜弄丢了借阅的书，但他并没有当回事："一般借阅都有登记，哪怕是丢了，也会千方百计买一册或抄一册补上。普通监生也借不到古籍与珍本、孤本，所以只要想想办法，就都能补上。再告之管书的小吏，单独增补封皮就行了。"

封皮原来是早印好，随便补加的。穆澜听了有些失望，如果可以抄一册或买一册就能补上，那么书的秘密定不在书中，她又想起了书名："书架上的书是随意摆放的，还是按顺序放置的？"

"哦，都是有序的，不然那么多书，怎么找？就算在同一个书架，也不好找。隔上一段时间，守书楼的小吏就会照着目录将书归类整理，好方便查找。"

穆澜终于看到了一线曙光，想要知道书架上都有些什么书，根本不用再费时费力地去御书楼查找，只要从管理书籍的小吏处将书目索引目录偷出来就行了。

十年前的那场科举舞弊案，父亲曾告诉母亲，试题并没有被偷走，而是有人用极巧妙的办法让监生们知道了。十年前会试的策论试题的题目是"久安长治策"，如果她能从书目中找出这道题来，就能解了父亲话中的谜底。再查当年有谁能接触到题目，又在国子监，同时与那十几位赴春闱会试的举监生皆有所关联。只要查清楚这些，这个案子想要翻案并不难。

夜里，穆澜藏在御书楼外的树上，看着顶层的光亮起，之后又看到灯光层层移下楼。这一次，灯光依然停在了二楼。陈瀚方一如昨晚般，和守门的禁军打过招呼后便离开了。穆澜又一直等到那个黑影翻窗进入二楼，将书调包离开后，悄悄跟上了他。

禁军在御书楼后面建有营房，那人回营前先进了树林，再出来时，他已换上禁军的服饰，调包出来的那摞书也不见。穆澜尾随着他，夜色虽浓，但营房院门口的灯光还是映出了他的脸。

"百户大人深夜巡视，实在辛苦。"值哨的禁军向他行礼，嘴里说着恭维的话。

"谁叫祭酒大人隔三岔五地就看书至深夜呢。"谢百户很无奈地叹了口气，"瞧着楼上的灯光，本官哪里睡得着。"

御书楼若是起火，大家都别想活命，值哨的禁军也埋怨道："读书人一看起书来就容易忘了时辰，大人不如提醒祭酒大人一声，免得真出了意外。"

谢百户苦笑道："那是国子监祭酒，本官不过是个小小百户罢了。"

值哨的禁军体恤地说道："百户明天休浴，可以好好歇息两天了。"

远远听着这番对话的穆澜也在感叹，这位谢百户着实辛苦，陈瀚方隔三岔五就看书至深夜，他也只能每晚都盯着御书楼。

听见明天谢百户要休假，穆澜心想，无论如何，明天她都要想办法跟着这位谢百户。她万分感谢无涯将方太医调到了国子监，将许玉堂安排成她的舍友。想要请假，她只能请许玉堂帮忙，帮着她装病。

凌晨时分，擎天院的门房被许玉堂大力地拍开，装病的穆澜捂着肚子虚弱地靠着他。因半夜突发肠绞痛，门房顺利放行，许玉堂将穆澜送到了医馆。方太医将穆澜留了下来，给她开了病假条。

送走许玉堂，穆澜想了想，便悄悄把自己进国子监的前因后果告诉了方太医："如今我已经查到御书楼的书有问题，祭酒大人和谢百户似乎也在寻找我父亲当年留下的线索，我只要跟着那个谢百户，就能知道把书调包的背后之人是谁。"

"怎么会这样？"方太医大吃一惊，他目光复杂地望着穆澜，像是不相信似的摇了摇头，喃喃说道，"杜老儿让你进国子监是为了十年前的科举舞弊案……"

"方伯伯，您知道那桩案子？"穆澜总觉得方太医是知晓内情之人，所以这才壮着胆子将实情告之，她盼着方太医能为自己解惑。

"当年是有桩科举舞弊案，唉……"方太医叹了口气道，"天快亮了，你休息一会儿吧。千万别冒险，宁可跟丢，也不可暴露。我只能为你遮掩一天，时间长了，怕有心人前来查看，你抓紧时间吧。"

他摇着头离开，背影显得格外沧桑。穆澜微蹙起眉，难道方太医与那桩案子也牵涉颇深？时间不多，她把这个念头抛到脑后，小睡了一会儿，天蒙蒙亮时，就悄悄离开了国子监。

朝阳升起，穆澜坐在街对面的酒肆里，终于等到谢百户提着个包袱悠闲地出了国子监。谢百户虽骑着马，但京中不得纵马，所以穆澜走路跟着，也并不辛苦。一路上谢百户没有下过马，他径直回了家。谢家是一座普通的一进四合小院，院墙不高，墙脚边种着株小杨树。有个二十来岁的妇人迎了谢百户进屋，之后转身进了厨房，没多久，炊烟袅袅升起。

这令穆澜感到奇怪，像谢百户这样长年住在外头，休沐才会回家的人，路上难道不该给家里买点儿柴米油盐，或给媳妇带包点心？他媳妇是否也是个探子呢？像他们这样的人，秘密太多，纵有家人，但为了让家人平安，最好也不住在一处。

如果谢百户与他媳妇分头行动，她该盯着谁呢？穆澜在巷子口饮着大碗茶，盯着谢家紧闭的房门，不停地思索着。这时，她突然看到从旁边的巷子里走来几个小子，忒是眼熟。

"豆子！"穆澜喊了一声，扔了茶钱在桌上，便急步走了过去。穆家班的小子们正拿着钱买面，看到一个戴着帷帽的人朝他们走来，却没认出来是谁。穆澜掀起纱帘一角，马上做了个噤声的手势："你们怎么到这儿来了？"

豆子欢地扑过去抱住穆澜的腿，仰着脸笑道："少东家，我们出来买面呀，你不是在读书吗？今天休沐吗？"

穆澜这才发现，从这条胡同穿过去不远，就是穆家面馆的后院。她高兴起来，吩咐几个小子盯着谢家，自己则快步回了穆家面馆。

看到穆澜回来，穆胭脂高兴地给她煮了碗面，亲手端进了房："快吃！"随后，她坐在炕桌旁迫不及待地问道，"你进国子监快一个月了，可有什么发现？"

香喷喷的臊子面顿时失去了味道，如果不是无涯安排的宿舍，如果不是许玉堂打掩护，她在国子监不会过得这样轻松。可是母亲第一句话关心的是案情，而不是她的安危。穆澜没了胃口，她放下筷子道："娘，我吃过早饭了，还不饿。"

"也不早说，白浪费一碗面。"穆胭脂说着将面端了出去，随手给了干活的小子让他吃了。

穆家班的人都是杂耍出身，手脚灵活，也够机灵，穆澜相信那几个小子可以盯紧谢百户。她的时间不多，就怕有心人去医馆打探，方太医拦不住。

见母亲进了屋，她顾不得计较母亲的态度，就将谢百户调包藏书的事情说了。

"这可是大事！那三个小子怎么盯得住人？豆子才七岁啊。"穆胭脂气得说了穆澜几句，旋风般地又出了门，穆家面馆瞬间又出去了十来号人，穆胭脂安排妥当后再回来，脸色也变好了，"娘的安排不会错，你要是没进国子监，哪儿能探到这么重要的消息。"

在母亲心里，报仇是头等大事，她的安危并不重要。穆澜心里泛起阵阵苦涩，瞧着母亲兴奋的模样又不忍说她。外头有人盯着，她也能轻松一点儿，她扔开心里的不舒服，正色地说道："娘，我白天溜出国子监不容易，家隔得太远传消息也不方便。"

"这事娘已经安排妥了，六子和得宝昨儿进了国子监外的云来居当伙计。本想等月末你休沐时再告诉你，正巧你今天就回来了。"穆胭脂胸有成竹地说道。

云来居是国子监外最大的酒楼，伙计都要识文断字，想安插两个人进去并不容易，穆澜笑道："六子和得宝倒是聪明，一个月就学会读书认字了？我记得他俩从前可是大字不识。"

穆胭脂讪讪说道："他俩跟着周先生学了半年呢。"

这么说来，是自己在杜家的时候，母亲就已经想到要在国子监外安插眼线了。母亲根本不是见到自己进了国子监，才想到要卖船买下这座大杂院开面馆。穆澜突然想起母亲与老头儿在一起煮茶时的优雅，那种陌生感又一次浮上了她的心头，她头一回觉得母亲心思缜密，她淡淡地说道："娘离开扬州来京城时，就已打算解散穆家班？"

"是。"穆脂胭既然开了口，就没打算再瞒她了，"娘等了十年，终于等到你跟着杜先生识字学文进了国子监，娘一定要把你爹的案子查个水落石出。"

穆澜似笑非笑地望着她道："母亲还有什么安排，还是一块都说了吧。"

"臭小子！"穆胭脂最看不得穆澜这样笑，恼羞成怒地说道，"娘又不是成心瞒你，想着你在国子监也不容易，娘只是不想让你分心罢了。有什么事，你去云来居找他俩也方便不是？"

"知道了。"穆澜下了炕道，"我是溜出来的，得回去了。跟着谢百户夫妻俩若有什么结果，娘别忘了叫人来告诉我一声。"

"好。"穆胭脂送她出了门，低声说道，"陈瀚方找的东西可能与你爹的案子有关，你盯紧一点儿，娘也会找人盯着他。"

穆澜应了声，见李教头已经给自己租了匹马，她也没客气，骑着马就往国子监赶去。

这时，纪典簿正在医馆和方太医聊天儿。

穆澜半夜生病，许玉堂敲开了擎天院的门，送她去了医馆，谭弈自然就知道了。白天穆澜没有来上课，许玉堂拿着方太医开的假条替她请了假。谭弈总觉得奇怪，但凡许玉堂和穆澜有关的事，他都上心，所以一下课他就去找了纪典簿来医馆探问虚实。

纪典簿原没当回事，只是到了医馆，还没等他开口，方太医一看天色，就先开口邀他一起用午饭。吃过了饭，又请他到房间里吃茶，纪典簿就觉得不对劲儿。他与方太医并不熟，方太医虽然是从太医院下放到国子监的，但品阶比他高，方太医犯不着对自己如此热情。他当即说道："穆澜是我分管的学生，他突发肠绞痛，我想去看看他。"

"吃完茶再去吧。"方太医愁死了，他原想着好歹能拖上一天，穆澜晚上总会回来，没想到才过半天，纪典簿就来了。

纪典簿端起茶水一饮而尽："下官是粗人，吃茶素来如牛嚼牡丹。"

他起了身，方太医只得跟着起身。医馆不大，进了后院就是病房。进了院子，方太医一时半会儿想不出穆澜不在的理由，急得额头直出汗。纪典簿越发觉得古怪，他快走几步推开了厢房的门，发现里面并没有人，他的眼神冷了下来："人呢？"

"啊？"方太医赶紧说道，"不是这间。"

"那他在哪间房？"

后院一溜儿有十来间房，方太医装起了糊涂："老夫诊治后叫人送他进后院观察，叫人一问便知。"

纪典簿懒得再等，迅速地查看完所有房间，转过身问道："他人在何处？"

方太医只得装出满脸惊讶的样子："他明明疼得昏迷不醒，人去哪儿了？"

纪典簿冷笑起来，这次他要看看穆澜是否还能逃得掉惩罚！

"方太医！纪典簿也在啊。"穆澜从屋后恭房捂着肚子虚弱地走了出来。

方太医大喜，斥道："你去哪儿了？"

穆澜苦着脸道："学生大概是吃错东西受了寒，一直在拉肚子……"

"回去躺着，老夫再为你把把脉。"方太医吩咐着，得意得胡子都翘了起来，"纪典簿还有什么事？"

"你好好休息，莫要耽搁了功课。"纪典簿看不出破绽，只是觉得方太医的神色可疑，但也只能郁闷地走了。

谭弈却不会这样想，在跟着义父生活的数年里，他学会了一点：永远不要以为生活里发生的各种事情都是遇了巧。穆澜是否是真的病倒了？如果是假的，那她上午绝不在医馆，她到底去了哪里？谭弈迅速和东厂取得联系，在国子监外加派了眼线。

谭弈相信，就算这次抓不到把柄，但盯死了穆澜和许玉堂，也能让这两人将来的行踪悉数被自己掌握。他之所以如此紧张，除了要和许玉堂打擂台，拉拢有才之人为东厂效力，更主要的是为了眼前的这张告示。

教室外的墙上新贴出了一张告示，开学一个月后，随着老监生毕业离开，六堂将从新监生中招选人员。率性堂是六堂之首，在监生中威望最高，拥有最大的权力与便利，他绝不能让许玉堂和穆澜考进率性堂。

新老监生们成绩好的，均有意报名。甲一班落榜举子居多，谭弈打的主意是，自己人最好全都考进六堂，再分到各班去，这样一来，新进监生还敢不听自己的话吗？

举监生们占据的优势显而易见，哪怕会试落榜，也是有举人的功名在身，成绩能甩出荫监生、贡监生和捐监生几条大街。

自绿音阁事件后，荫监生们和以谭弈为首的那群举监生就结了仇。举监生们一脸六堂监生非我莫属的神色，瞥来的目光仿佛都在说，什么狗屁贵公子，将来见了老子都要行礼，被老子管得死死的！

被一群穷举子骑到头上示威？简直是奇耻大辱！荫监生们一向高傲至极，此时却被一群穷举子鄙夷，那感觉就像一脚踩进了牛屎里，说不出的恶心难受。

靳小侯爷咬着牙齿道："让他们来管咱们，那还不如退学呢！"

林一鸣就在这时跳了出来，他笑得满面桃花样，大声恭维起来："谭兄和甲一班的同窗定能进六堂，将来有什么事，可得给兄弟两分薄面。"

这个叛徒！佞臣！气得靳小侯爷脱口骂道："狗崽子！马屁精！"

骂林一鸣是马屁精，众人都觉得有理。但谭弈是谁？东厂督主谭诚的干儿子！这不是骂谭诚是老狗吗？众人都望向了谭弈。谭弈走到靳小侯爷面前，低头望着个子只到自己肩膀的靳小侯爷冷冷地说道："你骂谁呢？"

靳小侯爷挺直了背，轻蔑地说道："我骂狗、崽、子！还有人犯贱站出来承认，啊呸！"

谭弈一拳就打了过去，许玉堂拦之不及，眼睁睁地看着靳小侯爷被揍到了地上，他大喊一声："谭弈，你犯监规打架！"

"辱人父母，如辱自身！"谭弈很感谢靳小侯爷给了自己一个当众展示形象的机会，他大喝一声，腿就朝着倒在地上的靳小侯爷踹了下去。监生们吓得纷纷后退，眼看谭弈这一脚踹得实在，靳小侯爷非要吐血断骨不可，在这千钧一发之际，靳小侯爷被穆澜拉开了。

谭弈的脚落了空，也知道不能再过火了，他住了手，冷冷地看着多事的穆澜，话却是说给众人听的："在下两岁时就被义父收养，义父一手将我养大，教我读书明理。父辈们行事，为人子女者不便置喙，谭某只知道养恩如山，听人辱及义父，明知犯了监规也绝不能当没听见。打了靳小侯爷，回头谭某自去绳愆厅领罚便是。"

一席话说得慷慨激昂，一些因他义父身份而对他颇有微词的举子也点头称是。如果他充耳不闻，当起了缩头乌龟，才真让人瞧不起。

靳小侯爷何曾挨打不还手过？他刚挣脱了穆澜的手，又被赶过来的许玉堂死死拉住，气得他脸红脖子粗，指着林一鸣和追随谭弈的监生骂道："东厂无恶不作！一群走狗！"

"东厂是皇帝钦设监察百官之所，我义父得皇上信任担任东厂督主，东厂行事乃奉旨所为，靳小侯爷是对皇上设东厂有所不满？"谭弈当即反驳道。

许玉堂一把将靳小侯爷拉到了身后，斯斯文文地说道："公道自在人心，东厂口碑差，难道不是行事的方式有问题？谭兄就不必拿话做套了。"

靳小侯爷还要叫嚷，穆澜低声劝道："小侯爷，现在逞口舌之快有什么意思？现在最重要的是咱们班的人能考进六堂，别叫谭弈那帮人骑到头上来。"

对啊，骂了谭弈又如何？打回来……还打不过他，白去绳愆厅挨顿板子。靳小侯爷能屈能伸，叫道："表哥，和他废话什么，咱们报名去！"

一句话就劝得靳小侯爷转了性子，许玉堂朝穆澜赞许地笑了笑："六堂监生又不是非举子才录，告示上写得明白，考试以成绩优劣从上往下录取，未录取者也有候补资格，大家能报名的都报名去。"

甲三班以荫监生为主，而捐监生宁可奉迎贵胄公子，也不愿去捧穷举子的臭脚，有钱得使在刀刃上不是？巴结以讲究风骨为标签的穷举子，没准儿还会碰个满鼻子灰呢，能得个什么好？这一刻捐监生们倒是也巴不得自己班里能出两个六堂监生。所以，许玉堂一吆喝，甲三班的人纷纷响应着离开了。

留在谭弈身边的只有林一鸣，他翻了个白眼道："这是嫉妒！有用吗？报了名还不是一样考不上！难道他们会比举子成绩更好？"

谭弈被林一鸣的话逗得一笑，他察觉到虽然自己站出来显示了孝道与血性的一面，但仍然有很多举子离自己远了。东厂要的是忠心之人，他再三告诫自己这点，可他仍把那些突然对自己敬而远之的举监生记了下来——等他有了权，再一一收拾。

离开教室，许玉堂正色对穆澜道："我是要尽力考进率性堂的。小穆，我看咱们班进六堂的人很少，你可不能再藏拙了。"

将甲三班一通分析后，许玉堂觉得最有把握的人选是穆澜。

"我尽力。"穆澜知晓轻重，但她心里想的人选是林一川。如果她进了六堂，权力与便利是有了，但她也会成为监生们盯着的目标，将不利于她单独行动。

方太医给林一川开了一个月的假，他回家养伤已有半月，一直没有消息传来。大概月中休沐日，林一鸣没有回去，看起来他也不知道情况。穆澜寻思着六堂招考这件事对林一川有好处，所以到了月末休沐这天，她就去了林家。

"我家大公子在养伤，一律不见外客，这是燕管事亲口吩咐的。"

林一川自上次"中毒"好了后，就将宅子狠狠整治了番，先前那位请穆澜在门房用茶的管家已经凄惨地被撵回了扬州老家，新来的管家很客气。

穆澜心里有数，林一川是装着受伤严重，如果他不露面也不见自己，定是趁机办事去了。穆澜也懒得问缘由，直接告辞，托管家转告他六堂招考的事情："已经替大公子报过名了，五月十三考试，那时大公子的伤应该已大好。"

她是一早离开的，时间尚早，她牵挂着核桃，便骑马去了皇城。

第三十五章 月美人

高大的红墙，黄色的琉璃瓦，在红、黄二色映衬下的皇城尊贵威严。秦刚默不作声地带着一队禁军行走在宫墙之下，偶尔回头，就能看到换上禁军服饰、清俊帅气的穆澜。她神态自若，丝毫没有第一次踏进皇宫的忐忑不安；眼神清正平和，似乎眼前的一切对她来说都是平常。

这小子！秦刚心里有点儿不平衡了。偷带你进宫，你不紧张便罢了，你倒是表现出那么一点点好奇也行呀。见穆澜终于拿着锦衣卫的牌子找上门来，秦刚很想显摆一番，结果那些引诱的话硬生生被穆澜平静的神色给堵了回去。

一个杂耍班出身的小子，不就拜了江南鬼才杜之仙为师吗？杜之仙活着时，隐居十年，如果不是皇上想拜他为师，他早就淡出人们的视线了。如今杜之仙已经死了，更不能靠那张老脸四处替你刷好感。除了一个杜之仙关门弟子的身份，秦刚硬是没想通穆澜的这份镇定从何而来。

过了乾清门，秦刚散了禁军，如往常一样只带了四个贴身护卫进去。除了穆澜，另外三个禁军都是他的人，秦刚找处无人之地就说开了："穆公子的这份镇定让秦某好生佩服！"

镇定？太镇定就是异常！穆澜眨了眨眼，仿佛腿软，她往墙边一靠，伸手扶住了墙苦笑道："秦统领，在下腿都吓软了，一路行来感觉人人都在盯着我瞧似的，唉！"

"噗！"秦刚笑出了声，这才是个正常人嘛，他大力地拍打着穆澜的肩道："进了乾清门就是秦某的地盘了，甭怕！"

"多谢！多谢！"穆澜这时眼神也活跃了，张头探脑的样子又让秦刚开始冒汗："别太夸张了……"

"是，是。"穆澜老实地在后面跟着他。

秦刚将穆澜带去了自己的值房，关了房门后，他先前的谨慎小心便不见了踪影，笑呵呵地给穆澜泡了茶道："穆公子，秦某给你的腰牌是应急之用，你不会真的只想进宫来逛一逛吧？"

在灵光寺脚下的梅村，秦刚见招揽不成，就送给穆澜一面锦衣卫的牌子，说遇到麻烦事可以到宫门去寻他。她今天拿着牌子来见秦刚，说自己想进宫去看看，秦刚自然不相信这个理由。

该如何解释核桃和自己的关系，是道难题。到目前为止，秦刚都还不知道和无涯出门逛街的冰月是她所扮。穆澜想到了母亲的心愿，想到了面具师傅，想到了杜之仙……她不愿意核桃成为一枚废棋，一个无辜的牺牲品。

"我有个妹妹，听说她被送进了宫里。"

穆澜什么时候有了个妹妹？难道是开春刚送进宫里来的那批宫婢？多少嫔妃进了宫，都难见父母亲人一面，更何况是宫里品阶低微的宫女。穆澜想见妹妹一面，还真只能拿着腰牌来找自己。秦刚啜着茶，释然道："这事简单，等我寻着你妹子，就找机会让你们兄妹见上一面。"

"如果可以，我想带她离开。"

他就知道，不是难办的事，穆澜是不会动用那面腰牌的。敢带穆澜进宫，秦刚是担了风险的。皇帝看重穆澜，他也看重穆澜，为了示好，这样的风险他也担得起，但随就把人弄出宫去，他就为难了："宫女都归掖庭管辖，宫里自有规矩，就算皇上想放个宫女出宫，都难呢。"

方方面面的关系太复杂了，一旦被东厂注意到，他这个禁军统领就甭想干了。

"我知道这事让秦统领为难，但我只有这么一个妹妹，我希望她能平平安安。"穆澜将那面腰牌推向了秦刚，意思是她只用这一回。

让穆澜欠着自己一个人情，秦刚觉得暗中安排一番也不是不可以："需要做些安排才行。你妹妹在宫里何处担职？叫什么名字？"

有秦刚帮忙，也许真的可以把核桃弄出宫来，再送她远走高飞，从此隐姓埋名。这是穆澜设想过的最好的情况，但她心里明白，人是东厂送进来的，秦刚未必办得成。

"我只知道她进了宫，在什么地方并不清楚。"穆澜沉默了下，告诉秦刚道，"她叫冰月。"

秦刚险些被茶水呛着："谁？"

穆澜平静地说道："进宫之前，她在天香楼，叫冰月。"

冰月姑娘是穆澜的妹妹？秦刚盯着穆澜看了又看，虽然两人长得都极美，但长得并不像啊！忽然，秦刚一激灵，难道皇上是因为知晓了这层关系才喜欢上了冰月姑娘？皇上是爱屋及乌？皇上喜欢的究竟哥哥还是妹妹？从皇上去天香楼的情形看，应该是妹妹。对啊，皇上怎么会喜欢上一个少年呢？不过现在不是想这些的时候，现在是小舅子上门讨妹子？皇上好不容易动了凡心，怎么能让穆澜带走冰月姑娘呢？不行，他得劝穆澜打消主意。

"穆贤弟啊，你妹妹在宫里也不错啊，总比在天香楼好吧？"秦刚想清楚关系和立场后，苦口婆心地劝道。诸如你将来在国子监毕业后，踏进仕途为官，在青楼的妹妹和被封为嫔妃的妹妹，能一样吗？前者给你家抹黑，后者却能给你家刷金粉……秦刚直说得让穆澜觉得冰月进宫是她家祖坟冒了青烟。让冰月出宫，就是棒打鸳鸯——不是普通的鸳鸯，是抢皇帝的女人，想让皇帝打光棍儿，这是找死啊！

"穆贤弟且放宽心，有秦某在，你妹子在宫里头吃不了亏！"秦刚拍着胸脯向穆澜保证道，但穆澜的一句话就让他的笑容僵在了脸上："是东厂的梁信鸥送我妹子进的宫，秦统领不会不知道吧？"

"这事啊……我知道。东厂把人送进宫来，是谭诚想提醒皇上，什么事都瞒不过他。或许他还想给皇上添堵，皇上难得喜欢一个女子，如果相信了你妹妹是东厂的眼线，皇上得有多难受啊。皇上不会信的，你且放心吧。"

秦刚的想法又走到了岔路上，以为穆澜担心皇上会厌烦了冰月。

况且，皇上常去天香楼也不是办法。上次出宫，在街上被京城的姑娘们追了两条街，秦刚和春来都要愁死了，东厂把人送进宫来，简直是救了他俩。能顺利地让冰月进宫，他们再也不用抠破头皮想办法替皇帝遮掩了，秦刚都想对谭诚说声谢谢了。

穆澜想的却是另外一件事："既是东厂送进宫里的，皇上不宠爱都不行？"

"那是自然。"秦刚不假思索地说道，"皇上年轻，后宫空虚，就喜欢上你妹妹一个，能不宠着？你妹妹进宫当晚就宿在了乾清宫……"

穆澜霍然站起，气得脸色煞白："他真宠幸过我妹妹了？"

"这是好事，你生什么气？"秦刚一拍脑袋又想岔了，"放心吧，记了档的。皇上封了你妹妹为美人，太后娘娘知道后欢喜得不行，把人叫过去瞧了，赞她人如其名，赐了个'月'字。有封号的美人比起寻常美人来要尊贵。"

"太后还赐了封号？"穆澜的声音禁不住提高了。

"小声点儿，这儿是宫里！"秦刚赶紧提醒她道，"皇上一直没有立后，太后娘娘都急得不行了，听说皇上喜欢你妹妹，就赶紧赐了品阶、封号。你妹妹就算是死，也只能死在这宫里头了。"

想要把核桃弄出宫，除非她死，穆澜心如刀绞。

秦刚还在唠叨："穆贤弟，你就放宽心吧。皇上喜欢你妹子，将来你的仕途也会一片光明哪。你混得好，你妹子在宫里的地位也会更加稳固……"

"秦统领，我想见我妹妹一面。"穆澜听不下去了。

秦刚一脸难色："禁军不能随意出入后宫，穆贤弟，等有机会我再安排如何？皇上极宠爱你妹妹，让她住在了永寿宫，那里离养心殿最近。"

她进宫太难，今天若是见不到核桃，她就不打算离开。若非万不得已，她实在不愿意这样和无涯相见，但为了核桃，她不得不见："皇上会去见我妹妹吗？"

皇帝要去后宫，禁军定会跟随，穆澜也就有机会见到冰月姑娘了。这倒是个办法，秦刚看了眼沙漏，叮嘱她在房中等自己："我去打听下。"

过了半个时辰，秦刚就回来了，招呼穆澜跟着自己。两人出了值房，正赶上无涯从乾清宫出来上了步辇。秦刚朝皇帝抱拳行礼，穆澜也毫不含糊地跟着行礼，她穿着红、黄二色的禁军铠甲，戴着水磨锁子护颈头盔。无涯根本没有想到穆澜会扮成禁军，所以连多看一眼都没有，步辇直接从两人身边过去了。穆澜默默地跟在队伍后，望着无涯的背影心情复杂至极，如果无涯真的宠幸了核桃，该怎么办？

莫名其妙的，无涯就觉得后背发烫，他随意扭过头往后面扫了眼，隔着一群宫婢、太监，两人的目光在空中相触。

她与他只是一瞬间的目光交会，快得穆澜来不及低头，于是她就不再低头。她的视线平视着前方，再恭谨不过。她的目光也再清冷不过，别说是刺客的剑，空中飞来一只蚊子都会被她的目光五马分尸。

无涯没有回头前，觉得后背发烫，回头一瞥后，眼睛就被刺疼了。他蹙了蹙眉，眉心形成一道好看的浅褶，随着他转过脸正襟危坐，那道浅褶也消失不见了。虽只是刹那的情绪波动，却被春来敏锐地发现了。这是他的饭碗！作为皇帝身边的贴身小太监，他的理想是乾清宫的首领大太监。春来一直牢记着素公公的八字教导：察言观色，细致入微。

从六岁进宫跟在无涯身边，春来已经养成了习惯：哪怕不看皇帝，都会分出一丝视线黏在皇帝身上。皇上回了下头，然后蹙了下眉。春来马上开始转动脑子，什么事让皇上犯愁了？他马上想起刚从宫里离开的承恩公、礼部尚书许德昭。自从宫里有了月美人，礼部就加快了催促皇帝立后纳妃的进程，皇上能不烦吗？但这种大事轮不到春来发表意见，他的本职工作是为皇帝分忧，所以春来跟在步辇边积极建议道："皇上，今儿天气好，不如请月美人移步御花园赏花？"

月美人能把秋千荡到令人心脏骤停的高度，霓裳飘荡，笑声清脆，皇上很喜欢。春来还想再看。

"可。"无涯惜字如金。

春来兴致勃勃地吩咐下去："移驾御花园！"同时叫了个小太监去永寿宫传旨。

暮春时节，御花园里花团锦簇，高大的苍松上架着新做的秋千，垂丝海棠树下设了席，正对着一畦怒放的牡丹。秦刚很照顾穆澜，特意将她的岗位分到了离秋千最近的地方。月美人秋千荡得好，也怕有个意外，侍卫做好了随时救人的准备。这个活儿，今天就交给了穆澜。

约莫半个时辰，一群宫婢、太监簇拥着月美人到了。

核桃穿着件翠蓝色缎面斜襟窄袖短襦，淡金色的襞积大摆裙。长发悉数绾起，用顶金丝编就的冠拢住，露出春杏般的脸、天鹅般优美的颈项。如雪的肤色，明艳的衣饰，脸上全是春天般的明媚，席前那畦怒放的牡丹被她一衬都黯然失色。

"臣妾见过皇上。"核桃利落地蹲身行礼，杏眼扑闪扑闪的，好心情尽显无疑。

这句话像雷声碾过，穆澜的心哆嗦了一下。

无涯竟然起了身，上前扶起了核桃，温柔地执着她的手走到了秋千架下："朕推你。"

"好。"核桃这身利索的装扮，正是为了荡秋千。她踏上去，用力一蹬，秋千就荡了起来，园子里响起串串笑声。秋千架在高大的松柏上，越荡越高，绸裙被风吹得簌簌作响，核桃的视线越过了高大的红墙，她感觉自己像鸟儿一样在自由飞翔。

穆澜仰视着核桃，那金色的裙子像刺目的阳光，令她目眩。无涯负手站在秋千旁，离她不过三尺远，他瞥了眼她，朝空中喊道："别累着了！"

核桃低头直笑："我不累！"

她恨不得真有一双翅膀，真的飞起来。可就在低头说话的时候，她看到了穆澜，红、黄二色的甲胄勾勒出穆澜修长的身材，锁子头盔下的脸英气勃勃，那张脸上带着令她迷恋不已的浅浅笑容，俊俏无比。她是眼花了吧？才会在红墙包围的宫里头看到少班主？

一阵风吹进了眼睛，核桃的视线变得模糊，天空好像翻转了，她身体陡然一轻，从秋千上直飞了出去。

"天哪！"春来看到核桃不知怎的竟从秋千上摔了下来，吓得叫出了声。无涯愣神儿间，身边掠过一道身影。穆澜跃到空中，手臂舒展，轻松揽住了

202

核桃的腰，旋身间又抓住晃荡的秋千，她揽着核桃就站在了秋千架上。

"还好，还好。"春来拍着小胸脯安慰着自己快要蹦出来的心脏。

脸贴在冰凉的甲胄上，核桃如在梦中："少班主。"

穆澜没有抱着她落下，任由秋千自在地荡来荡去，她低头看着核桃腮边坠落的那滴泪，微笑道："我来看看你过得好不好。"

这里只有她们俩，这里的世界清净无人，少班主温柔地抱着她……核桃嚅嗫地说道："这样真好。"

核桃的眼睛清如溪水，脸红扑扑的，带着嫩桃似的嫣红，美丽而娇憨。穆澜的目光掠过她的发髻，心里有说不出的滋味。

下面的宫婢、太监从惊吓中醒来，渐渐觉得不对劲儿了，那名侍卫抱着月美人在秋千上站得也太久了吧？春来低声对秦刚说道："你手下懂不懂规矩？"

人家是兄妹！秦刚睨了他一眼，心想穆澜这是趁机在和自家妹子说话呢。他拖延了一会儿，见秋千渐渐低了，这才说道："赶紧拉着秋千，别伤着美人了。"

这句话完美地解释了为何侍卫久久带着月美人没从秋千上下来的原因，宫婢、太监们赶紧围住了秋千。穆澜带着核桃轻轻跳下，松开了手，沉默地退到了一旁。核桃正看向她，目光就被无涯的身影挡住了，他拉过她的手责备道："以后不准你再这样荡秋千了。"

他带着她入席，随手拿过拧过的帕子，抬起她的脸，细心地给她拭着汗："险些把朕吓着。"

无涯的手指用了点儿力，不让她的脸转开。核桃有点儿不知所措，乖乖被他擦完脸后，他又端来了茶水哄着她道："喝口茶罢。"就着他的手，核桃喝着茶，目光却情不自禁地瞟向秋千后面，偏又被无涯挡住了视线。

"瞧着这一身的汗。"无涯埋怨了句，吩咐了声，"服侍月美人回宫沐浴。"

"我……"

"朕一会儿过来用膳。"无涯不容置疑地说道。

少班主会跟着来吧？核桃一步三回头地被簇拥着离开了。

春来喜滋滋地对秦刚嘀咕道："皇上很宠月美人呢。"

"嗯。"秦刚很高兴，看到这一幕，穆澜应该不会再想着带妹子出宫了吧？

这时，无涯做了件令所有人都大吃一惊的事，他站上了秋千："朕也试试！"

皇上想荡秋千？他几岁了？春来下意识地出声反对："皇上……"

无涯用力一蹬，秋千就荡了起来，他回过头看向穆澜："你能接住月美人，想必也能让朕毫发无伤。"

秦刚赶紧给了穆澜一个眼神。

凭什么？幼稚！穆澜翻了个白眼，难道你还想故意摔一回？有这么多侍卫在，还有秦刚在，凭什么要我接着你？

秋千越荡越高，春来的心都跟着紧了："皇上，你下来吧！"在他的认知中，这是皇帝长到二十岁头一回荡秋千。这事要是让太后娘娘知道，定会将秋千劈成碎片！

风拂面而过，无涯终于明白核桃为什么喜欢荡秋千了，像鸟一样自在啊。然后他就真的松了手，在一片惊呼声中从秋千上跳了出去。他张开了双臂，笑容从脸上浮现。

数道身影如乳燕投林冲向了无涯，春来已吓得一趔摔在了地上。穆澜脚步往前踏了一步，就站着不动了。她望着跃向空中的侍卫撇了撇嘴，这么多人冲上去，当肉垫都摔不着他。

一双手抱住了无涯，当看到是秦刚后，他的笑容变得僵硬无比，想象中穆澜抱着自己站在秋千上看风景的画面瞬间化为飞灰。他毫发无伤地落了地，春来四肢着地爬了过去，抱着他的脚就哭开了："皇上别吓唬奴婢啊！"

四周"哗啦"跪倒一片，无涯将目光扫向秋千后面的穆澜，看着她与侍卫们一样埋着头单膝跪下。他扯了扯嘴角，一脚将春来踢个趔趄："朕就是试试侍卫们的身手，有秦统领在，朕会有事吗？"

秦刚肚子里一阵狂骂，有这样玩的吗？心跳都被您吓没了。但他脸上却不敢带出丝毫不满，斩钉截铁地回道："臣等不敢有负皇上！"

侍卫们也异口同声地说道，除了穆澜，反正她埋着头，离得远，犯不着高呼口号。

不是叫她接着自己吗？无涯郁闷地望着秦刚，嘴里挤出一个字："赏！"

春来这会儿也不哭了，照着规矩尖声补道："皇上赐秦统领金十两，侍卫银十两。"

"谢主隆恩！"这相当于一个月的俸禄了，秦刚和侍卫们喜形于色，方才的怨怼之心也散了个干净。皇上不要太高难度地"试武艺"，还是蛮不错的。

"皇上，您答应月美人要去永寿宫用膳。"春来小心提醒了句，耽误了这会儿工夫，就已经快到午时了。

无涯"嗯"了声，上了步辇。当他的眼神悄悄瞥去，发现穆澜跟在禁军的队伍中并没有离开，他的唇角又勾起了一抹笑。

进了永寿宫，禁军照例在宫门处停了下来，无涯被宫女、太监簇拥着进了宫，秦刚这才寻着空儿低声对穆澜说道："瞧见了吧？皇上很宠你妹子。以后有机会，我再安排你们兄妹相见。"

"多谢秦统领。"穆澜抱拳行礼，她看到了，也听到了，核桃过得是很开心，但她一想到面具师傅，想到东厂，就担心核桃这样的快乐不会长久，"她对宫里不熟，还望秦统领多加照拂。"

鞭长莫及，她没办法照顾到核桃。

"放心吧，秦某心里有数。"秦刚心里再明白不过，东厂想给皇上提个醒，却不会由着皇上和心爱的女人过得这般痛快，皇上这般宠着月美人，她会变成皇上的软肋。

秦刚叫了个心腹送穆澜出宫，穆澜沉默地跟着侍卫离开，只是没走几步，就听到身后春来气喘吁吁的声音传来："救月美人的侍卫呢？皇上有赏！赶紧谢恩去！"

他是想解释？穆澜站定回头。春来这才看清楚穆澜的脸，吓得小脸儿发白，口吃起来："你你你……领赏去！"怪不得皇上今天这般奇怪！他幽怨地横了秦刚一眼，扯着他去了一旁低声说道："你把穆澜带进宫来，怎么不和咱家说一声呢？"

秦刚轻笑道："你还不知道月美人是穆公子的妹子吧？"

啊？春来惊得张开了嘴，怪不得皇上会喜欢上冰月姑娘……不对！皇上究竟喜欢的是谁啊？春来糊涂了。

穆澜走了过去，温和有礼地说道："公公请带路吧。"

"唉！"春来机械地应了声，领着穆澜进了宫门。永寿宫宽敞，见路上无人，春来小声地说道："穆公子，没想到居然是您哪，冰月姑娘是您妹妹？"

"嗯。"

"唉，真没想到啊。月美人很得皇上宠爱，您就放心吧。"

君臣有别，男女有别，皇上哪怕因为喜欢你而喜欢上了你妹子，那也比喜欢你强百倍千倍，您可别再勾引皇上起别的心思了。

"将来还望您多照顾她。"穆澜淡淡地说道。

春来松了口气道："您放心，皇上头一次喜欢上的女人，太后娘娘都宠爱无比，每天都有赏赐送来。"

快到偏殿时，春来瞅着门口站着的那排宫婢、太监，压低声音又道："调来服侍的人不知底细。"

穆澜懂了，便低着头走到门口站定，那些太监、宫婢虽然都略低着头，但她也能感觉到投来的视线。

"皇上，陈侍卫前来谢恩！"春来进去禀报后，示意穆澜进去。

穆澜垂着头进了里间，明黄的衣摆落入眼帘，她单膝下跪，声音清冽："见过皇上。"

身后传来钗环碰撞的细碎声，一双手扶住了穆澜："今天多谢你了，皇上，赏她什么好呢？"

核桃的声音明朗而干脆，让穆澜为之一愣。核桃已经学会了说话给外面的人听，穆澜顺势站起，望向了她。核桃的杏眼里蓄满了泪，突然就扑进了她的怀里，哽咽起来："如果不是她，臣妾今天就没命了呢！"核桃撒娇似的抱着穆澜不肯松手。

"不如赐她两道菜吧。"无涯早想好了理由。

核桃聪明地领悟了无涯的意思，恋恋不舍地抹了泪，欢喜地说道："臣妾亲自下厨。"说完，她就离开了房间，隔着门能隐隐听到她点了宫婢、太监帮忙的声音。

春来守在门口，屋里安静下来。

见穆澜始终不看自己，无涯心里生出了一股怒气，两步就走到她面前。穆澜却后退了一步，他往前又进了一步。

再退，就退到外面的屋子了。竹帘朦胧，无法隔绝视线，穆澜的脚跟抵住了门槛，她抿着嘴一声不吭。腰骤然被揽住，来不及推开，她就撞进了他怀里。无涯用力抱紧了她，低头在她耳边说道："你敢推开我，我就说你犯上，让人拉你出去打板子！"

穆澜气结，真的去推他。

"你在吃醋。"他用的是陈述句，肯定的语气。

穆澜蓦然抬起头，目光灼灼地盯着无涯："她是我的妹妹，我的亲人。"

"她是谭诚送来的。"无涯松开了手，静月般的眼眸里飘着一股火，"这是对她最好的保护。"

只有宠着冰月，谭诚才不会怀疑还有另外一个冰月。

他的眼眸里有着不被信任的忧伤，难道她不相信他吗？

无涯猛地拉起她的手放在了自己的胸口上，他抓得那样紧，将她的手紧紧按在胸前。

他从来没有问过她，为什么会认识天香楼的冰月？为什么冰月每次都会扮成婢女，让她和自己幽会？她为什么要女扮男装进国子监？她不知道这是砍头的大罪吗？他想问她的话是这样多，见到她时，却一句都问不出口。他真害怕触到她的秘密，让她从此消失无踪。无涯凝视着她，只想让她能感觉到自己的心。

穆澜使了个巧劲儿，掌心轻拍在无涯的胸口，将他推了个趔趄，话连珠炮似的冒了出来："对她最好的保护就是将她变成你的宠妃？人这一生，不仅仅是活着才是幸福。你喜欢她吗？她喜欢你吗？她愿意为了你一辈子都活在这重重宫墙内吗？仅能借着荡秋千才可以看到红墙外的世界？你知道我看到她将秋千荡得那么高时有多心疼难受？只有那会儿她才会觉得自己像鸟一样。你以为她笑得开心，就过得开心吗？"

这一掌很轻，无涯却听到了心碎的声音。骄傲让他挺直了背，偏开了脸，不愿再向她解释，屋子里出现了难堪的静默。

"少班主。"哽咽的声音在门口响起，核桃端着一碟热气腾腾的点心站在那里，泪流满面。

她居然没有注意到核桃是什么时候回来的，她的警觉与戒备都被抛到了九霄云外，这很容易没命的呢。穆澜扯了扯嘴角，笑容乍现："不用怕，我说过，我会带你走。"

核桃将点心放在炕桌上，盈盈跪在了穆澜面前："我不想走，这里比天香楼好。"

核桃跪在她的面前轻轻地啜泣着，黑鸦似的长发绾成了妇人的翻髻，插戴着精致的簪、钗，让她想起了面具师傅说过的话："皇帝尚未立后纳妃，年轻俊俏，他既倾心核桃，你怎知核桃不会喜欢他？"

阳光从炕边的玻璃窗透进来，无涯侧着身站着，双肩精绣的蟒龙灿烂华贵，那张脸庞如静月一般美。能让京城里的姑娘们疯狂追着想要一睹风采的男子，核桃又怎会不喜欢？

她知道呢，一早就知道。那个煮茶如猗猗兰开的无涯是美好的梦境，天香楼里放肆地释放情感的自己是心里极度渴望摆脱现实的自己。这些，都是不存在的。

"少班主，对不起。"核桃的脸埋在裙裾中，连看穆澜一眼都不敢。

穆澜缓缓伸出手，抚摸着核桃的头发："傻丫头，你没什么对不起我的，是我连累了你。"

她转身，抬臂，抱拳，声音清冽如水："请保护好她，臣告退。"

将两人对话听在耳中，无涯一时间心如死灰，心中纵有千言万语也撬不开自己的嘴。他望着窗外，沉默着。

穆澜走了，行走间甲胄发出的细碎声响渐行渐远，屋里静默得可怕。无涯不知站了多久，才回过头来看向核桃，眼神带着疏离："为什么？不要告诉朕，你，对朕一见倾心。"

为什么要让穆澜误会？为什么？

核桃跪伏在地上，想起珑主将自己送进天香楼时说过的话："你若想帮她，就进宫去。"

少班主让她不要相信珑主，她也真的相信少班主，可她还是进了宫，她想起了梁信鸥送自己进宫时说过的话。

"你到天香楼之前是穆家班的人，你叫核桃。"

"不要置疑东厂的办事能力，自从穆澜进京后，东厂熟悉穆家班里的每个人。"

"本官很好奇，穆澜和你是什么关系？是她送你进的天香楼？"

"皇上到天香楼，是真的喜欢你？还是和穆澜约定在天香楼会面？"

"你不说没有关系，本官会盯着你，盯着穆澜。"

少班主为了她才冒险进宫，她知道，只要她过得不好，少班主拼了命都会带她走。这里是皇宫内苑，宫墙是那样高，高得她荡秋千荡到天上，眼里看到的都是重重红墙与望不到尽头的殿宇。还有东厂的人盯着，有珑主盯着，她无处可逃。既然如此，她何必还要连累少班主？核桃抬起脸望向无涯，她已经让少班主误会了，她不能再让皇帝也误会少班主。

"皇上，我本名叫核桃……"

自己的袖中还藏着那块青色的手帕，帕子上绣着两枚圆滚滚的核桃。无涯怔怔地坐着，听核桃讲述着和穆澜有关的事。

怪不得那晚在天香楼，穆澜说他一定能选出冰月姑娘最中意的小食。他拈起一枚山核桃，就成了冰月的入幕之宾。

"十年了，我才发现少班主是女子。"

无涯的思绪回到了去年的端午节，她提着狮子头奋力挤开人群，手里的头套撞着了他。那天她神采飞扬，叫自己瞧好了，她会夺得头彩。

另一个穆澜出现在无涯的眼前，那样生动活泼，那样明媚可爱。

"十年，为了替她父亲翻案，她扮了十年男人。"无涯喃喃低语着，心里的怒与怨早已烟消云散，只剩下一片怜惜。

"送你进天香楼的人是谁？"

核桃摇头道："我不知道，他戴着面具，说这样能帮到少班主，少班主叫他珑主。"

十年前的那场科举舞弊案，她那酒后莫名上吊身亡的父亲叫邱明堂，正七品河南道监察御史。也许，也是牵涉进那件案子的人。无涯思索着，记住了戴面具的珑主。他扶起核桃，从袖中拿出那块手帕递给了她："宫里身不由己的事情太多，我会尽力保护你。"

无涯起身离开，核桃捏着帕子，望着他的背影怯怯地问道："她女扮男装进国子监是犯了砍头的大罪，您不会治她的罪吧？"

无涯回头，微笑道："朕知道，朕一直在帮她。"

若非如此，他不会想尽办法在国子监替她安排单独的宿舍，不会将方太医调进国子监的医馆。办完那件事，他会想办法让国子监里没有穆澜这个监生，他希望那时宫里会多出一个姓邱的姑娘，和他一起笑看江山。

无涯出了偏殿，春来和秦刚投来无奈的眼神，偏殿里的声音终究还是传了出来。无涯静静地站着，静美如莲的脸浮现出一抹刚毅："杀。"

服侍核桃的宫婢有八人，太监四人，这十二人垂手肃立在殿前廊下，当听到这个"杀"字，有四人张口欲喊，两人拔腿就往外跑。秦刚长刀出鞘，血溅满阶。无涯没有闭上眼睛，眼里没有丝毫怜悯之意。

不过几个眨眼的时间，偏殿前已躺下六具尸体，剩下的六名宫婢、太监瘫软地跪伏在地，吓得簌簌发抖，不敢出声求情。

"朕不是嗜杀之人。"无涯平静地说道，"你们听到了不该听见的话，就算朕不杀你们，东厂也会找到你们，没有人能熬过东厂的酷刑，朕会厚待你们的家人。"

"谢皇上！"

无涯朝宫外走去，身后渐至无声。

春来紧紧跟上了他，半晌才低声说道："皇上，动静是否大了点儿？"

素来温和的皇上突然一次杀了十二个人，春来腿都软了。

"朕宠爱月美人，他们服侍不好，被朕杀了……也就杀了。"

江山如血，宫墙如血，无涯脚步坚定地前行着。

云来居是国子监外最大的酒楼，楼中挂满了诗句，考中进士者往往都会在这里遍邀同窗，留下墨宝。经年之后，故地重游，又是一番感慨。楼中自掌柜到伙计都能绘声绘色说上一段逸闻趣事。酒楼布置也极雅致，休沐或下午无课的监生也爱来此叫壶茶，闲谈消磨时光。

穆澜用钱一直很节约，今天她包了个雅间，叫了一桌席面。见到她，六子机灵地前来招呼，见左右无人，他笑嘻嘻地低声说道："少东家要招待客人？"自从穆家班散了，改行开起面馆后，班里的弟兄就叫穆澜为少东家了。

穆澜要的是上等的席面，一桌五两银子。在六子看来，若非招待客人，哪儿用得着叫这么好的饭菜。

"我饿了。"

四干、四鲜、四蜜饯、四冷荤，八荤四素，外加一锅滋补老鸡汤，就算再饿，也不至于吃这么多啊，六子怔了怔，一时不知该如何接话。

穆澜微笑道："这里有什么好酒？"

六子呆了，他从来没见过少东家喝酒。

"我会喝酒，酒量还很不错，店里可有竹叶青？"

这是名酒，监生们都喜欢它的名字，所以云来居常备这种酒。六子叹了一声，没过多久就拿了一瓶竹叶青来。酒呈浅绿色，盛在白瓷酒盏中，像一汪春水。他看着穆澜眼皮都不眨一下就一饮而尽，这才信了她会喝酒的话。

六子踟蹰了下道："少东家，家里来了消息，我这几天一直在等您来。"

六子说的是穆家班的人跟踪谢百户夫妇俩的事。穆澜失笑，她今天这是怎么了？怎么把这么重要的事都忘了？

"谢百户一直待在家里没有出门，他媳妇提着篮子出去了一趟，买了肉、菜，扯了块布就回家了。查了几天，发现布庄的东家与首辅大人府中的一位管事是亲家。"

当朝内阁首辅胡牧山？当初和老头儿说起父亲的案子时，老头儿提到了几个人：陈瀚方、许德昭、胡牧山、谭诚。胡牧山曾经屈尊到穆家面馆吃面，又替谭诚邀她进府赏花，这像一位内阁首辅做的事吗？穆澜失笑。

十年前的那桩科举舞弊案像一张蛛网，那么盘踞在网中捕虫的那只蜘蛛究竟是谁？或者是几只蜘蛛共同结成了一张网？现在有人跳出来终究是好事。发现了一个半夜拆书、订书的国子监祭酒，又顺藤摸瓜找到了一个偷书调包的内阁首辅。

十年前擢升礼部尚书的承恩公许德昭是否也是知情人？借机打压异党的东厂督主谭诚在那件案子里又扮演了什么角色？还有老头儿，十年前老头儿呕血抱病，辞官归隐。面具师傅又是案中哪家的冤主？

穆澜脑中纷乱地冒出一堆问题，她需要清净："六子，你忙去吧，我自己待会儿。"

门"吱呀"地关上了，留给穆澜一个单独的空间。菜摆了满桌，琳琅满目，她有点儿苦恼地蹙紧了眉："明明没有吃午饭，感觉能吃掉一头猪，怎么又没了胃口？难道是饿过头了？"

好不容易当了回财主，不吃她会心疼死。穆澜一口菜一口酒，吃相斯文，待一瓶酒喝完，面前的菜被她夹了一圈，还保持着良好的品相。她又叫了一瓶酒，饮着饮着，她发现自己怎么都不会醉似的，脑袋越发清明。

太阳偏西，落在不远处国子监的集贤门上。穆澜撑着脸，越看越觉得那门和宫里头的门相似，她拿着筷子在桌上写画着。调包换书的人如果是胡牧山，那么他想弄明白的应该是，陈瀚方为什么要拆书、订书。谢百户在国子监待的时间不会短，只要弄清楚他是什么时候进的国子监，就能知道胡牧山是什么时候盯上的陈瀚方。

"时间……"穆澜清楚地记得，当初应明带自己逛国子监时曾经说过，国之典藏悉数归于御书楼，所以皇上下令让禁军看守。无涯亲政不过两年，看来这个问题还得问他。想着这个问题，无涯的身影和压抑了一天的酸涩就"咕噜咕噜"都冒了出来。刹那穆澜就醉了，脑袋也开始昏沉。

她不要去想他，不要去想核桃和他。他为什么不能继续装着不认识她呢？他怎么可以让她摸着了他的心，然后又宠幸着核桃，还说是对核桃最好的保护？那些肆意释放的情感原只属于梦境，她只爱与她幽会的无涯，高贵不沾尘埃，如猗猗兰开的公子无涯，而不是宫中的他，不是将来会有三宫六院的世嘉帝。

穆澜举杯饮尽，一口气不顺，辣得直咳嗽。她伸手摸了摸眼角，轻轻搓去手指沾着的湿润。她盯着满桌酒菜，恨不得来一群人，热热闹闹的，好冲淡心里的这份难受。就在这时，她看到一个熟人朝云来居走来。她跳起来，从窗户探出了身子，大笑着招手："侯兄！来吃饭啊？我请你啊！"

侯庆之愕然张大了嘴巴，仰头看向穆澜。她的笑容太过炫目，在夕落的时候像一束光照亮了他，侯庆之从来不知道人笑起来可以这样灿烂，仿佛能融化世间一切阴霾。侯庆之上了楼，看到满桌酒菜，眼睛陡然一亮。不等穆澜开口，他拿起酒壶先干了三杯："痛快！"

穆澜大笑。侯庆之一点儿也不客气，大口吃肉，大口喝酒。他长得胖，面相憨厚，说话也直接："我爹嫌我吃得多，长得太胖，将来会有碍仕途，所以能吃三碗就只给我一碗，饿得我直喝墨水。我娘心疼我，半夜等我爹睡熟了，就偷偷给我送肉吃，总说儿啊，能吃是福，做不得官，做个有福之人也罢。"他举起手中的八宝鸭腿朝南道，"娘，你爱吃这个，儿子都记得呢！儿子帮你吃！"说完大口啃之。

穆澜笑着将另一只鸭腿撕下，送到他面前的碟中，一本正经地说道："小弟孝敬伯母的。"

侯庆之眼中已经泪花闪现，他讷讷说道："小穆，你不嫌我疯癫？"

"你娘真好，我娘亲……只会督促我读书学艺。来，饮酒！"穆澜是真心羡慕他。

两人只是相识，做过一天的室友，但不论苏沐还是林一川有事，侯庆之虽话不多，却也是一路相陪。没想到今天偶遇，穆澜发现侯庆之是极有趣的人。

简单未尝不是一种幸福，快乐会传染。侯庆之让穆澜胃口大开，两人喝酒吃菜，好不痛快。点灯时分，酒饮得多了，侯庆之说话更为随意。

"小穆，听林一鸣说，你会画符捉妖？"

穆澜笑得不行，见他认真，半开玩笑道："林一鸣想捉只狐狸精，老侯你也想有此艳遇？"

"不不不。"侯庆之连连摆手，却连人带凳移到了穆澜面前，他分外紧张地问道，"小穆，听说杜之仙杜先生擅长相面之术，你学到了几成？"

相面？穆澜睨着他，随口就来："老侯，你有心事缠身哪。"

这本是相面术中最简单的察言观色，辅以旁敲侧击，普通人极容易被诈出实情。

侯庆之神色更为急切："可有破解之法？"

穆澜笑道："天生万物互相克之，老侯，你且说来听听。"

侯庆之踟蹰半晌，却又改了主意："你且再看看，我是否是那短命之人？"

"侯兄天庭饱满，下颔方圆，耳厚唇丰，此乃长寿福相。"穆澜斟酌着话，往好的方面说。

"哈，福相！"侯庆之哈哈大笑，酒劲儿直冲入脑，他就将当初的事坦白地说了，"我爹严苛，我娘心慈，我家为我捐银入监。临行时我娘把私房钱都给了我，我怕成绩不好，就想请应明做枪手。小穆，亏得你提醒应明，否则我和他就都惨了。如此，我还算有福之人吧。"

应明把那件事告诉了侯庆之？他究竟有什么心事，又不肯说出来？穆澜顺着他的话道："不过一个入学考试而已，侯兄不也考上了？"

"考上又如何？"侯庆之借着酒劲儿突然拉开衣襟，眼泪也涌了出来，"我这有福之人为何不能佑我家人？"

蓝色的监生袍服下竟穿着件麻衣，穆澜陡然一惊，侯庆之在为谁守孝？孝期他却吃喝痛快，这不合常理啊。

"老侯，这是怎么回事？你说出来，说不定小弟能想想办法替你化解厄难。"

谁都帮不了他，侯庆之望向暮色里的集贤门，心情黯然。回国子监前想饱食一餐，能遇到穆澜，也许正是天意，他打定主意后道："小穆，多谢你这餐酒饭。你是杜先生的关门弟子，奉旨入学，前程似锦，将来……切莫忘了与我老侯还有一餐之谊，这个送你。"

侯庆之从怀中拿出一只玉貔貅塞进了穆澜手中，不等她推辞，他摇摇晃晃起身道："为兄先行一步。"

"老侯！"穆澜叫了他一声，侯庆之恍若未听见，径直离去。

穆澜坐在窗边望着他蹒跚地走向国子监，手中貔貅温润可爱，她晃了晃有点儿重的脑袋，本想清闲一些，没想到又添了一桩费解之事。见天色已不早，她便结了账，与六子约好，如有紧急事，就将这间雅室窗台上摆的花撤下一盆，她一见便知。

才回到擎天院，穆澜就听到林一鸣兴奋的声音："不得了，有人闯进御书楼，要跳楼！"

此时尚未宵禁，学生们纷纷从房中跑出。穆澜脚步停了停，没来由就想到了侯庆之，她跟着人群奔向了御书楼。御书楼中灯火通明，院子里灯笼、火把星星点点，禁军封了大门，学生们悉数被拦在了院外。穆澜见天黑人多，直接爬上了树，居高临下一看，院中站满了国子监的官员，还有东厂番子。

"苍天无眼！害我外祖父只得以死做证，一头撞死在金殿上！"声音远远随风飘来，学生们一片哗然。

五层飞檐上站着个身穿麻衣的人，手中拿着一把菜刀压在脖子上迎风大喊："我父乃淮安知府侯继祖！我爹未贪一两河工银！贼子偷换库银，破坏河堤，想让我爹背黑锅！东厂阉狗休想用我威逼我爹认罪！我侯庆之宁死！"

梁信鸥站在院子里咬牙切齿，东厂一直都盯着侯庆之，并未提前动他。是谁走漏了风声？让这棒槌提前知晓，爬上了御书楼飞檐。

"大人，只要他敢跳，我们就一定能接住他。"一名番子低声说道。

"蠢货！他是想跳楼吗？"梁信鸥脸上百年不变的笑容消失殆尽，张口便骂。侯庆之分明是想把事情闹大，然后横刀自尽。

"谭诚阉狗，你不得好死！"

在五楼窗户处出现的东厂番子也不敢靠近，听到侯庆之大骂，急得不行。国子监祭酒陈瀚方探出了窗户，声音沉稳道："侯庆之，你是我国子监的学生，本官自会为你做主！你放下手中的刀，莫要白白丢了自己的性命！"

树上的穆澜握住了那枚貔貅苦笑不已。侯庆之将此物给了她，还说盼她将来莫要忘了一餐之谊，他也太看得起她了，她现在只是一介白身，怎么可能查得了他家的案子。该怎样才能劝得侯庆之打消自尽的念头？穆澜心急如焚。

这时，侯庆之突然大笑道："我侯庆之不惧死！"

他干净利落地拿刀一抹脖子，人就如纸鸢般从飞檐上栽了下去。梁信鸥的身影飞迎而上，在半空中捞住侯庆之，而后落在二楼，又旋身落地。

学生们失声惊呼，穆澜心一沉，捏紧了手里的玉貔貅。

血染了梁信鸥一身，他放下侯庆之，见其脖子上的伤狰狞外翻，血流如注，已然无救，顿时脸色难看至极。穆澜看着侯庆之躺在院内地上，知道回天乏术，不禁难过起来。她下了树，想着侯庆之举鸭腿敬他母亲，此时方明白，侯庆之那时已心存死志，去云来居分明是想吃最后一餐饱饭。

她摇晃着有点儿沉重的脑袋，心里闪过一个念头，开始四处寻找应明。应明连当初自己提醒他莫当枪手之事都告诉了侯庆之，可见两人关系深厚，东厂少不得要找上应明。

也是她运气好，应明就站在御书楼门口，已哭得不行。她挤开人群，扯了应明就走。应明泣不成声，还想挣扎着回去见侯庆，穆澜使劲儿掐了他一把，低声道："东厂会来找你！"

一句话将应明吓醒了，他跟跄着被穆澜拉走了。时间紧迫，穆澜把他拉出人群后只问了一句话："侯庆之在哪家钱庄存钱？"

"通海钱庄。"

这是京城四大钱庄之一，穆澜还想再问，突然看到有东厂番子出来四下寻人，她匆匆说道："你当作什么都不知道，熬过就好。"说罢，扔下应明就走了。

应明晕晕沉沉的，只知道傻乎乎地望着穆澜的背影。

"淮安府监生应明？"

"啊。"应明机械地回头，看到两名东厂番子站在了自己面前。

"跟我们走，莫要紧张害怕，只是问个话而已。"

两名番子扯着应明走了，穆澜从树后出来，轻叹了口气。

"小穆！我找你好久了。"

穆澜回过头，看到林一川和谢胜联袂而来。一月未见，林一川黑了不少。看到站在树下的穆澜，他仿佛察觉到了什么，大步走到她面前，鼻子吸了吸，皱眉道："你喝了多少酒？"

"今天休沐……"穆澜不知道该怎么回答。

她不对劲儿，是因为侯庆之？林一川揽着她的肩道："别难过了，侯庆之把事情闹得这么大，就不可能不了了之。"

"对！"谢胜跟过来愤愤说道，"侯庆之为求个清白，不惜闹出这等动静，我们不能让他白死了。"

他声音大，一语激起千层浪，四周的学生顿时跟着吼了起来："侯家的案子一定要查个水落石出！"

也许，这就是侯庆之以死求来的吧，穆澜黯然地想。

咦，今天她怎么没有把自己的手甩开？林一川很是愉快地搭着她的肩，偷瞥着她清美的侧脸，忍不住低头问道："小穆，想我不想？"

穆澜回过神儿，轻轻拍开他的爪子，抱着胳膊上下打量着他，揶揄道："大公子看起来气色不错，八十大板才一个月就全好啦？"

话音才落，林一川的脑袋就耷拉在她的肩头，一手摸着自己臀部，唉声叹气道："不过是刚能下床走路罢了，刚才急着找你，扯得疼呢。"

哄鬼吧！穆澜一巴掌将他的脸推开，林一川满脸哀怨之色。

谢胜突然说道："林兄，你走路扯得伤口疼，那我背你回去吧。"

他生得黑壮，又说得一脸认真，林一川哭笑不得，心里却有些感动："谢胜，我总算知道什么叫同窗了！"

谁知谢胜又认真地说道："我们宿舍已经死了两个人了，现在就剩下我和你。我比你壮实，理应多照顾你。"

"你什么意思？本公子会是短命相？"林一川气得暴跳如雷，追着谢胜就开打。

穆澜上前一步拦在了他和谢胜之间："大公子这般生龙活虎，是伤全好了？"

谢胜嘀咕道："邪门儿了这是，怎么尽是我们宿舍出事？该不会是你硬搬进来坏了风水吧？"

"子不语怪力乱神！"林一川又动上了心思，"小穆，你不是会驱邪捉鬼吗？画几道符呗，省得谢小将军心慌害怕！"

"别闹了，侯庆之被抬出来了。"穆澜眼尖，看到侯庆之被一张床单盖着抬了出来。

三人挤上前，就见着了老熟人梁信鸥。东厂番子径直将侯庆之抬走，梁信鸥与绳愆厅的官员聊了几句，似笑非笑地望了过来："真是巧啊。林一川、谢胜，你俩与侯庆之同屋，就由你俩带路吧。"

穆澜迟疑了下，也跟了过去。

到了玄鹤院宿舍，梁信鸥亲自动手，将侯庆之所有物品悉数打包带走。得了闲，这才笑眯眯地问林一川："大公子身体不错，挨了八十板子恢复得很快嘛。"

"比不得谭弈兄啊，打完就没事了。"林一川也笑道。

林家终究是归附了东厂，少年人还有棱角、怨气，梁信鸥十分理解。只不过，他很看好林一川，现在与林一川结个善缘，将来总有用得上的地方，谁又会嫌银子多呢？他拍了拍林一川的肩道："这一个月你不在也好，侯庆之倒与你没什么瓜葛。"

林一川顺杆儿往上爬，把他请到一旁低声问道："梁大档头，侯庆之是父母获罪，他却为何如此偏激寻了短见？我看你方才似在找寻什么东西？"

218

"侯庆之他爹失了库银，却隐瞒不报，筹银修河堤也便罢了，如今河堤垮了，却想把屎盆子扣东厂头上，督主怒了，就接下押送侯继祖的事。东厂得把这案子查个水落石出。你与侯庆之同屋，多盯着点儿谢胜，若有发现，尽管来找我。"梁信鸥悄悄透了个底儿给林一川，他想了想又道，"大公子，莫要与阿弈置气，大家都是一家人嘛。"

"这得看谭弈兄是否愿意不再为难在下了，他倒是对我堂弟不错。"

梁信鸥看着林一川脸上那抹没有掩饰的讥讽笑容，心想挑起林家两房争产，林一川哪儿能没有点儿怨气？他意味深长地说道："你对督主忠心，谁敢为难你？"说罢，带着人就走了。

谢胜和穆澜看着两人在书架旁嘀咕了半天，以穆澜的耳力也没听清楚他们说了些什么。谢胜却见不得林一川对梁信鸥的态度，见林一川将梁信鸥直送到院门口才回转，他擦着铁枪道："我看这间屋子犯煞，林兄家境好，不如搬离吧！省得碍眼！"

林一川怔了怔，掩了房门道："谢胜，你就是太傻了！"

"你说谁傻呢？"谢胜心里憋得慌，提枪就站了起来。

"他是去套消息了。"穆澜帮林一川解释了句。

林一川大笑道："还是小穆知我。"说着，他就将从梁信鸥处听到的消息说了，"东厂说这事不是他们干的，你们信吗？"

"除了东厂，谁还有那能耐调换库银，再坏了河堤让侯知府顶罪？"谢胜对东厂素来没有好感。

穆澜却觉出不对劲儿："如果东厂想要侵吞河工银，他们已经得手，为何还要毁坏河堤？库银入库后被发现以假换真，侯庆之他爹就算浑身是嘴，也说不清楚，只能暗中变卖家产，筹银修好河堤，吃个哑巴亏。直到河堤被毁，大水淹了山阳县，事情才没有被盖住，倒像是有人故意想把这件事捅出来似的。"

侯庆之的外祖父为替女婿申辩，说出实情后，一头撞死在了金殿上。他外祖母抬着棺材到大理寺坐等女儿、女婿被押解回京，她生怕唯一的外孙有个意外，不叫人去国子监告诉侯庆之家中所发生之事。哪晓得今天侯庆之休沐，去外祖父家，这才知道家破人亡，一时间气血上涌，干脆轰轰烈烈地站在御书楼顶上抹脖子自尽，把事情闹大。

听了穆澜的分析，林一川和谢胜都露出同样的表情：侯庆之该不会白死了吧？

侯庆之回国子监前，想再饱食一餐，偏又遇到了穆澜，此时躺在她荷包里的那只玉貔貅隐隐发烫，它底部是个印章，因此她想到了存放在钱庄的东西。她没有告诉林一川和谢胜，借口快宵禁了，便告辞离开。

林一川不容穆澜推辞，送她回了擎天院。她一直以为林一川有话想单独对自己说，哪知走到了擎天院门口，他也没有开口。她进了院子回过头，他还站在门口。灯笼的光半明半暗，将他的五官勾勒得分明。他望着她微微笑着，那双眼眸中有着她看不懂的东西。

隔了一个月，穆澜总觉得林一川变了。从前像出鞘的剑，如今，有了藏锋的感觉。

她只是拱了拱手，便转身离去。夜色里，她的身影显得有些孤寂，林一川喃喃说道："小穆，你好像又多了些我不知道的秘密。"

他也觉得穆澜变了。她喝了很多酒，满身的酒气，她是和谁一起喝的酒？却不见她露出灿烂的笑容。在他的经历中，逢场作戏、赴宴请客会饮酒，高兴时会饮酒，还有就是犯愁的时候。他想都没想，就把穆澜饮酒归到了第三种情况。

"看来，我真是离开得久了。"林一川摸了摸胸口，厚厚的绷带缠着伤口。他想起谢胜的话，如果玄鹤院的宿舍真有诅咒，没准儿下一个有危险的人，还真是自己。

谢胜心宽，只要抱着他的铁枪，就能酣然入睡。林一川听着雷鸣般的鼾声，久未入眠。

自穆澜先换到擎天院，紧接着苏沐也搬离，宿舍里就只剩下他、谢胜和侯庆之三个人。入学礼当天苏沐被花匠老岳杀了；上课第一天他就"挨"了八十大板，休了一个月的假；一个月后侯庆之抹脖子跳御书楼自尽了。

林一川躺在床上，望着另外两张空空的床板想，谢胜说得没错，玄鹤堂丙十六室像中了怨咒，住进这间房的人总会被卷入各种危险之中。这一个月的经历可谓惊心动魄，他和丁铃几乎是九死一生。他摸着胸口的伤有点儿骄傲，比起动弹不得的丁铃，自己其实运气还不错。

如果当初他认了命，老老实实投了东厂，谭弈就不会买通纪典簿，让他"挨"了八十大板，他也就不会接了丁铃送来的锦衣卫腰牌，更不会跟着丁铃去山西。林一川翻了个身，眼里依旧丝毫没有半点儿睡意。夜深人静，他禁不住又将那件案子从头到尾梳理了一遍。

最初，是他邀穆澜踏青，去了灵光寺。听到苏沐喊杀人，两人赶了过去，他瞥见凶手一晃而逝的身影，独自去追，却因凶手穿着僧衣混进了僧众中，把人跟丢了。

进了国子监后，报到当天，他和谢胜进树林比武，想和谢胜换宿舍，却意外救下被凶手吊在树上的苏沐。后来，他和惊惶的苏沐换了宿舍。但在两天后举行入学礼时，苏沐依旧被人杀死了。他和穆澜画图找线索，发现了擎天院的花匠老岳。老岳无路可逃，在丁铃面前毁容自尽。

丁铃觉得丢脸，发狠想要查出灵山寺被杀老妪的身世。

老妪姓于，锦衣卫将几十年前的旧户籍翻找出来，发现梅于氏是山西运城人，来京城投亲后嫁到了梅村并落了户。十八年前，梅于氏得了健忘症，她娘家侄儿给了灵光寺一大笔钱，从此梅于氏就住在了灵光寺的禅房里，直到那天被人抹喉杀死。

杀死梅于氏的人也是花匠老岳，他藏在花盆中的帕子上绣着一枝红梅。

丁铃邀他同去梅于氏在山西的老家，两人于二十多天前悄悄离开了京城。

天还没大亮，城门刚开，林一川就出了城，丁铃在十里长亭等他。朝阳乍现，丁铃骑着匹瘦小如驴的黄骡马，穿着件褐色布衣，染黄了脸，贴着两撇小胡子，翘首以盼。

从城门方向驶来一支颇为壮观的队伍，由大约七八十名穿着枣色武士服的镖师护卫着二十几辆装满货的马车渐渐行到了十里长亭。队伍中有两辆平头黑漆马车，赶车的汉子同样身穿武士服，当头的一辆马车车辕上坐着个机灵的小厮。

一看就是支大商队，丁铃没有搭理，只看了看天色，心想林一川该不会迟到吧？商队在长亭处的官道上停了下来，丁铃诧异地望了过去。只见小厮从车辕上跳了下来，将轿凳搭好，伸手掀起了轿帘。

丁铃嘴角一抽，就见林一川穿着件白色银丝绣边的箭袖长袍，头戴玉冠，丰神俊逸地出来了。官道离长亭还有一小段路，他站在车辕上也没有下来，朝丁铃招了招手。

"你大爷的！"丁铃只得骑着马赶了过去。

林一川险些笑倒："你这打扮像极了山里缺媳妇的猥琐老头子，哈哈哈哈……"

"笑个屁呀！"丁铃想掩人耳目出城，林一川却烧包得唯恐没人瞧见似的，气得他指着眼前的商队点了又点，压低声音道，"不是跟你说了要悄悄出城？"

"让本公子骑着劣马，学你扮成差钱的老抠儿？吃顿饭还要装着心疼数铜板？本公子能和你一样吗？再怎么打扮，那也是鹤立鸡群。"

丁铃被噎得半晌说不出话来。林一川比他高半个头，长相俊美至极，即使染黄了皮肤，贴上胡子，那双比寻常人眸色更深的眼眸依旧太过深邃，长年富养的气质也难以掩饰。他憋了半天才道："本官可以委屈扮成你的小厮。"

"唉，我说丁大人，我找的这家商队长年走这条道运货，没有人会怀疑好不好？跟着商队走，沿途不用你使假路引。商队熟悉路，沿途早就打点好了，你藏在马车里不露面，想要掩人耳目这样再好不过。"林一川笑着就进了轿子，"你如果想骑马跟着吃土，本公子不拦你。"

"我去！有马车不坐，骑马吃尘土，当我是傻子呢！"丁铃想都没想就下了马，顺手将小胡子撕了，一头钻进了马车。

商队一路向西，丁铃渐渐看出了苗头："林大公子，林大少爷，敢情你不是跟着本官去查案，是顺便打理你家的生意啊？"

林一川才打发走商队的管事，伸了个懒腰道："一举两得，有什么不对？"

丁铃冷笑道："太不对了！你当本官是瞎子啊？林家生意重在供奉内廷，大都走运河船运，你这趟送的是什么货？车轮压道后的车辙能印这么深，就算是往山西运丝绸、茶叶、瓷器也没有这么重！"

"差点儿忘了，丁大人出了名的心细如发。"林一川笑得像狐狸，"实话告诉你吧，这是通海钱庄的商队。"

京城的四大钱庄有三家都是山西人开的，丁铃蓦然反应过来："这么多的镖行护卫，送的是金银？"

"嗯。"

二十几辆马车全装的是金银！丁铃"咝咝"地吸着凉气，看林一川眼神都变了："林家和通海钱庄……"

"不怕让丁大人知道，林家入了通海钱庄六成股，锦衣卫好像也有一成干股。丁大人去岁还得了一千两银子呢，不然指挥使大人也不会保我林一川不挨那八十大板。"林一川大笑道，"这一路上万一遇到不长眼睛的，还要借丁大人的面子使使。"

敢情把自己当成护身符使了？丁铃憋屈得不行："你是我的下属，这次去查案，老子说了算！"

"指挥使大人可不是这样说的。这趟两件事：一是查案；二是将金银送回银库。查案听丁大人的，行程安排听我的。"

想让自己做他的下属，做梦吧！东厂想绑林家上船，林家左右都是块被人垂涎的肉。不过，想给谁吃，得看本公子的心情。林一川微笑着望着丁铃。

以为收了个属下，结果招来个架子挺大的大爷！丁铃气结。

十天后，商队顺利到了山西，林一川这才和丁铃悄悄离开了商队，去了运城。

第三十七章　江湖不远，庙堂不近

运城临黄河，因盐运发达而得了个"运"字为名。城虽不大，却因盐商聚集，异常繁华。运城是传说中上古三帝的都城，其附近最高的山是舜王坪。

丁铃找的是锦衣卫在当地的探子，将城中姓于的人家筛了个遍，确定梅于氏不是城里人，这才开始排查周边的村落。

舜王坪里有个于家寨，族谱最早能查到春秋时期，据说运城于氏追溯先祖，大都来自于家寨。但丁铃并不看好于家寨，梅于氏是去京城投亲，后嫁到梅村落了户。如果她是于家寨的人，那里族人聚居，不至于让她孤身远去千里之外的京城。

林一川反倒劝他说，城中查不到梅于氏，山中又有于家寨，总不能不去看看？

两人合计了下，决定借着赏景的名头，去村里打尖借宿，打探消息。山上春景如画，山道细如羊肠，极为难行。丁铃和林一川扮成了前来访古寻景的书生，找了个熟悉舜王坪的向导带路。两人弃马上山，已经走了大半天了。

"两位公子，翻过这座山坳就是于家寨了。于家寨已建千年，因在山中，少受战火纷扰，它本身就是一景。"向导也姓于，说起自家山寨，极为骄傲。

林一川笑着套他的话："山清水秀，人杰地灵，于家寨走出去不少人物吧？"

"公子说得对极了。于家寨姑娘貌美，先帝爷在的时候，还有位姑娘过了采选进了宫。"

听到宫里采选这话，丁铃和林一川立马来了精神，两人一直想不通花匠老岳杀梅于氏的动机，若是跟宫里扯上了关系，那么什么动机都有存在的可能。丁铃就好奇地问道："那位通过采选进宫的姑娘叫什么名字？可有她的消息？"

"她叫于红梅，听说年轻时生得格外水灵，因家里太穷，所以她是被寡居的姑姑养大的。进宫也是条路子，就去了。换了别人家都心疼女儿，哪儿肯将女儿送进宫去。"

这个名字让丁铃和林一川兴奋了，这就叫"踏破铁鞋无觅处，得来全不费工夫"。如果不出意外，梅于氏极可能就是那位红梅姑娘的姑姑，那块绣着梅花的帕子很明显是梅于氏思念侄女时绣的。

当着向导的面，两人没有交流，一直跟着他来到了于家寨。山道口竖着一座砖雕的门楼，雕刻精美，气势恢宏。过了门楼往前走，是一条长长的斜道，站在路边往下看，建在山凹中的于家寨尽收眼底，繁华如一个大镇。

向导将两人带到了族长家借宿。族长的家是一座合围的砖木大宅，从下院到上院沿着山坡修建，屋舍鳞次栉比，颇为壮观气派。听说是从京城来的游历书生，族长格外热情，当即打扫出两间客房，安排两人住下，置办酒席款待，还特意叫了府里一个机灵的小厮给两人当向导。

在寨中游了半天，丁铃和林一川觉得时机已成熟。丁铃装作"恍然"样，想起了"故人"："我认识一位夫人，她侄女叫于红梅，先帝爷在位时采选进了宫。你知道那家人吗？我们想去她家瞧瞧。"

小厮迟疑了下，为难地说道："天色已晚，于十七叔爷的家在寨子边上，族长晚上设宴，吩咐我要准时带你们回去呢。"

"行，那先回吧，明天我们再去他家。"

小厮的言谈举止一切都极为自然，丁铃和林一川都没看出丝毫怪异来。

于家寨在山中，来了外客，晚宴极为丰盛，寨子里有头脸有名望的人都出席了。林一川自幼跟在父亲身边和商贾们打交道，应酬之术炉火纯青，而丁铃性子也不沉闷，二人在席间谈笑风生，宾主皆欢。

于家寨众人热情敬酒，好话一堆。林一川在酒席上向来应付自如，所以装酒醉一点儿问题都没有。丁铃高兴找到了梅于氏，还知道了那块帕子的由来，被人左一句右一句恭维后，又因素爱面子，所以他酒来杯干，极其豪爽痛快。

林一川装酒醉，也就是趴在桌子上装睡，他将脸枕在胳膊上，寻了个空隙，睁开眼睛低声讽刺丁铃："不知道的还以为是姑爷上门了，你不能矜持一点儿吗？能不把自个儿夸成神仙吗？"

丁铃喝得满面通红，小眼睛浮起一片迷蒙之色，他撑着下巴端着酒杯睥睨着林一川道："怎么，见人家喜欢我，不敬你酒，你心里不舒服？山寨里的人就是朴实啊，一眼就能分出谁是主宾，谁是下属。"

硬把林一川给气得闭上眼睛继续装醉。这时，丁铃的耳边又响起族长热情的声音："丁举人，老朽先替寨子里的读书郎谢你指点了！"

"小事一桩！往后去了京城只管来找我，我家先生的门师是江南鬼才杜之仙！"

丁铃的这句牛皮让林一川忍笑忍得肩头直耸。与族长饮完酒，丁铃踢了他一脚道："你装就装得像点儿，别跟得了羊痫风似的！"

林一川将眼睛睁开一道缝，声音轻快道："小穆叫我一声大哥，她是杜之仙的正牌关门弟子，那你就该叫我一声叔吧？"

"去你大爷的！"丁铃当场怔住，低骂了声，突然就往林一川的身上倒去，他用胳膊使劲儿压着林一川的脸，嘴里冲着于家寨的人"呵呵"道，"不胜酒力，不胜酒力……"

林一川是在装醉，所以也不敢挣扎，差点儿被丁铃捂死，直到于家寨的人又涌上来缠着丁铃喝酒，他才"保住了一命"。最后林一川被人扶回了房，丁铃别看得长瘦，却沉得像猪，来了两个壮汉才将他抬回去。两人房间相邻，于家寨的人一走，林一川就睁开了眼睛。

族长家的客房是背靠土层打出来的窑洞，里面的土炕太硬，门窗太小，显得有点儿闷。林一川睡习惯了床，不太适应。既然了无睡意，他干脆起身出去了。隔壁房间传来丁铃颇有节奏的呼噜声，林一川哑然失笑。

宴至深夜，今晚无月，天空一片惨淡的星光，坐落在山林中的于家寨灯火渐次熄灭。林一川跃上了房顶，平整的房顶正铺着去年收下来的干麦秸，他躺在上面，觉得软软的，很舒服。

山里的春来得迟，风有点儿凉，却不冻人，林一川双手枕在脑后想起了穆澜。他也不明白，自己从什么时候起就被穆澜吸引了。她第一次穿女装在竹林中现身救他时，他只是觉得这个姑娘有点儿漂亮，有点儿冷傲。然后总被她挤对，他总不服气，可越不服气就越想靠近她，越想让她称赞自己一声，不知不觉就受她影响，被她诱惑着泥足深陷。

"就是犯贱呗。"林一川叹了口气，但那又怎样？反正他就是喜欢她，恨不得时时刻刻都和她黏在一起。知道她是姑娘，却喜欢看她的各种掩饰，然后自己偷着乐。

如果在扬州，说声林家大公子要娶媳妇，媒婆能把林家老宅那根阴沉木做的门槛给踏断。他又叹了口气，除了身份不同，他哪里比不上无涯那种小白脸？

胡思乱想着时，他看到族长派来的小厮提着食盒过来了。小厮听到了丁铃的鼾声，走到林一川的房间外，轻声喊了他两声："林公子可睡着了？小人送醒酒汤来了。"

人都醒了，还喝酸不拉几的醒酒汤做什么？林一川没有理睬，心想没有听到自己回答，小厮也就离开了。

小厮又问了一遍，等了会儿没有听到声音，他从怀里拿出一根木棍别在了房门的门闩上。

林一川没有看到他的动作，却看到小厮走到丁铃门口，问也没问，在门口站了会儿才离开。他不禁觉得奇怪，等小厮走后，就跳下了房顶，当看到门上别着的木棍，"嗖"地吸了口凉气。他动作迅速地进屋，背了行李出来，依样别好了门。又进了丁铃的房间，硬没叫醒他，林一川无奈，只能背起丁铃，原样别了房门，悄悄离开了族长家。

半个时辰后，他看到了寨子里那团耀眼的火光。

"还浇了油，生怕烧不成灰？"林一川喃喃说了句，背着丁铃进了山。

借着凄凉的星光，林一川背着丁铃竟然在山里找到了一条溪流。溪水从岩缝中渗出来，从垒得高低错落的石头中穿过，渐渐汇聚在一起。就算星光再淡，映照下的溪水也像雪花银在闪光。

"真好。"林一川走到溪边时，发出一声满足的感叹。水光反射在他脸上，他唇角上扬，笑了，然后就是一个过肩摔。"扑通"一声，丁铃被他摔进了山溪里。

林一川生平第一次骂了娘："丁铃，你他妈就是头猪！"

可回答他的是一声鼻音粗重的鼾声，这样还能睡着？

"哈！"林一川望天无语，一时恶向胆边生，弯腰拎起丁铃，一巴掌就呼到了他脸上。脆脆的巴掌声后，丁铃脸上浮现一道潮红。他嘟囔了句什么，像是觉得不舒服，可紧接着，他又把脸靠在石头上，继续打呼噜。

这样都不醒？林一川气笑了，脚尖一勾，将丁铃踢到了水里。看着他仰天躺着，任溪水冲刷。

"你行！"林一川环抱着胳膊喃喃说道，"是人就有长处。丁大人如此也能睡得香甜，在下不服都不行啊。"他从行李中拿出一件衣裳铺在了地上，选了个舒服的姿势躺下，合上眼睛后又气不过，侧过身望着丁铃："你能不能告诉我，你是怎么活到现在的？"

鼾声依旧，春天山中的溪水清凉无比，丁铃却仿佛睡在自家床上似的。

"我有点儿后悔接了锦衣卫的腰牌。锦衣五秀？该改名为锦衣五猪才对。丁大人，跟着你混，我真怕自己死得不能再死了！"林一川咬牙切齿地骂道，但他也真的倦了，懒得再骂，就合目睡了。

没过两个时辰，山林中响起了"啾啾"的鸟叫声。丁铃做了个极长的梦，在梦里，他在湖水中游着，却怎么也到不了岸，全身的血液都冻得像是凝固了，他奋力地挣扎着……一口溪水蓦然灌入口鼻，呛得他一下子咳嗽起来，人也骤然清醒，"哗啦啦"的水声响起。

林一川躺着没动，睁开了眼皮，看着丁铃姿势优美地从水中跃到了半空，只冷笑了一声。

"操！"丁铃爆了句粗口，站在岸边，打了个喷嚏，抱着双臂直哆嗦。

当他看见躺在衣服上睁眼看着自己的林一川，便勃然大怒道："你就这样看着……阿嚏！"

林一川懒得理他，起身拂掉身上的草叶走进了旁边的林子。

"你大爷的！林一川！"丁铃跳脚大骂，又用小眼睛迅速扫过地上铺着的衣裳和行李，有着多年刑捕经验的他很快就明白了昨晚在于家寨发生了什么，他边脱衣裳边骂，"林一川，你够狠！把爷扔水里泡了一晚！"

可气势却弱了几分，丁铃换上干净的衣裳吸了吸鼻子，看到林一川抱着一堆柴火回来，手里的树枝上还串着两只鸟。林一川将柴火扔在地上，从行李中拿出火镰、火石，好一阵才生起火堆。丁铃气得手指都快要戳到他脸上了："林一川！"

树枝串着的鸟递到了他面前，林一川面无表情地说道："本公子连鸡都没打理过。"

丁铃吞了吞口水，昨日饮酒过度根本没吃多少，肚子里的馋虫早就被勾起了，他悻悻地说道："你给老子等着！不说清楚你死定了！"

香气渐渐散开，两只鸟开膛拔毛不过拳头大小，丁铃烤好鸟，斜睨着一言不发的林一川道："脾气还挺大！"

"不及丁大人有本事啊！没被人烤成猪真是好本事！"

丁铃听闻这话，心里就有数了，将鸟递给了林一川，气定神闲道："你昨晚没有辜负本官的信任啊，不错，不错！"

接过烤好的鸟，林一川撕下细细的鸟腿嚼着，心想，这人果然脸皮够厚："丁大人该不会使了招引蛇出洞吧？呵呵……"

"聪明！"丁铃一拍大腿，啃了口鸟肉，烫得直吹气，"本官早就看出于家寨宴无好宴，所以才以身做饵。不如此，如何能让于家寨的人以为咱们醉得不省人事，敢半夜放火？大公子难道就没看出本官拼命饮酒的深意？"

真是厚颜无耻！在溪水里泡了一个晚上，还敢说自己是以身做饵，要不要脸啊？林一川真是听不下去了："嗯，你神机妙算？你悉心布局？要不是本公子，你早成烤猪了！得，得，您是锦衣五秀嘛，本公子真体会不到丁神捕醉到让别人当猪宰的深意！"

丁铃用一种很不屑的眼神看着他道："我们是搭档，是伙伴，我以性命相托，你还有怨气？你说，他们不灌醉咱们，怎么敢动手？不动手，咱们能发现于家寨有问题？"

林一川吃完了鸟，在溪边洗净手，故意哆嗦了下："这水真凉啊！丁大人泡在冷水里还能睡得那么香甜，难不成是在练某种神功？"

老子都快被冻死了！丁铃终于绷不住了，跳起来骂道："本官舍身饲虎，将性命交付于你，你就将我扔水里泡一晚上？林一川，你有没有良心啊？"

"我，林一川，救了你一命！你还跟我提良心？"林一川一字一句地说道。

"我们是搭档嘛！"丁铃走到林一川面前，很是欣慰地看着他道，"知道搭档是什么意思吗？就是敢把自己的后背露给对方的人，本官这是以身作则嘛。"

"多谢丁大人的信任。不过，你听没听过一句话？奸商奸商，无商不奸，在下真担心丁大人看错了人呢！"

丁铃舒展了下身体："事实证明，林大公子是值得本官信任的！将来大公子也可以如此信任本官嘛！"

我信任你？我怕自己会短命啊！林一川翻了个白眼。

"好了，好了，本官知道昨晚让大公子委屈了，这么着吧，咱们现在就回于家寨看戏去！"

黑的就这样被他说成白的了？见识过丁铃的不要脸，林一川只是冷笑道："于家寨敢动手放火，丁大人有没有想过，他们为什么想要置我们于死地？"

"还用说吗？昨天咱们问到了于红梅和梅于氏。"丁铃的小眼睛亮晶晶的，格外有神，"有人不想让人提起'于红梅'这个名字，对痴呆的梅于氏都下了杀手。不把他们逼出来，我们上哪儿去找线索？"他捡起一块石头扔进了溪水中，"一石激起千层浪，于家寨不把来龙去脉交代清楚，本官就让他们知道'锦衣卫'三个字的分量！"

"啧啧，大人官威积厚，在下拭目以待。"林一川眼珠转了转道，"要不，大人只身前往，在下在外接应？"

区区一群山里的乡巴佬儿，还能出什么幺蛾子？用得着接应？丁铃随口道："行啊，咱们以烟火为号！"

林一川带出的行李里面有这玩意儿。两人说定，便朝着于家寨去了。

林一川和丁铃从山林中返回于家寨时，太阳刚升到空中，还不到午时，山坳里飘荡着一缕缕青烟，丁铃望着下方的于家寨喃喃地说道："看来用不着以烟火为号了。"

昨天两人眼中繁华如镇的于家寨如今已疮痍满目，被烧成了一片白地。

"怪不得……"林一川震撼地望着眼前的景象，半天内就将一座繁华如镇的山寨毁灭，幕后动手的人拥有着何等的力量，他心里生起了阵阵寒意。

丁铃转头看他："怪不得什么？"

林一川想起背着丁铃遁入山林后的那回头一望，冲天的火光，炫目耀眼。他当时还在想，定是浇了油，才有那样的火势。如果他和丁铃迟走一步，是否就会遇到前来毁灭于家寨的人？想到这里，他不免有些庆幸。

"想引条蛇，没想到引来一群狼。"丁铃叹了口气道，"是我把这件案子想得简单了，以为只会来几个刺客，能让咱们顺藤摸瓜查到幕后主使之人。"

未曾想，对方却直接毁了一整个山寨。丁铃率先朝于家寨走去："走吧，下去看看。"

两人先到了族长家，他们曾经住过的客房被烧得像两只黑漆漆的眼睛。丁铃在门口墙根下蹲下，拿出一把小刀刮了层土下来："浇过油。"

族长一家几十口被烧得面目全非。林一川看着丁铃像狗一样东刨西看，丁铃在仔细察验尸体后道："有刀伤。这里也浇过油，和客房的油不是同一种。"

"我背着你上山后，回头看了一眼。"林一川仔细回忆道，"夜里很安静，只有火光。"

这就意味着于家寨的人大都死于睡梦中。整个寨子有一百多户人家，除非同时动手，否则不会这样安静。

"咱们捅破了天呢。"丁铃喃喃地说道，"能这么迅速地毁灭于家寨，至少出动了两百人以上。"

这么多人？林一川有点儿疑惑："小小运城能有这么大的江湖势力？"

丁铃咬牙道："是训练有素的军队。"他又沉着脸道，"我们在运城衙门里查于氏的户籍时，就已经暴露了。我当时想对方只会想着杀我们灭口，没想到对方这般大手笔，直接毁了整座于家寨。"

林一川真感到好奇了："你喝得醉死如猪，就这么放心我？"

丁铃笑了，他的笑容中透着股古怪，林一川扬了扬眉。丁铃拍了拍他的肩道："大公子平时动手的机会虽然少，但单论武功，东厂武力最强的玉鹰李玉隼也不是你的对手。本官名声在外，只有真醉，对方才会放松警惕。有大公子在，我有什么不放心的？"

感觉丁铃像是知道自己的底细一般，林一川心里分外诧异，他的眼神闪了闪，打了个哈哈："本公子习武不过是为防身，又不曾与人比试过，丁大人过誉了。"

丁铃只是一笑，没有和他继续说下去，望着山寨中的某处道："去梅于氏家里看看。"

"丁大人果然不负神捕之名。"林一川和他并肩出了族长家，笑着拍他马屁道，"在下和大人形影不离，却不知大人何时打听到了梅于氏的家。"

丁铃果然又恢复了不要脸的赖皮样："我是什么人？"

"锦衣五秀，心细如发的心秀神捕嘛！"

"跟着本官好好学吧！"

梅于氏的家离族长家并不远，院子建在半山坡上，一眼就能望到底。林一川似有些明白，轻叹道："原来你醉死，不是假的。"

昨天那小厮跟他们说，梅于氏的家在寨子边儿上，因赶时间赴晚宴，就不带他们去了。但丁铃打听出梅于氏的家的具体位置后，就起了疑心。

"是出恭的时候，本官打听到的，于家寨里总还有一些有良心的人。"丁铃直接为林一川解了惑，小眼睛里闪烁着冷意，"本官还打听到于红梅当年长得水灵漂亮，却不愿意嫁给族长夫人的娘家憨侄子，所以宁愿参加采选进宫。于十七那一房仅剩下寡居回娘家的梅于氏和一个孙女，得罪了族长夫人，梅于氏自然待不下去了，所以在于红梅采选进宫后，她就离开于家寨去了京城，后来又嫁到了梅村落户。本官犯了个错，打听消息时说认得梅于氏，称她为夫人。梅于氏已离开几十年，族长以为咱们是梅于氏派来报仇的，所以想先下手为强。反正于家寨在山里，消息封锁，远在千里之外的梅于氏姑侄根本无法知晓消息。"

林一川恍然大悟，只是没想到真正想掐断线索与消息的人，连整个山寨都毁了。

说话间，两人上了山坡。梅于氏离家几十年，小院早已破败不堪，四周野草荆棘都长得有一人来高。门窗也早没了，只剩下空荡荡的土墙。

丁铃只是想来看一眼而已，他停住了脚步，朝林一川眨了眨眼睛："应该没什么线索……"

话音才落，他和林一川同时转身就跑，弩箭破空的"嗖嗖"声紧随而至。

"叮当！"清脆的铃铛声响起，金铃在丁铃的手中挥舞着。在阳光的映射下，他身后像生出了一道金色的光环，"当当"声不绝于耳，将射来的箭矢一一击落。

"真看得起老子，埋伏了这么多人！"丁铃破口大骂，边打边跑，又偷空看向林一川。林一川手里不知从哪儿抽出把剑来，剑光如水银流淌，将全身护得严严实实，他讥讽道："我看你就长了张嘲讽脸，回回引蛇出洞引来的都是一群狼！你下次能把刺客的人数想多一点儿吗？"

整个于家寨被烧得不成样子，可梅于氏的家虽然残破，却并没有被烧，两人早起了疑心。丁铃还想着生擒刺客，没想到上了山坡，林一川背在身后的手就冲他翻了两次手掌——对方埋伏在此的人少说也有二十个。

不跑还能怎么样？野草与残壁后面跃出的黑衣人功夫都不弱，不管是以轻功见长的丁铃，还是功夫也不弱的林一川，都没能将黑衣人甩掉。这场追杀从运城到京城，再无断绝。看到京城的城墙时，丁铃趴在林一川背上回头咯着血大笑："狗杂种们来呀！咱们京城再战！"

身后的人影停住了脚步，丁铃才放心地晕死过去。

林一川最重的伤在胸口，差点儿被人剖了腹。

……

林一川摸着胸口的伤想，窗边会不会跳进来一个人，如花匠老岳一样的杀手？如果自己真被杀了，谢胜这辈子估计都会信了鬼神吧，玄鹤堂的这间宿舍也会成为国子监有名的不祥之地。

他一直睁眼到天明，当看到谢胜准时地一个鲤鱼打挺起床时，他又懊恼不已。丁铃已回到京城，除非对方把锦衣卫悉数都灭了。如今知道的人已经太多了，杀自己还有什么用？

就算毁灭了于家寨，也掩不住梅于氏姑侄俩的秘密了。而为何要杀梅于氏灭口，线索在宫里。

西府海棠密密的花簇将枝条染成了紫红色的珊瑚枝，梅青指点着小宫女剪下形状、颜色最好的花枝放进了花篮里，亲手提了回去。许太后趿着软底金缕绣鞋，披着晨褛走到桌旁，看着篮子里还沾着露水的花枝，她慵懒地笑道："寻个龙泉窑的白瓷高颈瓶来，配着这海棠才精神。"

梅青笑着吩咐小太监去拿了花瓶过来，往里面注了些水道："太后娘娘，包粽子的馅儿料都已经备好了。"

"皇上从前爱吃红豆馅儿的，不知为何，今年问他，他说江南嘉兴的鲜肉粽出了名的味美，他想尝尝。"许太后在锦杌上坐下，拿着剪子修剪着花枝，眼里露出几分思念，"皇上出宫去什刹海了吧？"

梅青恭谨地答道："今年的琼林宴设在什刹海，皇上召了今年会试中榜的进士一起观赛舸，这时辰应该已经出宫门了。"

"端午节什刹海热闹得很，哀家做姑娘时也常去的，岸边搭着一眼望不到边的帐篷，水边有杂耍班献艺，空地上有玩蹴鞠的，还有卖粽子、卖豆汁、画糖人、煮馄饨的……回回哀家都要把荷包里的碎银子花个干净。"许太后想起年轻时未出嫁的时光，温柔地笑着，"哀家总要缠着兄长，入夜后放过花灯才肯回家。"

梅青抿嘴笑着："太后娘娘如果不去放花灯，又怎能遇到先帝？"

"大胆！"许太后斥了梅青一句，却并无怪罪之意，她细致地插着花，眉间眼底染满了风情，"哀家那时年幼，可不知道他就是皇帝，见他站在水边手里没有花灯，便好心分了他一盏，哪晓得他将那盏灯留了那么多年。"

也许是因想到先帝，许太后的眼神黯了："你去吩咐尚宫局，今晚也备些花灯，咱们去不了什刹海，就在宫里头玩一玩吧。"

"是。"梅青应了声，兴致勃勃地去了。

西府海棠疏落有致地插在白瓷瓶中，殿内立时多了几分春意，许太后欣赏着细密地贴着花枝怒放的花朵，染着蔻丹的指甲轻轻从上面掠过："和丹桂一样，花长得小气，就颜色还算喜庆。"

这时小太监急步从殿外行来，躬着身禀道："太后娘娘，谭公公来了。"

此刻是用早膳的时间，谭诚这么早来做什么？许太后有点儿吃惊，指甲微微用力，掐下几朵米粒大的花来。她朝指甲吹了口气，将花朵弹掉，吩咐道："梳妆吧。"

她换了身紫红色对襟大袖衣，梳了高髻，满意地打量着镜中雍容华贵的自己，才缓步去了前殿。谭诚并未落座，背负着双手站在殿中，听到环佩叮当，他微笑着望向盛妆行来的许太后，抬臂躬身道："太后娘娘安好。"

"谭公公难得这么早来，可有急事？"许太后登了凤座，没有掩饰脸上的好奇。

"今天端午，老奴来给太后娘娘送节礼。"

"哀家今天要裹些粽子，回头也给谭公公送一篮尝尝。"

阳光穿过殿门，投下一片温暖的色调。殿堂太大，服侍的人悉数退到了殿外，许太后和谭诚坐在空旷的殿中，极温暖地聊起了家常。

"皇上亲政以来第一次有了天子门生，今天什刹海边办琼林宴，定是极为热闹。"谭诚微笑着感叹道，"光阴似箭，老奴记得当年跟在先帝身边的时候，在什刹海边遇到了娘娘。"

提起皇帝与往事，许太后眉间舒展，亦有些感慨道："一转眼咱们都老了。"

"娘娘可不显老，哪像老奴和素成，双鬓都白了。"谭诚笑道，"宫里头像老奴一样见过娘娘二十年容颜不改的老人不多了。"

许太后轻抚着鸦青色的鬓角打趣道："谭公公需要操心的事太多，照哀家看，那些琐碎小事让下面的人去办就是了，你也该享享清福了。"

"皇上年轻，总有些官员仗着是先帝老臣，嚣张跋扈，老奴不敢懈怠。"谭诚恭谨地回道。

谭诚不可能放弃手中的权力，许太后不过言语上说了两句，心知无用，也就转过了话题："哀家已令礼部选送适龄大家闺秀进宫待选，会试过后，皇上也该册立皇后了。绵延子嗣为重，谭公公以为呢？"

"太后圣明，宫里既然添了月美人，就应及早立后。中宫若虚悬太久，恐朝政不稳。"

"谭公公可有皇后人选？"许太后试探着问谭诚道。

谭诚轻描淡写地说道："礼部自有章程，选送的闺秀中总能挑出令太后娘娘可心的皇后。"

这么说来，谭诚不打算插手皇上立后？那他这么早来究竟是为了什么？许太后没有接话，她并不相信谭诚不会插手皇上立后之事。谭诚笑了笑道："先帝过世已十年，宫里一直没有采选过，老奴以为皇上今年立后纳妃，明年就可从民间采选适龄女子以充后宫。"

许太后轻舒了口气，这是一次交换，皇后的人选谭诚不插手，但嫔妃中一定会有谭诚送来的姑娘。许家能定中宫皇后，太后已很满意，她笑着点头道："谭公公所言极是，宫里是该进批新人了，到了年纪的宫人也该放出宫去了，以免有伤天和。"

"太后娘娘可得好好甄选，这是善举。"谭诚说罢起身告退。

许太后微笑着望着他走出殿门，思忖着谭诚的真实来意。

走出宫门，谭诚回头看了眼，淡淡说道："可惜你儿子未必愿意娶你定的皇后。"

谭诚走了一截，停下脚步问身边跟着的梁信鸥："你最近一直在查丁铃被人一路追杀至京城身受重伤的事？"

"是，属下查到现在，尚不知道追杀他的人是谁。"梁信鸥心里充满了愤怒，这天底下还有他查不出来的事，他犹豫了下道，"该不会是珍珑……"

"有人想找锦衣卫的麻烦，东厂不必掺和进去。"

当初刺客珍珑连杀东厂六人，锦衣卫在旁边看热闹看得很是高兴，如今有人要杀锦衣卫的人，东厂不看笑话，难道还要帮锦衣卫查找杀手？

　　明白谭诚的意思后，冷汗从梁信鸥的后背沁了出来，他对丁铃太过关注了："属下险被私仇蒙蔽了心智，谢督主提醒。"

　　谭诚温和地说道："侯继祖夫妇已在押解回京的路上，其子侯庆之抹脖子跳御书楼而亡，满朝官员和国子监的那些儒生都在盯着这件事不放。咱家在金殿上接下押送侯继祖之事，若出了闪失，东厂就要被人看笑话了。"

　　梁信鸥赶紧答道："属下早已令人盯紧了锦衣卫，另已派人去淮安府调查库银调包、河堤垮塌这两件事的线索。"

　　"三十万两河工银入了库才发现被调包，做这件事的人势力不小。见侯继祖自己筹银修堤，就毁了河堤将事情捅破，是有人嫌东厂和锦衣卫最近相处得太融洽了。"

　　"督主是怀疑有人在故意挑起锦衣卫和东厂相斗？"

　　谭诚淡淡地说道："不是怀疑，是肯定，只是咱家一时还拿不准这人是谁。侯庆之将其父之事扣在东厂头上，有那勇气抹脖子跳楼自尽，把事情闹大。在国子监休沐那天，他一定见过什么人，听说了什么，才会一口咬死是东厂所为。"

　　梁信鸥懂了："属下已有了一份当天他接触过的人名，正在一一排查。"

　　回到东厂衙门，谭诚进了书房，打开一个抽屉，拿出一份卷宗。卷宗里只有薄薄的一页纸，他提起笔，又添上了几句："四月初十自京城消失。同日，丁铃离开京城。月末，受伤背负丁铃自西城门入京。"

　　谭诚合上卷宗，习惯性地打开棋盒，拿出一黑一白两枚棋子捏在手中。当他举棋不定时，他就会有这样的习惯。

　　打压林一川，没有让他生出对东厂的忠心，反而将他推向了锦衣卫，是自己的决定错了吗？还是林一川以为可以左右逢源，借锦衣卫的手让林家摆脱东厂？

　　"毁了你，东厂扶持林家二老爷做傀儡。"谭诚将黑子落在棋枰上，又拈着白子落下，"林一川，你经商的本事不弱，咱家就再给你一次机会。"

　　且看看吧。

艾
汤
中
的
玄
机

端午这天并非休沐日，但因逢节，国子监只设了半天课。

喜欢望着窗外的景致，沉浸于诗意之中的蔡博士说起了端午的由来。从历法说到阴阳术数，罗列诸如端五节、端阳节、重五节、天中节、夏节、五月节等说法之后，老先生悠然叹道："诸生可知，南北端午节可有什么不同？南、北各有习俗。这个问题，当由最会玩乐的学生答之。靳择海，你且说说北地是如何过这端午节的。"

学生们哄堂大笑，靳择海挺直腰板站了起来，嚷道："笑什么！不会玩的读书人叫书呆子！博士，学生此话可有道理？"

"此言有理。"蔡博士欣然点头。

关于如何过节、如何玩乐，靳小侯爷的成绩向来名列前茅。得了蔡博士的夸奖，靳小侯爷大声说道："北方过端午，射柳、打马球、吃粽子、浴艾浴、佩五毒。"

"答得好。"蔡博士笑眯眯地说道，"林一鸣，老夫觉得你于玩乐之道不输靳择海，关于南方如何过端午，就由你来答吧。"

林一鸣满面红光地站起来，团团揖首，喜滋滋地说道："先生目光如炬，慧眼识才，学生的确擅长玩乐。"他摇头晃脑地道，"南方过端午有赛龙舟、斗百草、跳钟馗、放花灯、系长命缕、沐兰汤、吃粽子、五毒饼、饮菖蒲酒、雄黄酒。晚间花灯如海，画舫如织。所谓北地胭脂，扬州瘦马……"

蔡博士好奇地打断了他的话："只是何谓扬州瘦马？扬州端午有赛马庆节的活动？"

甲三班一半是荫监生，一半是捐监生，大都是会玩乐的人物。听到老先生如此问道，脸上的神情顿时都精彩万分，忍笑忍得难受。唯有谢胜来自北地，家境清贫，对骑马打仗心向往之。见周围同窗个个神情怪异，他禁不住脱口而出："北地胭脂马、扬州瘦马是什么马？脚力可好？"

林一鸣"扑哧"大笑起来，偏装出个正经样道："回先生，扬州瘦马有七字决，一字不符，就算不得精品。这七字乃'瘦''小''尖''弯''香''软''正'，还得琴、棋、书、画擅精一种，方能在花灯游湖时夺得青楼花魁的美誉。"

"咳咳！"蔡博士先前还抚须点头，听到后面也禁不住老脸通红，连声咳嗽起来。

谢胜目瞪口呆，教室里瞬间爆发出一阵大笑。

林一鸣望向靳择海，心想，先前你得了表扬，本公子现在答得可比你全多了。他朝蔡博士拱手道："学生没答错吧？"

蔡博士神情僵硬地点了点头，再无心思上课："南北皆有沐兰、艾汤浴一说，接下来的课就在澡堂里上吧，待香汤沐浴之后，老夫就带大家去什刹海观看赛舸、射柳、打马球去。"

今天是端午节，国子监虽放了半大假，却不准监生们出门。早听说什刹海在开琼林宴，却去不了，蔡博士如此通达，甲三班顿时如开锅的水，沸腾了。穆澜打算开溜，蔡博士清了清嗓子严肃地说道："不得有一人缺席或私自离开，否则以监规处置，老夫已请纪典簿随行监督。"带学生出游，出了事得担责任，老先生不得不板起脸来正告他们。

林一川微笑地望着穆澜，摩拳擦掌——终于有用武之地了，他矜持地等着穆澜来求自己帮忙。

学生们热热闹闹地列队跟着蔡博士去汤池，穆澜神情淡定地走在队伍之中。

"小穆，真可惜去年端午没见着你走索夺彩。"林一川盯紧了穆澜，心想，我才不给你开溜的机会，除非你求我帮忙。

是啊，转眼就一年了。穆澜蓦然想起去年端午赶着去走索，从人群中挤过撞着无涯的事，她眼神黯了黯，敷衍道："我进了国子监，我娘也散了穆家班，我们再也不用去跑江湖卖艺了。"

"也是。好好洗个澡，然后去什刹海玩。"林一川眉眼中飘过笑意，又低声说道，"戌时你来莲池，我们给杜先生放灯去。"

穆澜一怔，顿时自责不已，她感激地看着林一川："多谢你还记着先生。"

林一川一语双关道："我承诺过先生的事，自不会忘。"

他答应过杜之仙，将来穆澜若有难，他定会保她性命。他想对穆澜说，我一直在保护你。他那深邃的眼眸里透出浓浓的情意，可惜穆澜想着无涯与杜之仙，盘算着如何脱身不去汤池，并没有看见。

走到汤池入口处时，甲三班和甲一班遇了个正着。蔡博士与侯博士抬臂见礼，而后两位须发皆白的老先生各自把头一昂，转向了不同方向，一看他俩就知道彼此不对付。

师者有事，弟子服其劳。早和谭弈那群举监生结了仇的荫监生们眼中纷纷射出了眼刀子，学着蔡博士样，把头一昂，跟着老先生朝另一边走去。

五月十三是监生六堂招选考试的日子，如果让许玉堂、穆澜生病，岂非省心许多？想到这里，谭弈停住了脚步，他落在队伍后面，朝热情望向自己的林一鸣使了个眼色。穆澜本就拖在后面，不巧刚好看到林一鸣和谭弈走到一旁说着话。

林一川故意逗着穆澜道："泡过药浴，百病不生。小穆，你是进大池还是选木桶浴啊？我记得你不喜欢与人共浴，要不我出银子，咱俩泡木桶浴去？"

国子监的汤池也分大、小，有同时能容纳百来人的大池，也有能容几十人和十几人的小池，还有单独的木桶。以往汤池吏员为巴结荫监生，都给单独安排房间。当然，给钱也可以得到单独的房间。

"成啊，你出银子，让我包个房间单独泡澡。"穆澜随口说着，心想今天汤池来了这么多人，就算包下房间也不安全。

"喂，我出银子，就咱俩都不行吗？各泡各的桶，有什么关系？"

林一川本以为穆澜不肯，没想到她笑嘻嘻地说道："好啊。"

她又在打什么鬼主意？林一川真的给管汤池的吏员塞了银子，要了个木桶浴的房间。两人进去时，正看见许玉堂和靳小侯爷进了隔壁的房间。

房间里并排摆着两只木桶，林一川开始脱外袍，他慢吞吞地解着衣带，等着看穆澜出招："小穆，你怎么还不脱衣裳？"

"药汤还没抬来呢，慌什么？"穆澜一点儿也不慌张地道。

正当林一川觉得纳闷儿时，就听到穆澜"哎哟"一声，她捂着肚子道："肚子有点儿疼。"

林一川转过身笑得肩头直耸，还以为她的招数有多稀奇呢，原来只会装肚子疼。他笑着赶紧将衣带系好，大声说道："小穆，我与你同去茅房！"

"我疼得受不了了，先走一步！"穆澜理也不理他，捂着肚子就往外跑。

"小穆，等等我！"

牛皮糖！狗皮膏药啊你？穆澜暗骂了声，脚步加快，径直冲出了汤池。林一川铆足劲儿要盯死她，哪里会容她跑掉。穆澜又不好在大道上施展轻功，只能由着林一川黏着，她气呼呼地说道："你跟着我做什么？"

"汤池里就有茅房，你这是要去哪儿啊？"林一川明知故问，还装出满脸疑惑的样子。

"大公子，你要出恭请去茅房，我是肚子疼，要去医馆看郎中，咱俩不同道！"穆澜见偏离了大道，四周无人，也不捂肚子了，心想，你再跟，我就揍你。

林一川揉着肚子皱眉道："哎哟，我这肚子也疼得不正常，我也去医馆看看吧。"

只要不去汤池，你铁了心要跟，就跟着吧。穆澜看出林一川是装的，实在气不过道："大公子，玄鹤堂洗澡不太方便吧？今天汤池特意煮了药汤，你不去洗真是可惜了，一间单独的木桶浴要一两银子呢！"说着她把脸往他身上凑了凑，鼻翼翕动着道，"你身上真有味儿了！"

林一川下意识地捂住了胸口，回国子监这几天，他总会找时间溜出去，在外头洗澡、换药，再赶回来点卯。难道穆澜闻到了他身上的药味？不会吧？他用的金疮药如香膏一般，他还特意用香熏了衣裳。

咦，今天林一川怎么没有浑身发痒了？穆澜很好奇，见他用手捂着胸挡着，便越发把脸靠得更近："真的有股味儿。所谓'入鲍鱼之肆，久而不闻其臭'，你自己闻不到，对吧？我鼻子可灵了，我跟你说，你身上这股味儿让我想起了我师父家的猪圈。你还记得不？我师父家里养了两头猪，你还记得你当时清扫猪圈时的味道吧？"

她就不信恶心不到他，吓不跑他。

她离他真近，低头时能看到她两撇清叶般的眉、不停翕动的鼻翼，可爱得像条小狗。林一川这样想着，不禁冲动地张开双臂抱住了她，用手掌将她的脸按在了胸口上："不是吧？你再闻闻，哪儿有什么臭味！"

他闭上了眼睛，他想抱她好久了。

穆澜听到了他的心跳声，"咚咚"的心跳声敲击着她的耳膜，让她好不自在。她正想推开他时，忽然感觉到他胸口的不对劲儿，她抬起了手。

她的手掌贴在他的胸口上，脸也靠在他的胸口上，如同小鸟依人。林一川低下头，偷偷亲了亲她的纱帽。

穆澜蓦然发力，将他推开了，她脸上挂着一丝探究的笑容："大公子屁股上挨过板子，难道胸口上还练过铁锤碎大石？"

林一川愣住了，眼里掠过一丝伤心。他仰头望着天空，一切都是自己的幻想，没有小鸟依人，没有为他心动，她不过是察觉到他胸口裹着厚厚的绷带。

"放心吧，我不会说出去的。"穆澜灿烂地笑了，还很关心地问道，"伤得重不重啊？你如果换药不方便的话，我帮你搞定！"

"谢了，燕声在外面租了房子，我每天都会去，点卯前回来就行了。"林一川脸上挂着笑，心里却百般不是滋味，本想看她出糗着急，怎么到头来却变成她要帮自己的忙了？

"有什么需要我帮忙的，你说一声。"

"好。"

然后两人就站在树林边上陷入了沉默。林一川想告诉她这一个月里所发生的事情，却又有点儿赌气。穆澜可没想着要和他分享自己的秘密，他这么上赶着说叫什么事？

　　这一个月林一川出了趟门，胸口还受了伤，至今未好。穆澜想起他假装挨板子受伤的事，若非方太医透给自己知晓，自己还被他瞒得死死的。林一川受到锦衣卫的照拂，难道他是被东厂追杀？每个人都有自己的秘密，穆澜想起了荷包里侯庆之给自己的玉貔貅，也跟着沉默了。

　　总站在这里不说话也不是事，两人同时开了口："你肚子不疼了？"

　　眼神碰撞，都知道对方是装的，林一川和穆澜都笑了起来。

　　林一川捂着胸口道："我这样子没法儿进汤池泡澡。"

　　穆澜眨了眨眼道："我看到谭弈和林一鸣说了几句话后，林一鸣好像就一直没进汤池。再过几天就是六堂招考了，我觉得谭弈或许又想使阴招，便出来看看。"

　　甲三班最有希望考进率性堂的人就是穆澜和许玉堂，她在担心许玉堂吧？林一川自然又想起了无涯，微酸地嘀咕了句："爱屋及乌啊。"

　　"你说什么？"穆澜没听清楚。

　　林一川做沉思状："我在想，如果想害甲三班的人生病，在汤池里下什么药管用。"

　　穆澜心想，能用的药太多了。她道："我们都不知道蔡博士的安排，也不知道谭弈他们也会来沐浴，他应该是临时起意。"

　　"如果要下药，只会从医馆里拿。走，去医馆瞧瞧。"林一川会意道。

　　两人去了医馆，正巧看到林一鸣从医馆里匆匆出来，林一川道："我跟着他，你去医馆看看他拿的是什么药，能弄到解药最好，咱们就可以来个将计就计。"

　　穆澜离开后，林一川便跟上了林一鸣，直跟到林一鸣钻进了汤池旁的一座假山里，他也跟着钻了进去。光线从假山孔隙中投进来，林一川闪身躲在石头后面，就听到林一鸣兴奋地说道："我说我喉咙疼，果然就给我开了甘草汤，还说等煎好了让我回头去服用。我认准后就偷偷拿了一包，医馆里这种药多得很，装了整整一筐。"

谭弈轻笑道："许玉堂对甘草过敏，将甘草煮在艾汤里谁都发现不了。泡过药浴，不出两天他就会浑身起红疹，参加不了考试，对旁人却是无碍。走。"

两人离开假山，进了汤池。

"还真是为了对付许玉堂。"林一川喃喃地说道。想起自己送穆澜去宿舍那天许玉堂高傲的态度，林一川靠着假山悠然地想，自己若救了许玉堂，他的脸色一定会很精彩。

等了一会儿，林一川也没等到穆澜回来。时间不等人，许玉堂若泡了加有甘草的药浴，一切就都迟了，他只得先进了汤池。此时，许玉堂正和靳小侯爷聊天儿，两人已经脱掉了外裳，等着汤池的杂役抬药汤进来。

穆澜打听到林一鸣因喉咙疼，来医馆开了剂甘草汤。甘草性平，味甘，有补脾益气、止咳润肺、缓急解毒、调和百药之用，穆澜想不通林一鸣要此药的个中缘由。

方太医将她留住了，随后带着她进了自己的厢房，拿出一只精巧的竹编食盒道："你若不来，老夫也要去寻你。春来小公公送来了节礼，这是带给你的。"

穆澜愣了愣，方太医暗暗叹了口气，负着手走了出去。穆澜坐在桌旁，沉默良久才打开了食盒。里面只有一张信笺，上面的字迹娟秀挺拔：戌时，银锭桥。

穆澜的心顿时乱了：见，还是不见？

汤池的厨房里水汽蒸腾，药香绕梁，杂役像搬家的蚂蚁，将一桶桶煮好的药汤传到尽头硕大的木斗中，再经由竹管流进汤池。

白雾般的水汽弥漫，遮挡着视线，但这并不妨碍半蹲在房顶上的林一川看清楚谭弈等人的行动。送进厨房的药包里混进了甘草，木斗中也被扔进了一包。

"心思缜密，只要许玉堂泡澡，就会中招。"林一川自言自语道。

只要不让许玉堂泡澡就行了，可是这样岂不便宜了谭弈？他想起了还没回来的穆澜，便一溜烟儿地走了。

木桶浴的厢房建在汤池后面，林一鸣穿着中衣蹑手蹑脚地走到许玉堂和靳择海的房间外，左右瞧着无人，就用手指捅破了窗户纸，又将眼睛凑近了破洞。热气蒸腾的房间里，许玉堂和靳小侯爷舒服地躺在木桶中，眼睛半合。林一鸣贼笑着缩回了头，回了旁边的房间。

"成啦！我亲眼看到许玉堂泡在木桶里，舒服得都快要睡着了。"

谭弈笑了起来，脱了衣裳泡进木桶里："许玉堂想进率性堂，门儿都没有！"

一个时辰后，沐浴后的学生们精神焕发，整齐列队，前往什刹海，沿途引来京城的小娘子们尖叫声不断，香囊、荷包、鲜花雨点般地投向了这群朝气蓬勃的年轻学生。

"许玉郎！我看到许玉郎了！"

"那是谭公子！"

"你们看到那位小公子没？长得好俊俏！"

"旁边那个才叫俊俏！"

林一川伸手捞住一只砸向自己的荷包，瞬间听到扔荷包的女子喜悦地叫了声，脸禁不住有点儿红了。他偏过头看向身边的穆澜，她正顺手将一个女子送给她的荷包挂在腰间，还冲那位姑娘微笑，欢喜得那位姑娘又蹦又跳。林一川觉得又好气又好笑："你不怕那位姑娘会错意？"

穆澜笑眯眯地说道："谦谦君子，美人好逑。京城女子素来热情，何不大方一点儿？咦，大公子家里开着青楼，阅女无数，竟还会脸红？"

谁阅女无数了？林一川撇了撇嘴，将荷包塞进穆澜的手中："喜欢你就挂着呗。"

穆澜就真的将荷包挂在了腰间，还眼疾手快地又捞了一只，一并系在了腰间的丝绦上，开心地说道："回头拿到绣庄去，一只至少能卖十五文。"

她边说边冲旁边的姑娘们展露着灿烂的笑容，腰间渐渐挂满了琳琅满目的荷包。

林一川哭笑不得："你穷成这样？我记得你明明赚了我不少银子，还不够你花销的？"

"我家开面馆能赚多少银钱？二十来号人要生活，我得多攒点儿，好给他们买田地。"穆澜边答边推搡了他一下，"那边的几个姑娘都看着你呢！快冲她们笑笑。"

林一川："……"

这时，两人听到旁边有个姑娘轻声叹息道："也不知道何时才能再见到那位谪仙般的公子。"

穆澜脸上的笑容就僵了僵，眼里生出一层悲伤。冰月姑娘进了宫，她和无涯也捅破了窗户纸，他们再也回不到放下身份、地位、秘密的时候了。

她瞬间低落的情绪悉数落进了林一川的眼中，他磨着后槽牙问她："那位谪仙般的公子是宫里头的那位吧？"

穆澜翻了个白眼："我怎么知道？"

你不知道才有鬼！林一川明明气得想跳脚，却又无从发作，只得悻悻地转开了话题："你怎么在医馆待了那么久？你再迟来一会儿，就整不到谭弈了。"

"配药不需要时间？"穆澜又翻了个白眼，噎得林一川不知道该怎么接话，半晌他才道："晚上你别忘了，要给杜先生放灯。"

想着无涯的相约，穆澜深吸了口气道："戌时，莲池见，忘不了。"

相见争如不见，那就不见吧。

林一川露出了笑容。

学生们来到什刹海时，正赶上赛舸。远处那座白色的大帐格外醒目，黑压压一片的官员、禁卫、太监、宫婢与新科进士们，也没能遮挡住正中央那袭明黄的身影。

两位博士带着学生们在草地上席地而坐。京城百姓围挤在四周，争相目睹琼林宴上的进士们的风姿，那些目光也分出一些投在了监生们的身上，让他们都挺直了腰背。

"寒窗十载，只为了这一刻的荣光啊，他们的今天就是你们的明天……"

蔡博士看着学生们眼里的艳羡，开始了新一轮的思想教育。

春来匆匆从大帐中走来，与两位博士和随行的纪典簿见过礼后道："赛舸之后有马球赛，皇上特许监生们观赛，监生们可组两队进场表演。"

举国上下皆迷马球，学生们听到此话皆欢呼雀跃，朝着大帐三呼万岁。春来朝穆澜瞥了一眼，笑着走了。接下来蔡博士慢悠悠地向素来不对付的陈博士笑道："各班自建队伍吧。"

靳小侯爷朝荫监生们挤眉弄眼，心照不宣地笑了。甲三班的荫监生和捐监生虽读书不如甲一班的举监生，但打马球这种事，能甩甲一班几条大街。

谭弈皱了下眉，随后又舒展开了。

看完赛舸后，学生们进入马球场。大帐后面新辟出一大片空地，禁军们组成的人墙外站满了看热闹的百姓。锦烟公主穿着马球服，骑着马绕场跑了一圈，停在了国子监的学生们面前。谭弈眼神一亮，站了起来："见过公主殿下。"学生们跟着起身见礼。

"免礼。"锦烟公主在人群中寻找着穆澜，瞬间和林一川打了个照面。

认出是那天林中的娇蛮女子，林一川"喊"了声。

原来他是新进监生啊，终于找到他了。锦烟公主正想发作，突然看到站在林一川身边的穆澜，脸上不禁浮起了一层红晕。她顾不得找林一川报仇，便大方地和穆澜打招呼道："穆公子，你会下场吗？"

穆澜望着小公主笑道："我们班队员够了，我不上场。"

自己特意和皇兄提出让监生们打马球，穆公子怎能不上场？锦烟公主望着已换好马球服的许玉堂道："许三，你让个名额给穆公子！"

以穆澜的身手当然可以，许玉堂笑道："殿下有令，自当遵从。"当即让一名荫监生和穆澜换衣裳，锦烟公主满意地拍马走了。

学生们再次坐下，谭弈望着锦烟的身影，心中掠过一丝酸意。她忘记自己了！她怎么能忘了他！他脑中全是锦烟对穆澜娇羞说话的脸，笼在袖中的手不禁紧紧攥成了拳头，他冷冷地望向了穆澜。

敢碰他的人，他要穆澜死。

宫里下旨让监生们组队比赛，还很贴心地准备了衣裳、鞠杖和马匹。去换衣裳时，谭弈看到甲三班里出场的人有林一鸣。

许玉堂居然会用林一鸣？谭弈有点儿不解，随即脑中一道念头闪过，他明白了：林一鸣虽学业不成，但打马球这种事定是个中高手。

他慢悠悠地换着衣裳，面无表情地看着穆澜在和林一川有说有笑。锦烟对穆澜绽放的笑容里有着异样的娇羞，别人没瞧出来，他却看明白了。那张笑脸像一块火炭压在他心上，烧灼着他的心。如果不是在御前，谭弈想，他现在就会提刀过去捅死穆澜。

锦烟是他的，谁碰谁死。

林一鸣经常感叹自己是身在曹营心在汉，但他能有什么办法呢？他只能时时刻刻找机会向谭弈显露自己的忠心。他不是笨蛋，林家二房想要争夺产业，除了依靠东厂，还能怎么样？谭弈的一个眼神让他知趣地放慢了换衣裳的速度。

甲三班的领队是许玉堂，出了帐篷，他扫了眼周围的人：靳小侯爷这几位都是从小就相熟的世家公子，击鞠的水平他了解；穆澜有武艺，又是公主钦点，应该也没问题；林一川更不必说，富贵人家长大，击鞠术不会差；林一鸣自告奋勇，扬言自己是江南击鞠第一，林一川也替他做了证明。但是许玉堂仍然担心林一鸣，他此刻留在帐篷里，该不会在和谭弈商量着使坏吧？

接到许玉堂的目光，林一川望着用来换衣裳的帐篷懒洋洋地说道："放心，我盯着他呢。我们班不但会拿头筹，而且还会赢。"

想起在汤池沐浴的事，许玉堂"嗯"了声，和靳小侯爷等人就先去了。

林一川对穆澜笑道："我等等一鸣。"

都知道他要警告林一鸣，穆澜笑了笑也跟着许玉堂等人离开。

林一鸣匆匆走出帐篷时，看到林一川正抱着手臂靠着棵树在冲自己笑，他眼珠一转："堂兄该不会是在等我吧？"

林一川两步上前，将胳膊搭了他肩上，亲热地揽着他往回走："今天你敢帮谭弈使坏，让我们班输球，我就有一百种办法弄死你，明白吗？"

"林一川，你当我林一鸣就没有集体荣誉感吗？"林一鸣半点儿不见心虚，他笑嘻嘻地说道，"得，不和你扯什么荣誉感了，我还在甲三班念书，我还怕全班孤立我、整我呢。我们班准赢，甲一班那群文弱书生玩这个不行。"

真的假的？林一川胳膊用了点儿力，箍得林一鸣差点儿喘不过气来，他不由得服了软，嘀咕道："我刚才不过和谭兄打了个招呼闲聊两句而已。"

林一川放开他，替他整了整衣袍，黝黑的眸子泛着冷意："输了，你就想想怎么死会舒服一点儿吧！"他的笑容和蔼如亲兄，拍了拍林一鸣的肩便扬长而去。

望着林一川的背影，林一鸣的嘴角翘了起来："林一川，你也有判断失误的时候？人家还没把输赢放在眼里。"

这个"人家"自然指的是谭弈。

穆澜来到球场时，宫中的两支球队已在场中驰骋厮杀起来。马蹄踏得大地震动，红、蓝两支队伍追逐着白色的木球奋力挥杆，白色的木球在空中跃起，划出一道弧线，进了球门。

"万岁！万岁！"

突然爆发出的欢呼声吓了穆澜一跳。

一声锣响，计筹的官员激动地大喊道："皇上得了头筹！"

四周欢呼声如雷鸣一般。尤涯执杆勒马回头，红色绣金线的武士服勾勒出他的宽肩细腰，温润如月的眼眸染满了勃勃生机，英气迫人。穆澜的心禁不住狂跳了起来，原来他也有如此英武的一面啊。这是她第一次看到他穿这么鲜艳的衣裳，静月般美丽的面容被大红的武士服映衬得唇如丹朱，让她舍不得移开眼去。

穆澜都不知道自己在冲着无涯笑。她的笑容如此炫目，让他回头就看见了她。她的眼神如此闪亮，他看到了她的喜欢与仰慕，一股血气直冲头顶。他一定要赢给她看！胯下的马匹也似感染了他的兴奋，"突突"地打着响鼻，在开球的锣声响过后，一声长嘶，载着他就飞驰而去。

"小穆，谭弈肯定会盯死许玉堂，等会儿由你去抢头筹！"林一川的声音让穆澜回过神儿来。四周的热情感染着她，可是她很为难地说："我不会击鞠。"

林一川愣了愣："你说什么？"

穆澜摊了摊手道："因为我从来没有玩过呀。公主殿下一开口，许玉堂就应了下来，我连'不会'两个字都没得及说，我肯定会拖后腿的。"

难得看到穆澜犯愁抱怨，她不自觉撇嘴的模样，让她终于有了一丝十六岁小姑娘的感觉。林一川眼神柔得都快要滴下水来，他哄着她道："不会的，我去当主攻手好了。我们班个个都是击鞠高手，不差你一个。"

"我试试吧。"穆澜目不转睛地盯着场上，临时抱佛脚地学着，"我去挡人应该可以。"

两队骑兵挥舞着鞠杖交织冲刺着，尘土飞扬，马嘶声不绝于耳，场上的呐喊声、助威声与马蹄声混在了一起。喧嚣声刺激着看客们的神经，所有人都为之疯狂。

看席上被邀进场中的名门闺秀们皆看得目眩神驰，一双双美目悉数黏在了年轻英俊的皇帝身上。他是这样年轻、俊美，拥有着无上的权势，他纵马击鞠时的英姿令闺秀们着了迷。听说宫里有了个月美人，那么，离皇帝册后纳妃应该也不远了吧？

锦烟公主在蓝队，禁军们自然都让着她，有球都往她身边击去，好让公主殿下大显身手，玩得痛快。她也是击鞠好手，有心在穆澜面前显摆，方才被皇兄夺了头筹也便罢了，谁叫他是皇帝呢，可现在就不能让着他一点儿？

眼见无涯的马又靠了过来，球又一次被他钩走，锦烟火冒三丈，拍马追上了无涯道："皇兄，你已经拿了头筹连进两球了！说好了让我赢的！"

"朕改主意了！朕要漂亮地赢！"无涯利落地回绝。

改主意了？还要漂亮地赢？！她成了皇兄的陪衬？锦烟气得直咬牙，黏着无涯施尽全力抢球。

"赢了比赛，本宫每人赏银百两！"锦烟大声说道。

重赏之下必有勇夫，蓝队击鞠手都跟打了鸡血似的勇猛。无涯却不想抬出皇帝的身份压着蓝队相让，穆澜正看着他呢，他一定要赢得光明正大。温和如鹿的皇帝在击鞠场上突然变成了一头豹子，禁军们都看傻了眼。

场上的比赛因为这两位尊贵的主上互不相让而变得激烈无比。无涯抓着辔头，身体离了鞍，俯身漂亮地将球抢走，又瞬间翻身坐起，用力一击，白色的木球再一次漂亮地进了门洞。铜锣"哐当"地敲响，高呼万岁的声音响彻了球场。

无涯仰着脸，汗水密密地挂满了额头，如天神般俊美。

最终，蓝队只进了一球，皇帝率领的红队以四比一赢得了全场胜利。看台上的少女们疯了似的跳起来高呼着万岁。无涯灿烂的笑容刺激得锦烟将鞠杖直接扔了，拍马就走，一张娇俏的小脸儿气得通红。丢死人了！明明答应过只要得了头筹就让她赢的，还金口玉言呢！骗子！早知道会输得这么惨，叫穆公子看自己笑话，她就不上场了。

无涯拍马回帐，目光似有似无地往监生席的方向瞥去，看到穆澜正和一群穿蓝色武士服的监生们围在一处说话。那些倾慕的目光中没有她的，赢了又如何？无涯垂下了眼眸，先前的胜利与进球时的酣畅痛快顿时消失殆尽。

她还在误会他吧？误会是因为在意。无涯想到了这句话，脸上重新涌现出浅浅的笑容。他下了马，接过帕子擦汗。

春来邀功地笑着道："给穆公子安排的马是那匹山茶。"

山茶有灵性，爆发力强，性子也温驯。她的功夫那么好，马术也应该不错吧。无涯似乎已经看到穆澜潇洒进球的美丽画面，他满意地将帕子扔回了盘中，气定神闲地回到了座位上。

第三十九章 活在谎言之中

上场的监生都是少年郎，武士服一上身，个个英姿勃发，散发着小白杨般的清新气息，煞是整齐好看。不知是谁喊了声"许玉郎和谭公子击鞠对战"，一下便吸引了游湖的小娘子们，就像是在地上撒了一把米，成群结队的麻雀忽地落在了赛场四周。

那些新换上的艳丽春裳给赛场四周镶上了缤纷的色彩，小娘子们脆脆的、活泼的议论声叽叽喳喳响个不停。

"那位骑白马的小公子好生俊俏！"

"那匹马好漂亮啊！白马蓝衣，太美了！"

"天哪，我心跳好快，小公子冲我笑了！"

上场的红、蓝两队，唯有穆澜的马毛色雪白，不带一丝杂毛，着实醒目。许玉堂和谭弈因着装与众人无异，反而不如穆澜出彩。

禁军临时牵了马过来，等别人都分完了，轮到穆澜时，没马了。这匹马是后来牵过来的，个头儿虽矮了一点儿，但长得实在太漂亮了，穆澜十分欢喜地就骑上了。

听到议论声，穆澜很是得意扬起了下巴："谁想和我换马？骑上这匹马，全场瞩目啊，只要一百两，有人想和我换马不？"

许玉堂、靳小侯爷都以为她在开玩笑，不置可否。林一川却知穆澜又想趁机赚钱，忍俊不禁道："小穆，你就不是做生意的料，这么大声嚷嚷，谁好意思和你换？"

哪晓得林一鸣来了句："我啊，我和你换马！"

穆澜上下打量他一番，叹了口气道："算了，这银子我不挣了！"

林一鸣急了："为什么啊？"

穆澜睨着他道："一朵鲜花插牛粪上，惨不忍睹啊。"

众人哈哈大笑，林一鸣气结，盯着穆澜，心想，你给我等着！

"别闹了，记住我们的队形。"许玉堂低声说道，"小穆，你负责后防，我缠住谭弈，他们就输定了！"

白色的木球被放在了球场正中，锣响声起，两队人马朝着木球飞驰而去。几乎所有人都在同一时间奔出，负责后防的穆澜迟了半拍才催马前奔，漂亮的小白马"嗖"地就冲了出去，她才眨了下眼，便已将蓝队甩出了一个马身的距离。

我去！这匹马爆发力竟然这么强？应该给负责进球的林一川骑才对呀！穆澜禁不住暗暗叫苦。

蓝队的人目瞪口呆，林一川已叫了起来："小穆，抢球！"

她是第一个奔到场中木球前的，对方的马已近在眼前。

箭在弦上，穆澜盯着地上的木球，握紧了鞠杖用力挥去，鞠杖擦过木球的边沿，木球没什么力道地往身后缓慢地滚了过去。她松了口气，好歹没有打空不是？她似乎摸到了怎么用鞠杖的感觉。

球门有两处，以进对方球门为胜，一般球队都会自然地把球往对方的地界上打，然后再想办法进球。照理说，穆澜抢到球后，就该带着它往前冲，寻着机会击向对方球门，她却反而将球往后拨。球恰巧滚到了许玉堂的面前，他疑惑地想，难道穆澜是想引得谭弈上钩缠住自己？他朝林一川使了个眼神，而后接住球往前冲刺。刹那，两队人马厮杀在了一起。

甲一班的主攻手紧盯着许玉堂，其身边的人则去冲开许玉堂身边人等的阻拦。

对方的主攻手居然不是谭弈！甲三班的人愣了愣神儿，就迅速挡住了对方。

林一川不禁觉得奇怪，谭弈的武力值在举监生中可以说是最强的，他不是处处和许玉堂作对吗？他为什么不当主攻手？难道他不想得到抢头筹的风光？忽然，一骑从林一川的眼中飞驰而去，他想看清楚马上的人是谁，眼前的人却挡住了他的视线。

木球在草地上被鞠杖拨来拨去，许玉堂也发现了谭弈没有担任主攻手，他被围堵在中间，因为对方黏得太死，林一川也被挤在当中脱不开身。情急之下，他看到了外围的穆澜，便将球击向了她："小穆！接球！"

"许三，好样的！"

谭弈微眯了眯眼睛，看着木球滚向穆澜的方向，随后他用马刺狠狠敲打着马，马如闪电般冲向了穆澜。而不知何时，林一鸣也靠近了穆澜。林一鸣是玩击鞠的高手，他像没注意到穆澜似的，拍马就去抢木球，顷刻之间，半个马身已堵在了穆澜的左侧。这时，谭弈的马也冲了过来，两匹马将穆澜夹在了中间。

马一靠近穆澜，谭弈便侧蹬俯下身体，伸出了鞠杖，看似是去抢球，其实是朝着穆澜那匹马的腿狠狠挥去。在他身体的遮挡下，看台上的人绝对看不到他的举动。只要重击马腿，让马受惊把穆澜摔下来，他就能纵马踩上去，穆澜不死也会重伤。

就在这时，白马如有灵性般察觉到了危险，发出一声长嘶后，它突然抬起了前腿，几乎直立起来。场面顿时发生了转折，谭弈一手抓着辔头，半边身体都探了下去，马蹄一旦落下，就会踩踏在他身上。林一鸣吓得大叫了声："谭兄小心！"

四周看台响起阵阵惊呼声，有人已经捂住了眼睛，不敢看即将发生的惨剧；有人认出了谭弈，脸色顿时就变了。看台四周数道人影离群而出，禁军中的高手径直跃起冲向了赛场。可马蹄踏下只是眨眼的瞬间，显然已经来不及了。

如果谭弈重伤或被马踩死，会发生什么事？重点是权倾朝野的司礼监掌印大太监、东厂督主谭诚会怎么看这件事。他会不会认为是皇帝有心挑衅？会不会认为是朝中某些官员刻意针对？所有人都想象得到，那会是一场异常血腥的报复。

无涯霍然站起，双眸深幽如潭。在他看来，这场意外的重点只有一个，那就是谭弈如果被马踩伤或踩死，谭诚要报复的人里，穆澜首当其冲。

这么快，就要和东厂撕破脸了？但那又如何？这不过是早晚的事。无涯感慨着，在人们的目光注视下，他坐了回去，镇定如山。

头顶笼罩着一片阴影，谭弈抬起头时，正好看到马扬起的前蹄贲张的肌肉，坚实的铁蹄像一张网罩住了他。他瞳孔微缩，松手，落地，然而连打滚儿避开都已来不及。他听到自己急促的呼吸声，听到马蹄夹杂着雷霆之势朝自己落下。他抬起胳膊护住了脸，闭上了眼睛。

就在这千钧一发之际，一只手拉住了他的腰带，生生将他从马蹄下拖了出来。马蹄擦着他的脸重重踏在了地上，沉闷的声响中，尘土飞溅而起。那声响像踏在谭弈的心上，令他恍惚起来。

穆澜在马直立而起时，已从马背上跃起。她提起谭弈，将他扔到了他的马上，又漂亮地攀住鞍头，随即翻身重新上了马。那匹马踏下之后，意外地没有受惊狂奔，而是安静地站住了。这几个动作兔起鹘落般利落，仿佛她一直坐在马上，仿佛谭弈才骑着马奔到她身边，仿佛刚才什么事情都没有发生过一般。

"哇，好帅！"换过衣裳的锦烟公主看到这一幕后，崇拜得跳了起来，双掌拢在嘴边大声喊道，"穆公子！夺头筹！快抢球呀！"

谭弈还在恍惚着，林一鸣还没回过神儿，白色的木球静静地停在穆澜眼前。对面红、蓝两支队伍正拼命地奔驰而来，听到锦烟公主的声音，穆澜几乎是下意识地挥了一杆。那只木球飞了起来，"嗖"地从人们的视线中飞向了空中，直到消失不见。满场寂静。

"搞什么嘛！"锦烟公主失望地嘟起了嘴，旁边却传来"扑哧"一声轻笑。她恼怒地转过头，看到无涯正以拳捂着嘴，笑得浑身直颤。锦烟很自觉地替穆澜辩解道："皇兄！穆公子是为了照顾那名险些被马踩了的监生，故意不夺头筹的。"

"哦，同窗受惊，没有乘人之危进球，该赏！"无涯笑得更大声了，他看出来了，穆澜压根儿就不会击鞠。

球场上，两队人马分别回队，等着下一拨儿开锣。两马交错时，谭弈突然问穆澜："为什么要救我？"

"你以为这是你死我活的战场啊？击鞠而已。"

望着穆澜平静的脸，谭弈只觉心里发堵。明明是想杀穆澜，自己却反而被穆澜救了，谭弈心里百般不是滋味，他骄傲地说道："不要以为你故意击飞了球，后面我就会让着你。"

穆澜笑了笑，骑马归了队。

"救他做什么？"林一川不满地说道。

"你说呢？"

不救谭弈，谭诚能放过她？她还有事要办，不是和东厂正面冲突的时候。林一川也明白这个道理，只是觉得遗憾，但他又"扑哧"一声笑了："你还是别碰球了，不然我们班非输不可。"

"我去！没准儿我就是天才！"穆澜故意气呼呼地别开脸，趁机悄悄看了眼看台正中的大帐。无涯一定也很紧张吧？万一出了事，他想护着她，就只能和谭诚正面相斗了。

接下来的比赛，穆澜小心地控制着马匹，担起了后卫的职责。

谭弈就算再神勇，也是孤军奋战。举监生们组成的马队自然不是这群公子哥儿的对手，甲一班输得凄惨无比。围观的小娘子们兴奋得解了荷包、买了花往监队拼命地扔，很快，赛场上就花花绿绿的一片。

甲三班得了十两银子的赏，穆澜因救人有功得了双份。人人高呼万岁，连林一鸣都和靳小侯爷揽了肩膀变得亲热无比。蔡博士激动之下，拈断了数根胡须。谭弈脸色一直都很平静，看了穆澜一眼后，转身走了。

纪典簿允了监生们在点卯前回国子监，林一川高兴地请甲三班所有人去会熙楼吃席面。众人说笑着离开什刹海时，林一川突然发现身边的小个子并不是穆澜。

锦烟公主不知从哪儿弄了件监生服换上了，正东张西望地寻找着穆澜。看着她脸上未洗去的胭脂，林一川鄙夷地想，一眼就能瞧出你是个丫头，还学穆澜扮男人？东施效颦！他凉凉地说道："公主殿下跟着我们做什么？在下没打算请你吃饭。"

锦烟公主理都没理他："本宫还用得着你请客吃饭？看在穆公子面上，本宫不和你计较，穆公子人呢？"

穆澜到底去哪儿了，林一川也没有看到她，他下意识地回头望向什刹海，压下了心里的猜测与酸涩。

戌时，莲池畔，她一定会来。

初夏的太阳刚沉进水里不久，岸边的垂柳倒映在湖面上的影子像极了深深浅浅的水墨画。银锭桥上行人提着灯笼走过，点点灯光投了水面上。深蓝的夜空、橘色的灯光、摇曳的倒影构成了一幅极美的画面。

穆澜站在桥头，心情却没那么美好。她有点儿迷茫地望着桥上带着欢颜的人们，他们属于那幅极美的画面，而她，是湖里那些深浅摇曳的树影，终究只能藏于黑暗的孤单影子。

旁边有位老汉放下了一副馄饨挑子，拨红了炭火，大骨头汤汩汩冒着泡，热气氤氲。她有点儿饿了，便随意坐在擦拭干净的木桌旁道："一碗馄饨，多放紫菜，加勺红油！"

"老板，来两碗！加一样的料！"

垂下的眼帘扫到一袭淡青色绸衫，像一湖水在她眼前漾动。穆澜抬眼，便看到无涯脉脉含情的眼眸，顿时火冒三丈：凭什么你要用这样的眼神看我？凭什么？就因为你是皇帝？

穆澜清亮的眼神蓦然变成了夜空里最清冷的星光，无涯只装着没有看到，好奇地往锅里瞧着："闻着好香！"

装什么装！穆澜无声地哼了声，不再看他。他已经有了核桃，将来还会有三宫六院，以为她就能很自然地接受？捅破了那层窗户纸，还能和从前一样？真能一样，她何必扮成冰月，掩耳盗铃？

无涯从筷筒中抽出两双筷子，穆澜反应快，伸手从筷筒中抽出了一双筷子。无涯从来没见过这般孩子气的穆澜，只觉得好笑，他没说什么，只是慢慢将一双筷子放了回去。

冒着热气的馄饨被端了过来，雪白的馄饨皮，翠绿的香菜，深黑的紫菜，细碎的虾米，绿、白相间的葱粒，红油浮在汤面上，像一粒粒珊瑚珠，瞧着就令人食欲大开。穆澜埋头开吃。

这是无涯第一次吃路边的馄饨摊，他深深地吸了口气，真的很香。

远处，春来急得团团转："秦刚，你确定卖馄饨的没问题？"

如果有人投毒，如果吃出病来怎么办？

秦刚促狭地逗他："那筒筷子也不知道多少人用过了！"

"哎哟！真是要命！"春来想着就犯恶心，他踮起脚尖张望，看到无涯已经拿起筷子开吃了。春来叹了口气，冰月姑娘已经进了宫，皇上却依然对穆公子小意殷勤，念念不忘啊。

"老丈，你这馄饨味道很不错！"无涯吃得鲜美，赞了句。

卖馄饨的老汉搓着手笑道："公子喜欢就好。"

穆澜已经吃完了，从荷包里拿出十枚铜板放在了桌上。她正要站起身，无涯的手就压在了她的手上，他慢条斯理地吃着最后一个馄饨。穆澜冷笑，当她不敢甩开他的手吗？

"我没带钱。"无涯不变的笑容里有一丝尴尬，"你帮我付账可好？"

穆澜甩开他的手，把脸转了过去，却没再起身。

"那匹马叫山茶，送你抵馄饨钱如何？"记得穆澜很喜欢赚钱，无涯试探地问道。

"它值多少钱？"

无涯心里松了口气，只要她肯和自己说话就好，他想了想道："能卖上千两吧。"

"我在国子监读书不方便养，折成银子后回头给我。"穆澜本就是来赴约的，也不矫情了，痛快地又摸了十文钱放在桌上。

湖水轻拍着岸，柳树下的湖岸幽静无人，吃过馄饨，两人很有默契地踏上了湖边的小径。夜色已完全模糊了柳树的倒影，零散的花灯出现在湖面上，随波逐流。看到花灯，穆澜想起了林一川的邀约，她停住了脚步："约我前来，有何事？"

"我想见你，朕却又怕见你。"

她在国子监御书楼里邂逅无涯时，他说，我喜欢你，可是我不能喜欢你。

他喜欢她，但他以为她是少年，所以不能喜欢。

现在他说，我想见你，是因为思念。他说朕怕见到你，是因为捅破了那层窗户纸。他是皇帝，而她女扮男装进国子监已犯了杀头的重罪。

穆澜明白了："不想让我再待在国子监？"

"嗯。"

穆澜的态度强硬起来："要么你戳穿我的身份，杀了我；要么，就当你不知情，我继续留在国子监。"

无涯笑了，他负着双手望向湖面星星点点的花灯道："你是仗着我喜欢你，才有这样的底气来威胁我？"

"你可以说不喜欢我，我就不能威胁你了不是？"

她是混江湖长大的啊。穆澜内心凄惶着，她厚着脸皮笑着，靠着树折了片柳叶叼在嘴里，一脸惫懒样儿。无涯蓦然回转身，恶狠狠地说道："你休想！你休想让我说不喜欢你，然后心安理得地离开我！"

叼在嘴里的柳叶被穆澜吐掉，她笑嘻嘻地认了："被看穿了呀，不说便不说罢，总之……只当做个梦罢。国子监我是待定了，等我办完事，皇上再砍我的头，行不？"

她笑得越灿烂越美，无涯的心就越疼，他伸手抱住了她，低声地说道："我怎么会杀你？不要说这样的话。"

穆澜闭上了眼睛，他的气息令她想睡过去。这是最后一次了，最后一次靠近，她这样想着，推他的胳膊就变得酸软无力。

"跟我回宫，我要娶你，我只想娶你。"无涯望着穆澜的脸，认真地说道。

穆澜只是笑着。她是谁？她的母亲是杂耍班的班主，现在是京城里一家不起眼儿的小面馆的东家。哦，她不能再叫穆澜，就跟着父亲姓邱吧。就算父亲曾为官身，却是遭贬的罪臣。她笑着望着无涯，他在说笑话吗？不，他在说梦话。她和他都做过同样美丽的梦，只是她已从梦里醒来，他却还未曾。

"不都说皇帝心系江山社稷，往往身不由己，你咋没这自觉呢？你想娶就能娶？好吧，就算你想娶，六宫只能有我一人，你行吗？"

无涯想了想道："现在我力量不够，将来一定行，你且等着我。"

他的认真让穆澜无语，她终于不再装出一副笑脸，轻声地说道："现在你不行，将来也不行。"

因为核桃？无涯了然。他没有和穆澜继续争辩下去，而是转开了话题："核桃和我说，你进国子监是为了查十年前的科举舞弊案。你父邱明堂蒙冤蹊跷上吊自尽，你娘告诉你，你父亲在国子监里发现不是试题泄露，而是参考的监生无意中发现了试题，所以你坚持想留在国子监，想要找到这个证据？"

穆澜平复着心情，静静地答道："是，如果我找到证据，还请您还我父亲一个公道。"

为了这个公道，她扮了十年男人。母亲，已经魔怔了。

无涯的神情显得很奇怪，他怜惜地望着她道："你在国子监是查不到证据的，因为，根本不存在那样的证据。"

"你说什么？"他的话像一声惊雷，震得穆澜不敢相信自己的耳朵。

无涯继续说道："我查过了，当年会试的试题的确泄露了出去。先帝宽厚，你父亲时任河南道监察御史，负责监管试题，因而被贬去了官职，被赐死的只有拿试题牟私利的原国子监祭酒和买试题的监生。"

"不可能！"穆澜下意识地出声反对，老头儿不会骗她！而父亲临终前的那晚醉酒时说过的话，母亲一个字都没有忘记。她记得清清楚楚，当时母亲告诉她："你爹比我高半头，桌子上搭了把椅子再站上去，他把脖子伸进绳圈，那脚尖才堪堪能点到椅子。他那细瘦胳膊得费多大的劲儿才能把自个儿的脖子伸进绳圈里？说他跳起来把脖子伸进绳圈的吧，一个没跳准，椅子就蹬掉了，那动静哪能不惊动家里人？"

母亲说仵作匆匆填了尸格，她觉得蹊跷就抱着自己逃了，路上住的客栈还莫名起了火，母亲抱着幼小的她又去投奔外祖父。

"全死了。就那年冬天，我带你偷偷回娘家，一场大火把整条街都烧没了。澜儿，娘不傻，哪儿有这么巧的事？这是有人察觉到你爹找到了线索，要斩草除根！"

父亲的自尽和外祖家被烧成白地，难道这些都是假的吗？母亲改名换姓行走江湖卖艺，她辛苦扮成男人学文习武，难道都是一个笑话？穆澜摇着头道："我不信！"

"我令锦衣卫去查办此案，当初办此案的仵作在五年前就已经过世了，大理寺办理此案的官员也都病死了。没有人证，从卷宗上看，一切都如我所说。"

她看过大理寺的卷宗，那是老头儿亲手给她的卷宗，是从大理寺抄录来的。卷宗如有漏洞，她还用得着冒死进国子监吗？还有那令她印象深刻至极的高高的房梁、上吊用的短绳子。她已经在御书楼里发现了陈瀚方古怪的拆书、订书的举动，还有首辅胡牧山令禁军百户偷换书籍，国子监的御书楼一定有问题。

"那份卷宗的抄录本，我也看过，没有任何漏洞。"穆澜坚持道，"只有我母亲听到了我父亲临死的前一晚醉酒时所说的话，我师父和母亲都说我爹绝非自尽！"

无涯轻叹道："我查了先帝的《起居注》，里面记录了当年科举舞弊案发生时父皇的一言一行，其中有这样几句话：'杜卿酒后失言，听者有意，无罪却有过。念卿声名，卿以病辞官吧。'当年出题的人就是你师父杜之仙，他与原国子监祭酒是好友，因酒后失言，泄露了试题。父皇不忍苛责，便掩下了此事。你父亲的确是被冤枉的。为了杜之仙的名声，只能让他背了黑锅，贬去官职。如果真是供奉于孔庙中的试题被泄露，依律邱明堂当斩。"

他的话让穆澜的脸瞬间就白了，她睁着眼睛看着无涯，心里却是已经信了。那是皇帝的《起居注》，不是随便乱记载的。《起居注》里记下的是，科举舞弊案后，先帝召见杜之仙，对他说的话。

无意中泄题的是自己的师父杜之仙，听到试题的原祭酒将试题拿去卖给了监生，然后案发。父亲因给师父背了黑锅，才被贬官。当年师父是文渊阁大学士，父亲只是小小的六品监察御史，先帝想保护师父，贬个监察御史的官算不得什么。

可是，老头儿从来没跟她说过这件事。不仅没有说过，还一个个给她分析，谁能从科举舞弊案中得到好处，谁就是幕后的黑手。老头儿列出了升任祭酒的陈瀚方、升任礼部尚书的许德昭、新任内阁首辅的胡牧山，以及借科举舞弊打压官员、剪除异己的东厂。

当时她苦笑，一个来头比一个大，哪个最容易下手？

老头儿说，国子监祭酒陈瀚方。后来母亲说起那晚听到的父亲的醉话，父亲说国子监御书楼有试题没被泄露的证据。这和师父的建议不谋而合，于是，她进了国子监。

穆澜想起了一个问题："是我师父求你让我荫恩进国子监，还是你爱屋及乌，才赐了我当监生？"

无涯坦白地告诉她："当初我微服去扬州，目的是拜访杜之仙，是他请我照顾他唯一的关门弟子。"

一道酸意直冲进穆澜的眼底，她死死地忍住了。老头儿知道自己要死了，所以求林家庇护她，求皇帝照顾她。他临死前都还在阳光下为她缝制衣裳，他这样关心她，却眼睁睁地看着她冒着会被人发现女扮男装的危险进国子监。

老头儿为什么要在父亲的案情上瞒着她？如果无涯说的一切，以及先帝《起居注》里写的都是真事。那么，谁会去害死无辜的父亲？谁会追杀她们母女？谁会把外祖父家都烧成了白地？穆澜整个人都乱了，她语无伦次地说着深刻留在脑子里的那些事。

"房梁那样高，他上吊的绳子根本不够长。"

因而母亲坚信父亲不是自尽而亡。

"母亲记得那样清楚，她甚至记得那晚为了安慰贬官的父亲而亲手做的菜。"穆澜喃喃回忆着，"一道酱肉丝，一道回锅肉，一盘炝炒白菘，一碟油煎花生米。母亲还特意去买了坛剑南烧春，因为父亲是四川人，爱喝家乡酒。"

因为穆澜，无涯不仅查了先帝的《起居注》，还顺道把邱明堂的祖宗八代都查了。他皱起了眉："你母亲真是这样说的？"

穆澜有些木然地点了点头。

"你父亲祖籍四川成都，三岁时随父母迁居河北大名府，后父母双亡，至死都未再入蜀。"

聪明如穆澜，她顿时明白了无涯的言下之意：一个三岁时就离开蜀地的人，怎么可能爱吃家乡菜、喝家乡酒？母亲在骗她，师父也在骗她，为什么？

无涯诚恳地说道："穆澜，国子监里没有你父亲说的那种证据。你女扮男装，万一被人发现……我很担心。你先离开国子监，耐心等我。"

等我收回皇权，等我为你恢复姓氏，等我风光娶你。

可是穆澜哪有心情去体会他眼里的深情，她失魂落魄地看着湖面上飘荡的花灯，往事疯狂地涌进了她脑中。

"我要回家。"她喃喃说道，"我要回去问母亲，我要问问她。"

对，她要当面问母亲，究竟是不是在骗她，又为什么要骗她，为什么要她冒着砍头的危险女扮男装进国子监。

"借我一匹马，我要最快的马！"穆澜提高了声音，清亮的眼里燃着两团火焰。

无涯怜惜地望着她，朝暗处打了个手势，秦刚亲自过来了。

"把山茶给穆公子。"

这匹马本来就是他想送给她的。白色的山茶被牵了过来，温顺地站在穆澜面前，穆澜翻身上了马，黑色这样浓，让她看不清方向。

"那面锦衣卫的腰牌还在吗？"

穆澜明白无涯的意思，若有事就拿着腰牌去宫门禁军找秦刚。他眼里的关切是这样的浓，浓到穆澜不想再看："我会弄清楚这件事，总之……谢谢你。"

白马载着她像一道光消失在夜色中。

杜之仙骗了穆澜，也许他不好开口，所以去世前就借着这件事，让穆澜自己去发现真相。可是穆澜的母亲为什么也要骗她？难道他们不知道女扮男装进国子监的危险？他们为什么要把穆澜推进险地？无涯怅然地望着她的背影，不知为何，他心里总有些不安："秦刚，你令人跟去看看。"

什刹海的湖面上花灯漂浮。星光照在国子监的莲池上，新抽的莲叶亭亭玉立，几朵白荷隐在叶间悄然怒放。这让林一川想起了扬州白莲坞，想起了在白莲坞旁的凝花楼里与穆澜的初见，想起了与穆澜赌对方不敢亲下去的那一幕。那时候，他怎么就没看出来她是位姑娘？想起穆澜嘟起的嘴唇，他的心就滚烫火热。

　　他坐在岸边的石凳上，微笑着看着旁边，石凳上放着两盏荷花灯。他手心里捏着张纸条，这是他许下的心愿，他会悄悄放在灯里，看着花灯把愿望带给未知的神明，期许有一天能够实现心愿。

　　夜渐渐深了，戌时已过。等的时间太长，长到林一川那颗滚烫的心渐渐冷却。他沉默地起身，将两盏灯点亮放进了水里，在其中一盏里放进了写好的纸条："杜先生，小穆有事来不了，你放心，我答应过你的事，会办到的。"

　　花灯没有漂远，停在了荷叶下，挨在了一起，像一枝并蒂莲。林一川看了许久，手掌轻拍，一道水纹从平静的湖面泛起，一盏灯被水波推着，漂进了湖心。

　　她都忘记了，又何必勉强？落花有意，流水无情，她喜欢的人从来都不是他啊，林一川的脸色哭也似的难看。

　　"果然好功夫，本官果然眼力过人。"

　　听到丁铃那讨嫌的声音，林一川扯了扯嘴角："丁大人不仅眼力过人，身体恢复速度也过人。当初被揍得像死狗一样，这才几天工夫，就能下床了？"

　　"喂！"丁铃从暗处出来，摸着胸口的伤嘀咕道，"什么叫被揍得像死狗一样？本官是想引那些人进京一锅端了，怕断了线索，这才没下狠手。"

　　林一川心情不好，说话也不客气："在下觉得丁大人的绰号不该叫心秀，该叫脸皮厚才对。"

　　丁铃"呵呵"笑着不再还嘴，他在林一川身边坐下，看到石凳上有个油纸包，很自然地就拿过来，嗅了嗅，大喜过望道："会熙楼的蜜汁水晶肚！一川哪，你知道本官今晚会来？本官馋这口许久了。"说着便打开拈起一块送进了嘴里，一脸的满足无比样。

"你的绰号该叫不要脸。吃吧，当本公子喂狗了！"林一川讥讽道。这是他给穆澜带来的，如今她不来，随便谁吃都无所谓了。丁铃又往嘴里塞了一块，瞪着眼道："你骂了我两次了，好事不过三，再骂我跟你翻脸。"

"随便。"

丁铃看出林一川心情不好，哼了声继续大快朵颐："本官这心秀之名又不是浪得虚名，你今天约了人是吧？约的人是穆澜是吧？约着给杜之仙放花灯是吧？人没来是吧？所以你心情不好是吧？"

连着几句话说得林一川挑起了眉，丁铃又用肘尖撞了撞他："本官也不白吃，想知道穆澜为什么没来吗？"

这事林一川都不用想，击鞠时穆澜望着无涯那光芒万丈的模样口水都快淌到脚背了，他又不是瞎子。穆澜现在一定在和无涯逛什刹海，放花灯吧？无涯那个死断袖！有那么多闺秀围着还不知足，还要勾搭穆澜这样的少年。

林一川不接话，丁铃却偏要告诉他："穆澜回了。"

"她回家了？她家出事了？"林一川霍然站了起来，像黑夜似的心情瞬间烟火怒放，明媚一片，他顺手将那包蜜汁水晶肚抢了过来，"给小穆留点儿。"

听说人家是有事才没来赴约，心情就好了？可心情好了，为什么不让他吃了？丁铃的小绿豆眼都快瞪出来了："我最喜欢吃这个，平时哪儿有银子去会熙楼？"

"去年林家给锦衣卫上供的银子人人都分了钱，统领都是一千两！"林一川鄙视地看着他道，"要名不要脸，还是只铁公鸡！难怪二十来岁的人了还娶不到媳妇！"

丁铃理直气壮地说道："为了娶媳妇，有钱当然要攒着，不能乱花。"

"我不和你争，她家出什么事了？"

丁铃终于说起了正事："就是不知道出什么事了，所以才让我来找你。锦衣卫在暗中盯着，容易被东厂察觉。你是暗探，又和穆澜是同窗，这事找你办比较合适。"

"盯着她家？出什么事了？"

这是林一川第三次问出什么事了。见他不问出个究竟就不肯去，丁铃又一次哀叹道："老子收了个下属真像请了尊菩萨哟。林大公子，林大少爷，你懂不懂规矩？不该问的不能问，不该知道的就别探究竟。"

"我不懂规矩，腰牌还你。"

直气得丁铃心口疼……哦，不，是伤口疼。如果他伤好了，还用得着找林一川？他只得简单地告诉林一川，穆澜进国子监想查找为他爹翻案的证据。

"奇怪吧？杜之仙居然骗了穆澜。穆澜的娘居然也骗她？这事太古怪了。皇上不放心，就令锦衣卫盯着点儿。穆公子在皇上心中很重要啊。"

她还是和无涯放灯去了，但林一川此时再没有先前的难过，他嘿嘿笑道："穆公子贴身保镖的活，本公子接了。"

穆澜若赶他，就是不遵圣旨。最好穆澜烦死皇上找人盯她，烦得想揍皇上，他一定上前助拳帮忙。

林一川满意了："国子监要考勤，帮我开张病假条呗。"

还使唤上自己了？丁铃正不满意林一川的态度，却见人"嗖"地跑了，他咬着牙道："本官帮你弄假条，你好歹留点儿吃食给本官当宵夜也好啊……"

一路驰骋，夜风已将穆澜彻底吹清醒了。

若设定无涯所查为真，那么她的父亲邱明堂的确是蒙冤被贬。先帝贬了一个监察御史，从而保护了杜之仙酒后失言的过失。如果父亲并非自尽，那么灭口之人有两个：一个是师父杜之仙；一个是先帝。

她相信老头儿不会杀父亲灭口，只是一次过失，先帝已经原谅了他，用不着再添条人命遮掩。而先帝，已经贬了父亲的官，就不会再暗中派人杀父亲灭口，更用不着将外祖父家都烧成白地。所以，父亲蒙冤后想不开，悬梁自尽是符合逻辑的。

那么，母亲为何咬定父亲是他杀而非自尽？还提到了国子监的御书楼？明知科举舞弊案起因的师父——杜之仙隐瞒不说，还赞同了母亲的推论。师父不仅配合母亲训练自己扮男人，还向无涯恳求，请他把自己录进了国子监。

师父和母亲都只有一个目的，就是让她进国子监，让她观察御书楼。不顾她的生死，坚持让她女扮男装进国子监，只有一个目的。穆澜想起祭酒陈瀚方在御书楼中的古怪、首辅胡牧山盯着陈瀚方的动作，她脑中渐渐明晰，浮现出对整件事情的猜测。

今天是端午，穆家面馆的生意入了夜还极好，外出游玩放花灯的人花十五文铜钱就能吃上一海碗热气腾腾的臊子面，实惠又饱腹。穆澜牵着马站在面馆门口，看到柜台上摆着用竹篮装的粽子。她微笑地想，还学会应节令卖小食了。这意味着穆家班的面馆已经慢慢站稳了脚跟，生意也越来越好了。

"少东家！"帮忙跑腿的小豆子瞅见了穆澜和她身旁神俊至极的山茶，便欢喜地从店里跑了出来，他仰起小脸儿羡慕地看着山茶，"好漂亮的马啊！"

"帮我牵到院里去行吗？"穆澜温柔地揉了揉小豆子的脸，将缰绳递给了他。

"唉！"小豆子兴奋地牵着马去了。

穆澜心想，至少才几岁的小豆子完全不懂得母亲和师父的世界。她走进店里，一身监生服饰立刻吸引了店里客人们的注意，她径直去了厨房。有人好奇地询问，周先生拨着算盘，骄傲地答道："这是我们少东家，他在国子监读书。"

小面馆在众人眼中顿时不一样了，万一穆家面馆的少东家将来发达了，以后说起自己曾吃过穆家的面，也是与有荣焉哪。

前堂一片喜乐，后厨汤气升腾，忙得不可开交。李教头在揉面，两个小子、两个丫头在帮忙打下手。穆胭脂麻利地拿着竹筷将面条拨进竹篱中，手腕抖去多余的汤水，随后将面条倒进海碗中。一旁的伙计抄起铁勺舀起半勺肉臊浇在面上，一托盘的面就被端了出去。

"哎呀，你怎么回来了？穿成这样进厨房来做什么？赶紧回屋去。"穆胭脂看见穆澜后埋怨了声，待将面条捞尽，在围裙上擦了擦手，她才得了会儿空。

梁上悬着的灯笼被水汽笼罩，所以厨房里的光线并不十分亮堂。穆胭脂的脸半隐在雾气中，有点儿模糊，她穿着件葛布短褂马面裙，粗布围裙下的腰有水桶粗。穆澜觉得母亲好像长胖了不少，脸已经圆了，能看到双下巴。面馆不如走运河卖艺辛苦吧？还是自己进了国子监，发现了陈瀚方和胡牧山的异常，让母亲甚是舒心顺畅？

"愣在这里做什么？烟熏火燎的。"穆胭脂又埋怨了句，见没有再点面的客人，便解下围裙让个丫头帮忙看着煮面，而后催促着穆澜回房。

点起油灯，正屋东厢便亮了起来，穆胭脂端了盘蒸好的粽子进来叫穆澜吃："今天粽子也卖得好，趁热吃。"

穆澜将粽子夹成了两半，又夹了一筷子，分成了四半。雪白糯米里裹着团红豆沙，香气从里面飘了出来。这是她爱吃的红豆沙馅儿，但她只吃了一块，就有点儿食不甘味。

穆胭脂敏感地发现了她的异样："怎么了这是？"

"娘，你说给父亲洗刷冤屈后，我们离开京城去哪儿好？"穆澜放下筷子，笑了起来。她的笑容素来灿烂，能让蓬荜生辉，可却让穆胭脂惊了："你找到证据了？"

"那当然！你儿子我绝顶聪明啊！"穆澜兴奋地靠近母亲，低声说道，"我回头仔细一琢磨，就把书目索引拿来看了。果不其然，有几本书是照位置搁放的，连在一起，正是当年那道会试试题，不知当时哪个监生也意外发现了这个巧合！监生们考之前都会去父子桑下烧香，什么求符的呀、挂状元牌的啊，最信神佛了。发现这样的巧合，定以为是天意，于是事先做了题，结果就巧合上了。"

穆胭脂似乎被这突来的"好消息"震晕了，她嘴唇翕动着，却没有开口。穆澜说完哈哈大笑，笑声痛快至极，她神采飞扬地说道："娘，我向国子监告了病假，回头就借口病重退学……"

"不行！"

母亲脱口而出的阻止让穆澜心里泛着阵阵酸意，她故作吃惊道："为什么？我已经找到证据了，当务之急就是我要赶紧从国子监脱身，然后恢复姓氏与女儿身写状纸递大理寺，求重审案情。这样一来，那些暗中害父亲和外祖父家的仇人一定会浮出水面。我还留在国子监做什么呢？万一被揭穿身份，那可是要杀头的！"

她的话又急又快，让穆胭脂好一阵儿才喃喃说道："那书目索引你弄到手了吗？娘是担心就这么个东西，大理寺不会认为是证据，不会重审当年的案子的。你如果退学，再想进国子监就难了。"

"可是父亲当年在国子监里也发现了这个巧合，证明并非是试题泄露。我留在国子监还能做什么呢？那地方又危险。"

"国子监……有同窗啊！"穆胭脂像是找到了让穆澜留下的理由，嘴也利索起来，"你想想啊，咱们在京城无亲无故的，和那些达官贵人又无交情，你在国子监有同窗，有名望高的先生，有他们帮着咱们，大理寺总要顾忌几分，说不定就能重审你爹的案子了。那些幕后的凶手来头都不小，但他们也不敢明着去害国子监的监生不是？"

穆澜笑着看着母亲，她轻声说道："父亲只有我一个女儿，到时候岂非人人都知道我是女扮男装？那时，还有谁会去关心一个六品监察御史十年前是否是冤死的？人人最关心的会是竟有女子胆大妄为进国子当监生，祸乱朝纲。是皇帝亲自下旨赐我监生身份，到时他的脸该往哪儿搁啊？我这是欺君啊！人们只会关心皇帝要如何处死我出气，是砍头好呢，还是骑木驴游街示众好？是挨千刀碎剐解气，还是腰斩示警？没准儿会来个剥皮楦草，立在那儿警示世人。母亲就不担心我的安危吗？"

"娘怎么会不担心你呢？娘只是……娘没读过书，没想周全而已。"穆胭脂变了脸色，"退学的事也先别急，骤然找到了你爹当年话里的证据，接下来该怎么办，咱们再细细商量。"

"娘，你没读过书，此事不如我想得周全，照我说的办准能给父亲翻案！"穆澜语气坚定，从袖中拿出一张纸，推到了母亲面前，"你看，我已经把书目索引拿到手了！"

写满字的纸摆在了穆胭脂面前，她扫了一眼，蓦然抬头看向穆澜。穆澜从炕边"噌"地站起了身，眼神悲凉："看明白了？看清楚了？娘没读过书？没读过书，你能看懂这张纸上写的是父亲和你的家世？没读过书，你能看出它根本就不是什么书目索引？"

穆胭脂挺直了腰，又慢慢地放松，气定神闲地望着发飙的穆澜。

"为什么要骗我？为什么要把我推进国子监？那是九死一生的险地！"穆澜的眼睛红了，却没有泪，她捶着胸口，感觉着牛皮内甲的坚挺，她嘶声吼道，"十年！我容易吗？你们就这样联手来欺骗我？你是我亲娘吗？"

穆胭脂似笑非笑，压根儿没被穆澜的发飙吓到："识得字就不是你亲娘了？"

一句话噎得穆澜仰起头来冷笑道："我的意思娘听不明白？"

她不过是一时气急才脱口而出，就像被父母教训惨的小孩儿，总会想"我一定是被捡来的"那种心态——她从来没有怀疑过穆胭脂不是自己的生母。

"我听明白了，你自幼聪慧过人，杜之仙将你教得很好。"斜坐在炕上的穆胭脂眼里掠过些许感叹，"你先用找到了证据一事让我吃惊；接着说要退学不再回国子监，让我心乱；然后把如何翻案说得头头是道。如此这般，便探出我仍然想让你待在国子监的心思，也就证实了你的疑心——我和杜之仙都骗了你。为了让我承认确实骗了你，你又用假书名索引让我暴露认字的破绽，紧接着你顺理成章地爆发，愤怒地质问于我。"

母亲的头脑清醒而冷静，将她一步步的试探分析得丝丝入扣。穆澜愣怔地看着她，陌生的感觉油然而生："既然您清楚我的每一步心思，那么请您告诉我，父亲是自尽的吗？外祖父家被烧成白地是真的吗？当年会试的题目是杜先生酒后无意中泄露出去的吗？"

"这些都不重要，你其实想问的是，为什么我和杜之仙要把你送进国子监，对吗？"

"对！"

"既然书目索引恰巧泄露会试试题一说不存在，那么让你进国子监要你盯着御书楼，你觉得是为了什么？"

"在盯着御书楼时，我发现了国子监祭酒陈瀚方经常夜里拆书、订书的事，另有禁军在暗中将他动过的书悉数调包，幕后之人正是首辅胡牧山。"穆澜顺着母亲的话说完，蓦然警醒，几句话的工夫，母亲竟然掌控了谈话的主导权，把话题引偏了。

穆胭脂继续说道："陈瀚方要在书中找什么？胡牧山为什么要派人暗中盯着他？他们都想找的东西究竟是什么？"

"关我屁事！"穆澜粗鲁地打断了母亲谈话的节奏，油灯将她的身影拉得极长，投在了窗户上。她站着，穆胭脂坐着，母女俩隐隐形成分庭抗礼之势。

沉默中，穆澜先开口道："我的底气好像更足一点儿，因为娘想让我继续待在国子监，不是吗？"

穆胭脂淡淡地笑道："是你那好师父杜之仙想让你进国子监。师父有事，弟子服其劳，他悉心教导你十年，送你进国子监，也许为的就是御书楼里的秘密。你不想帮他找出来，让他在地下安心吗？"

"这么说来，娘是承认了国子监的御书楼里根本没有父亲说的所谓的证据？我进国子监完全是老头儿的心思与布局？"穆澜不等母亲开口，长长地舒了口气，道，"父仇不报，枉为人子。既然和我爹无关，那就与我无关。老头儿骗我犯险，我没翻脸就不错了，回头给他烧纸钱的时候我会告诉他，我不怪他，他在地下也用不着对我愧疚。我在国子监没有被人戳穿身份是我的福气，我打算让我的好运和好福气一直继续。娘现在开着面馆生意兴隆，身体发福，我也不责怪你了。穆家班这么多人陪着您，想来您也不寂寞，我走了。"

想和我谈师亲弟躬、母慈子孝，门儿都没有！不告诉我缘由，休想让我再回国子监博命！穆澜态度强硬。

穆胭脂的语气依然平静："你打算去哪儿？"

"我啊，要去寻个山清水秀的地方过舒心日子，将来遇到如意郎君便嫁之。您喜欢孙儿还是孙女？我可以考虑多生几个。"穆澜眼神中闪烁着对新生活的向往，想到轻松自在的生活，不用再披着男人的外袍，她笑得极为开心。

穆胭脂被穆澜这炫目灿烂的笑容击溃了心防，她搭在膝上的手不自觉地捏成了拳。她就知道，穆澜并不好掌控，她缓缓开口道："还有一个问题。"

"哦？"穆澜笑着，神经却已经绷得紧紧。母亲和师父为何要联手骗她，她其实好奇得要命，她不过是用"我不玩了"这种无赖的手段来威胁母亲罢了。

"你说的没错啊，我不是你亲娘。"穆胭脂的语气就像在说今天的粽子味道不错，你多吃点儿。

自然的神态、轻松的话语，于穆澜，却如惊雷。她的笑容僵了僵，她是铁口神判吗？

"真的？"

272

穆胭脂点头道："真的。"

穆澜摊了摊手，不知道该说什么才好了。穆胭脂不是她的亲娘，那邱明堂又是她亲爹吗？她不是她的亲娘，所以就舍得让她去死？养只猫、狗养了十年也会舍不得吧？在母亲心里，她算什么呢？

是站着说话太累了吧？穆澜有点儿腿软，她顺势在炕上又坐了下来，嘲弄地说道："我是捡来的还是抱来的？还是像穆家班的小子、丫头一样买来的？不过，都无所谓了。您虽没生我，但也养大了我，我会赚银子奉养您，给您养老送终。"

没有大吵大闹，也没有伤心大哭，穆澜很平静就接受了这件事，让穆胭脂感到意外。她摇了摇头，穆澜并非普通养在深闺的姑娘，也并非穆家班那些没读过书的普通小子，不能以常理猜度。

周先生常来东厢算账，炕桌的抽屉里常备笔墨，穆胭脂拉开了小抽屉，拿出墨盒和纸，润了润笔开写。

这是她第一次看到母亲写字，这一刻，她突然想起了母亲煮茶的那一幕。神态端庄，姿态优雅。墨字在白纸上显现，就像在她眼前上演了一出戏法。这出戏法把老头儿变成了骗子，把母亲变没了。

"你家的地址，拿去吧。"穆胭脂的神态自然而镇定。

白纸上写着八个字：大时雍坊，松树胡同。字是卫夫人簪花小楷，字迹清婉秀润。

"胡同尽头有棵大松树那家。"

穆澜望着她："您真的不给我解释？"

都被我戳穿了，还不想和我解释，您的底气来自哪儿？

穆胭脂目光平静："我说什么，你还会信吗？等你愿意相信我时，再来问我吧。"

母亲想让自己看什么？相信什么呢？真是厉害，不动声色间就又掌控了局面，将自己引到了另一处地方。而她，没有选择，只能去。穆澜站起了身，头也不回地出去了。

林一川赶到穆家时，正看到穆澜骑着那匹神俊的白马离开。白马山茶载着穆澜奔进夜色中，快得像一道闪电。林一川无奈，只得跟着追了过去。

大时雍坊靠近皇城，住着不少朝中官员，街道整齐，院墙后多是深宅大院。到了松树胡同，穆澜迟疑地停在了胡同口。夜色中，胡同里的人家挂起的红色灯笼尤未熄灭。胡同幽深，红色的灯笼像伸到了天尽头，一眼望不到底。

她的心情并没有像表现出来的那样冷静，也没有想要奔到胡同尽头一探究竟的急切，反而有一丝犹豫与彷徨。就像当初听说自己的父亲叫邱明堂，她没有对他生出熟悉亲切的感觉一样，母亲给的这个地址，也没能让她对胡同尽头的那户人家生出感情。

"终究不是亲娘啊。"她喃喃自语着，清亮的眼眸里浮现出隐隐的痛楚。

现在，连母亲都没了，她就是地上这道孤单的影子。一瞬间穆澜便决定了，悄悄去胡同尽头看一眼，不论那户人家过的是什么生活，看一眼就行了。

白马太过打眼，穆澜转身骑着马在坊内寻了家车马行寄存了马匹。她打量了下自己，这身监生服也很醒目，她又去了家成衣铺子，再出来时，已换上了一身皂色深衣。

林一川跟在她身后，默默地注视着她寄马换衣的举动，好奇地想大时雍坊紧邻皇城，穆澜夜里赶来是要去拜访哪位官员吗？

再次走到松树胡同，穆澜在胡同口的松树下站了站，坚定地走了进去。

母亲说："你家的地址。"

母亲说，她的家就在胡同最深处。

松树胡同沉浸在安详的氛围中，经过的人家都有着整齐开阔的门楣，她甚至看到有户人家拥有爵位，大门口砌着两级台阶。那户人家定也是官宦人家，她会看到怎样的一家人呢？

今天是端午节，那户人家的门口也会挂着喜庆的红色灯笼吧？也许她会看到一家人聚在一起吃粽子、五毒饼。席间有严肃的父亲、温婉的母亲、白发苍苍的祖父祖母，兄长弟妹承欢膝下，家中的仆人脸上带着温和满足的笑容……

也许自己是那户人家的私生女，是主人与奴婢所生的婢生女，凶狠嫉妒的大夫人于是将她悄悄送走了。

穆澜走进了胡同，像走向一个未知。林一川悄悄跟在她身后，看着她时而隐于黑暗中，时而被路边人家檐下的灯笼映出身影来。她的背影挺拔而孤单，即使离得那么远，林一川也能感觉到她的孤单悲凉。他想快走几步追上她，又怕打扰了她。

两个人沉默地行走在悠长的胡同里，渐渐地，脚步放得一致，连呼吸的频率都变得一样。穆澜没有发现身后跟着自己的林一川，她的心乱了，就失去了小梅初绽无声听音的境界。她沉浸在乱糟糟的思维中，木讷地前行，直到走到了胡同尽头。

黑暗中，胡同尽头矗立着一座宅子，穆澜没有抬头看门楣，而是迅速转过了身，朝着来时的胡同又走了回去。近乡情更怯，她不知道身后那座宅子里等待自己的是怎样的场景。她莫名地胆怯，竟连抬头看一眼门楣的勇气都没有。

松树胡同里种着很多树，好些人家门口都有两株不知种了多少年的老松。林一川在穆澜转身行来时，跃到了一株松树上。穆澜的举动让他觉得怪异，她从树下经过，灯笼的光映亮了她的脸，她的眉间仿佛笼着一团散不开的乌云。她犹豫着没有去那户人家，是什么让素来清醒果决的穆澜变成了这样？林一川若有所思地望向胡同尽头。

走到松树胡同口，大街上人来人往，铺子开着门，生意红火。穆澜像站在了一条分界线上，前面是热闹的、喧嚣的、充满生活气息的世界，而身后安静无人的胡同令她心悸。

来都来了，不管穆胭脂想让她看到什么，她总要看一眼的。穆澜也感到奇怪，为何她走到胡同尽头，连抬头看一眼那座宅子的门楣都生不出勇气？

"也许，又是一场引我入局的骗局吧。"她喃喃自语着，眼神渐渐从迷茫变得坚定。她转过身，朝着胡同尽头大步走去。

脚下的青石板路终于到了尽头，一道门槛出现在眼中，穆澜霍地抬起了头。星光洒在院墙上，洒在黑漆的门脸儿上，将门洞上的杂草都染上了一层银色的清辉。盖着刑部大理寺官印的封条已被风雨浸润得模糊不清，只剩下一小部分贴在门上。泛黄残缺的纸刺痛了穆澜的眼睛，她吃惊地微张着嘴，想象中的一切都不如眼睛看到的真实啊。

她的警觉在看到门上破败的封条时回来了，四周安静无声，她确定无人跟踪后，便脚尖点地，身影如同一只小小的黑鸟翻过了院墙。这是一座典型的北方四合院，照壁后的院子呈正方形，三间正房，两侧为厢房。因已入夏，院子里的杂草焕发了勃勃生机，茂密得遮住了道路，一路向厢房、正房生长。门窗破败，露出了一个个黑洞。借着淡淡的星光，能看到屋子里的丛丛野草。

哪怕能看到这家人好好的，她也心安了。而这算什么呢？一座被抄封的府邸，住在这里的人还有活着的吗？终于进到了这里，找到了原来的家，却突然发现她在这世上依然是孤零零的一个人。望着眼前这一片残破景象，穆澜一屁股坐在地上哭了起来。

她没有哭出声，只有阵阵吸鼻子的声音。

连哭也这般隐忍，林一川心里微酸，再也忍不住，他从角落里走了出来。

直到林一川到了面前，穆澜才发现他，她下意识地抬头，清亮的眼里充满了戒备。林一川蹲下身，微笑着道："不是故意跟踪你，我就猜你可能是家里有急事才未来赴约，所以便赶去你家看看能不能帮上忙，结果刚到穆家就见你骑马离开。"

"对不起，我忘了。"穆澜低下了头，散去了戒备。

低头的瞬间，一滴泪从她脸上滑落。林一川伸出了手，接住了那滴泪。他攥紧了掌心，冰凉的泪滴刹那将他的心烫热了。他将穆澜从地上拉了起来，认真地说道："小穆，你想哭，我可以借肩膀给你。你怕被人听见，谁若敢听，我就割了他的耳朵。"

"扑哧！"穆澜笑了，她吸了吸鼻子，眼泪却没忍住，簌簌地往下掉着。林一川正想说什么，却被穆澜推着转过了身。她的头就抵在了他背上，呜咽的声音像受伤的小狗。

"我娘说，她不是我娘。"

"老头儿骗我，他居然骗我。"

"我娘说这里才是我家，这是我的家吗？我是谁？"

断断续续的声音听得林一川心酸不已，他很想回转身抱着她，却最终没有动。他静静地站着，任由她的眼泪浸湿了他的后背。

屋脊的暗影中，面具人几乎与黑暗融为了一体。星光沐浴着站在野草丛中的两人，风里传来若有若无的哽咽声。面具后的双眼有一瞬间变得黯然，但也只是一瞬，很快就又重新恢复了清冷。他悄悄遁入了黑暗。

穆澜的额头抵在林一川的后背上，她分外感激林一川没有转过身来。

哪怕向往着做个普通女子，穆胭脂的白发与眼泪都在支撑着她坚持下去，可突然之间，这个精神支柱说垮就垮了。她不是穆胭脂的亲生女儿，穆胭脂在利用她，这让穆澜在情感上难以接受。

还有师父。杜之仙对她而言，更像一个慈爱的父亲，她更接受不了老头儿的欺骗和利用。她不相信。

她哭够了，心里燃起熊熊斗志，她一定要揭开重重迷雾背后的真相。属于女人的懦弱和眼泪发泄之后，穆澜的心好像结了层壳，慢慢冷静了下来。她擦干净脸，抬起拳头不轻不重地捶了下林一川，像男人之间表达谢意的那种亲昵："谢啦。"

其实他更愿意穆澜柔弱下去，他愿意转过身，把他的怀抱给她。

今天，她靠着他的背，那么她愿意依靠在他怀里的日子还远吗？

林一川笑着转过身，故意打趣她道："男子汉大丈夫，流血不流泪，平时你小子就像蚱蜢似的蹦跶得欢，真没想到你还喜欢一个人躲起来哭鼻子。"

"呸！男儿有泪不轻弹，只是未到伤心处，懂吗？"穆澜知道林一川是在调侃自己，嘴里不服输地说道，"我不信你没哭过！我赌一百两！"

"拿钱来！"林一川马上伸出了手。

她才不信！穆澜鄙视地翻了个白眼。

"我真没哭过。"林一川得意扬扬地说道，"我是谁啊？堂堂扬州首富家的大少爷。我爹就我一个，想要星星摘不下来，都会用银锭打一个来哄我开心。谁像你呀，连爹娘是谁都不知道。"

也是因为慢慢地了解了穆澜的性子，林一川才敢这样激她。果然，穆澜的斗志轰得烧了起来，眼里最后的那丝柔弱也消失得干干净净："没爹娘我就不活啦？我偏要活得开开心心的！走，进去瞧瞧，没准儿我还真能想起点儿什么来。你观察细致入微，帮我好好想想。"

他真是爱极了这样的穆澜，林一川大笑道："好。"

跟在穆澜身后拨开院子里的野草走向后院时，林一川敏感地听出了穆澜话里的异样，他开口问道："什么叫想起来？你失忆了？"

穆澜也没有瞒他："我以前没当回事，也没仔细去想过，现在却觉得很有问题。我好像只有六岁以后的记忆，六岁的小孩儿应该已经记事了，但我六岁以前的记忆有点儿模糊。"

"我记得我三岁时就会拨简单的算盘，我爹高兴得给我打了个小巧的金算盘。五岁启蒙，能背下《三字经》和《唐诗三百首》，同年我就开始跟着武师傅习武。你这么聪明，应该记得六岁前的一些事。"林一川也觉得穆澜有问题，他随口说道，"那就是十年前的记忆有了缺失。"

十年前，为什么她遇到的事情都集中在十年前？这个问题已经不止出现过一次。她以前从来没想过十年前先帝过世，朝野动荡跟自己有什么关系。凝花楼里冒死刺杀东厂朴银鹰的蒋蓝衣、十年前被母亲所救抱病还乡的杜之仙、十年前被收养的自己，连引她进国子监的邱明堂案也是发生在十年前。

穆澜停住了脚步。核桃被送进宫中的那天晚上，面具师傅出面阻拦她，说："十年前你尚小，你从未谋面的父亲在你眼中只是一个称谓，你记不得家族满门被血洗的痛，所以你无恨。"

母亲说，这里是她从前的家。

大门上残破的封条、野草丛生的院落……穆澜生生打了个激灵。

满门被血洗吗？因为她忘记了，所以无恨？她脚尖一点，踏着茂密的野草，跃上了正房的楼顶。林一川轻轻落在她身边："你想起什么来了？"

穆澜摇了摇头。

今夜无月，满天的繁星落下一层清辉。居高临下望过去，被杂树、野草包围的废弃宅子并不小，是一座三进带着跨院的大宅，后面好像还有一座花园。穆澜看到了花园里的池塘，水面被星光映着，像一面镜子。

"天亮再去房间里看看吧，先去后花园。"

两人施展轻功踏着屋脊行走，很快就来到通向后花园的月洞门处。半边门板歪倒在一侧，在植物与泥土的包裹中烂成了朽木。林一川瞥了眼道："如果真是十年前发生的事情，看这些木头的腐烂程度也差不多有这么长的时间了。小穆，你别太着急，这么大间宅子立在这里，门口还有封条，并不难查到它的主人。"

"嗯。"穆澜深吸了口气，神情变得奇怪，"你闻到了没有？"

"没什么特别的味道啊。"林一川嗅了嗅，园子里的花木早已与藤蔓长到了一起，植物茂盛，他只嗅到了清新的空气。

穆澜绕过花木，看到了池塘，塘边平地上的草长势喜人，她低头拔出了一棵："这是川芎。"她嗅到的是药香，"这里不是花园，是药园，这里种的都是药材。"

话到此处，她的脑中突然就闪过幼时杜之仙问她的话：

"你怎么认识川芎？"

"一闻就知道了嘛。"

"再闻闻这个？"

"哎呀师父，澜儿又不是小狗。"

"再想想，在哪儿闻到过？"

"药铺嘛，娘熬过这种药。"

"我不是在药铺里闻过，也不是母亲熬药时闻过，我是在这里见过、闻过。"穆澜愣愣地望着手里的川芎自言自语道，"从前我一直以为自己有天赋，能轻易辨识很多种药材，原来这并不是天赋，是我六岁前就应该学过辨识药材。"她茫然地朝四周走去，她记不起来，却有种直觉，"是我种的，这片川芎是我亲手种的。"

林一川没有说话，生怕惊醒了她，打断她的回忆。穆澜突然朝一个方向跑去。野草"哗啦啦"地被她踩在脚下，她绕过一丛灌木，走到了后院的一排小屋前："这里晒着很多药。"

三间低矮的平房破败不堪，藤蔓与野草覆盖了屋前的空地，林一川拨开一丛藤蔓，看到掩在下面的竹簸箕，他抬头看向穆澜："对，这里是晒药的地方，你想起来了？"

"没有，我只是直觉，我就是知道。"穆澜的眼神依旧很迷茫，她虽然能知道，却依然想不起自己曾在这座宅子里生活过。

"天太黑了，也许天亮之后，你看到更多，就能想起来了。天亮后，我们先去打听宅子的主人。"

穆澜迟疑了下问道："我请了病假，你怎么办？"

林一川眨了眨眼道："我来找你，怕误了点卯又被纪典簿盯上，就也请了病假。"

无涯会帮她，那锦衣卫也会帮林一川吧。林一川不想过多解释，穆澜也就不问了。

星光从没有了窗的窗户里照进来，尚未被野草占据的厢房空地上铺了件外袍，这是林一川的外袍，他穿着件紧身箭袖衣与穆澜一起坐在他的外袍上。

"人过留声，鸟过留痕。"

留在宅子里过夜是林一川的意思。

"既然我俩都请了假，宅子颓败成这样，想来也不会有人跑来游玩，总比大白天我俩进宅子探看方便。"

这也是林一川的分析。

穆澜偏过脸看他，星光在他脸上洒下淡淡的清辉，那俊美的脸在清辉中多了一丝成熟沉稳的韵味，她像看到了另一个林一川。

夜色渐沉，废宅子里偶尔能听到几声蛐蛐的鸣叫声。穆澜和林一川并肩坐着，望着窗户洞外随晚风摇曳的青草，两人极自然地聊着天儿，以打发漫长的时间。先开口的还是林一川，或许他觉得在这样的夜晚，穆澜的心情很糟糕，而他是个男人，对方是他心仪的姑娘，他有义务开解她，可话一开口却有点儿沉重："杜先生上次救活我爹后说过，我爹最多还有两年的寿命。"

穆澜不知如何安慰他。

事实如此，天命难改，林一川也只是想倾诉一番，他藏在心底的话不知不觉就说了出来："来国子监不是我的主意，虽然我爹说服了我，其实也不是他说服我，也许是梁信鸥逼我宰了家里的那两条老龙鱼，让我对权势生出一种渴求。东厂有权，所以一个大档头也就有了嚣张的本钱。我爹说，趁他还有两年命，让我到京城国子监混个资格，将来出仕为官，林家就不必总看官家的脸色了。"

林大老爷当初说服林一川时，还说了一点，让林一川到京城假装扮个人质，吸引东厂的注意，而他则会暗中转移林家的产业。

"你后悔了？"

林一川从青石板缝中折了根草叶，有点儿烦躁地打起了结："当时我是被梁信鸥刺激到了，但从上船离开扬州起，我就后悔了。我爹还有两年可活，我居然就混账地被他绕晕了头收拾包袱走了。"

长而韧的草叶被他打成了一个乱七八糟的结，就像他的心结。今天穆澜来这座废宅寻亲，却失去了记忆。她的痛苦刺激到了他，让他开始反省。为了将来出仕谋官，混迹官场谋取权力，与家中老父时日不多，这两件事究竟孰轻孰重？到了国子监，他明面上与梁信鸥好言欢谈，暗中却为锦衣卫效力。家中的产业在他的安排下和父亲的配合下正在暗中转移，如暗中运进锦衣卫衙门的钱，如悄悄成为山西通海钱庄的大股东。

"……一切都很顺利，锦衣卫给了我帮助，家里的产业正在不知不觉地转移。但每天太阳升起，就意味着我父亲的命又少了一天。"自从亲眼看到穆澜在竹溪里击杀东厂所扮的黑衣人后，林一川就开始信任穆澜。东厂的敌人是朋友，更何况她是他心仪的姑娘。穆澜对他有戒备，他就不能对她戒备，他愿意先敞开心扉，让她也信任自己。

"小穆，你要是换成我，你会怎么做？"

林一川的坦白让穆澜措手不及，信任意味着责任，他眼里的神色让她难以回避。她苦笑道："你也有这么多烦恼啊！"

"你快说！换了你会怎么办？"林一川哪儿肯让穆澜推脱撒手，不满地抱怨道，"小穆，我当你是朋友。"

穆澜翻了个白眼道："你已经有了选择，还问我做什么？"

林一川悄悄看向她道："如果我只是个商人，还是块被强者虎视眈眈盯住的肥肉，你会不会嫌弃我无能？"

"大公子，我也有很多朋友，我那些朋友挥汗如雨只求图个温饱，何不食肉糜？"她的言下之意是，你好歹是扬州首富家的公子，比起穆家班里的人来说，你这情形也能称之为无能？

比起无涯，他可不就是没有权力吗？奉旨当保镖，替情敌保护心爱的姑娘。林一川心里极不是滋味，固执地想要一个答案："回扬州或许我只是个普通的商人，你会不会嫌弃我？"

如果不是怕惊走穆澜，从此不能像这样待在她身边，林一川真的很想问她一句，除了权势，我哪点比不上无涯？

穆澜当然不明白他话里隐藏的心意，奇怪地看着他道："谁规定只能和强者做朋友来着？"

谁想和你做朋友？林一川眼珠转了转，设了个圈套："其实我是想问，如果你是女子，你会不会嫌弃……我这种对东厂、锦衣卫或有权的高官奉迎拍马屁只求自保的家伙？"

穆澜嗤笑着拍了拍他的肩："林大公子，我相信你只要站大街上吼一声：'吾乃扬州首富之子，谁肯嫁我？'保管你能体验一把万人空巷、羞杀卫玠。有财有貌，你还担心娶不到媳妇？"

"你若是女子，我保管娶你。"林一川说完，像打了一场硬仗，背心的汗都淌了出来。

穆澜飞快地瞟了他一眼，哈哈笑了起来："我要有个妹妹，就让她嫁你。"

林一川不再纠缠这个问题："小穆，你当真记不起幼时的自己了？"

"我娘……她这次倒没有骗我。我虽想不起来，但我对这里有种直觉的熟悉。"穆澜想起离家前穆胭脂的话，她一句解释都没有，甚至没有再提起邱明堂这个人。她是在等自己想起什么，她就那么肯定，自己还会再相信她？"也许等天亮了，在屋里四处看看，真能再想起点儿什么吧。"

林一川也做了决定："等你恢复记忆，我再去办休学回扬州陪我爹。"

他还年轻，对付东厂有的是时间，也不急这两年，但父亲走了，就是永别。

穆澜想起他刚才说林家成了通海钱庄的大股东，终于想起一件事来："侯庆之自尽之前与我吃了最后一餐饭，他给了我一枚印章。他平时都在通海钱庄存钱，你看这个是不是钱庄存物的信鉴？"

玉貔貅底部是枚小章，林一川将玉貔貅收进了荷包里："我去查。"

穆澜交出了这件物事，轻松了不少，她打了个哈欠靠在柱子上："眯会儿吧。"

林一川把头靠在了她肩上，她的手指停在了他的脑门儿上，正要将他推开时，他极自然地说道："柱子好脏。"

他借了他的后背让她靠着哭，地上还铺着他的外袍。穆澜收回了手指，抄抱着胳臂闭上了眼睛，没有看到林一川嘴角往上翘了起来。

星光从窗户、门口照了进来，照在相依睡去的两人身上，分外静谧美好。

风吹动草叶，喜欢在夜里出没的小动物弄出些细碎的声响。穆澜迷迷糊糊间听到了声响，她像站在一处黑暗的地方，悄悄推开了一道门缝往外看。光亮从缝隙里透进来，外面站着个女人，这个女人穿着青色绣蓝色蝙蝠花纹的绣鞋，一条褐色的马面裙。

"姑娘，你在书房吗？老爷要回来了！姑娘！"

穆澜捂住了自己的嘴。

没有听到回应，女人停下来向四处张望了下，又扭身走了。行走间，身上的茧绸裙摩擦着发出窸窸窣窣的响声。

穆澜悄悄合上了那道门，黑暗蒙住了她的眼睛，她继续沉睡着。

林一川不知何时已睁开了眼睛，他看到穆澜抱紧了双臂，蹙紧了眉。他的身体悄悄往上挪着，直到坐得笔挺。他试探地伸手，手指慢慢搭在穆澜的肩头。他的动作如此小心，挨到穆澜的肩头时才长长地嘘了口气。手指轻轻用了点儿力，穆澜靠着木柱的脑袋就往旁边偏了偏，他满意地将肩送了上去。

感觉到她的脑袋压在了自己的肩头上，林一川闭上眼睛，嘴角悄然咧开，绽放出明朗的笑容。

穆澜的脸渐渐埋在了他胸前。她觉得好闷，于黑暗中醒来，却愣怔地不知身在何处，她的手往外推着，又推开了一道缝隙，突如其来的亮光耀得她伸手盖住了眼睛。光亮处出现了一个男人，他背对着穆澜，不知在做什么。

穆澜下意识地想出去，这时外面响起杂乱的脚步声，男人站了起来。光亮里的世界忽然变成了一片赤红，穆澜擦了把脸，看到男人瞪着眼睛看着自己。她一动不动地望着他，身体突然动弹不得，她挣扎着，想动一动，想喊叫，她急得满头是汗。

"小穆，小穆！"林一川捧起她的脸摇晃着。穆澜蓦然睁开眼睛，愣愣地望着林一川，眼泪"唰"地就掉了下来。她睁着双眼，那些泪像泉涌一般滚落下来。

"小穆，怎么了？做噩梦了？"林一川叫了她两声，见她只睁着自己落泪，一时急得不知所措，便将她抱进了怀里，"没事了，天快亮了。"

良久，怀里传来穆澜机械的声音："他是我爹，他最疼爱我……"

林一川愣了愣，随即松了口气，她应该是想起什么来了。

只是一种直觉，穆澜虽并不认得梦里那个倒在血泊里的中年男人，但她直觉地知道，那是她的父亲，最疼爱她的父亲。

最爱她的人，她却不认得，这个发现令穆澜心碎。她努力想回忆起更多，脑子里却只有父亲最后睁着眼睛的画面。她抬起脸看着林一川，眼神绝望至极："我梦到我父亲了，我却不认得他。他死了，他死的时候在睁着眼睛看着我！而我在做什么？我就眼睁睁地看着父亲死在了我面前吗？"

"那时候你才几岁？你以为你生来就是武功绝顶的高手？"林一川从来没有看到过这样无助的穆澜，他暗暗轻叹，她终究只是个十六岁的小姑娘，他展露着笑容，试图转移她的注意力，让她从噩梦中清醒，"穆大侠，你赖在我怀里一整晚，你还打算趴在我身上多久？"

赖在他怀里一整晚？穆澜蓦然发现自己的手按在他胸口，整个人可不就是趴在他怀里？这姿势真丢人……她眨巴着眼睛，眉梢渐渐扬起。

林一川看着她眼神闪烁，心道总算从那梦里清醒过来了，但他也没打算放过她："在想怎么嘲讽本公子，好让自己显得没那么尴尬？"

被他说中心思，穆澜恼羞成怒，一把推开就站了起来，下巴一扬："谁赖你怀里了？不过是睡着了，以为身边有个枕头罢了。"

林一川慢吞吞地站起来："哦。"

他就"哦"了一个字，也不再多说，气得穆澜额头青筋直跳："你再胡说八道，当心我阉了你！"

"清醒了就出去看看吧，天亮了。"林一川说完也不瞧她，径直出了门，在晨曦里伸了一个大大的懒腰。肩膀被撞了下，穆澜气呼呼地越过他进了院子，还不忘甩给他一个白眼。真可爱！林一川忍不住翘起了嘴唇。

薄薄的晨曦照亮了天地，这座大宅的正院清晰地出现在两人面前。这座院子白天看起来并没有夜晚那样颓败，院子里的野草顺着青石板缝隙生长着，喇叭花娇嫩地缠着草茎绽放出粉白、粉紫的花。墙角种的金银花和田七长得太过繁盛，沿着墙与屋顶攀爬着，像给屋顶盖上了一层绿色的绒毯。金银花或白或黄的花束散发出阵阵的清香。

"我家以前是行医的。"穆澜极自然地说道。

这座宅子的后花园种的全是药草，正院里种的也是金银花和田七，实在太有特色了。林一川肯定了她的说法："是啊，金银花和田七都能入药。"

两人并肩走向正房，门早已坍塌，正屋的墙上挂着幅药师采药图，已被风雨浸湿，被岁月染黄，有半截儿破了耷拉下来。正房的椅子全倒在地上，破损不堪。供在画下的条案覆满了灰尘，下面散落着供奉的花瓶与碟、盘的碎片。

都是当年抄家时打碎的吧？林一川眼前仿佛看到一群凶神恶煞般的官兵冲进宅子，人们慌乱跑动的情形。因担心会让穆澜伤心，所以他并没有说出来。

正屋的布置中规中矩，看得出是处理家中事务或待客之地。东厢砌着一张大炕，炕席早被老鼠啃得七零八落。林一川想，这应该是主人临时歇息的地方。西厢有一张书案，靠墙的书架全部倒在了地上，除了打碎蒙灰的瓷器，一本书都没有。

"抄家嘛，书本是值钱之物，自然全都搬走了。"穆澜自嘲地说道。

林一川没有提的事情却被她自己说了出来，他忍不住问她："可想起什么来了没有？"

穆澜的手按在了胸口："说抄家时，我心里阵阵发寒，但有感觉总是好的。"

意思是除了这样的感觉,她没能想起更多来。

林一川道:"生活的地方都在内院,我们进去瞧瞧吧。"

也许找到曾经住过的房间,就能慢慢想起来。

穆澜点了点头,对幼时的记忆让她生出了强烈的好奇心。

绕过正院,两人走向通向内院的垂花门,一座青砖为台的砖砌照壁竖在门口,挡住了对内院的窥视。照壁边上种着一株金银花,茂盛的藤蔓爬上了照壁,绿叶间开满了金、黄两色的花束,清香袭人。旁边种着的芍药还没死,开着一丛粉色的花朵,妖娆而美丽。

阵阵花香让穆澜的心情渐渐放松,她低头扳着一朵芍药花嗅着香气:"芍药花可煮粥,可蒸花饼,制花茶。根又名白芍,可镇痉、镇痛、通经。"

清晨的风略带着凉意,她突然身体僵了僵,抬脸看了林一川一眼。不知何时,林一川手中已多出一把锋利的软剑。大概是风向变了,弥漫在两人鼻端的花香里染上了淡淡的血腥气。风继续吹着,血腥气越来越浓。穆澜朝林一川点了点头,两人的身影同时移动,从照壁两边分头掠进了内院。

满院赤红。

泛着泡沫的鲜血顺着石板缓缓流淌着,门窗上泼洒出一道道血痕。花树与藤蔓、野草上全是鲜血,血还没有凝固,淋淋漓漓,顺着墙壁,顺着草茎叶尖往下滴落。

这是极新鲜的血液,应该是才出现在院子里不久。林一川蓦然腾空跃起,站在了照壁顶上,举目四望,三进的大宅安静得没有丝毫声响。他打了个寒战,难道这些新鲜的血液是从地狱里涌出来的?他摇了摇头,他不信神鬼,只是泼洒了这么多鲜血,却没被自己和穆澜发现动静,可见动手之人的功夫也甚是了得。

穆澜木然站在院子里,赤红的鲜血在她眼前弥散开,渐渐染红了她的双眸,浸入了她的脑海。鲜血淋漓的院子是如此熟悉,很多年前,她就站在这里,看到了同样血腥的一幕。

记忆被眼前的血腥无情地撕开了阻挡。

是的，她见过这场景。四周也是这样安静，家里空无一人，她站在院子里，惶恐地看着墙上的血、地上的血、染在花草树木上的血，她想喊爹娘，想喊奶娘，想喊服侍她的丫头……核桃。

核桃！

满地的赤红像只狰狞的凶兽朝她扑来，她仿佛又看到父亲瞪着眼睛倒在她的面前。他的脸是那样清晰，她甚至能看到他瞪大的双眼中倒映出的自己。

都是假的！是她在做梦！她是在梦里看到这一切的！无数的人脸在穆澜的脑中闪现，无数的人声涌进她的耳中，她抱着脑袋发出刺耳的尖叫声。

"小穆！"林一川被她的叫声吓得差点儿从照壁上栽下去，他跳下照壁，上前将穆澜紧紧抱在了怀里。她的尖叫声仍在继续，被他的胸膛堵住后，变成一声声凄厉的闷声。

"不怕，不要怕。"他一手按压着她的头，一手提着剑警惕地望向四周，心里生出了一股愤怒。这里的鲜血明显是被人才浇上去的，弄这些手段的人一定是想刺激穆澜，让她想起来，真是残忍。

会是什么人知道他俩夜探荒宅？会是什么人知道穆澜前来寻亲？答案不言而喻。

怀里的穆澜突然没了声音，人往下滑去，林一川赶紧抱紧了她。晕过去的穆澜脸色惨白如纸，唇失去了血色，林一川又气又急，咬牙骂了句："果然不是亲娘哪！"

只有穆胭脂才知道穆澜来了松树胡同这座宅子，这地址本来就是她给的。

林一川收了软剑，抱起穆澜从后花园的院墙翻了出去。

　　天上飘着雨雪，雪屑如细，落地便化，青石板被一点点濡湿浸润，园子里除了石板铺就的小径已无法行走。

　　"好姑娘，套着木屐陷泥里可就麻烦了。"奶娘喋喋劝阻着。

　　穆澜低头看了下脚上的绣鞋，粉色的底，绣着绿色的藤蔓与黄、白两色的金银花，她坐在椅子上摇晃着两条小短腿打消了主意："算了吧，今天生辰，娘亲才给我穿的新鞋，被她瞧见被泥水弄脏，又要拘着我抄书帖了。"

　　"叫核桃陪姑娘在屋里捉迷藏可好？"

　　"好。"

　　核桃是奶娘的女儿，和她同岁，六岁进府侍候实在太小了，所以核桃只偶尔来陪穆澜玩。核桃趴在门口的窗下把脸埋在了胳膊上，笑嘻嘻地说道："姑娘，我数到三十就来找你哦。"

　　穆澜提起裙子飞快地朝回廊跑去："奶娘你盯着她数！核桃不会计数！"

　　奶娘笑着应她："姑娘跑慢点儿，核桃才刚数到五呢。"

　　她拐过回廊，还隐隐能听到奶娘帮着核桃计数的声音："七过了是八，不是九，重新数……"

　　躲哪儿好呢？钻田七藤底下去？不不，核桃知道自己爱钻花丛。跑进院子的穆澜眼珠转了转："爹该回来了吧？我躲他书房去，核桃不敢来找，我藏着去吓爹爹一跳。"

她推开书房的房门，又将门关上，而后轻车熟路地爬进了书桌旁的长案下。长案靠墙的一头有只小柜子，她费劲儿地将里面的藏书全搬了出来，一本本推在柜门外。小小的柜子刚好够她抱着腿坐下，她将柜门开了一小道缝，靠坐着算着时间。

好安静啊，穆澜无聊地等待着，等得有些不耐烦了，她就悄悄将柜门推开，这时她听到了窸窸窣窣的声响，她抿嘴笑了笑，没有作声。奶娘褐色的马面裙出现在她眼前，但奶娘只站在门口靠近书桌的地方，不敢真的进来找："姑娘，你在书房吗？老爷要回来了！姑娘！"

穆澜捂住嘴偷笑着。奶娘没听到动静失望地便走了，茧绸摩擦的声音渐行渐远，书房再一次变得安静。

爹就快回来了呀，穆澜打消了主意，重新把柜门拉上，眼前的光亮变得暗淡。她闭上了眼睛，甜甜地笑着，等一听到爹进来的声音就出去吓他。她就这样抱着小短腿靠在柜子里睡着了，直到被翻动东西的声响惊醒。她揉了揉眼睛，一时间没反应过来这阴暗的地方是哪儿。哦，她和核桃捉迷藏，藏到了父亲的书房里。爹回来了？穆澜轻轻把柜门推开了一道缝。

父亲正弯着腰背对着她，穆澜忍着笑，一点点推开柜门。外面的光线扑入了眼帘，她正想推开搁在柜子外面的书时，沉重的脚步声响起，她愣了愣，父亲霍然站起："你们……"

一片鲜血飞溅而起，血洒在书架上发出沙沙的声响，穆澜脸上微凉，她惊得愣住了。耳中传来"扑通"的闷响声，父亲倒在了地上。鲜血从无头的颈腔里不停地涌出来，顺着青石砖肆意流淌。他的头颅被直接砍下，骨碌碌滚到了柜前，被堆放的书籍挡住。他看到了穆澜，眼珠瞬间瞪圆了，然后失去了光彩。穆澜猛地拉紧柜门，吓得闭上眼睛，捂住了耳朵。

外面的声音像在彼岸响起，哭叫声、奔跑声、东西摔碎的声音，纷繁而杂乱。她一定是在做梦，她只要继续睡，再醒来，这个梦就没有了。

她忘记自己睡了多久，反正她醒了，她小心地将柜门推开了一道缝，外面一片黑暗。她不要再做这个梦了，她再也不捉迷藏了，只要找到奶娘和核桃，这个游戏就结束了，她快手快脚地从小柜子里爬了出来。

屋里响起"咕噜"一声，她不敢看，也不敢想，她拼命地爬到门口，门开着，她翻过门槛爬到了屋外。又一双眼睛在瞪着她，这是父亲贴身的老仆。穆澜尖叫了声，从台阶上滚了下去。头碰到软软的东西，她战战兢兢地回头，便看到了母亲染满鲜血的脸。她吓得坐倒在地上，她抽搐着，她不要做这样的梦了。

一轮明月从乌云背后冒了出来，皎洁的月光将院子照得透亮儿。穆澜坐在满院的尸体与血渍中，她认出了管家、厨娘、母亲房里的嬷嬷、服侍她的婢女，她还看到了奶娘和核桃。

她想这一定是梦，她壮着胆子去拉母亲的手时，她看到了自己的双手，手掌血红一片。她哆嗦着往裙子上擦，白色的裙子不知何时也变成了鲜红色。狰狞的血腥惊涛骇浪般朝她扑来，像汪洋大海没过了她的头顶。

她一定要从梦里醒来，她挣扎着往前游着。只要游上岸，她就能摆脱这可怕的梦魇了。她游得这样累，鲜血的腥气包裹着她，她死死地闭着呼吸，生怕喝进嘴里，吸进鼻子里。渐渐地，她憋不住了，而血海却没有尽头，她终于没忍住吐出一口气，一口鲜血便灌进了她的嘴里，她拼命地往前游着……一只手抓住了她。

穆澜蓦然惊醒，大口大口地喘着气，然后趴在床头呕吐起来。她吐得酸水都出来了，却还在不停地作呕。林一川轻轻地拍着她的背，将茶杯送到她嘴边："漱口。"

她拿过茶杯喝了一大口，漱了嘴又吐掉，目光极自然地往右襟瞥了眼，她自己结的衣带好好的，没有动过，她松了口气："方便洗个澡吗？"

林一川愣了愣："方便！"

他说着伸手就想去抱穆澜，穆澜腿一抬便下了床。林一川讪讪地理了理被子，指着旁边的一道门道："浴房在里面，拉下铃就有人送热水，拔了塞子，水就出来了。浴桶旁的衣裳是给你准备的。"

"谢谢。"穆澜朝他笑了笑，推门进去了。

"本以为还能再扑我怀里哭一场……"林一川嘟囔着、遗憾着，却极佩服穆澜坚韧的心志。他见她梦里蹙眉，觉得她在做噩梦便推醒了她。这才一醒过来，她马上就清醒了。

"什么时辰了？我昏迷了多久？"穆澜从浴房门口探出头来问道。

"啊？"林一川吓了一跳，生怕被她听到自己方才的自言自语，"酉初，你已经睡了一整天了。这是我家，我去瞧瞧药熬好了没，郎中说你惊了神儿，喝剂安神汤休息下就好。"林一川说完就出了房间，将房门关上时他故意弄出了声响。他怕穆澜不会放心地洗澡，就站在门口和燕声大声地闲聊了起来。

"燕声，你看这群蚂蚁，这条虫这么肥，你说它们怎么把它弄进那么小的洞口的？"

"少爷，我记得你五岁时就对看蚂蚁不感兴趣了。"燕声很不习惯和自家公子这样闲侃，全是废话，声音还很大。

"我现在又感兴趣了！"林一川依然声音很大。

他的声音很大，隔着门传进来，在浴室里她就听见了。隔着雕花木门，穆澜沉默地看着在门外闲聊的林家主仆，心情格外复杂。她知道，林一川故意提高声音只是为了让她放心。他闯过一次浴室，无非是担心她洗澡不痛快。

他是极好极好的，穆澜微笑着，笑容却未染透她的双眸。

五岁时，她对蚂蚁感兴趣，常问父亲蚂蚁病了该吃什么药。父亲带着她在园子里找蚂蚁窝，告诉她蚂蚁本身是味药。守药园的黄妈妈患了风湿，她和核桃很得意地将夏天攒的一把蚂蚁混在了厨房送给黄妈妈的粥里，害得黄妈妈跑去厨房大吵了一架。她成功地被母亲打了五个手板，父亲也骂了她，说她尚不能开方，骂完后却带着她去寻蚂蚁的巢穴，给黄妈妈泡了一坛加了蚂蚁的药酒。

穆澜用手指摸了摸眼角，手指干燥，她明明心酸得想哭，却已没有泪。

房门外主仆俩还在说着没营养的话。

"院子里这两棵银杏树什么时候结果？结的银杏果有没有扬州老宅银杏院的果子大？"

"老爷很喜欢吃白果炖鸡，我也很喜欢。"

燕声耿直地提出了怀疑："少爷，你从来不喜欢吃白果炖鸡。"

林一川暴跳如雷："少爷我现在喜欢吃了，不行吗？"

……

"再见，林一川。"穆澜退至窗前，像从前来给林一川"解毒"时，轻巧地翻窗离开。

过了很久，林一川有气无力地指着嗓子，示意燕声去倒杯茶水来润润喉咙。燕声很难得聪明了一回，严肃地说道："少爷，从穆公子沐浴的时间上看，我认为他身体虚弱，极可能已经昏倒在澡桶里，然后溺水……"

林一川"嗖"地撞开了房门，消失不见。燕声艰难地咽了口唾沫，为难地叹了口气道："比对姑娘还上心，可怎么得了哦！唉！"

房间里没有人，浴房里也没有，林一川望着打开的后窗，心里空荡荡的。

"离我远点儿，就算帮我大忙了，多谢。"他将穆澜留下的纸条揉成了一团。

还没顾得上喝一口茶水润喉的燕声被自家少爷拎着，又开始了新一轮的闲聊。

"如果有个人，是条漏网之鱼，一旦被人发现，她就是朝廷通缉的要犯。我想帮她，她却让我离她远点儿，她这是想对我好吧？"

"嗯，还算有良心，不愿意连累少爷。"

"但是我不怕被她连累呀，我想帮她，怎么办？"

"那少爷也可能会成为被朝廷通缉的要犯，林家也会因此获罪，我也会获罪……少爷还是离他远一点儿好。"

"燕声，没想到你这么贪生怕死不讲义气！我真是看错你了！"

"可是少爷，漏网之鱼让它游走不就好了吗？盯着你的人这么多，你又盯着那条鱼，迟早会有人发现他是条漏网之鱼。"

林一川愕然，他满心不是滋味地看着憨厚的燕声，良久才咬着牙道："究竟是想对我好，还是怕我连累她？"

燕声毫不迟疑地回道："如果您说的是穆公子，小的觉得多半是他嫌你会连累他。穆公子多精明的人啊，还用得着你帮他？少爷忘了当初他怎么捉弄人的，小的可没忘。"

燕声成功地被林一川敲了个爆栗。

"让你给本公子倒茶水，你还站在这儿做什么？滚！"

夕阳西沉，穆家面馆外的红灯笼挂了齐溜的一排，瞧着就觉得热闹喜庆，面馆里的生意依然很红火。穆澜从正门进入，从院子里绕到了厨房。水汽蒸腾的厨房里，穆胭脂依然围着粗布围裙在煮面。她用长长的竹筷挑起面条放在碗里，眼角余光瞥见门口站着的穆澜，随口说道："回来了？"

穆澜的目光从正在大力揉面的李教头身上掠过，"嗯"了声："给我下碗阳春面。"

饿归饿。但想起那满院子流淌的鲜血、满院子的尸体，她不想沾半点儿肉。

所谓阳春面，就是清汤素面，这是江南的特色面，讲究的还会放虾皮、紫菜。穆家面馆卖的阳春面只搁两片白菘，这是最便宜、最简单的做法。

穆胭脂下了面，长筷与竹篱在水中搅拌着。

"您还是擅长用右手煮面。"

穆胭脂执筷的手顿了顿，便又麻利地将面条捞起，放进了碗里，顺手拿了麻油瓶子，往里面滴了两滴。穆澜上前端了面，就站在灶台旁吃着，边吃边评价："李教头揉面的功夫好……"

"少东家喜欢吃就好。"李教头冲她一笑，继续揉着面。

"照我看哪，李教头不去做将军真是可惜了。高大威猛，武艺了得，窝在厨房揉面可真是屈才。"穆澜大口吃着面，筷子敲着碗沿，满脸的遗憾样。

李教头揉面的手顿了顿，笑道："少东家说笑了，我也就会舞个叉，演演杂耍的本事。"

穆胭脂将围裙解下扔在灶台边上，转身就出去了："从小油嘴滑舌，也不知杜之仙那闷葫芦怎么教出来的。"

穆澜慢条斯理地把面条吃完，将碗筷放进了水桶里，又看了李教头一眼："李教头身材真不错。"说完也出了厨房。

李教头揉面的动作渐渐慢了下来，朝后院看了一眼，眼里盛满了忧虑。

穆澜走过院子，看到正屋东厢没有亮灯，她笑了笑，继续走向后院。当她踏进小花园时，看到了那两株高大的杨树。

今夜有月，上弦月如一道银钩，细长的尖端戳进了穆澜的心中。她足尖一点，手腕抖动，一根雪亮的钢丝从她腕间抖出。空中出现了一个个银色的圆圈，此起彼落，生生不绝，像舞姬挥动的水袖，飘逸美丽。

如果林一川看到，就会发现此时此景，与当初的面具人挥舞银鞭如出一辙。

银圈过去，后花园草叶被绞碎，枝叶无声分离，像一张绿色的网，朝着杨树下站立的黑衣面具人袭去。夜色里，无数的银色光环涌现，像来自地狱的钩索，迎头朝着面具人罩下。

一声冷笑在风中响起，面具人手中已亮出那条软银鞭。在内力驱动下，鞭身"嗖"地抖得笔挺，像一杆枪直刺向网的中心。如同当初穆澜人匕合一冲向银鞭挥出的圆圈中心一样，面具人手持银鞭冲进了圆圈最中心。

师徒过招，用的自然是同样的招数。只是面具人的速度太快，鞭化为长枪刺破了风，发出尖锐的啸声。在强悍的长鞭面前，钢丝抖出的圆似乎显得太过柔弱。那些扑向面具人的树枝、草叶被鞭梢激出的气浪倒退着，远远看去，就像鞭梢上撑开了一把绿色的伞。随即一阵极悦耳的叮当声响了起来，光环在银鞭的碰撞下凄然破碎，如同打碎的水晶，碎片晶莹四溅，然后无声地消失在了夜里。

穆澜拼尽全力抖出的光环，看似锋利无比，却在长鞭面前层层破碎消失。夜色中一道光亮闪过，一层如雨的枝叶如有生命般被聚在一处，在穆澜身前形成了一面绿色的圆盾。

"破！"面具人口中斥道，他手腕轻抖，被鞭梢两面气浪堆积而成的绿色小伞蓦然飞射而出。

银色的鞭梢如毒蛇吐芯，轰的一声轻响，枝叶被绞得粉碎，四散炸开。然而本该被那些枝叶挡住的穆澜却消失了。鞭梢落了空，面具人眼瞳微缩，长鞭在地上一碰，"啪"地就抽裂了地面的青石。鞭梢倏然弹起，如蛇昂头。面具人借着长鞭一击之力在空中翻转，长鞭朝上抽去。

长鞭擦着一抹轻盈的影子掠过，面具人的眼瞳中出现了一道光，像骤然消失在天际的流星，明亮而短促。他脸上微凉，半截儿面具便落在了地上，发出"啪"的一声轻响。

　　如同以往的比试，数招之间，两人相碰又分开，各站在一端。

　　穆澜身上的轻袍被枝叶割出了无数道细小的口子，风一吹，好好的绸衫上像飞出了一只只蝴蝶似的，露出了里面的软甲。束发的冠无声地断成两截，满头青丝随风倾泻而下。她低头看向软甲，摸着上面纵横的口子，轻轻笑了起来。

　　面具人站在她对面，抬起手，解开了如破布般的披风，又解开了外袍。双腿一甩，一双靴子也被蹬掉，他的身材蓦然矮了半截儿。黑色手套缓缓抬了起来，将碎成一半的面具摘了下来，喑哑的声音也变得熟悉："你曾经说过，总有一天会揭下我的面具，看看我是谁，现在如你所愿。"

　　月光足以让穆澜看清楚那张她看了十年的脸。

　　为何猜到了，当真看到时，心仍然像刀刺了般疼痛难忍？

　　穆胭脂抖动着手，长鞭如蛇一般缠回她的胳膊，藏于袖中不见。她平静地望着穆澜，眼里有一丝赞赏："青出于蓝而胜于蓝。你很聪明，故意用我使过的那招千丝万缕引我入局，又使了个障眼法，削去了我的面具。"

　　她聪明？她聪明会被苦苦骗了十年？十年，她与她生活在一起，从没看出她就是冷血无情的面具师傅。十年，她被骗了整整十年！

　　"哪怕你说不是我亲娘，我也还是把你当成母亲，可天底下哪有这样的母亲呢？从前我一直在想，是外祖父家被烧成白地，才让你恨、让你痛；是父亲死得异样，才让你偏执得想要翻案复仇！这些我都理解啊。我见到你落泪就心软，才不顾危险女扮男装进国子监。"穆澜说着就笑了起来，"我真是自作多情，我不过是珑主手里的一枚棋子罢了。就凭你从死尸堆里把吓得失去记忆的我捡走养大，你想要什么，我也会拼了命帮你做。回回见我都要踩着高脚靴子，用棉花撑起双肩，你何必要这样伪装自己？"

　　穆胭脂负手望向天空，眼里有一丝水光轻闪而过："也许，我情愿做你眼中的母亲，哪怕只是一段时间的母亲，所以我才乔装扮成了你的面具师傅。

不管你信不信，我对你始终有一丝不忍。"

"你的不忍就是这样骗我、利用我？你的不忍就是捏着核桃让她成为要挟我的人质？把她送进青楼让她去勾引皇上？"穆澜的怒火如火山爆发，"如果不是被我知道了邱明堂一案的破绽，如果不是我要挟你要离开国子监，你还要瞒我到几时？"

"我与你师父曾经想过各种法子让你记起来，但都没有用，除非水到渠成。"穆胭脂淡淡地说道，"你心肠太软，只有让你的心一点点硬起来，你才会走进池家废宅，打破记忆的屏障，找回记忆。"

"所以就让我变成刺客珍珑，熟悉如何杀人，熟悉鲜血？我心里柔软的部分就要被剥离，所以核桃就要被你送进宫去？"

"是，我没有杀核桃灭口，已是仁慈。"穆胭脂并不否认，"你终于想起了你六岁生辰那天失去的记忆，难道全家的尸体与鲜血还不能让你心硬吗？"她逼视着穆澜，"你忘记了你的父亲是如何被一刀……"

"够了！"穆澜喝断了她的话。

举国上下，十年中被抄家灭族的还少吗？死于权力争斗的人还少吗？

穆澜早习惯了与面具师傅的谈话模式，绝不会被她的话牵着鼻子走："为什么不能直接告诉我？因为如蒋蓝衣，灭族于权力更替；如你与师父，都是因为朝廷权力之争成了牺牲品。而我不一样，对吗？我父亲是太医院院正，因他施救不及时，让先帝驾崩，所以才导致池家被抄家灭门。我无冤可伸，所以你们才编造出邱明堂案，用亲情让我敢冒死进国子监，为你们寻找能扳倒敌人的证据！"

"借用邱明堂是杜之仙的主意。也许这是他人生中难得的失误，害了邱明堂，让他心中有愧，希望借你之手让地下的邱明堂知晓实情。"穆胭脂轻叹，望向穆澜，"当年抄灭池家的是东厂，带队的人是梁信鸥。如今，你已知晓实情，回国子监去吧。"

穆澜冷笑道："我不会再回去，我已帮你们杀了东厂六人，进国子监又帮你们查到了陈瀚方有异，首辅胡牧山有异，两清了。"

她转身离开，越过了穆胭脂，脚步未曾停留。

是奶娘的女儿核桃抵了她一命，她要去宫里再问一次核桃，愿不愿意跟她离开。她只想离开，离京城远一点儿。她没有问池家宅子的血是否是穆胭脂所为，也没有问当初穆胭脂为何不肯去见老头儿最后一面。她的心累极了，累得不想再想一丁半点儿关于他们的秘密。

"你从小聪慧过人，哪怕失去了六岁前的记忆，也没有变成一个傻子，可是你却连全家为何灭门都不愿意去深思。"身后传来穆胭脂极冷极淡的一句话，"就算你父亲施救不及时，赐死也就罢了，依律家眷应流放三千里，但为何你池家却被满门抄斩？连府上帮短工的用人都不放过？穆澜，你的家人都在天上看着你呢。"

父亲的头颅滚落到自己面前的情景再一次出现，穆澜身体僵了僵，却没有停下脚步。

"你爹池起良，死于一场阴谋，你不想弄个水落石出吗？"

穆澜忍无可忍，回头吼道："你还想利用我到何时？我就算自己查，也绝不再和你沾上半点儿关系。"

穆胭脂目光讥诮："你不愿意去深想，是因为你爱上了年轻俊美的皇上。我早告诉过你，离他远一点儿。先帝驾崩，新皇继位，年幼的皇上登基当天，用小手盖了几张圣旨，其中一张就是抄灭池家满门。不听我的话，如今可是心如刀割？"

穆胭脂的话像一把刀狠狠刺中了穆澜的心，她冷冷地说道："我不会因为无涯用手盖了玉玺就恨他入骨，他当年也不过是个十岁的孩子。我想怎么查清当年的事情，怎么替家人报仇是我的事。你布你的局，休想再让我成为你的棋子！"说罢，她快步走出了后花园。

银月如钩，随着客人们离去，穆家面馆打烊关铺。李教头洗完手，见穆胭脂站在院中望着月亮出神，迟疑了下，还是走了过去："东家，少东家她还会回来吗？"

"她还能去哪儿呢？"穆胭脂淡淡地说道，"等她想明白了，她就会回来。"

李教头鼓足了勇气道："东家待她也太狠了点儿，实不该一直瞒着她，她也不容易。"

"十年，她都不曾触碰过六岁时的记忆。我等了十年，已经等不及了。"穆胭脂的声音渐冷，"当初她命大，躲过了一劫。若不是遇到我，天亮后官府查抄池家，她还是逃不过一死。她的命是我给的，她欠我一条命，账未还清前，我怎么对她都是应该的。"

"少东家心肠软……"

穆胭脂转过头看了他一眼道："你是在质疑我吗？"

那眼神的锐利看得李教头渐渐低下了头去。

"林一川与穆澜曾同去池家，有他在始终不方便行事。林大老爷不是活不了两年了？想法子让林一川提前回扬州去。"

李教头应了。穆胭脂转身回房，临走时脚步停了停，轻声叹道："我待她狠，何尝不是怕我心软，毕竟养了她十年。"

李教头张了张嘴，始终没有再说话。他望着穆胭脂踏着月光孤单的背影，眉间终闪过不忍的怜意。

月光落在花间，落在湖上，落在床前，落在举杯照影的人的身上，都是极美的清辉。落在前太医院院正家的废宅里，想象力丰富的人会以为有鬼怪借着月光从草叶、树藤里苏醒过来。

举国上下，郎中们心目中最高的圣地就是太医院。能给皇帝、贵人们问诊看病的，定是最好的，这是对郎中们医术的肯定。可当进了太医院，才明白这是宫里最命苦的职司，真正的伴君如伴虎。

京城的太医院流传着一句话：太医们有三种死法，老死、病死和被赐死。第三种的概率并不比前两种低：有时并非医术不高明，而是医术太过高明，于寸脉之间探得了一些不可为人知的秘密。有时则是运气。病去如抽丝，脾气古怪的贵人等不及也能责怪御医，被打死或受斥责后羞愤自尽的并不在少数。

药能救人，亦能杀人。太医院的御医皆战战兢兢地行走在悬崖边上，太医院用药中正平和已成传统。

前太医院院正池起良就是这么个倒霉御医。先帝驾崩那天，他开了剂猛药，事后太医院集体论方，都认为如果不是那剂猛药，让先帝躺在床榻上动弹不得，至少先帝不会在那一天驾崩。这个结论让太后伤心欲绝，继而大怒，池家则立刻就被抄家灭门。

这件事虽然发生在十年前，但所有人都知道是这么回事。池家从被抄家灭门那天起，就被所有人认定是凶宅。哪怕地段好，宅子够大，也无人敢买，故一直荒废至今。

"我回家了。"穆澜站在院子里轻声说道。无人敢买，渐被遗忘的废宅成了她唯一能栖身的地方，她自嘲地笑着。没有人会来，也不会有人知道池家还有着她这么一条漏网之鱼。

她迈步进了自己的房间，房门虽破旧，却还没有倒塌。扯掉已经染成灰色的帐子，连被子带褥子卷起扔到旁边，结实的硬木床擦拭一番就能躺下睡觉。简单清理了下后，穆澜躺在了儿时睡过的床上。

她不再害怕，在这里死去的人都是她的家人。就算他们变成了厉鬼，待她也只会有保护之心。她前所未有的踏实安心，就此沉沉睡去。

林一川回到了国子监，但穆澜还在"病"中。

端午过后，生病的人有很多，谭弈也"病"了。回到义父身边后，听说许玉堂一点儿事都没有，谭弈难得地没控制住脾气："定有人害我！"

明明全身起疙瘩的状况应该发生在许玉堂身上，但如今受罪的人却成了他，谭弈气得要命。

"公子放心，这种毒并不厉害，不会耽误六堂招考。"太医院廖院正抚须微笑道。

送走廖院正，谭弈的愤怒化为了委屈。

谭诚坐在床边拍了拍他的手道："技不如人，生气也无用，可有怀疑的人？"

谭弈第一时间就想到了穆澜："孩儿怀疑是穆澜。他师从杜之仙，又与许玉堂交好，端午节那日孩儿唯一和他有过接触，虽然是他救了我。"

"这个穆澜……是皇上看重的人，暂不要动他。"谭诚说罢就走了。

等到谭弈病好回到国子监，离六堂招考就只有三天了，而穆澜的"病"却一直未好。林一川想到穆澜的留言，没有去找她。他认为穆澜现在定独自待在某处地方，平复着心情。他想，还是给她一个清静的空间比较好。

可丁铃并不这样想。他伤还没好，又被上司催着半夜翻了国子监的墙，在谢胜的呼噜声中将林一川叫醒，两人一起进了玄鹤院后面的小树林。

"不是让你盯着穆澜，他人呢？"

"哦，还真拿我当保镖使啊？我一个人就一双眼睛，我总不能把她拴在腰带上吧？她不回国子监我怎么盯？"

没有穆澜的消息，无涯着急了吧？着急有用吗？是你下的圣旨砍了穆澜全家的人头，穆澜还会和你好吗？我知道我就是不说，就是要看着你着急干瞪眼。林一川脸上不服气，心头却阵阵暗爽。

"总之，你给我马上找到他。"丁铃说完，就看到林一川的脸色变得不好了，他心想这位是菩萨、是财神爷，得哄着，又赶紧缓和了语气道，"他请假太久也不好吧？他毕竟是杜之仙的关门弟子，病得太久，东厂会起疑。等到东厂查他，那就麻烦了。"

"什么麻烦？"林一川知道穆澜的性别，还知道她是前太医院院正家的姑娘，听了丁铃的话，第一时间警惕了起来。

丁铃叹了口气道："绳愆厅里也不都是投靠咱们的人，东厂如果发现他在装病，他免不了要进绳愆厅，而且还会连累方太医。这是皇上好不容易才安插进国子监的人，能带来多大的方便与好处？你还是劝他早点儿回国子监吧，如果真不想回国子监了，也得早拿主意才是。"

丁铃的小绿豆眼闪了闪，重点是最后这句话。林一川听不明白，穆澜一听就明白。

丁铃其实也不明白，但他以为自己明白，他觉得或许是皇上对穆澜的关注已引起东厂的关注，皇上并不希望穆澜再回国子监，让他成为和东厂角力的目标吧。

林一川倒是松了口气，他也不希望穆澜再回国子监，太危险了。

天才蒙蒙亮，穆家面馆的伙计就拆了铺门板，开始了一天的生意。走进铺子的第一位客人让伙计们惊喜："少东家！您怎么回来了？"

穆澜笑道："给我煮碗面，浇两份臊子！"

她的声音传到了后厨，李教头佩服地朝穆胭脂看了一眼，麻利地将面揉开，切成细细的长丝。穆胭脂煮好面，拿起铁勺，从罐子里捞出两大勺肉臊子浇在了上面，亲手端了出去。

穆胭脂的圆脸上笑容和蔼如初，目光扫过穆澜皱巴巴的衣裳时，又吩咐伙计道："赶紧把热水抬进去，让少东家洗个澡。"她没有守着穆澜吃面，转身离开，嘴里叨唠着，"我去给你找换洗的衣裳。"

一切如初。穆澜搅拌着面条，大口吃着，想着穆胭脂再没有自称"娘"，她低垂的眼睫遮住了那一闪而过的嘲讽与伤心。她呼噜着吃完面，抹了嘴笑嘻嘻地朝后院去了。舒服地洗完澡，换上干净的布衣，穆澜拿着帕子擦着头发进了东厢。

"我来。"穆胭脂接过她手里的帕子，坐在她身后替她擦着头发，不等穆澜开口，她便主动说道，"那天动静很大，京畿衙门围了街，东厂的人进了池家。"她停了停，见穆澜没有反应，又继续说道，"那天下着雨雪，二月倒春寒，天极冷。"

穆澜静静地说道："那天是二月二十二，我六岁生日。我是雨雪天出生的，爹娘给我取名叫霏霏，'雨雪霏霏'之意。"

穆胭脂愣了愣，眼神闪烁不明："你全都想起来了？你当时怎么躲过去的？"

"娘宽厚，常让奶娘接了女儿来陪我。奶娘说等到核桃八岁，就来做我的丫头服侍我。那天我和核桃玩捉迷藏，我躲进了爹书房的小柜子里，想等他从宫里回来吓吓他，结果就睡着了。"

"你爹回来……你还在睡？"

背对着穆胭脂坐着，穆澜的眼神也分外古怪，她轻叹道："是啊，是天意让我就那样睡了一觉。一觉醒来，家里没有灯，我以为自己还在做梦，就跑了出去。"

是了，家里没有灯，光线太暗，她一觉睡醒，见书房黑暗，小孩子定是害怕，没有看见她父亲横尸在书房。她跑进了院子，看到满院的尸体，吓傻了。

"东厂将不在名单上的你奶娘的女儿当成了你，他们杀完人后直接走了，又令京畿衙门的人来抬尸。松树胡同两边住着的都是朝中官员，平时为邻，有个病痛都登门请你爹问诊，所以池家人缘极好。衙门的人不想惹了众怒，等到夜深人静才进池家抬尸查抄。在那之前，我进了池家院子，看到你呆呆坐在你母亲的尸身旁，于是就将你带走了。"

穆澜听完当初被穆胭脂救走的经过，沉默了下问道："您是因为东厂才去的我家？"

"澜儿，东厂是我们共同的敌人，所以你才会回来，不是吗？"给她擦干了头发，穆胭脂将帕子放下，坐在了她对面，两人的目光都如此平静。

"东厂也灭了您满门？"

"株连九族。"

"杜之仙为何要帮您？"

"他在帮他自己，东厂也是他的敌人。"穆胭脂的眼神很坦荡，"你不要问我的家世来历，我不想回忆。"

穆澜点头："我只要知道东厂是我们共同的敌人就行。我需要知道那天我爹在宫里为先帝问诊，到底发生了何事，您可以开出您的条件。"

如果穆澜不开条件，穆胭脂反而觉得奇怪，她微微笑了起来："我送核桃进宫，就是让她帮你查这件事，因为我也不知道。"

"我也能让核桃帮我。"她的言下之意是，你如果没有特别能帮到我的地方，我为什么要帮你？

"纵然你已练成小梅初绽，但皇宫内高手如云，处处都有东厂的眼线，不是说去就能去，说走就能走的地方。原先我家中在宫里与一些老宫人有些旧情。"

穆澜明白了。穆胭脂在宫里的门路的确比自己多，她缓缓开口道："核桃可会有危险？"

"什么都不知情的人才安全。"穆胭脂从袖中拿出一只荷包放在了炕桌上，"你与秦刚相熟，那就通过他将这只荷包送给核桃，让她随身戴着，有心的人，自会去找她。"

蓝色的缎面上绣着一枝丹桂，绿叶黄花。崭新的荷包，这是才做的。穆澜的手指从丹桂上抚过，想起了杜之仙身上的丹桂刺青，想起了杜之仙临死前朝桂树行大礼的情景。她将荷包收了起来："说吧，要我进国子监查什么？"

"我想知道陈瀚方在找什么。"

"送我进国子监前，您和师父就知道陈瀚方在找什么？"

"不，我不知道，我只知道国子监里或许能找到我需要的答案。陈瀚方拆书、订书的秘密是你查出来的。"

"成交。"穆澜麻利地将头发绾成道髻，站起了身，"我今天就回国子监。"

穆胭脂松了口气："我会尽力查你爹的事。"

回到国子监，学生们还在上课，穆澜径直去了医馆。

方太医看到她，脸上的褶子都舒展开了："纪典簿已来打听过数次，我说你发了风疹，回家休养去了。你的'病'再不好，愁的人可不止老夫一个。"

他的眼神是这样慈爱，让穆澜蓦然心酸。早在灵光寺脚下的梅村时，奉旨连夜赶来给无涯看病，方太医就认出她了。怪不得他当时神情恍惚，脚下差点儿踩空。

老头儿和穆胭脂合伙骗她，老头儿却又指点她去找方太医，说他是能信之人。老头儿对她极愧疚吧？然而再愧疚，对她再好，都抵不过他和穆胭脂的情谊。正因为如此，他才以命抵命，求得林家做出承诺，保她一命，给她留条后路？

"方爷爷，小时候您曾抱过我。十年过去了，我长得很像我娘，对吗？她是内宅妇人，在我的记忆中她极少出门，见过她的人并不多。所以，您早就认出我来了吧？"

她的几句话吓得方太医"噌"地从椅子上站了起来，胡须都跟着颤抖起来。

穆澜跪在了他面前："我全都想起来了。这世上，您是我能信之人，也是与家父相交莫逆之人，我找不到别人，只能求您告诉我当年之事。"

方太医木然地坐了回去，眼里渐渐浮起泪光："你长得不像你爹娘，否则杜之仙怎敢送你回京，你长得……极像你的外祖母。杜老儿算无遗漏，所以才把我也算了进去。是他告诉你，老夫乃可信之人吧？"

方太医扶了穆澜起来，倒了杯茶放在她面前："初见你时，老夫有几分恍惚之感。"

初见穆澜，她迎着朝阳而立，浅浅微笑。

"一模一样的眉，如春来抽出的新叶似的。最特别的是笑，你外祖母笑起来也如你这般，明明不是美人儿，却让人觉得天底下没有比她更美的人了。"

穆澜此时的长发被绾成道髻藏于乌纱巾中，相似的眉眼，只是穆澜多出了几分干练清爽。

方太医的脑中不禁闪现出穆澜外祖母的脸，一时对着同样二八年华的穆澜，不免生出双兔傍地走的迷茫："此事又太过匪夷所思，东厂抄斩，不可能漏掉池家一人，老夫想当然地以为不过是长得像罢了。"

穆澜回忆着在梅村的情景，轻声说道："初时您以为我是男儿，劝我留在皇上身边，是想让我博一番好前程吧？"

"老夫已悔得肠子都青了。"方太医苦笑着连连摇头，"皇上那时令老夫为你把脉，似乎也对你起了疑心。把脉虽不能极准确地分出性别，只是老夫看着太像便先入为主，自然就肯定了你是故人之女，哪里还敢让你留下。"

穆澜感激地看着他，心想如果被你拆穿了，以无涯当时的心性，哪怕饶了自己小命，也定不会让自己继续留在国子监了。她起身对方太医深深揖首："无论如何，您为我隐瞒，已是救得我一命！"

"你该谢你师父。"方太医摆了摆手道，"如今回想，你师父在先帝驾崩前就以病辞官归隐，又这么巧收了你为徒，莫不是早料到了这一出，提前做了安排？"

虽然方太医只是猜测，穆澜却又是一惊，难道她想错了老头儿？然而是他让无涯照顾自己，让自己进了国子监。师父究竟是怎样的心思？

"老夫与杜老儿研讨医术，也曾大醉方休。老夫与他是至交好友，故在醉时曾对他透露过当年遗憾之事，是以他知晓老夫与你外祖母的往事。这件事除了他，老夫家人亦不知情。杜老儿年轻时心性跳脱，竟偷偷去瞧过你外祖母，回来对我说，清秀而已，哪里是天下第一的美人。老夫气极，从此不再与他往来。"方太医说起往事，竟"呵呵"笑了起来。

以老头儿的性子，还真做得出这种事来。

因老头儿见过外祖母，而自己偏偏与父母生得不像，所以老头儿才放心大胆地让自己来寻方太医，还道他是可信之人。那时候，老头儿就安排了一条让自己知晓身世的路？如果方太医嘴不严，岂非她早就能从方太医嘴里知晓身世了？真是可惜，早知道就好了，她就不用穆胭脂提醒，也不会这般被动。

"老夫早该告诉你，然不知杜老儿安排，也没见你提过一句半句的。池家死得惨烈，老夫也不愿提及。"

穆澜苦笑着想，这就是阴差阳错啊，本来可以居于主动，如今却被动至极。

触碰了心事，方太医再不忌讳，说起了穆澜的外祖母："你外祖母家与老夫家是同一条街上的邻居。"

方太医家世代从医，每代都有人在太医院供职。穆澜的外祖家姓侯，蓬门小户人家，开了一间小小的药材铺子，与方家大药堂相比，如月光与萤火。侯家因只有一个独生女儿，所以打定主意要招婿养老。而方、侯两家家世差距太大，方太医也不可能入赘侯家，纵然年少时曾与邻家姑娘青梅竹马互生爱慕，最终却只得遵从父母之命另娶了门当户对之人。侯家女儿后来也招婿入门，只生了穆澜母亲这一个独生女儿。没过几年，侯家女婿便早早离世。

"说起来我始终对你外祖母存着几分歉疚之心。孤儿寡母生活不易。你父亲那时虽年轻，但医术高明，前途无量。他孤苦一人，你外祖家又无男丁支持门庭，我便做了大媒。后来你父亲几次诊治，得了帝、后欢心，也懂得为官之道，没过几年他就做了太医院院正。想着故人之女有个好归宿，我心甚慰。"

说到这里，穆澜就明白了："侯家没有人，池家也没了亲戚，我长得又像外祖母。如此，我进京还真是安全。"

"杜老儿心思缜密，若非如此，他怎敢让你进京？虽然过了十年，京城里的贵人也不会轻易忘了你爹娘。"方太医说罢，又是一叹，"当年那件事，说来也是一笔糊涂账。"

十年前先帝缠绵病榻，太医院上下用尽全力，也无法治好。先帝自己也明白，不过是拖日子罢了。

"生死有命，纵扁鹊、华佗在世也无力回天。先帝一直服的是太平方。"方太医回忆着，眉心蹙成了一道深深的"川"字，"二月春寒，先帝又添了咳症，你父亲几乎整天都待在宫里。先帝驾崩之前，病情似有好转，你爹那时已在乾清宫服侍了两天两夜，当天惦记着你生日，便从宫里返家歇息。他刚离宫，先帝就薨了，紧接着太后知晓前一天夜里，你爹给先帝开了剂虎狼之药。药是他亲自煎熬，并给先帝行了针。整个太医院都惊了，给先帝换方是何等大事，你爹居然悄悄一个人就做了。太后震怒，这才有了池家抄家灭门之祸。时至今天，老夫也不明白你爹为何要行险换方。"

先帝已病入沉疴，太平方子若继续用着，池家也不会有此祸事。先帝驾崩前的一晚究竟发生了什么事，让父亲非要冒险开出猛药？

穆澜想了想问道："方爷爷，您是我爹娘的大媒，待父亲如子侄。先帝驾崩前，父亲可曾与你说过什么？或者那段时间，他有没有什么异常的举止？"

"你爹痴迷医道，也就是查询医案遍寻古方，看有无可能配比太平方更有效的药方。"方太医回忆道，"我记得连着数月，一有时间他都在翻阅医案，并无什么异状。"

父亲瞒着整个太医院行事，定有蹊跷。方太医也不知情，要查清缘由，还得在宫里寻知情人。

方太医说完又担忧起来："咱们做御医的，从来生死仅在贵人的一念之间。往事已矣，纵然好奇，这件事也不是如你想象中那样好查的。一个不谨慎，就是万劫不复。"

纵然父亲当时不得已选用了虎狼之药，但太后要迁怒，她的确没地方说理去。

"我只想知道实情，如果真是父亲用药不慎，我就认了。"

"老夫也想知道，谁没个好奇心呢？除非乾清宫的素成老儿肯开口。"方太医说完又摇了摇头，"他侍奉了三朝皇帝，有些事就算烂在肚子里，他也不会说的。"

穆澜的眼睛亮了亮："乾清宫的素公公？"

她记得是这个老太监来杜家宣的旨，他是无涯身边的总管大太监。

"十年了，宫里的老人没留下几个，经历十年前那场动荡的人还活着的已经不多了。"

穆澜知道能从方太医嘴里了解到的情形就这么多了。见时辰不早，她便起身告辞，出了房门，她总觉得自己还遗忘了什么事情。

"老夫与杜老儿研讨医术，也曾大醉方休。老夫与他是至交好友，故在醉时曾对他透露过当年遗憾之事。"——老头儿年轻时酒品不甚好啊，科举会试题目就是被他酒后无意中说给前祭酒听的。与方太医醉酒后，他是否也会透露些什么？

穆澜旋风般跑回了房间，拿出穆胭脂给她的荷包："方爷爷，你与我师父醉酒话当年时，你曾告诉他年轻时与我外祖母的事。他自然也不会隐瞒他的事，他当年可曾恋过什么人？"

蓝色的荷包上绣着绿叶黄花，是一枝丹桂。

穆澜的心跳渐渐加快，如果方太医知晓一星半点儿，是否她就能解开老头儿身上刺青之谜？还有老头儿死前对丹桂树下的黄衫女子行大礼叩拜之谜？

杜之仙恋过什么人？方太医不由得失笑，故意板起脸来道："长辈的情事也是能随便打听的？"

"我师父死不瞑目。"穆澜顾不得多加思索，就将杜之仙去世前的奇怪举止告诉了方太医，"我换上了那件衫裙，亲眼看到师父朝丹桂树下的我行大礼。方爷爷，我想找到那个女人，想问她一句，为何对我师父如此心狠。"

"丹桂……"方太医拿着那只荷包，盯着上面的那枝丹桂久久不语。

穆澜急了："方爷爷，这事对我来说真的很重要！你是否见过这个荷包？"

方太医将荷包放在桌上，认真地告诉穆澜："我从未见过这个荷包。"

穆澜不由得失望，掐着手指甲不死心地问道："您和师父饮酒大醉，他都没有透露过一点点吗？就一点点！"

见她掐着手指甲的那副可爱模样，方太医却是又气又急："穆澜，你查你家的事情，老夫理解，换成任何人，都想知道那天到底发生了何事。但就你家的事，已是能捅破天的大事！你不想想，帝、后情深，先帝突然驾崩，太后悉数迁怒于你爹那剂虎狼之药。若太后知道你还活着，会立时要了你的命。你在国子监被人识破身份，也是砍头的大罪。如今皇上并不知晓你的身世，尚护着你，若他知道……你可怎么办呀？你还有闲心去管你师父的事？逝者已矣，纵有再多恩怨、不甘与遗憾，那也是天注定。你这孩子……"他越说越生气，干脆转过身不再看穆澜，"你赶紧走！老夫能与你说的旧事仅此一回，日后莫要再来找老夫询问！"

见把方太医气成这样，穆澜心里一片温暖。这些天她住在池家废宅，心冻得像冰一样，今天才感觉到一丝暖意。

方太医气得直吹胡子，心里却泛起浓浓的忧虑。帮穆澜等于把性命置之度外，他老了，不怕死，可家里还有几十口人，族人数百。穆澜不知轻重，什么事都想管都想查，将来可怎么得了？胳膊被扯着摇了摇，他瞥着穆澜的手用力挣脱："老夫没什么可对你讲的了。"

"我不向您打听了，您别生气好不好？"穆澜讨好地转到了他面前，只差冲方太医摇尾巴了。

那样的笑靥，灿烂炫目，方太医心一软嘟囔道："不知轻重！"

"是是是，我晓得错了嘛。"穆澜扶着他坐下，给他倒了杯茶，"您消消气。"

茶壶不是很好，穆澜倒茶的时候，几滴茶水顺着壶嘴淌下，眼看要滴在那只荷包上了，方太医突然伸手将荷包移开了："唉，你向所有人打听杜老儿的情事，所有人都会说，他风流一世。他少年中状元，生得又俊俏，京中名门闺秀想嫁他者不知凡几。他思慕的女子据老夫所知，至少有三届花魁。"

穆澜扫过方太医的手，失笑道："乱花渐欲迷人眼，也许师父负了某位桂花姑娘，所以才会负疚吧，不提他了。"

方太医明显松了口气："你要小心，老夫在太医院、在宫中多年都查不到的事情，你也莫要太勉强。你家就剩你一个了，你家人在天有灵，必也希望你好好活着。"

穆澜见哄好了他，笑道："我知道了，我不勉强，仅试一试而已。对了，八月我师父周年祭，我打算请假回扬州一趟，可惜他素来爱梅花，八月却不能折枝梅去拜祭他。"

想起与杜之仙交往一场，方太医也甚是伤感："是啊，他最爱梅花。那年我与他赏梅，他兴致高，才会饮醉。"他眼睛一瞪，"你莫不是还想向老夫打听？"

"我哪有？我不过随口一说罢了。方太医，学生的病已大好，就此告辞！"穆澜像忘记了桌上的荷包，像兔子一样蹦出了房间。

等她走了，方太医关了房门，怔怔地望着桌上的荷包出神。他伸出了手，手指颤抖着，轻碰了碰荷包的边缘，又缩了回去。

并未真正离开的穆澜站在窗户边上，从缝隙中默默地看着。估摸着时间，她绕到门口又敲响了门。方太医回过神，打开房门，不等穆澜开口，便将荷包扔进了她手中，瞪她道："毛手毛脚！"

穆澜嬉笑着，将荷包收进怀中，这才告辞出了医馆。

闪进寂静无人的树林，她靠着树望着蓝天出神。

"最爱梅花？如今香雪已成海，小梅初绽，盈盈何时归？"穆澜想起在扬州杜宅找到的那幅梅图，喃喃念了出来。

最爱梅花，却思丹桂。

"思慕的花魁就有三位？老头儿，你真够风流的！"

方太医明明见过这只荷包，却装着不知。

"宫里还有多少人见过这只荷包？"穆澜蹙紧了眉。

十年，如果穆胭脂能查到父亲在先帝驾崩前一晚发生的事情，早就查到了，还有必要到今天才用这只荷包去引出从前的旧人吗？穆澜并不相信穆胭脂，她想起住在池家废宅的那几天想到的事情，心里拿定了主意。

第四十二章
库银调包案

　　穆澜回到擎天院，刚进宿舍就见到许玉堂和靳小侯爷都在。两人见着穆澜好生惊喜，靳小侯爷亲热的态度吓了穆澜一跳。

　　"小穆，你真够意思，为了整谭弈，你把自己都赔上了。"

　　穆澜想起打马球时悄悄撒在谭弈身上的药粉，知道是小侯爷误会了，但她没有说破，只是笑道："谭弈病好了？"

　　"没有！"靳小侯爷哈哈大笑道，"我看明天六堂招考他都来不成！"

　　那种药粉又非剧毒，只会让人长些疙瘩、疹子，服些清热解毒的汤药就会痊愈。是穆澜在端午赛马时顺手为之，不过是给谭弈一点儿教训："我看未必。不过，他就算缺考，若那些举子考上了，分来我们班，也是麻烦。"

　　许玉堂笑道："那些举子就算熟读四书五经，也未必能考上。小穆，你看历届六堂招考的试题。"

　　以许玉堂的能耐，能弄到往届的试题并不难，穆澜看完喃喃地说道："我怎么觉得这些题目，林一鸣和小侯爷进六堂的机会最高？"

　　靳小侯爷指着某年的试题大笑道："若让本小侯爷再遇这道品香的题，保管高中！"

　　"有一年考的是御科，去年考的是乐科谱曲，每年都不同，真正考写试卷的极少。祭酒大人出的考试题目真是古怪，小穆，所有人都在猜今年祭酒大人会出什么样的题目，你猜今年会考什么？"许玉堂问道。

"祭酒大人出题？"穆澜想起陈瀚方夜夜拆杂书的事，随口说道，"我猜没准儿是让大家写个荒诞传奇的故事，像遇到鬼怪、狐仙什么的。"

许玉堂呆了呆，泄气道："那可真是出人意料！"

穆澜安慰他道："如果真考四书五经，还不如直接从落榜举子中选六堂监生，祭酒大人出这样的试题应该是照顾别的监生之举。我看，反而不用愁，水来土掩便是。"

靳小侯爷大笑道："有道理！若考这些，我们班还怕那帮举监生不成？本小侯爷若进了六堂，我爹肯定会大摆宴席，放鞭炮给祖宗烧高香！哎哟，不成，林一鸣那小子玩的花样比本小侯爷还多，他若进了六堂怎么是好？"说着又犯起了愁。

许玉堂和穆澜都笑了起来。

新监生报考国子监六堂的人大概占全部新生的十分之一，举监生既有举人功名，几乎全部报了名，荫监生与捐监生报名者却甚少。举监生们看到许玉堂和穆澜倒没什么反应，当看到靳小侯爷和林一鸣时，都忍不住嗤笑起来。这两位出了名的纨绔竟连点儿自知之明都没有，居然来报考六堂？

靳小侯爷是看到过往考题后，想来撞大运的。林一鸣想法很简单，林一川都报了名，他总不能连名都不敢报吧？考不考得上是一回事，关键是不能输了气势，否则岂不成了林家二房不战而败？睥睨着各方不屑的眼神，林一鸣"唰"地抖开了折扇，不屑地想，六堂监生算个屁啊，老子争的是金山银海，比你们的眼光高多了。

谢胜武艺好，但学业一般，他本来没想过要来报名，反倒是后来回国子监的林一川把他硬拽了来。

在考场外见到穆澜，林一川"嗖"地就蹿到了她身边："病好了？"

她不是给他留了话？当她在放屁？穆澜白了他一眼，继续满面笑容地和许玉堂、靳小侯爷聊天儿。许玉堂相当配合，靳小侯爷更是上前一步。三人围成了个铁三角，生生将林一川挤到了外面。

"白眼儿狼！"林一川从牙缝里挤出了这句话，生出一种"山不就我，我死皮赖脸就要上山"的无赖心思，先从许玉堂身上下手道，"许三，你打小就对甘草过敏吗？"

许玉堂顿时尴尬不已，好歹林一川救过他一回不是？他只得堆着笑感谢道："上次多谢你仗义出手。"

"我们是同窗嘛，一个班的不是？"林一川热情地回应道，冲着穆澜得意地笑，而后上前一步，将铁三角撑成了四人圈。

狗皮膏药！穆澜心里暗骂，不动声色地往外退了一步："我寻谢胜有事，你们聊。"才走开两步，她蓦然回头，就看到林一川目光如星、笑容灿烂的脸。

"小穆，你又不信我了不是？你别拒人于千里之外啊，我不怕被你连累。"林一川抢先开口，压低了声音说道。

这不是连不连累的问题，而是生死攸关的大事，她要做的事绝不能让林一川掺和进来。穆澜粲然笑道："大公子，我长得很不错，是吧？"

什么意思？林一川眨了眨眼睛："比本公子差了点儿阳刚之美，还算……不错吧。"

穆澜的秀眉轻轻挑了起来，像两片小刀子，话语却异常温柔："你黏着我，该不是看上我的美色了吧？"

你还真说对了，林一川心里叹了口气，却不敢让穆澜知晓自己心事，只得苦笑道："小穆，你明知道我真心想帮你……"

"离我远点儿，就算帮我大忙了。"穆澜打断了他的话。

"可是小穆……"

穆澜被他缠得烦躁起来："你没有龙阳之好，我有啊！你黏着我不怕被我误会？"

声音有点儿大了，站在考场外的监生们都听得清清楚楚，好奇的目光"唰"地就望了过来，穆澜气急败坏地拂袖走向谢胜。

谢胜握紧了拳头，看着穆澜那张精致的脸，后背的汗"唰"地就淌了下来，他磕磕巴巴地说道："小穆，我……我家就我一根独苗……"说着，黝黑的额头也淌下了汗，他转身急忙走到了旁边。

穆澜停住了脚步，猛一回头，就看到监生们惊奇的脸色和林一川忍俊不禁的笑容，气就不打一处来，她沉默地离开了人群。

这时，一个声音突然插了进来："有龙阳之好还好意思进六堂？"

穆澜抬头一看，谭弈负手而来。两人目光相撞，谭弈眼里噙着一丝阴狠，他走过穆澜身边低声道："别以为你救了我，我就会对你感恩戴德，你当我不知道你对我下了药？"

"我虽救了条狗，但没指望这条狗从此不咬人。"穆澜淡淡地说道。

锦烟忘记了自己，却喜欢上自认有龙阳之好的穆澜。谭弈心如刀割，他深深看了穆澜一眼道："从一开始我就讨厌你，后来才知道人的直觉真不会错。你羞辱了我，我当十倍百倍相报。"说罢便拂袖而去。

她羞辱了他？"有病吧！今天我真该算上一卦，看看是否诸事不顺。"穆澜没好气地嘟囔着。她是否该放弃报考六堂？然而考进六堂的监生都拥有一个资格，向祭酒大人提出一个合理请求的资格。穆澜想起与穆胭脂的条件互换，她想趁机试探一下陈瀚方。

这时，考场开放了，国子监的六堂监生身着六色礼服，簇拥着官员们肃穆而来。新监生们停止了对穆澜的议论，列队进入考场。试题悬挂在正中，墨字淋漓题写着一句诗词："遥知不是雪，为有暗香来。"

这是前朝有名的咏梅花诗作——《梅花》。

陈瀚方目光温和地望着坐定的考生们道："求学之路艰苦，当学梅之精神，临寒吐蕊，却也不能读成书呆子。今天六堂招考的题目以'梅'为题……写一个故事。荒诞、传奇、人物，内容不限。自行创作，以两个时辰为限。诸生且记住，考的是想象力。"

监生们哗然，许玉堂悄悄冲穆澜跷起了大拇指，心想，还真给你说中了。靳小侯爷和林一鸣嘴巴都裂到了耳后根，提笔便写了起来。穆澜望着陈瀚方，心里的怪异感大作，那些杂书里究竟藏着什么秘密？是与梅有关的秘密？

穆澜想起了老头儿画的雪梅图，想起了自己所练轻功的名字，想起了灵光寺里的那树红梅，她远远地望着陈瀚方，总觉得挡在眼前的迷雾后面就是真相。而这真相似乎就是穆胭脂和杜之仙想要知道的，又似乎和自己有着说不清道不明的联系。

"梅花？"林一川也蹙紧了眉，胸前那道伤口在隐隐发烫，他想起了于家寨，想起了于红梅，也想起了灵光寺梅于氏屋外的那树红梅。

安静的考场上众监生咬着笔头，想象着与梅有关的故事。陈瀚方缓步走出考场，心里再一次默念着那句咏梅的诗句。这么多年过去了，他仍然不知道这句诗里想要告诉他的究竟是什么？他翻遍了国子监里的杂书，翻遍了百家诗，仍然寻不到答案。

如果这是一只饵，也许能让急于吞饵的鱼浮出水面。陈瀚方回过头，目光掠过了许玉堂与谭弈的背影。

时至正午，一声锣响，考试结束了。

新监生们在六堂监考及监生的目光下交了试卷，出了考场。

"我写了个梅中仙的故事。某年某书生赴考，于梅林中小憩，突然梅香隐隐，眼前出现了一个绝色美人……"林一鸣扬扬得意地对靳小侯爷说道。

靳小侯爷微眯着眼望着他，咬牙切齿道："林一鸣，你该不是偷看了本小侯爷的试卷吧？书生赴考，进梅林遇见梅中仙可是本小侯爷想出来的！"

"嘁！"林一鸣不服气地瞪着他。

林一川又黏上了穆澜："你写的是什么？"

穆澜见他眼神闪烁，心中一动："灵光寺的故事。"

林一川"咝"了声吸着凉气，窃笑道："我也是。小穆，咱俩真是心有灵……"

穆澜已大步走开。

"哎哎，你不想知道那只玉貔貅的事？"

想起与侯庆之的那顿酒，穆澜心一软就停了下来："真存了东西？"

"这里不是说话的地方，回我宿舍。"林一川左右扫了眼，扯着穆澜往玄鹤堂就去了。

谢胜大概是担心穆澜真会看上自己，所以一见到穆澜和林一川进了宿舍，掉头就走了。林一川巴不得他不回来，关了门后，他拿出了一只木盒，盒子里装着一锭五十两的银锭。

"亏得我是通海钱庄的大东家，就悄悄开了库房取了出来，并无人知晓。"林一川得意地瞥着穆澜想，总有法子让你甩不开我。

侯庆之存在通海钱庄里的东西是这锭银子？穆澜拿出银锭仔细看了看，发现银锭上铸着一行字：世嘉，五十两。

这是户部的官银。侯庆之抹喉跳楼前说有人偷换官银，就是这个？穆澜掂了掂分量，感觉沉手。林一川对银子绝不陌生，他指点穆澜看："这是灌铅银，比真正的五十两的银锭要重。"他拿了一把刀出来，使用内力切下一块，就见银皮里面裹着的都是铅。

"如果户部拨去修河堤的银子都是这种灌铅银，而要使用官银需重新熔铸，在那时候侯知府才发现库银全是灌铅银，但库银已入库，他想上报，也无证据，只好暗中变卖家财、向富户借银补了亏空。那三十万两灌铅银应该都还在淮安府的银库里，侯庆之保留一锭又有什么用呢？能当证据吗？"穆澜疑惑地问道。

"三十万两官银全部造假，幕后之人权势不可小觑，普通人是做不到的，侯家应该是担心连那三十万两假银子都保不住，这锭银子是送进沈家作为证据留存的。沈郎中金殿撞柱自尽，这锭存通海钱庄的灌铅银就给了侯庆之。他一时热血上头，以死想要将事情闹大，却在自尽前遇到了你，就把提银的信物交给了你。"林一川分析完叹道，"话说，朝廷上下除了东厂，我还真想不出谁有这么大的能耐。"

"有两种可能啊：第一，是东厂干的，被人发现了，于是毁河堤来揭穿此事；第二，不是东厂干的，幕后之人想嫁祸谭诚，没想到侯知府却暗中筹银把河堤修好了，所以幕后之人就把河堤毁了，将事情揭破。"穆澜随口一说，不知为何就想到了珍珑。

她心里没来由地一紧，也许穆胭脂所组织的珍珑是所有那些被东厂所害的家族之人。杜之仙隐居十年，他是否曾在暗中联络他的门生弟子呢？这些世家门阀虽然被株族灭门，但百足之虫，死而不僵，加在一起的力量绝不会小。如果真是珍珑所为，为了复仇嫁祸东厂而毁掉河堤水淹一县百姓，这又是什么样的复仇？毁天灭地都在所不惜吗？

"先留着吧，侯知府夫妇差不多也该被押解进京了。将来若有需要，我们再交上去，现在我们也没办法查。"林一川将银子放回了木盒。

"好，我走了。"

说完事就走，林一川眼珠转了转："小穆，其实上次我挨八十大板是假的，我那个月请假是跟着丁铃去了趟山西，查到了灵光寺梅于氏的身世。"

穆澜的眼前又出现了梅于氏房前的那株红梅，她又想起陈瀚方，心里叹了口气，再次被他留了下来。她望着林一川英俊的脸有点儿生气，她是鱼吗？怎么林一川每次都能准确地抛出她想要的鱼饵？

见她不走了，林一川心头在阵阵窃笑："小穆，咱俩是挺有缘分的。你看，咱俩连今天答题写的故事都一样。"

他终于将山西一行细细说给了穆澜听，心里的一块石头也搬开了。他不想瞒她，还是那个想法：穆澜不愿对他坦诚，那他就对她坦诚。精诚所至，金石为开。他相信，水滴石穿，穆澜终会知道自己对她的情意的。

"进宫的采女，于红梅。"穆澜记住了这个名字——又和宫里扯上了关系。

"奇怪的是，锦衣卫在宫里没查到这个人，掖庭档案中也没有运城采女于红梅这个人。"林一川摆了摆手，"线索就此断了。"

"你们在山西查到，于红梅是在二十八年前以采女的身份进的宫，这个时间太久远了。"穆澜又想起无涯身边的素公公。素公公是历经三朝的元老，他或许还记得这个神秘的于红梅，记得十年前先帝驾崩的那晚所发生的事情。

怀里绣着丹桂的荷包又在隐隐发烫，她不能把所有希望都系在穆胭脂身上，也不能把无辜的核桃牵涉进来，她只能自己戴着这只荷包进宫。

"小穆，今天的考题你写的是什么故事？我写的是红梅姑娘被姑姑一手养大，然后指婚给了某位贵人。进宫前她有个相好的，这个人不想被她姑姑知晓内情，坏了大好前程，于是派杀手杀了她姑姑。"林一川坏笑道，"这种情杀最吸引人了，你说呢？"

穆澜笑道："我啊，我写的是灵光寺的老妇做了外室，生了个儿子却被大妇抱走。结果她儿子不想身世被暴露，夺了家财，于是狠心把她杀了。她死之前，在地上写了个血字，衙门根据线索，将她儿子捉拿归案。"

两人都是凭空想象，林一川或许是想起了在山西的经历，而穆澜却是想要试探陈瀚方，她一直对那个踩得模糊的血字耿耿于怀。

林一川终于没有事能绊住穆澜，只得遗憾地送她离开。

穆澜想着这几天自己要做的事，停住脚步，正色道："我这几天有事要办，你莫要来找我。你的心意我知道，但你若真想帮我，就离我远点儿。"

"你要做什么事？我帮你放风……"

"林一川！"穆澜的脾气终于被他磨了出来，"你知不知道你很烦？"

他知道自己很烦，但他却没办法让她知道自己的心思。一声叹息从他嘴里逸出，他突然伸出手，将她抱进了怀里，却不待她挣脱便松了手，嘴角噙着浅浅的笑："小穆，你记得需要时，定要来找我。"

穆澜怔住了，可她要做的事情，绝不能把林一川牵连进来。这一刻，她的心硬如钢铁，她淡淡说了声"谢谢"，转身离开。

就连一丝留恋都没有吗？林一川盼着她回一回头，哪怕回头看自己一眼，对自己展开一个笑容都好。然而最终穆澜头也不回地消失在了他的视线中。

林一川站在五月的艳阳下，只觉得这灿烂的阳光也晒不进他的心中，他喃喃地说道："终归是你不够强，所以她不肯连累你，不肯依靠你啊。"

夜色来临，御书楼顶的灯光又一次亮起。

守卫的禁军营地中，胡百户抬起了头，眉心不自觉地蹙成了一道深深的"川"字，这楼里的杂书在这两年间已被他换得差不多了。陈瀚方要把御书楼里的书全部拆完，主子手里却没有那么多书可换了。但无论如何，今天晚上他还要再去一趟。

今天陈瀚方没有再拆书、订书——他在书里找不到答案了。面前的书案上摆着一摞试卷，他一张张地看过，什么梅林遇仙、种梅异人都被他略过，忽然，他的眉毛急促地扬起，挑出了一张试卷。他深深地吸了口气，显然心情分外激动。随后，他用更快的速度阅过试卷，又一张卷子被他颤抖的手挑了出来。

他又从中选出许玉堂和谭弈的卷子，诧异地发现，上面的故事并不是他想看到的。他的目光落在了另外两张卷子上，那两张试卷分别写着林一川和穆澜的名字。陈瀚方沉默了下，拿起两人的试卷仔细看了起来。

透过窗户的缝隙，穆澜穿着夜行衣倒挂在角替上，目不转睛地盯着陈瀚方。

守了御书楼两年，今夜是个例外。

胡百户望着御书楼顶的灯光往楼下移动着，脑中自然想象着陈瀚方的行为。祭酒大人没有像往常一样在二楼停留，他提着灯沿着楼梯直接下楼，平静地离开。

胡百户的目光扫过陈瀚方胳膊里夹着的试卷。以他两年来的观察，祭酒大人批阅过的试卷显然很特别。他可以偷换书籍，却不能公然抢走这些试卷，这让他有些焦虑不安。然而想起主子的叮嘱，胡百户忍住了偷试卷的冲动。他没有过目不忘的本事，记不住这几十张试卷的内容。胡百户默默地想，这事很重要。

没有灯光，淡淡的夜色通过玻璃窗透进来，穆澜站在御书楼的顶层，认真地观察着陈瀚方的这处私密空间。

借着夜色，虽然室内光线暗淡，但也足以让穆澜看清这里的布置。大书桌后方的墙上悬挂的中堂让她微微有些吃惊，这幅字迹苍劲有力的墨书题写的正是今天考试的题目：遥知不是雪，为有暗香来。

陈瀚方光明正大地将这句诗悬挂在了这里。很多读书人的书房里都会挂着如"静"字之类的警戒，用于随时提醒自己，陈瀚方此举看似与众人无异。

"越是大方，越不容易引人怀疑？"穆澜喃喃自语。

这句诗里的秘密究竟是什么？穆澜此时也想不明白。她走到那张极宽阔的书案前，陈瀚方离开时已将书案整理过了，只见上面放着文房四宝、一摞书帖和几本古籍，又是极寻常的布置。忽然，穆澜的眼睛亮了亮。

跟杜之仙读书的时候，穆澜所用之物皆是精品。读书人对文房四宝的狂热如商人见了金银、酒徒遇到美酒，她凑近了看着书案上的那方砚台，装砚的木盒引起了她的注意。她轻轻揭下盒盖，木盒中的砚是普通的砚，木盒也极普通，但与精致的越窑笔洗、紫檀笔架放在一处，便极为醒目。

手指抚过木盒上刻着的花纹，穆澜想，她找到了想找的东西——盒盖上刻着一枝梅花。

读书人喜欢梅、兰、竹、菊四君子图案很寻常，但陈瀚方用就不寻常。穆澜将盒盖放回原处，肯定了对陈瀚方的怀疑——他一定认识梅于氏。

天亮后，监生们踏着晨钟去上课，教室外已经贴出了此次六堂招考的录取结果。穆澜挤进人群时，正看到谭弈一行人与许玉堂一行人对峙着。榜单上率性堂录取了两人，正是谭弈与许玉堂。

靳小侯爷找了半天，也没看到林一鸣的名字，心里就平衡了。

林一鸣仔细看完名单，没看到林一川的名字，哈哈大笑道："甚是公平！"

打了个平手？谭弈看到榜单上的大多数人名都是与自己相熟的举监生，他瞥了许玉堂一眼，却对穆澜笑了起来："杜之仙的关门弟子也不外如是！"

林一川挤进人群，还没看到名单就先听到了这句话，正想反唇相讥，林一鸣就跳了出来，兴高采烈地说道："堂兄，你落选了！"

"你不也落选了？"穆澜说完，悄悄扯了扯林一川的衣袖，林一川没有说话。

墙上不仅贴着录取名单，还将录取者的答卷贴在了墙上，负责张贴的小吏高声说道："为示公平，祭酒大人允许落选者向他提出疑问。"

这就是她和林一川落选的原因？陈瀚方不想把他们的试卷张贴出来，而他看到故事后却有话想问？穆澜笑了起来。

上课的铜铃声摇响，学生们陆续进了教室。

这是穆澜第二次进国子监后面的院子，陈瀚方正在等她。虽年过四旬，但陈瀚方依然风度翩翩，想来年轻时也是个美男子，那双睿智的眼睛和蔼地望着她："对本官的录取有疑？"

穆澜拱手见礼："学生的先生是国之大儒，学生总要为他老人家的颜面着想，是以请祭酒大人解惑。"

她瞄了眼祭酒大人日常处理事务的房间，没有看到任何异常的陈设。她话里的意思虽是因着杜之仙的名声而来，然而目光触碰，两人心知肚明，是为了灵光寺的梅于氏。

陈瀚方离座而起，缓步走出厢房："随本官出去走走吧。"

两人走进院子旁边的树林，一直走到那棵著名的父子桑下。

"多年以前，本官也是国子监里的一名监生。"陈瀚方望着树轻叹道，"后来考取了功名，就留在了国子监，一步步走到了今天。"

穆澜沉默地听着。林中清静，阳光安静地从枝叶间洒落，她不知道陈瀚方想给自己讲一个什么样的故事。陈瀚方忽然话锋一转："你师父过世前曾给本官写过一封信，嘱本官照拂于你。"

穆澜猛地抬起了头，陈瀚方微笑着望着她："杜先生是我的恩师。你，从某种意义上讲，应该是我的小师弟。"

他从袖中取出一封信递给了穆澜，封皮上的字迹很熟悉，她曾看了十年，太过眼熟。她取出信看了，信写得很简单，就是告诉陈瀚方，他的小师弟会进国子监，请他多为照拂。除此，无他。

"灵光寺一案锦衣卫尚未结案，小师弟若写别的故事，本官录你进六堂也并无顾忌。但国子监终是读书的地方，牵涉到命案，终究不好。是以，我没有录取你。"

"学生明白了。"

一个口称小师弟，一个自称学生，两种不同的称呼代表的意义明显不同。

陈瀚方几不可见地蹙了蹙眉，终于下定了决心："你进过梅于氏的厢房？所以心有疑虑？"

"师兄也进过厢房，难道真没看到梅于氏临死前用手指蘸血写下的字？"

听到这声师兄，陈瀚方的眼睛亮了亮，他温和地说道："当时我心急，带着两名监生一起入内，是真没有看见，或许是在慌乱中将那个字迹踩模糊了，小师弟误会我了。"

穆澜腼腆地低下了头："对不起，师兄，我以为……"

"你以为我没有录取你，是因为你故事里的那个踩模糊的字迹？"陈瀚方爽朗地笑了起来。穆澜的脸似乎更红了，她羞愧地朝陈瀚方拱手行礼，以示歉意。

陈瀚方很好奇地问道："你看到梅于氏写下的是什么了吗？你可以告诉查案的锦衣卫。"

穆澜犹豫起来："师兄才说过，最好不要牵涉命案。我看到的也许是梅于氏挣扎时无意画出的指痕，并没有确切的意思，她毕竟得了健忘症多年……"

"嗯，多一事不如少一事，认真读书方对得起先生的教诲。"陈瀚方亲切地拍了拍她的肩，"明年还有机会考进六堂。有我在，小师弟前程定无忧。"

"谢大人提携。"穆澜感激地行礼，陈瀚方满意地离开了树林。

此地无银三百两！梅于氏写下的"十"字一定很重要。

从前因邱明堂案，老头儿列出了一堆人名，而让她最开始查的人，就是陈瀚方，然而老头儿却私下里又写信让陈瀚方在国子监照顾自己。老头儿的葫芦里卖的到底是什么药？也许，她的行动应该更迅速。穆澜感觉到那重重迷雾中有一处光亮，离她已经不远了。

夜幕降临，内阁首辅胡牧山用了晚饭后，沿着后花园那十来株美丽的辛夷花树朝后行去。服侍的老管家挑着灯笼，小心照着路。绕过花树后小小的池塘，靠近后院墙的假山与藤蔓花草小心地遮掩着一座不起院的院子，这是胡牧山的内书房。

院外看守的护院上前见礼，胡牧山摆了摆手，提襟迈进了门槛。老管家安静地跟了进去，随后将院门关上，站在了门口。

院子很小，正面是一排三间正房，左右两侧各有一间厢房。胡牧山独自进了正房，掩上了房门。他打开墙角的柜子后，从衣襟内取出把钥匙，熟练地在柜壁上找到了锁孔，一拧一推，柜壁就像一道门被他轻轻地推开了，他提着盏小巧的琉璃罩灯盏走了进去。

在通道里走了片刻就到了尽头，他再次推开一道门出去，就出现在一间极阔的房间里。五间房间打通的厅堂极其宽敞，书架密密排到了头，上面摆满了书籍。

屋顶没有搭卷棚设承尘，露出高高的房梁。室内正中摆放着一张极其宽大的书案，足足占去了两间屋子的长度。书案正中放着一盏烛台，灯光不弱，却无法将厅堂全部映亮。书案另一头坐着个男子，昏暗的灯光模糊了他的面容。

胡牧山走到书案旁，将手里的灯盏放在了桌子上，吹熄烛火，也坐了下来。两人隔着长长的书案沉默地对坐着，书案尽头的男人扭动着脖子，看着四周高大的书架发出一声叹息："没有再送书来了。"

胡牧山明白他的意思，苦笑道："总算没有再送书来了。"

幸亏陈瀚方查看的是御书楼收藏的杂书，但就算是这样，两年间换掉的书也堆满了五间厅堂，总不能将御书楼的书全都给调换了。

"遥知不是雪，为有暗香来。"对面的男人吟出了陈瀚方出的试题，微嘲地说道，"陈瀚方忍不住了，看来他也没有找到书里的东西。"

胡牧山佩服地朝对面看了过去："您目光深远，多年前就在国子监里布下了眼线，那时您就知晓陈瀚方有古怪？"

那人摇了摇头："我不知道。当年于红梅出宫，去了一趟国子监，我一直想不明白她去国子监做什么。如今看来，她是去找陈瀚方。"

胡牧山微笑地奉承道："您深谋远虑。"

"小心谨慎一点儿总是好的。我的人在国子监盯了那么多年都没有发现端倪，也许于红梅只是无意中经过。这么多年，我本已放弃，若非两年前皇上亲政后派禁军保护御书楼，得已安插进一个百户，也不能发现陈瀚方有古怪。盯着他，这才找到了梅于氏。所幸不晚，赶在梅于氏开口前灭了口。"

"梅于氏死了，那陈瀚方还有留着的必要吗？"胡牧山看向对面阴影中的男人道，"此题一出，有心人能嗅到其中的味道，依本官看来，断了这条线才算安全。"

"陈瀚方的命已如蝼蚁。"那人望着四壁的书，话语里露出不甘与愤怒，"他在找什么呢？于红梅那贱婢一定留了东西给他，这东西万不能流落出去。"

胡牧山轻声说道："陈瀚方已经忍不住了。他这道题，不是给新监生们出的，是有意透露，想把水搅浑了。"

那人冷冷地说道："从前陈瀚方是我们想钓出的鱼，如今他已经变成了鱼饵。他想搅浑了水，我也想看看这水底下究竟还藏着多少条漏网的鱼。东厂不是瞎子，谭诚的义子已进了国子监。一石二鸟之计，他也在等着捞鱼。"

胡牧山沉默了会儿，赞同了对方的话："做渔夫也不错。"

鹬蚌相争，最终还是渔夫得利。

那人转开了话题："你亲去穆家吃了碗面，可还有记忆？"

胡牧山笑道："记不住了，并无熟悉的感觉。谭诚亲眼看过杜之仙的关门弟子，似并无可疑之处。"

"那阉狗眼力不错，他瞧过无疑，便就是了。"那人似想到了什么，轻笑道，"杜之仙老谋深算，断不会将意图轻易暴露人前。他的关门弟子大张旗鼓奉旨进国子监，不过用来迷惑人罢了。"

"虽是枚过河小卒，但也有几分本事。得了皇上青睐，还发现了花匠老岳。"胡牧山淡淡地提醒对方。

那人不以为然："皇上是看在杜之仙的份儿上对穆澜青睐有加。若无几分本事，杜之仙也不会将他抛出来。不过，锦衣卫丁铃接手了灵光寺一案，前些日子，他去了掖庭查阅宫人档案。"

胡牧山清楚，丁铃自然是查不到的。

那人似想到了什么，蹙眉道："侯继祖夫妇进京了，毁灭河堤者不知是谁。"

"总之是与东厂过不去的人。"

"且看着吧。"

胡牧山知道谈话到此结束，他点亮了灯，沿着来路又回去了。

第四十三章
案中迷局

　　层云之中突然刺出道道闪电，雷轰隆炸响，大雨滂沱。京郊驿站内，东厂大档头李玉隼站在回廊中，望着檐下如线般的雨幕出神。天明就能押解侯继祖夫妇进京了，如果锦衣卫有心破坏，这是最后一夜。从淮安进京时起，沿途他便严防死守，一路却相安无事，难道对方早就打定主意要以逸待劳，守在进京的最后一站？

　　"小心戒备，挨到天明。"他吩咐着下属，回头望了眼身后的厢房。到现在侯继祖夫妇还尚不知道沈郎中已在金殿撞柱身亡，独子抹喉跳了御书楼。侯继祖情绪尚算稳定，只盼着进京申冤，还算配合。

　　是谁在嫁祸东厂？三十万两库银造假，对方的势力不可小觑。迎着扑面而来的风雨，李玉隼仿佛感觉到暗处的狂风骤雨向着东厂扑来。

　　"锦衣五秀，莫琴。"李玉隼念着这个名字，想起临行前督主的叮嘱，眼中露出强烈的战意。他是东厂最锐利的刀，莫琴会不会也是锦衣五秀中最强的那个人？他站在厢房前，握紧了手里的刀，厢房内外至少有十五名东厂高手，莫琴能以一敌十六？他不相信。这时天际再次被闪电耀亮，雷声炸开，震得他的心脏巨震，他的瞳孔猛然收缩："来了！"

　　雷劈中了相邻的院子，不知是何缘故，竟燃起了大火。风雨声中，驿站马嘶、人声响成了一片。唯独东厂所住的院子，仍保持着静默。李玉隼冷笑，这种拙劣的声东击西之计也能引开自己？

混乱之中，他耳朵微动，刀瞬间出鞘，人如鹰隼般飞出了回廊。长刀划开雨幕，将一支羽箭斩成两截。就在这刹那，他看到不远处，另一支羽箭雪亮的箭镞刺破雨幕钉在了屋顶上。轰的一声，屋顶被炸开，火沿着瓦檐不惧风雨地燃烧了起来。

对方竟早在屋顶上埋下了火油！李玉隼在空中倒翻落在了回廊上，一脚踢开厢房的门，退回了房中。他的头顶已被炸开一个洞，火顺着房梁在大雨中无惧地燃烧起来。

雨夹杂着雷声从破洞中哗啦啦地落下，火却未灭，瞧着极为诡异。厢房中七八名东厂番子将侯继祖夫妇围在中央，火光明暗闪烁间，照出了这对苦命夫妇脸上的惊恐。

"若要灭口，东厂有的是办法。"李玉隼再一次告诉这对夫妇，"指望对方救走你们是愚蠢的想法。"

身为淮安知府，侯继祖也有几分眼力，心里再厌恶东厂，也明白李玉隼话里的意思，他咬牙道："不到大理寺，本官什么都不会说。"

"如果我防不住，对方杀了你们夫妇，谁替你们申冤？"

侯继祖握紧了夫人的手，一字字地说道："就算本官夫妻俩死在这里，谭公公也不会接下这盆污水，此案定有真相大白的一天。"

李玉隼握紧了刀柄，真想一刀宰了这个固执的知府。督主说的没错，有人想陷害东厂，而侯继祖已经知晓是谁换掉了库银。只要拿到他心里藏着的证据，他们夫妇的死活就不重要了。

"放心，你们会活着进大理寺。"

只要坚持到天明，李玉隼镇定地站着，望着大开的房门想，以不变应万变，他不相信来人还能在自己的眼皮底下杀了侯继祖夫妇。一道闪电刺破天际，瞬间的光亮映出了奔来的数道黑影。马蹄踏破水渍，黑压压一片涌来的人影让李玉隼眉毛急促地跳动着。对方竟来了这么多人？他深吸口气，唇间发出尖锐的啸声。

厢房外埋伏的东厂番子听到啸声，弩箭齐射，但沉闷的声响让李玉隼心头又是一跳，对方竟准备了盾牌！锦衣卫为了杀死侯继祖夫妇到底出动了多少人？

原以为对方只会暗杀，如今却变成了明刺，而他仅带了二十几人，李玉隼有点儿后悔自己的骄傲了。他回头望向侯继祖："侯大人，对方至少不下百人，本官只能护得你一人冲出去。"不可能再带着侯夫人闯出去了。

侯继祖握紧了夫人的手："我夫妻二人死也要在一起。"

李玉隼毫不犹豫地挥刀，刀光闪过，侯夫人瞪大了眼，喉间顿时血如泉涌，李玉隼道："你死不得。"

"夫人！"侯继祖万没有想到李玉隼会如此狠辣，他眼睁睁地看着夫人就此死去，眼睛顿时红了，"你，你怎敢！"

两名番子上前将侯继祖一把扯开，挟持着他站在了李玉隼身后。外面数名番子已冲向了攻来的队伍，兵器相交，发出刺耳的碰撞声。

"走！"

厢房中的番子带着破口大骂的侯继祖随李玉隼从房顶的破洞中一跃而出。长刀在头顶挥舞着，李玉隼将袭来的箭雨斩开，然而箭雨并未停歇，他身边已有两名番子中箭发出惨叫声。

"退！"李玉隼护着人让他们重新退回厢房。

黑夜的风雨中，火箭星星点点射来，李玉隼挥刀将周身护得严实，心却沉沉地下落。黑压压的人马已将这座小院围得密不透风，借着闪电耀出的光，他看清了骑马的人竟穿着沉重的铁甲——只有京畿大营的兵马才能悄无声息地出现在京郊驿站。

他跳下屋顶，听到箭矢"当当"射在厢房门窗上的声音，心里涌出阵阵悲凉。他自负武艺高绝，如今却连与对方相战的机会都没有。他回过头，看着扑在侯夫人身上痛哭的侯继祖，大步上前将他揪了起来："我们被包围了，来的是军队，李某尚能冒死冲出重围。侯大人，到了此时，你仍不肯说出证据吗？"

"一丘之貉！"侯继祖红着眼睛，啐了一口。

李玉隼无奈，恨不得将这个固执知府斩成数截。"嗖嗖"的箭矢刺破了窗户纸，射进了厢房。外间已听不到下属与对方战在一起的刀兵之声，李玉隼知道外围的下属已经悉数战死，他挥舞着刀击开箭支，与屋里仅剩的四五名下属护着侯继祖退到了角落里。

木床被掀起挡在了前面，对方根本没有马上攻进来的意思，只是一轮又一轮地射箭。火箭射进厢房，火势渐起，大雨中燃起浓烟。

"你要死了，本官要死！你说出证据，本官发誓会查清此案还你清白！"李玉隼看着身边的下属一个个倒下，知道已到了最危急的时候。侯继祖若说出证据，他还能仗着高强的武艺试着冲出重围。

"你杀了我夫人！你这个畜生！一丘之貉！狗咬狗都去死吧！"侯继祖被刺激得几若癫狂，根本没有把洗清冤屈放在心上，他眼中只有李玉隼挥刀杀死自己妻子的仇恨。

李玉隼反转长刀，击晕了侯继祖。此时，他身边仅剩下两名下属。看懂了他的眼神，一名下属飞快地脱掉外裳给侯继祖穿上了。李玉隼撕裂了床单，将侯继祖紧紧地缚在了身上："本官只要尚有一口气在，就不会让你死在本官前面。"

两个番子朝李玉隼单膝下跪道："大人保重！"

说罢，他们朝着屋顶的破洞飞跃而出，扮成侯继祖试图引开敌方的视线。

李玉隼沉默地听着声音，感觉到外面人马的移动。他正要从另一个方向突围时，屋里的地面突然发出一声闷响。只见床所在的地方砖石下陷，露出一个洞来，李玉隼拿刀指向了洞口。

"莫要用刀指着我，不想死就跳下来。"洞里传来一个年轻的声音，似带着笑意。

李玉隼眼神微眯："你是谁？"

"在下莫琴，走不走随你。"

风雨中传来两声惨呼，马蹄与脚步声朝着厢房奔来。李玉隼知道，最后那两名下属也殉职了，他一咬牙，扳动床板，带着侯继祖跳了下去。下面的坑洞比较宽敞，前面一丈开外站着个穿紧身衣的人，手里提着一盏精巧的灯。因为光线太暗，他只能看清对方身材瘦削。

"走！"

莫琴在前面引着路，借着那盏黯淡的灯光，李玉隼背着侯继祖跟着他往前奔去。但只走了半刻钟，莫琴就停了下来，李玉隼也站住了。

"过来一点儿。"

李玉隼握紧了长刀没有动。

"李大人，我要填了这条坑道，你想被活埋？"

李玉隼谨慎地往前走了一步，头顶"哗啦啦"地就掉落下石块、泥土，他狼狈地朝前又走了两步，回头一看，身后的坑洞已经被堵死了。

莫琴将灯盏放在地上，靠着墙坐了下来。

淡淡的光照亮了这处地方，这是一个方圆不足一丈，高四尺，四面封闭的小洞窟。

李玉隼放下侯继祖，握紧了长刀："为什么要救我？"

那双露在蒙面巾外的眼里噙着一丝笑意，莫琴耸了耸肩道："我改主意了。"

封闭的空间里有微弱的空气流通，隐约能感觉到上方有马蹄与脚步践踏而过，这里离地面并不远，李玉隼靠着土洞的另一端坐了下来："你看到来了军队，所以改了主意？"

"鹬蚌相争，渔翁得利。锦衣卫和东厂相争，却也不能便宜了外人不是？李大人，您说呢？"

李玉隼明白他的意思，试探道："能调动铁甲军，你猜会是什么人？"

"你家督主会想这个问题，我家上司也会想这个问题。天塌下来有个儿高的顶着，我懒得猜。"莫琴懒洋洋地坐着，一副万事不上心的模样。

他居然懒得想？锦衣五秀都是这种不负责任的家伙？什么事情都扔给上司考虑？李玉隼有点儿鄙夷他，但转念又觉得莫琴的话有些道理。

莫琴瞥了眼他紧握不放的长刀，微笑道："再厉害的鹰也有飞累的时候，你一直蓄势准备随时与我拼命，而我以逸待劳，你赢不了我的。"

李玉隼咀嚼着他的话，沉默了会儿道："从淮安到京城，一路上我全力防备，你却一直在京郊驿站挖地道？你怎知我会住进那间院子？"

莫琴只看了他一眼，李玉隼就知道自己又问了个愚蠢的问题。驿站的这座院子相对独立，适合防守，自己一定会选择这座院子。他想起督主的告诫，越发不敢掉以轻心。

"我们要藏到何时？"

"天明。对方一定会撤退。等东厂的援军到了，还望李大人能放在下离开。"

"好。"李玉隼答应下来，却心想，等东厂的援军到了，我可以放你一条生路，但我一定要揭开你的蒙面巾，看看你的真面目。不知过了多久，他突然觉得眼皮沉重起来，他心头微凛，握紧了长刀："你……"

"被人瞧见脸，可还怎么好伪装下去？放心吧，李大人，我不会要了你的命。天快亮了，莫要太紧张，睡一会儿吧。"莫琴轻笑着。

李玉隼努力地盯着莫琴露在蒙面巾外的眼睛，不甘心地晕了过去。

"我可不想和你拼命，能不打自然就不打。"莫琴嘀咕了句，走到李玉隼身边，拍醒了侯继祖。他同情地望着面带惊恐之色的知府大人，摊开了手掌，他掌心里托着一只玉貔貅。

"这是我岳父的……"侯继祖颤抖着手拿起了那只玉貔貅。

"侯大人，我知道你恨东厂，怀疑是他们调换库银陷害于你，因为户部尚书是谭诚的人。而你，是承恩公的人。不过，这件案子还真不一定是东厂所为。您口口声声喊冤，有何证据？"莫琴亮出了自己的腰牌。

锦衣卫！侯继祖嘴皮哆嗦着，一把抓住了他的裤腿："带我走，本官进了大理寺定知无不言。"

莫琴叹气道："大人，你确定进了大理寺，不会被灭口？你不想多一重保障？好歹你夫人不是死在锦衣卫手里的，你说呢？"

侯继祖盯着他："我岳父为何会把这只玉貔貅给我？"

那锭灌铅的银锭是唯一的一锭假银。在发现假银后，银库就失了火，化为一摊铅水，对方进淮安府银库就像进自家后花园般自在。侯继祖敌个过对方，如同哑巴吃黄连有苦说不出，只能暗中筹齐了银两修完河堤，盼着能将这件事遮掩过去。哪知河堤垮了，纸再也包不住火。

"我知道，你苦苦支撑着想进大理寺洗清冤屈。可是，侯家现在只剩下你一个人了。"莫琴同情地望着他道，"你岳父沈郎中为替你喊冤一头撞死在了金殿上，你儿子为了把事情闹大，让朝廷重视此案，抹喉跳了国子监御书楼。侯大人，你现在是唯一的人证。你一死，可真没人替你翻案了。"

莫琴每说一件事，侯继祖的喘息声就重一分。他张着嘴用头撞着洞壁，想哭却哭不出声来，只能用拳头狠狠捶着胸，想把胸口的郁结捶散了。

"你不想多一重保障？毕竟这件案子与锦衣卫无关。"

"庆之啊！"侯继祖终于哭喊出了声，老泪纵横，"你怎么这么傻啊！"

莫琴等他哭号够了才道："这只玉貔貅是你岳父交给你儿子的，侯庆之后来又交给了锦衣卫。你不信我没关系，天明后东厂会护送你进京。以今晚的情况来看，想让你闭嘴的人不会罢休。"他站起身来，倾听着外面的动静，"我走了。"

"你别走！"侯继祖扯住了他的裤腿，绝望地望着他道，"我要看看你的脸。"

莫琴笑了笑，扯下了蒙面巾，那是一张很年轻的脸，颊旁有天然的笑窝，让人觉得他仿佛什么时候都带着笑意一般："大人，再相逢，也应不识，明白？"

侯继祖眼中露出一股疯狂之意："我记住你的脸了。如果你骗了我，我就算死了也要变成厉鬼去找你！"

莫琴只是笑着，他脸上的笑容让侯继祖慢慢放松下来。侯继祖松了手，喃喃地说道："河堤被毁，本官赶去山阳县救灾，在县城里无意中见到了一个人，一个本不该还活在世上的人……"

莫琴的脸色骤然变了。

"大档头！"

呼喊声惊醒了李玉隼，他摇了摇脑袋，睁开了眼睛。一缕天光从头顶照了下来，他眯了眯眼睛，第一时间去看身后的侯继祖。侯继祖神态安详地靠坐着，却已没有了呼吸。

"莫琴！莫琴！"李玉隼愤怒地喊着这个名字，摆脱了番子的搀扶，爬出了洞口。

这里离驿站的那座院子并不远，雨后的阳光照着一片瓦砾之地。看见废墟前负手站着的身影，李玉隼飞扑过去，跪倒在地："督主，属下无能！锦衣卫莫琴他……"

"是他杀了侯继祖。他发现了袭击你们的人，就改变主意救了你们，但他为何又要杀侯继祖？"谭诚似在和李玉隼说话，又似在自言自语。

李玉隼不明白，他只能将自己看到的说出来："卑职怀疑是京畿大营的兵马。"

"现场清理得很干净，连一支箭镞都没有留下来，看起来就像是雷劈失火。你不必过于自责，这趟差辛苦了，回去好生歇息几天吧。"谭诚和蔼地说道，一股热流从李玉隼的心里涌出，他声音哽咽起来："卑职未能保住侯继祖的性命，让督主将受朝官弹劾……"

谭诚扶起了他，笑了起来："这不是很好吗？"

这是好事吗？李玉隼不明白。谭诚的笑声骤停，他眼里风暴渐起，傲然道："平静了十年，沉在水底的鱼想跳起来翻动波浪，正好一网打尽！"

一场雷雨打碎了隔在太阳与大地之间的遮幕，炙热的阳光从澄清无云的天空肆意地照耀着大地。从金殿大门处投进来的光亮比平时更为耀眼，盯着那处光亮久了，高坐在龙椅上的无涯觉得，那是一道门，通向光明与无上权威的门。

他扫视着高大殿堂里的群臣。或许，他一直是看戏的人，一直看着他的臣子登台演出着一幕幕争夺权利的好戏。

这是谭诚自登上东厂督主的宝座十年来最没脸的一次，当初他接下护送侯继祖的差使时说的话还回荡在金殿中，未曾从群臣的记忆中消退。换成其他官员，都察院的翰林们也许早就越众而出，跪谏议罪了；内阁的数位大学士们也早就议好定罪的条陈，只等着自己盖上玉玺。然而……今天早朝里群臣们说的是什么事呢?

"还有什么事比龙裔更为重要的?"

"江山传承为重!皇上该立后了!"

"臣等跪请皇上三思!"

"皇上三思!"

跪请他立后纳妃的臣子跪倒黑压压的一片,无涯没来由想起一句诗:黑云压城城欲摧。

侍立一侧的素公公和春来不约而同偷瞄了皇帝一眼。皎皎如静月的年轻皇帝像座玉雕,看不出丝毫表情。两人垂下了眼,心里都为可怜的皇帝暗暗掬了把同情之泪。

金殿上出现了诡异的寂静,跪谏的群臣无声地展露着催逼的气压。无涯再看过去,除了谭诚,连亲舅舅许德昭都跪下了。真正的一人之下,万人之上。他终于转过脸望向谭诚:"文武百官都跪着求朕立后,谭公公还站着,是否对朕立后有异议?"

下方垂头跪着的朝臣们诧异地抬起了脑袋,惊奇地望着安坐在龙椅子上的皇上与玉阶之上站立的谭诚。十年了,没有人见谭诚跪过,皇上这是怎么了?

谭诚目不转睛地望着皇帝,轻撩袍角,推金山倒玉柱般跪下了:"皇上,中宫不能虚悬太久,您该立后了。"他声音轻柔,神色和蔼如长者。

满朝文武在立后这个问题上前所未有的统一,就算是九五至尊,也抗不住这等压力。皇帝已经二十了,不立后,站不住理。无涯站起来,他缓缓下了两级台阶,对着阶下摆放的景泰蓝仙鹤香炉用力踹了过去。"哐当"一声,巨响仿若惊雷。

无涯痛快了。

"沈郎中撞死在这金殿之上!侯庆之抹喉跳了国子监御书楼!侯继祖夫妇来京途中意外遇刺!四条人命还不够多?!三十万两库银不够多?!山阳县淹死数千百姓不够多?!今天早朝竟然没有一本奏折、一位臣子提及这件事,反倒联名催朕立后,都察院的御史都改做官媒了不成?"

"皇上！这是两回事！"都察院的御史们被呛得脸色大变，"咚咚"地以头触地，无比耿介地继续死谏，"皇嗣关系着江山传承……"

"三十万两银子如果真被调包，能买多少兵马？都有人想要谋反了，御史们不谏护卫不力的东厂，却急着想让朕生儿子，你们是巴不得朕死了好迎立新君吗？"

无涯一如既往温柔的腔调噎得御史们脸红筋胀，指天高呼："臣等若有不臣之心，天打雷劈不得好死！"

谭诚抬起了脸："皇上，东厂护卫不力，请皇上责罚。"

四目相对间，谭诚神色平静。

这句话一出，文武百官都噤了声：皇帝敢罚吗？

无涯突然想通了："东厂护卫不力，责谭诚二十廷杖！"

谭诚恭敬地磕了个头："老奴领罚。"

大概倒吸冷气的臣子太多，叫人听得清清楚楚。今天早朝竟然发生了这么诡异的事，素来温和没脾气的皇帝踹翻了香炉，讥讽了御史；谭诚跪了，还顺从地领了廷杖！正常吗？太不正常了！然而这些事就这样发生了。殿外廷杖落在谭诚身上的闷响声如凭空夏雷，震得朝臣们惶恐不已。

无涯回座坐下，听完监刑的春来哆嗦地回报打完了，他淡淡地说道："用朕的步辇送谭公公回去，遣太医给谭公公治伤。此案交由东厂详查，哪天查清此案，找回三十万两库银，朕哪天选秀立后！退朝！"

离开金殿，无涯瞥了眼春来，春来懂了，小声说道："真打。"

无涯蹙了蹙眉，这是弹劾谭诚的大好时机，舅舅许德昭却为何保持了沉默？而谭诚，却顺着自己的心意，不仅跪了，还自请责罚，真挨了二十廷杖。

春来不懂，还替主子高兴着："皇上今天大显龙威……"剩下的后半句话被无涯冷冷的眼神逼得咽进了肚里。

最怕就是大海无波，群臣铁板一块。无涯心里暗暗收着气，这种表面的威风有什么用？能让忠心谭诚的官员投向自己？

"朕去瞧瞧谭公公。"

谭诚趴在床上，药香在室内弥漫开来，御医已经给他上过药了。虽然是真打，但依然不敢打重了，不过是皮肉伤而已。

皇帝的到来似乎在谭诚的意料之中，谭诚走到今天，已无须对皇帝下跪，更不需要扮演忠心臣子。他真心实意地向皇帝道谢："皇上无须愧疚，是老奴办事不力，该罚。"

无涯并不掩饰来意："公公似乎很高兴？"

"如果侯继祖不死，东厂想要摘清自己尚须时间。"谭诚微笑着说道，"一顿廷杖换来东厂的清白，挺划算的。皇上大了，已辨得清是非。"

无涯想从谭诚手中索回权力，而此时，却相信东厂与侯继祖一案无关。

谭诚轻声感叹道："皇上是明君。"

正因为他想做明君，所以他一定要给山阳县淹死在大水中的数千百姓一个交代，谭诚倒是深知他心。

了解对方更深的也许是敌人，无涯生出一丝荒谬的感觉："群臣谏请朕立后，是公公的主意？"

谭诚没有否认："过了八月节，皇上就二十一岁了，该立后了。"

无涯懂了，谭诚是想借此事看清楚朝堂上是否还有和他作对之人，同时让自己清楚，侯继祖案与东厂无关。

"你不担心朕会怀疑东厂只是演了场戏，为的是杀人灭口？"

"皇上相信老臣，不会被三十万两银子晃花了眼睛。"

无涯站起了身："这件案子，朕希望公公能查个水落石出。"

目送着无涯离开，谭诚收敛了笑容："出来吧。"

隔间的房门被推开，许德昭沉默地走了出来，他坐在了无涯坐过的地方，目光复杂地望向谭诚。良久，他朝谭诚拱了拱手道："佩服！"

谭诚侧转身，以头支着下颌淡淡地说道："挨了二十廷杖，多分得五万两汤药费，咱家也不算吃亏。"

"公公身体要紧，回头本官再嘱人送五万两银票来。"许德昭毫不犹豫地说道。

谭诚没有拒绝，只是一笑。

这是一场局，做局的人是他和许德昭。偷换了三十万两库银，若没有许德昭暗中支着儿，侯继祖也不会想到隐瞒下此事，私下筹银。没有两人暗中支持，侯继祖也筹不齐三十万两银子修好河堤。

"这水底果然藏着漏网的鱼。"

如果没有人听到风声去毁坏河堤，将案情捅破，河堤依然完好。三十万两银子不过是勒索富户们为朝廷尽的心力。

"确定是锦衣卫？"许德昭轻声问道。

谭诚摇了摇头："龚指挥使做不出毁堤之事，但他手下的锦衣五秀莫琴本不该杀了侯继祖，却杀了，这让咱家深觉怪异，也许侯继祖想进大理寺吐露的证据不是咱们知道的证据。"

许德昭抿紧了嘴，露出两道深深的法令纹："侯继祖能知道什么？"

谭诚笑道："应该问莫琴迷晕李玉隼，从侯继祖那里听到了什么？"

找不到莫琴，只能等，等着水底隐藏的鱼自己再跳出来。

两人沉默着相对而坐，谭诚突然说道："前几天咱家突然想起松树胡同，梁信鸥去瞧了瞧，里面有了动静。"

许德昭眼睛亮了起来。

御书楼中，穆澜拿了本书靠着窗户翻阅着，眼角余光瞅到不远处晃动的一角衣袍，她撇了撇嘴，甩开一个林一川，又来了个林一鸣。

许玉堂进了率性堂就顾不上穆澜了，成天忙着与监生打交道。到了休沐日，国子监里几乎看不到人影。

谭弈也不甘示弱。许玉堂和监生们在莲池开诗会，谭弈一群人就在莲池画画；许玉堂组织监生在树林里席地而坐辩论；谭弈和举监生们就在树林里吹笛抚琴以乐会友；到了休沐日，许玉堂邀了监生们赴宴，隔壁那桌定是被谭弈包下的。

以至于休沐那天，满京城的小娘子们都在开盘口押注，打赌这大能在哪儿看到这两个美男。于是，两人出行的队伍中又多出了两队娘子军。

许玉堂不喜欢被人围观，万人空巷时大都躲于轿中。与监生们出行时，小娘子们跟来围观，他的脸色就不太好看了。而谭弈不一样，太不一样了！他能笑着收下小娘子们送来的花簪在帽子上。开诗会时，还请小娘子们也赋诗应和。

这边是冰山，那边还能与俊俏的监生们以诗会友，于是人气开始一边倒。赏景开诗会时，许玉堂偶尔能看到自己队伍中有监生悄悄朝谭弈那边瞥去几眼。

年少慕艾，人之常情。更何况天气热了，小娘子们都穿着清凉，笑声脆甜得像蜜桃似的。

在靳小侯爷的劝说下，许玉堂终于想明白了为了朝廷人才大事，牺牲小我的重要性。他开始冰山融化，在宿舍里练习各种"笑容"。最终的"微微一笑"让穆澜看得两眼发愣，低下头说了句："骗子！"

靳小侯爷当场拍板："要的就是这种效果！他谭弈有吗？"

静美如莲花的微笑外加贵胄公子们的风度……"天热了，搭凉棚送小食、酸梅汤！表哥你亲自去送，就这样笑！"

国子监"万人空巷"和"羞杀卫玠"两大公子的争斗越演越烈。然而，就是在这样的时候，谭弈依旧记得让人盯住穆澜。除了东厂，穆澜实在不知道和谭弈有多深的仇。谭弈说受了她的羞辱，必百倍千倍回报，她却想不明白，也无从化解。

虽然有千百种办法甩开林一鸣，但穆澜寻思着，能否利用林一鸣充当自己不在现场的人证呢？林一鸣是谭弈的人，他做证不会让谭弈怀疑。想到这里，穆澜放下了书。

窗外的蝉叫得声嘶力竭，林一鸣又抬头往窗边看去，咦，穆澜人呢？他扔下书转身，穆澜的脸在他眼前放大，吓得他后退了两步："做贼哪？吓死小爷了！"

"明天休沐，想去琉璃厂看斗鸡。一鸣兄，你是行家，能否指点小弟一二？小弟赚了银子分你两成如何？"

穆澜才一勾引，林一鸣的眼睛倏地就亮了："我和你一起去，五五分！"

去看斗鸡，比窝在御书楼强。林一鸣不等穆澜反对，搭着她的肩道："斗鸡是技术活，我不亲眼看，如何能指点你？"

两人当下说定。第二天一早，两人就去了琉璃厂，果不出穆澜所料，林一鸣见了斗鸡比见了亲爹还亲热，一双眼睛黏在数只斗鸡上都转不动眼珠子了，根本没有余光去看她。

"天太热了，一鸣兄，我去买两个冰碗。"

林一鸣头也不回地说道："叫老板多放红糖！"

穆澜挤出人群，快步走向一旁的绿音阁。她让云来居做伙计的六子给应明送了封信，约好今天在绿音阁见面。应明在国子监的最后一年，照例和其他监生分去六部实习三个月。他这次运气好，分到了户部，给一位管理库房的主簿打下手。照律，抄没官员的家产都封存在户部库房，穆澜想知道池家被抄没的家产存在哪间库房，只能暗中找应明打听。

进了绿音阁，她开口打听应公子订下的房间。伙计将她请进了后院，引着她走向假山："厢房订满了，应公子订了这间。"

穆澜脚步微顿，是这间啊，她进京城与无涯再相遇，就是在假山上的这间亭阁中。她谢过伙计，迈上了石阶。走到门口，她仿佛又回到那天的混乱之中，自己跑上假山一把推开房门的时候。她沉默地站了会儿，唇角上翘，灿烂的笑容又挂在了脸上，她推门笑道："应兄……"

如在梦中。雕花窗户旁，绿衫如雾，人如玉。四周摆放的冰盆飘送着丝丝凉气，炭炉红色的火苗温柔地舔着紫砂水壶。无涯垂下眼帘静等着水开，白皙修长的手自宽大袍袖中伸出，稳稳提起了水壶。水入茶盏，盈香满室。

他抬起头望向穆澜，一如当日所见。

穆澜呆呆地站在门口，她垂下了头，她早该想到的。当初应明能给她换一间擎天院的宿舍，不就是得了无涯的旨意？自从端午节什刹海一别，她刻意地不去想他，但无涯就能忘了她？他已有了核桃，将来还会有六宫嫔妃，他凭什么还要来缠着她？

"我走错地方了。"多么熟悉的话，跟当初一模一样。只不过，当初她是误闯进这间亭阁。今天，她是想避开他。

"如果需要下旨才能留住你，我也会去做。"无涯目不转睛地看着她，心里涌出一丝酸楚，又有一丝甜蜜。因为核桃，她依然无法释然，但不也是因为她喜欢自己？

下旨？！

"你不愿意去深想，是因为你爱上了年轻俊美的皇帝。我早告诉过你，离他远一点儿。先帝驾崩，新皇继位，年幼的皇帝登基当天，用小手盖了几张圣旨，其中一张就是抄灭池家满门。不听我的话，如今可是心如刀割？"

穆胭脂的话浮现在穆澜耳中，她猛地抬起了头："皇上怎么不下旨砍了我的脑袋？女扮男装祸乱朝纲，这理由够吗？"

无涯站起了身，一步步朝她走来。她握紧了拳头，没有让自己转身就逃。那袭绿衣带着熟悉的龙涎香停在了她面前，无涯将她转到一边的脸抬了起来："这么恨我？"

是恨吗？她不恨。她理解并原谅当年才十岁的无涯并不知晓那枚玉玺盖上的旨意是要了池家的几十条人命。如果深究原因，无涯也能恨她父亲为他父皇开出一服虎狼之药，让他父皇早逝。

可理智归理智，情感却不受控制。那天晚上坐在尸堆里的情形扑进了穆澜的脑中，那天在宫中，核桃跪在她面前说不愿离开的情景让她心如刀绞。

"是，我恨你，但愿从不相识。"

为他吃醋，他自然该高兴，然而穆澜的话仍让他心痛。无涯低下头吻上了她的唇，收紧胳膊将她紧紧抱住了。

只有瞬间的呆滞，穆澜用力一震，无涯便踉跄地被她推开几步。

无涯再一次走向她，一字一句地说道："休想再推开我！"

他想她想得难过，好不容易才找到机会相见，这一回他绝不要和她之间再隔着条看不见的沟壑。

"是因为核桃，你以为我辜负了你？东厂送她进宫，以为她就是与我幽会的冰月姑娘。我封她美人，是不想东厂怀疑还有另一个冰月存在。我的苦心你不懂吗？核桃不能随你出宫，是她不愿意你被东厂怀疑盯上，她对你的情意，你也不懂吗？上次在什刹海，我说我要娶你，我只想娶你，你以为我只是随口说说，将来还会三宫六院，把你当成其中之一吗？"

朝堂上百官下跪催逼立后的情形让无涯激动起来，他扛住重重压力，他为的是谁？

穆澜转开了脸，无涯再次站在她身边，逼视着她："看着我！"

不看！她就不想看他！穆澜不动。

一个大男人被一个女子轻松推开，有武力了不起？无涯揽住了她的腰将她拉向自己："你再用武力推开我，我就直接纳你进宫！君无戏言！"

"你要不要脸？！"穆澜垂下了手握成了拳，抬起头瞪着他。

"一国之君屈尊胁迫你，早没脸了！"无涯磨着后槽牙，没好气地说道，手却紧紧揽着她的腰，不肯放开。一松手，她又会像泥鳅一样从手里溜走。他出宫见她一面是这样难，反正都死皮赖脸了，今天不说清楚明白，这日子没法儿过了！

没想到温文尔雅的无涯竟这样无赖，穆澜简直无语了。她只能瞪着他，希望眼神像小刀子能把无涯的脸皮削薄一点儿，让他松手。

清亮的眼眸里浮着两团火，将她的眼眸映得如此美丽。她的笑容灿烂炫目，她生气时亦如此生动。无涯一声轻叹，把脸埋在了她肩窝里，近乎痛楚地说道："你问我，六宫只能有我一人，你行吗？我答你，现在我力量不够，将来一定行，你且等着我。我已经很累很累了，但每每想到你，我就会生出勇气和斗志。你等着我啊，我时常梦见你带着我翻窗越墙，那样自由地飞，梦醒了都会笑……"

鼻腔深处蔓延出丝丝酸意，直冲进眼里，穆澜闭上了眼睛，无力地靠着他。她放松了身体，但心里的那根弦却越绷越紧。将来，还会有将来吗？什么都不知道的无涯在为了将来披荆斩棘，他可曾知道，当他劈开所有荆棘，用尽力气后，看到更高更难的大山横亘在两人面前时，他该怎么办？

他以为她的父亲是替杜之仙背了黑锅的邱明堂，当他知道她的亲生父亲是给先帝喝了虎狼之药，让先帝提前驾崩的前太医院院正池起良，他那开山劈岳的刀还举得起来吗？她又该怎么办才好？

"无涯，那时候天香楼的花魁冰月与有钱的无涯公子可以肆意地相爱，但冰月已不在天香楼，无涯公子也回到了宫里，梦就该醒了。"

这一次穆澜没有推开无涯，无涯却震惊地松开了手，他急切地捧起穆澜的脸迭声说道："不是这样的，不是这样的！"他连先帝的《起居注》都找来看了，邱明堂是替杜之仙背了黑锅，他有办法为他正名，"穆澜，是不是那天你回家后，你娘说了什么？她为什么要骗你？"

她没办法告诉他实情，她嘴里一片苦涩："她……只是心疼我爹意外投缳，有些魔怔了。她一直假想着是阴谋，是有人害他。"

无涯松了口气，有些兴奋地拉着穆澜在窗边坐下，望着她认真地说道："再等几个月，过年节放长假时，你先装病再报病亡，再恢复姓氏。明年开春你随采女进宫，我要娶你。"

他不能一年年地再拖下去，明年开春，选采女进宫势在必行，他已经在着手安排。

"第一次在京城相见时，我在这里煮茶。"无涯倒掉冷茶，重新续了热茶，放了穆澜手边。细长的茶叶在水中舒展开来，一色清幽，仍然是六安瓜片。几上摆着的仍然是那四碟点心：一碟葱香牛舌饼、一碟蜜三刀、一碟核桃酥、一碟豌豆黄。

"我都记得。"无涯宠溺地望着她，拿起一块豌豆黄递了过去。

无涯的话瞬间惹哭了穆澜，眼泪簌簌地掉了满襟。此时，穆澜才深刻体会到穆胭脂话里的滋味。不听她的话，如今真的心如刀割。

问天试得倚天无？能斩情丝断相思。但斩断的情丝也有伤，每一丝都在滴血落泪。

"无涯，我自幼随穆家班行走江湖卖艺，宫墙太高，圈的天空太小。我不想进宫，不想嫁给你。"她站了起来。

"你撒谎！"当他没有看到她的泪吗？无涯将那块豌豆黄放回了碟子，抬起脸望着她，"宫墙再高，有情人在一起，也不会觉得失去了自由。你怕的不是宫墙，是宫规，我废了那些规矩又何妨？"

穆澜苦笑："自古皇帝都自称寡人，你学过帝王之术，难道不明白这二字的含义？"

"如何为君，我比你明白。你当我真的怕史笔如刀？史书是由胜利者书写的。"

"那不是明君所为。"

无涯霍然站起，逼视着她道："为了明君就要我去做那样的'寡人'？那么，我就做个暴君、昏君又何妨？"

穆澜吃惊地望着他，此时的无涯神情倨傲，像一把带着寒光的刀。

她后退了一步："对不起。"

"穆澜！"无涯大吼出声，他不要听她说对不起，他痛苦地望着她，话语柔软下来，"还要我怎么做你才不会离开我？"

环顾着这间亭阁，穆澜脑中涌现着与他的点滴过往。因为太美好，所以她想让这样的美好在这一刻永远停滞。用力擦掉脸上的泪，她仰起了笑脸，那样无奈、那样让人怜惜地笑着："对不起，你肯为我这样……我不能再骗你，我已经不喜欢你了。"

"你说什么？"

穆澜从来不缺乏勇气，已经挥剑要斩断这段情缘，犹豫不决只会让两个人将来更痛苦。她慢吞吞地说道："我说，我已经不喜欢你了。进宫看核桃那次，我能那样平静地离开，你就该晓得，我没有想象中的吃醋、嫉妒、伤心、难过，其实只是我不够喜欢你罢了。"

无涯用力摇了摇头，想将穆澜的话甩出去："我不会相信，我不是傻瓜。"

他的目光渐渐变得平静，只有他自己知道，这样的平静与自信轻如薄纸，只要穆澜再多说一句，就会碎裂。所以他不想再听她说下去，他越过她走向门口："到了年节，报个病逝离开国子监吧。明年春天，我要看到邱氏女进宫。穆澜，我知道你不怕死，我也舍不得杀你，但穆家班的人一个也别想离开京城，还有核桃。"

"你威胁我？"

无涯回过头："是，我威胁你。我管不了你是怎么想的，也不想去想你为何要对我撒谎，说那些话来伤我的心。你退缩，我就前行。"

她还小，才十六七岁，她不会明白，当一个帝王下定了决心，就会拥有让天地变色的力量。他深深看了眼她，大步离开。

无涯走了，亭阁外知了的叫声越发衬得这里清幽一片。穆澜无力地坐下，望着几上的点心吸了吸鼻子。她拈起一块豌豆黄咬了口，又香又糯，入口化渣，和原来一样的味道，可是今天这块豌豆黄却堵在了嗓子眼儿里。喉间仿佛有个肿块堵着，叫她咽不下去。

　　她用力地咽下，拿起一杯茶大口喝完，又"砰"地放下了杯子。她还能怎么办？她都说不喜欢他了，她还能怎么办？

　　她突然伸手，将四碟点心全扫到了几下，稀里哗啦的碎瓷声让她痛快了点儿，她拿起茶壶用力地扔到了墙上："你这个白痴！你不傻谁傻啊？！"

　　她泄气地坐下了。

不知过了多久，门被"哗"地推开，门口突然传来一个声音："出什么事了？"

这声音惊得穆澜呆了呆，她回过头，看到应明张着嘴站在门口。无涯居然让应明一直在绿音阁等着？不想误了她的事？

"自以为聪明……"她又骂了句，酸酸地想，以为这样她就又感动了？感动了也不行啊，她心里越发难过，发泄完了又不知该如何对应明解释。

"对不起，对不起。"满地狼藉，皇上该不会对穆澜发火了吧？应明抬臂长躬到底，这事实在是对不住穆澜，可那是皇帝呀，他也没有办法，"实在对不住你了！"

穆澜变脸素来快，转过身已是阳光灿烂："应兄啊，你知不知道我差点儿冲撞了圣驾，唉！"

意外见到皇帝，吓着穆澜了，应明越发小心，赔着笑脸道："是我不对！只是一时间也来不及告诉你，所以……"

"没事，没事，皇上也没有过多责怪，只是摔了几只盘碟罢了。"穆澜不厚道地将摔碎东西的事安到了无涯头上。

应明更加内疚了，热情地说道："小穆，你找我有什么事？"

只要他能办的，定给穆澜办得妥帖。

正事要紧，穆澜将情绪藏在心里，请应明在窗边的椅子上坐下，笑道："听说应兄进了户部实习，那可是个肥差。整理库房，想必又轻闲又有油水。想向应兄道声喜，今天休沐，所以想请应兄吃顿饭！"

这机会还不是因为你才弄到手的。一般说来，如果监生在这三个月实习得了优评，打好关系，将来毕业后留在户部应缺的机会就极大。应明责备穆澜客气，笑道："我也早想请你吃饭了，这里清静，不如就在这里叫桌席面，咱们好好聊聊。"

说罢，应明便叫绿音阁的小厮进来清理了一番，上了桌席面。

穆澜望着这桌价值不菲的席面，想起当初两人在国子监外摆地摊的事，笑道："应兄现在阔气了啊！"

"户部嘛……"应明打了个呵呵，他心里微动，穆澜会赚钱，也许自己还能靠着她多赚一点儿，他压低声音说道，"户部那些老库房里的东西放了几十年都未曾动过，换一换银子就来了。上官通达，吃肉也不会忘了让下面的人喝汤，我也得了些银钱。"

穆澜聪明，一点就透，话就往老库房引去："那么多年没动，年深日久，旧窑的瓷瓶，弄只新瓶子一换，谁知道啊。"

应明连连点头："可不是嘛！就说十年前抄了那么多官员的家，库里的那些绫罗绸缎都堆到了房顶，搁到现在还不成了一箱箱破布？除了册子上那些御赐的，名贵的玩意儿也不敢碰。单这块，就是一大笔了，可惜呀，还能等到我去换？"

两人一块摆过地摊，应明想赚银子的心思也不想瞒着穆澜。既然有了共同的利益，关系自然绑得更紧，所以应明主动问穆澜："小穆，你脑子灵活，你说还有什么法子能趁机多赚点儿安心银子？"

听到"安心"二字，穆澜笑了，她不动声色怂恿他道："上册的名贵玩意儿不能动，绫罗绸缎肯定早被淘换干净了。金玉太贵重，最好也别碰。瓷器估计你能瞧上的，那些户部老油子岂不知道？"

"是啊！我这是金山在眼前，却撬不走一块使啊。"

"书呢？"

书？应明愣了愣，一拍大腿："我怎么没想起这块呢！小穆，还是你脑子灵活啊！"

穆澜小声说道："珍本、古本，哪儿能不找出来去孝敬上官？但有些不一样，像家传食谱单子……"

"对对对。你知道虎丘蒋家吧？先帝元后的姻亲，百年大族。听说当年蒋家一开宴，老饕们就都盼着能一饱口福。但库里的东西太多了，我得留心看看。这些都不用换，抄一份拿出来，哪家酒楼不抢着重金来买？"应明简直觉得穆澜就是他人生中的贵人。

"户部的库房管得严不？兄，别为了赚钱再把前程搭进去了。"

应明笑道："我为人有多谨慎你还不知道？谁敢进户部库房偷东西？隔一个月才会去清点一次。那些老库里的东西放了多少年了？上官都懒得去清点，正使唤我这种实习的监生跑腿呢。今天是月末，刚赶上清点完。可惜没能早点儿和你聊聊啊，得等到下月末了。"

好在还有两个月，两次机会。应明转动着心思，抄些家传食谱，又安全又赚银子，他下月末进库房要努力多抄一点儿才好。

"你出入库房不会被官兵搜身吗？"到下月末才会再清点库房，穆澜暗想，平时老库不会有人，她进去翻找东西就不会轻易被人发现。

"那些官兵……"应明呵呵笑着，一脸"你懂的"神色。都吃了好处，不然值钱的瓷瓶、布匹如何淘换得出去。穆澜也笑了："对了，还有医书、祖传方子这些也值钱呢。"

"对对！"应明顺着穆澜的思路仔细回忆着册子上的记载。

穆澜的心提到了嗓子眼儿，户部的库房太多了，她不可能挨个儿去查找，又不能让应明知道她真实的目的。

"好像是申字十四号库。十年前查抄前太医院院正池起良家，抄没的医书就有好几大箱。"应明想起来了，说道。

"来，喝酒！"穆澜不再问了。

与应明分开，穆澜回到斗鸡场时，除了冰碗，还拎了打包的饭菜。果然，林一鸣连饭都没吃，抢过来边吃边道："小爷赢了四场！说好了，五五分！"

穆澜大笑道："好！"

斗鸡场楼上的包厢里，梁信鸥看着去而复返的穆澜，和气的团脸上一直挂着笑。果然不老实，一个林一鸣怎么盯得住他？一名番子随后上了楼，禀道："他去绿音阁见了皇上。"

"本官知道。"皇帝出宫，他自然是要盯住的。谭弈发了狠，一定要逮着穆澜的小辫子，想要弄死穆澜。督主爱重的义子，梁信鸥只能巴结着，盯皇帝时顺便盯住了穆澜，一举两得。不过，穆澜去见皇帝，好像也没有什么大不了的，皇帝素来宠爱杜之仙的这位关门弟子。

番子随后的话却引起了梁信鸥的注意："皇上离开，他与国子监的监生应明一起用饭？"

梁信鸥记忆力一直很好，应明这个名字让他想起了侯庆之。侯庆之抹喉跳楼那晚，与他相熟的监生都曾被东厂询问过，其中就有这个应明。都是监生，应明投了皇帝，然后和穆澜一起吃饭，表面上看，什么问题都没有，但是梁信鸥想起了侯庆之。

雷声滚滚，大雨滂沱。东厂十二飞鹰大档头中武艺最高强的李玉隼再一次无法入眠。

数日前，就是在这样的雷雨夜里，他生平第一次惨败。被铁甲军袭击，对方人多，他尚能原谅自己。然而，莫琴挖地道救了他一命，他却深以为耻！他一遍遍回忆着那天晚上的细节，莫琴的背影、露在蒙面巾外的眼睛、每句话、每个动作都像烙印般深刻在他的脑中。

"我记得你的声音，你的眼神。"李玉隼每天都要回忆一遍，怕自己忘记。

那个阴险小人，早就打定主意要杀死侯继祖，却骗得他相信并改变了主意。自己办事不力，害得督主挨了二十廷杖，督主却没有责备他一句，这让他越发难受。

长长的回廊上一点灯光晃动着，李玉隼回过头，垂手肃立："督主。"

谭诚摆了摆手，让提灯笼的小番子退下了。

闪电不时刺破乌云，映亮了回廊上观雨的两人。

"也不是没有收获，你能活着回来，知晓侯继祖死于何人之手，就已经立下一功。"谭诚缓缓地开口说道。

李玉隼怀疑自己的耳朵被雷声震聋了，他有点儿晕："公公布下的局？"可那十几名忠心死去的下属就这样白死了？

"都是为朝廷尽忠而死，怎么死的，重要吗？"

李玉隼心里发寒，如果莫琴不挖地道出现呢？自己是否也会死？

谭诚平静地望着呼啸的风雨，淡淡地说道："你活着就好。"

他真的会活下去吗？李玉隼想起最后那两名下属假扮侯继祖从屋顶突围，惨死的情形，心里像扎进了一根刺。

"地道早就挖好了，莫琴早已在地道中等待着。不到最后紧要关头，他不会出现。咱家和你说这些，是不想让你夜不能寐。"

良久，李玉隼才反应过来谭诚话里的意思，心里微热："谢公公看重。"

这样的布局是为了什么，督主并没有说，但督主完全可以不让他知道，却冒雨前来告诉他。李玉隼心里的刺消失无踪，涌出阵阵感激。

是啊，莫琴若真心相救，早在铁甲军出现在驿站外时就可以让厢房里的所有人进地道。他却躲在暗处观察着，直到只剩下自己和侯继祖二人。如果这个局早让他知道，下属们就不会这样拼命，莫琴也会看出破绽。

"今夏雨水多，钦天监说最近半月，过半都会有雷雨。"见李玉隼想通了这件事，谭诚转开了话题，"咱家布下的局，想钓的鱼不仅是莫琴，还有珍珑。"

轰隆一声雷响，震得李玉隼浑身哆嗦了下，这个名字如雷贯耳。刺客珍珑已杀死东厂六人，不，是七人，还有朴银鹰。

谭诚微笑着望着他道："你应该还记得这个刺客。淮安河堤被毁，嫁祸东厂，咱家怀疑就是珍珑所为。珍珑，不见得就是一个人。"

话到此处，李玉隼似乎窥见了淮安调包库银背后的秘密，他心里最后一丝对因为这个局而赴死的下属的不忍被彻底剔除。为了布局擒获珍珑，这些牺牲都是值得的。

"督主，那锦衣卫可是与珍珑勾结？"

"未知。"

但是东厂忍气吞声这么长时间，终于有所行动了。李玉隼一扫胸中阴霾，抱拳请命："督主有吩咐，属下领命。"

谭诚赞赏地看了他一眼道："既然雷雨夜你睡不着，就换个地方去赏雨吧。"

风雨中，老管家穿着蓑衣，小心护着灯笼，忠心地为主子照着后花园的路。

胡牧山再一次进了内书房，从暗道中走进了另一间屋舍。

今晚的雨太大，从层云中刺出的闪电刹那将屋宇耀得雪亮。他依然坐在了长桌这边，望向另一端坐着的男人："疾风暴雨，若非急事您不会前来。"

男人缓缓开口道："昔日漏网的鱼搅动风雨了，能不急吗？"

胡牧山倒吸一口凉气："有眉目了？"

雷声暂停，男人用手指轻敲着桌面："去年，东厂有七人死在一名留下珍珑印记的刺客手上。那时我便在想，是否有漏网的鱼。"

东厂再想掩饰，仍然有很多人知道了刺客珍珑的存在，胡牧山自然也知道："东厂十二飞鹰大档头朴银鹰遇刺而亡后，刺客珍珑就消失了。怎么，他又出现了？"

"珍珑印记再没有出现，但是，松树胡同有动静了。"

胡牧山倒吸了口凉气："废置了十年的池家老宅子？"

"我令人去查看过了，内院被泼洒了一院子的鲜血，厢房里曾有人住过。"那人的声音像闷雷一样沉重。

胡牧山摇了摇头："谭诚做事素来谨慎，池家不可能还有人活着。"

那人冷冷说道："不管怎样，松树胡同有了动静，就说明有人对池家有兴趣了。"

回想着对方的话，胡牧山猛然警醒："池家老宅子应该找不到什么了，那么下一步是……户部库房里池家被抄没的家产？"

那人轻叹道："存了那么多年的饵，终于能派上用场了，希望这一次能一劳永逸。"

如果能一劳永逸便好了，他就再也不用进这间屋子了。胡牧山换了话题："梅于氏死了，宫里也没有了于红梅这个人，线索已然断绝，但锦衣卫丁铃若不肯死心，查到陈瀚方怎么办？"

　　"查到又如何？陈瀚方翻遍了这些书，不也什么都没找到？"

　　"万一被陈瀚方找到呢？"

　　"我也盼着他能找到，所以，丁铃想查就让他去查吧。他不是心细如发吗？也许还能帮陈瀚方一把。我想了很多年，都没想明白陈瀚方与于红梅之间的关系。我只知道于红梅离宫去了趟国子监，而陈瀚方却在国子监的御书楼里奇怪地找着什么东西。那东西一定是于红梅留下的，也许是一封信，也许是一件信物。未知就是危险，是悬在头顶的剑，不找出来，我寝食难安。"

　　陈瀚方已经被盯死，之所以没有要他的命，只为了那件未知的东西。如果早一天被陈瀚方找到，这个未知的谜也就解开了。

　　同样的风雨夜，皇城西南角的锦衣卫官衙灯火通明。

　　宽敞的案几后坐着个身躯壮硕的男人，须发皆白，满面红光，正是锦衣卫指挥使龚铁。他合上卷宗，望向了一侧的秦刚："最近宫里禁军可有异动？"

　　秦刚愣了愣，想了想才道："宫中一切如常，只是今年入夏以来雨水太多，户部报老库房塌了一间，正在抢修，所以增调了一队禁军去值守。"

　　"户部老库房？"龚铁若有所思，摆手让秦刚退下。秦刚走后，他冲帷帐后淡淡说了句："松树胡同池家老宅内被人泼了鲜血，去瞧瞧是什么人对户部库房的池家老物件感兴趣。"

　　帷帐后传来莫琴的声音："大人，东厂应该早在户部布下了网，属下隔远一点儿去看？"

　　龚铁双目一睁，骂道："你若把李玉隼一并杀了也就算了！留他活口做什么？给老子离远一点儿，嫌你惹的麻烦不够？"

　　帷帐后没有了声音，龚铁气得大步上前一把掀开帷帐，莫琴早已没有了踪影。

雨过天晴，阳光被雨水冲刷之后分外强烈，一大清早，蝉鸣声就响彻了整座国子监。

才到辰时初刻，太阳已将宽阔的骑射场晒得起了烟尘。地面像飘起一层无色的火焰，看着就热。监生们穿着骑猎服还没上马，已热得全身冒汗。四周不多的几株大树勉强撑起一小片阴凉，监生们像一窝窝蚂蚁缩挤在树荫下，唉声叹气。

树荫就这么可怜的几小片，还被监生们抱团瓜分，最大的两片树荫被谭弈和许玉堂两拨儿人占去了。穆澜早被划进了许玉堂的势力范围，得到了站在树荫下的资格。以林一川的性子，平常早厚着脸皮挤过去了，但今天他内心挣扎又挣扎，仍然和谢胜蹲在了看台边缘的阴影里。这里不受太阳直晒的地方极小，刚够两人蹲着。

谭弈和许玉堂都是抱团，没有势力支撑的监生想来挤半肩阴凉，黑塔般的谢胜就怒目而视，林一川直接捋了捋袖子就把人给吓跑了。林一川从地上拔了根官司草叼着，总忍不住看向穆澜，他满脑子都是"咫尺天涯"这四个字。

自从穆澜扔下一句"离我远点儿就是帮我大忙了"，林一川硬是忍着没去黏她。他心里闷得慌，丁铃杏梅干氏和苏沐案也断了头绪，一到晚上就偷跑来国子监拉他聊天儿，可聊来聊去，还是憋屈郁闷。

"列队！瞧瞧你们像什么样子！上午的太阳就受不了，骑射课还没挪到下午上呢！"教骑射的先生独自站在阳光下，望着树荫下蔫蔫的监生，气不打一处来。

靳小侯爷摘了片树叶扇着风，嬉皮笑脸地说道："老师，不如把骑射课挪到晚上。听说军中的神射手都是练习夜射，晚上点支香，能把香头射灭，上了战场都不用瞄准。"

先生以前是武状元，也曾在军中历练过，和讲四书五经的夫子不同，当即冷笑道："好啊！不说香头，今晚给你点十支蜡烛，你能给我全射灭了，我就给你评优等。"

"哎哎，老师，我这不是打个比方吗？我要有那等箭术，早投军去了！"

靳小侯爷厚着脸皮闲扯，盼着能多聊几句闲话，等太阳移到头顶，就可以下课了。

"都给我滚出来列队！十息之内列不好队，全部评差等！"先生懒得搭理他，提气大吼道。

监生们拖拖拉拉、恋恋不舍地离开了树荫，总算站好了。

"天热，我理解，我也不喜为难人，每人上马跑三圈，射十支箭，今天的课就完了。"

眼瞅着监生们精神一振，先生阴恻恻地又补了句："哪个班如有一人不能完成，全班都得在这日头下站着看他做完，后完成的班补射十支箭。"

两个班顿时围在一处开起了小会。

谭弈开口问道："谁不会骑马？不会射箭？"

甲一班举监生多，形容书生的话是"手无缚鸡之力"，当即就有七八个举监生苦着脸举了手。

"家里穷，上哪儿去学骑马射箭？"

"在下连鸡都……捉不住！"

"在下惧马！"

"好了，好了！"举监生们虽功课好，但说到骑射，自不如荫监生和捐监生，谭弈眼珠一转，悄声说道，"我有办法，走！"

望着谭弈那个班朝马棚去了，靳小侯爷扇着树叶儿撇嘴道："就那群秧鸡崽儿的书生，本小侯爷让他们先跑一圈也能赶上。"

许玉堂一统计，班里有三个捐监生不会骑马。林一鸣乐了，指着那三位同窗道："为何不会骑马？"

一人抚着圆滚滚的肚子，擦着额头沁出的油汗理直气壮地答道："家里有的是马车、轿子，骑马颠得慌！"

"你们三个先去射箭，射不中靶子无所谓，开十次弓总是会的，其他人先跑完三圈再说！"许玉堂倒没想到两人共骑的法子，只得先这样定了。

等到两班人骑上马进了骑射场，不等先生开问，靳小侯爷指着谭弈班上共骑的人就嚷嚷了起来："不是吧！还能共骑蒙混过关？"

谭弈朝先生拱了拱手道："老师只说每人上马跑三圈，没说不能两人共骑呀。"

"你们班这叫作弊！"

"如此上骑射课，将来上了战场，也与人共骑吗？"

"就是！"

先生不以为然道："既然我没说过不能共骑，自然是可以的。"将来考试是独自骑射，现在你们就混吧。

举监生们顿时乐了。靳小侯爷气结，正想争辩，被许玉堂拦住了："你想让谭弈他们歇着看看我们继续操练？"

甲三班的人不吭声了，林一鸣又跳了出来："拾人牙慧。"

"你这个叛徒！"靳小侯爷又跳了起来。

林一鸣讨好地望向谭弈，翻了个白眼道："我有说错吗？"

两人争执的声音众人都听见了，举监生们的笑音分外刺耳。谭弈朝林一鸣挤了挤眼，得意地说道："走！"

甲三班的人脸色讪讪，许玉堂心里窝着火，脸上却仍然带着笑："有人帮着咱们动脑子，还不好？"

一句话让众人脸色转好，靳小侯爷又得意起来："我家的门客就干这种活。"

"谁去载那三位同窗？"

"我！"穆澜第一个站出来，拨马跑向了靶场。

谢胜素来心热，也应了声，跟着穆澜去了。

林一川行动比脑袋转动快，叫道："我也去！"

他跟在穆澜身后，感觉到怪异。穆澜不喜欢出风头，遇到这种事一般不会出头。想让她帮忙，给钱最痛快，今天她怎么会这么热心？更令他吃惊的是，穆澜选了那位肚肥如瓜的同窗共骑。

瞅着那位肥胖不会骑马的同窗死命地抱着穆澜的腰，林一川大怒。他暗骂了声死胖子！二话不说，上前一把提着胖子的腰带，硬生生将他从穆澜身后拉到了自己的马上，不等胖子吓得大叫，便恶声恶气地吼道："坐好！"

林一川狠抽了马一记鞭子，载着惊叫不已的胖子朝马场疾驰而去。

穆澜张了张嘴，轻叹了口气，将手伸向最后一位连马都不敢靠近的同窗："闭上眼睛，什么都别管，我叫你睁开时，定就跑完了。"

她的笑容让那位同窗生出了勇气，他闭着眼睛伸出了手，腾云驾雾般被穆澜拉上了马："小穆，求你骑慢点儿啊！"

穆澜笑道："抓紧辔头就行，怕就一直闭着眼。"

林一川跑了半圈，偏过头去看，骑射场对面的穆澜没有让那位同窗再坐在身后，而是坐在了她身前，她几乎是蹬着马镫半站着，以方便控马。他满意地弯了弯嘴角，一时间忘了她今天的怪异："这还差不多！"说完，又拍了下胖子死箍在自己腰间的肥手，"抱紧了！"马扬蹄疾奔。

她需要时间，需要不在场的证明，今天的骑射课是最好的机会。谭弈亲眼看着，不会起疑。穆澜心里盘算着，轻声问身前那位惧马的同窗："跑了两圈，还怕吗？"

一张嘴，满嘴风，那位同窗半个身子都趴在了鞍前，紧紧抓着辔头哭也似的号："还没跑完啊，小穆，我恐高，你可千万别让我摔下去！"

"我这不是跑得慢吗？闭好眼睛，到了我就叫你。"穆澜很满意他的回答。

本想选那个胖子，让场面看起来更惊恐，没想到被林一川换个更胆小的，穆澜偷笑起来。眼看就要跑完，前面跑完的人都等在终点闲聊着，穆澜突然对身前的同窗说道："可以睁眼了！"

那位听话的同窗就睁开了眼睛，这时，穆澜狠抽了马一鞭子。马"嗖"地提速，倒退的景物让那位同窗瞪大了眼，翻了个白眼，直接从马上往下栽去，穆澜赶紧"手忙脚乱"地去捞他。在一片惊呼声中，她勉强地将人捞回了马背上，然后装着没踩稳马镫大叫了声从马上摔了下去。

"哎哟！"从马上坠下时，穆澜很巧妙地在空中翻转着身体想要跃起，然而就在众人以为她能脱险的瞬间，她突然痛叫了声，"咚"地摔在了地上。摔是真摔，只是没那么严重。众目睽睽之下，应该不会引人怀疑，穆澜扶着后腰喘着粗气盘算着。

"我去！"早等在终点的林一川看到这一幕扬了扬眉，策马就奔了过来。

看到林一川第一个跑来，穆澜真想抽他一巴掌，她躺在地上咬着牙想，能瞒过林一川，更能瞒过谭弈了吧？

"摔哪儿了？以你的身手还会摔？"林一川跳下马，蹲在穆澜面前就问开了。

"我又不是神仙，哗……"穆澜扶着腰的手狠狠地掐了自己一把，痛得那两撇初叶般的眉都拧成了疙瘩。她的额头上挂满了汗，又因在地上滚了滚，帽子不仅掉了，脸颊还沾了灰，显得凄惨无比，她躺在地上直喘气："腰岔了气，一动就疼！"

周围已围上来一圈人，先生走过来，见状就道："去给两人抬张春凳送医馆！"

谭弈的目光从穆澜手上掠过，穆澜的手上擦破块皮，沁出了血。他撇了撇嘴，心想你穆澜也有这么狼狈的时候？真可惜锦烟没瞧见。想起记忆中活泼可爱的女孩儿，谭弈连多看一眼的心思都没了，转身就走了。

这是信了吧？穆澜暗暗松了口气。

你有事瞒着我，我不计较。你让我离你远点儿，我就不来打扰你。但到手的机会想让我扔出去，门儿都没有！林一川弯腰一把将她抄抱起来："老师，学生脚程快，学生送小穆去医馆！"

穆澜讪笑道："这里离医馆远，抬个春凳来就好。"

林一川没有作声，胳膊一紧，她的脸几乎贴在了他胸口，他低头看了她一眼。

"哎哟，我的腰！"穆澜不敢和他对视，又痛叫起来。

见她开始耍赖，林一川抬起头，抱得更加平稳，只是嘴角不经意地向上扬了扬，大步朝医馆方向走去。他身上的热气与急鼓般的心跳贴着她的脸传来，她似被热着了，脸上渐渐涌出一片绯色。

从骑射场走到医馆的两炷香的时间里，两人都没有说话。路上若遇到监生，穆澜就会"哎哟"痛叫几声。

多听了几次，林一川终于在一处无人的树荫下停了下来："你这是在和别人解释？"

穆澜眨巴着眼睛，茫然地问道："我和谁解释？解释什么？"

自然是为什么被我抱着！林一川心里又堵上了，心知肚明却不能说破，憋死他了。正巧路边有块平坦的石头，他走过去将穆澜平躺放下："歇会儿。"

穆澜暗骂谁让你抱着走这么远了！但她只能继续装着，躺着不动。林一川突然俯下身，穆澜大惊，他是想试探她吗？"你干什么？"

林一川认真地擦拭着她脸上的灰："蹭了一脸灰。"

他的手指滑过她的脸颊，一点点抹去她脸上的灰尘。穆澜突然觉得时间过得很漫长，他的脸离她这样近，仿佛睫毛一动都能触到。她闭上了眼睛，放在身侧的手情不自禁又捏成了拳头。

"咦，小穆，你的脸一点儿都不粗糙，摸起来很滑嫩。"

这是绝大多数男人和女人的区别，女子的肌肤总要细嫩一些。穆澜微眯着眼睛，心里又开始咆哮："再摸，老子砍了你的手。"

恼羞成怒？估计再摸下去，穆澜就顾不上装了，林一川及时缩回了手，一脸无辜样："好了，擦干净了。"

他用双手抄过她的膝盖和腰，又抱了她起来："让方太医好生瞧瞧，你说你逞什么能呢？亏得我把那个死胖子拎走了，否则他摔下去，你就不止会闪了腰！"

她还要谢他不成？穆澜憋屈地哼了哼。

到了医馆，见受伤的又是穆澜，方太医扶额："出什么事了？"

"骑射课坠马闪了腰，动一动都疼。"

穆澜连眼色都不用使，方太医就将林一川赶了出去："老夫扎两针试试。"

林一川站在门外，听到里面穆澜不时传来几声痛呼。他摸着下巴想，穆澜这次又想请假去做什么事？

隔了半个时辰，方太医才出来："让她在医馆里先躺着，得养一养才能好。"

林一川谢过方太医，没有进去，只站在门口对穆澜说道："我帮你请假去，你安心休养。"

"谢谢！"

林一川怔怔地望着她，并没有走。他似乎在等着她留下自己，黝黑的眼眸无声地透露出他的心意。

"方太医说了让我躺几天，没什么大事，你快走吧！"

池家废园里那一夜就像是个梦，梦一醒，那个弱弱地靠在他背上哭的穆澜就消失了，她又退到了千里之外。林一川的眼眸渐渐暗了下去，他笑了笑："小穆，你的心比石头还硬！"

"你说什么？"

"我什么都没说。"林一川从牙缝里挤出这句话，掉头就走。

穆澜撇嘴骂道："抱也抱了，摸也摸了，一副受气小媳妇儿样给谁看哪！狗拿耗子，多管闲事！"骂完心里却有点儿堵，嘟囔道，"不识好人心，你这个棒槌！"

方太医去而复返："小姑奶奶，你又想做什么？"

"不做什么，天气太热，歇歇。"穆澜意懒地笑着，望着窗外不见一丝云彩的晴空想，今夏酷热，大概这两天又会有雨。

她要借着雨夜的掩饰潜进户申字十四号库，寻找记忆中父亲留下的秘密。

此时的穆澜并不知道，那里已经布上了一张网。

过了子时，一声雷突然炸响，院子里的树像抽了筋似的被骤然而来的狂风吹得一阵乱摇。在医院卧床"诊治"的穆澜被惊醒了，她下了床，伸手在床下捞出个包袱。杜之仙给她做的东西，见不得光的都放在了方太医处。

穆澜打开包袱，拎出一件如丝般轻柔的衣裳。老头儿想得周到，连夜行衣都做了厚、薄之分。她想到杜之仙的欺骗与爱护，种种矛盾让她又生出一丝烦躁。她换好衣裳，将一排精巧的革囊系在了腰上。看到包袱里的长匣子，穆澜有点儿迟疑："需要用这些老本？怎么有种拼老命的感觉？"

她打开了匣子，里面装着一套首饰，她拿出一支样式普通的簪子插在了道髻上。又撸起衣袖，胳膊一抖，一只银色的臂钏滑到了手腕。她突然想起林一川曾说，想看她打对峨眉刺，她说自己有武器了，林一川很好奇。

她轻功好，老头儿和面具师傅给她设计了这根千韧钢丝，爬高墙什么的极其好用。平时缠成臂钏，也很难被人发现。

"蜘蛛精似的。"穆澜将臂钏捋回了胳膊上，嘟囔了句。

匣子里的这套首饰是老头为有一天她换回女装而打造的武器。穆澜只取了簪子，想了想，她又从长匣里取出了小弩的部件组装好，挂在了腰间。雷声中，大雨哗啦啦地浇了下来。听到雨声，她不再迟疑，在靴中插好匕首，将包袱收好，塞回了床底下。医馆的厢房里只住着她一个人，天明后方太医自会将包袱取走。她披上了黑色的斗篷，悄悄离开了国子监。

整座京城都在大雨中沉睡着，五城兵马司巡城的频率也减少了，没有人会想在这样的雨夜出门。

户部衙门后面有数重院落，老库的这间院子除了每月底户部来人盘点一回，平时闲得只有麻雀在院子里蹦跶。靠后面围墙的一排房屋，有一间库房塌了半边，白天添了一队禁军守着匠工修缮，夜里就锁了大门，仍然只有四名禁军在值守。

门房里，两名禁军正在鼾睡。值岗的两人打了酒，就着一碟卤拼、一碟油酥花生米闲聊着打发时间。风雨声太大，两人关闭了门窗，才将雨落的声音阻在了门外。

穆澜伏在库房的屋顶上，黑色的斗篷挡住了风雨，让她与整个夜色融在了一起。她默默数着库房的排序，不经意地看了眼那间立在风雨中尚未修缮完的库房。

户部的库房建得极高，在高墙上开出了连人都难以钻过的狭窄窗户，大门是寸许厚的木板，穆澜能进去的地方只有屋顶。她小心地揭着房顶的瓦，一片片摞在身侧。一盏茶的工夫，身下就被她掏出了一个洞来，她像泥鳅一样滑了下去。

外面的大雨让库中的光线太暗，几乎伸手不见五指。她在黑暗中站了一会儿，模糊地看到库房里靠墙摆放着一只只贴了封条的箱子。她走过去，张开了嘴，嘴里含着的明珠发出淡淡的珠光。

待看清楚封条上的字，穆澜抬起了箱盖，一本本医书出现在她眼前。借着珠光，她飞快地翻找着。箱子上的封条已经破损，如果她手脚干净，不会被人发现。

一只只箱子被她打开，她的记忆在沉默的行动中也被翻了出来。幼时，父亲教她读书习字、背《汤头歌》、辨认药材。箱子里还有母亲那些不值钱却绣着精美花样的衣裳。正因为不值钱，所以才没被户部的人换走吧？她抚摸着箱子里的衣裳，心阵阵发疼。

雨声仿佛小了，黎明之前，穆澜终于找到了自己想要的东西，她收进了怀中，而后毫不犹豫地从屋顶跃了出去。但刹那她就察觉到了危险，后背蓦然绷紧。

冰冷的箭头破开细雨，翎羽划破空气的破空声像惊雷般在她耳际炸响。她凌空翻身，那支羽箭射裂了屋瓦，碎片炸裂开来。一支又一支的箭如影随形，穆澜轻松避开，取下腰间的弩弓反射了回去，箭支钉在屋瓦上的动静惊动了守卫的禁军。院子四周不知从哪儿冒出了星星点点的火把，人声、脚步声织成了一张网。

李玉隼射完了手里的箭，穆澜的弩箭也没了。她半跪在屋顶，与对面的李玉隼遥遥相望。

"我很奇怪，你怎么知道从池家抄没的东西已经被挪出了申字十四号库。"李玉隼拔出了长刀，指向对面全身藏在黑色斗篷下的穆澜。

他在申字十四号库里待了近二十天，像一只老鼠，沉默地等待着。如果不是隔壁那些年深日久的箱盖开启时发出的细碎声，他几乎等待得快要发疯了。这种压抑与不耐悉数化成了对穆澜的战意。

穆澜沉默着。给应明出完主意她也在等，这二十天她也等得焦急。她拿到了户部库房的地形图，摸清了这些老库的位置。

月中休沐，应明回到国子监，兴奋地告诉她，老库的一间库房被雨水冲垮了一面墙，他被调去搬运，意外发现池家的东西被挪出了申字十四号库，存进了十号库。因雨太大，户部担心箱子进水，全部揭了封条开箱检查。应明鬼祟地告诉穆澜，检查、重新贴封条很费时间，他趁机抄了很多家传食谱、药方。穆澜这才选在今晚有雨时行动。

"来了，就留下吧！"李玉隼持刀直冲向穆澜。

四周的火把已然将院子包围了起来，大概是出于对李玉隼的信任，没有东厂番子跳上屋顶帮忙。穆澜无心恋战，臂钏滑到腕间。李玉隼人在半空，突然看到对方手臂挥动，一大片瓦片就被掀了起来，密集地朝自己飞射而来。长刀织就了一片刀影，将屋瓦与雨水斩得粉碎。

　　借着瞬息的阻挡，穆澜朝着院外狂奔而去。

　　"射！"

　　风雨中的口令让包围的人松开了弓弦，密集的箭雨朝着穆澜飞去。臂钏化成一根柔而韧的钢丝刺进了院墙外的那株树上，穆澜的身体像纸鸢一样轻飘飘地飞了起来，冲破了箭网。

　　没有人能有一跃五六丈的轻功，而穆澜借着钢丝的牵引做到了。所有人惊叹地看着她飞离了院子，落向院外的大树。而此时，李玉隼才将将跑到屋顶的边缘。他大喝一声，将长刀向穆澜掷了过去。

　　穆澜正要落在树上，枝叶间一片刀光映入了眼帘。她的双瞳骤然紧缩，这树上竟然有埋伏！身后是李玉隼掷来的长刀，面前是伏击者刺来的刀，第二轮射来的箭已交织成网，穆澜避无可避。

　　她猛地抽回了钢丝，人在空中轻盈地翻滚着。钢丝在细雨中画出耀眼的光环，与迎面的刀光相碰，摩擦着发出刺耳的声响。肩膀传来疼痛感，李玉隼的刀掠过她的肩，扎进了树身。一支箭从她腰侧掠过，她的身体蓦然下沉，落在了院外，她飞快地朝前方跑去。

　　树上跃出两个人，与李玉隼对视一眼，两人便紧追着穆澜不舍。

　　一人骂了句："东厂三个大档头还抓不住人，真没脸了！"

　　梁信鸥盯着穆澜的背影道："老曹你急什么，他受了伤跑不了，这一片都被围住了。"

　　曹飞鸠边追边道："老梁，你猜会是那个刺客珍珑吗？"

　　"管他是谁，擒住就知道了。"李玉隼拔了刀赶来。

　　穆澜所思虑的退路都已在谭弈的棋盘上，里面埋伏着东厂的人，外围已被五城兵马司围住，没有人相信受了伤的人能逃出去。

　　户部南邻礼部，再往南是江米街，北面是礼部和宗人府，再过去就是通向皇城的长安大街。东厂的布置重心在南面，长安大街与进宫城的承天门地势开阔，傻子才会往北逃。

所有人马都朝着穆澜消失的方向包抄而去，武艺最好的李玉隼突然大叫了声："闪开！"

他话音才落，连珠箭如鬼魅般出现在三人面前。这时梁信鸥和曹飞鸠才听到箭翎的破空声，两人狼狈地在地上打了个滚儿，险险避开，后颈的汗毛都吓得竖了起来。

对面的屋顶上站着一排持弓的黑衣人，密集的箭雨将三人逼在墙角难以露头。

李玉隼骂道："真叫督主猜着了，珍珑根本就不是一个人！"

梁信鸥靠着墙头都不露："箭总有射完的时候，这里被围得水泄不通，他们还能上天入地不成？等着吧。"

借着这一波阻碍，穆澜循着记忆奔到了一处围墙边上。她的左肩被削去一块肉，疼得有点儿抬不起来，她摸了把腰，满手是血。那支箭划破了衣裳，腰间露出一道婴儿嘴唇般的伤口。想起离开国子监医馆前的直觉，穆澜从革囊中取出布条缠绑着伤口，嘟囔道："真要拼老命了！"

梁信鸥无意中道出了真相，六部所在不如民居小巷复杂，她只能借京城的下水道逃走。暂时歇了歇，听到追兵的声音朝这边涌来，穆澜就跳进了水渠，涉水进了暗沟。

建于百年前的京城拥有完好的排水网。雨水多，穆澜仅凭着淡淡的珠光与记忆数着行走的步子在齐胸的水沟里艰难地行走着。她苦笑着想，不和穆胭脂合作，她绝对搞不到这里的水道分布图。

走了一炷香的距离，她停了下来，一点儿微弱的光在她前方亮了起来。穆胭脂摘下了蒙面巾，举着火折子站在水道的岔口处。穆澜紧绷的神经松弛下来，蹚着水走向了她："没有你接应，这次我可能真逃不了了。"

"找到没有？"穆胭脂平静地看着她。

穆澜走到她身边，靠着墙有点儿累了："找到了。我记得很清楚，曾经看到爹在书房里订书。他哄我说是将银票订在书册里，免得被娘发现。记忆太深刻，是本《黄帝内经》。现在回想起来，我爹藏的不会是私房钱。"

"给我。"穆胭脂的声音有点儿急切。

"出去再看吧，东厂迟早会想起下水道。我受伤了，地上有血迹。"穆澜站了起来，穆胭脂给她的图只到这里，再多她也记不清楚，"走哪条道？"

"对面。"

穆澜转过身朝对面的岔道走去，突然腿上一软，她朝水里栽去。中了一刀，那边肩膀瞬间传来尖锐的刺痛感。她奋力拧转身，撞到了对面的石壁上，她悲伤地望着穆胭脂，低声笑了起来："娘，您就这么迫不及待吗？"

她叫穆胭脂十年母亲，下意识的一声娘，让手持利刃的穆胭脂愣了愣。

穆澜分不清脸上是水还是泪，左手无力地垂在身侧。泡了脏雨水，伤口火辣辣地疼着。她靠着石壁，从怀里掏出一个油布包扔了过去："十年前您跑到池家收养了没有记忆的我，是为了这个吧？"

穆胭脂将油布包打开，用匕首挑开了线，看到封页夹层中用油纸密封着的东西，她深吸了口气，放进了怀里。

"是。我养你，就为了有一天，你可能会想起你爹藏着的这份东西。"穆胭脂淡淡地说道，"幸运的是，你还真的想起来了，不枉我养你十年。"

远处透出了一丝光亮，有人声顺着管道传来。穆胭脂"噗"地吹熄了火折子，瞬间的黑暗让穆澜眼前一黑。她无力地靠着，喃喃说道："养了我十年，您对我一点儿感情都没有吗？"

她本来可以带着她逃走，救她一命，穆胭脂却毫不犹豫朝她刺来了一刀。穆澜虽然躲过了要害，这一刀却切断了她的生路。

"今晚为了给你逃进这里的时间，珍珑局死了二十个人。"穆胭脂的声音消失在对面的水道中，"你若逃不了，是你的命。如果东厂的人追来，我劝你还是自尽的好，进了东厂的大狱你想死都难了。"

三条下水道，穆胭脂走了对面那条。穆澜就算有力气，也不会追上去，她迟缓的脚步只会给穆胭脂当挡箭牌。远处说话的声音渐渐大了起来，穆澜撑着石壁猫腰钻进了身边的水里："能逃出生天，也是我的命。"

雨水汹涌地从管道里冲来，她也不知道这条下水道能通向哪里，她唯一觉得庆幸的是今夜的雨很大，水声遮掩了她逆水而行的声音。她逢岔道就进，不分方向地乱闯着。她努力保持着清醒，她不分方向，东厂的人就更分辨不清该走哪条道。一切，看她的命吧。

走到了一处，穆澜实在没有了力气，如果东厂能在这蛛网般密布的下水道里找到她，那真是她的命了。这里的水浅了一点儿，刚好没膝，她寻了处水浅的地方坐下，眩晕的感觉向她袭来。她从革囊中取出三七粉和布条开始包扎伤口。收拾好自己后，她靠着洞壁苦笑着想，她会不会死在这阴暗肮脏的下水道里，被老鼠啃食干净？

"是命啊。明知道她第一句话就向你讨东西，你为什么还要去挨那一刀呢？"

也许，是想看得更清楚一些。也许，是想让穆胭脂那一刀斩断她剩下的那点儿感情。没有中那一刀，她可能活下去的机会更大一点儿。穆澜在胡思乱想中眼皮渐渐沉重起来，她拧了把大腿，这时睡过去，也许就再也醒不过来。这时，她听到了涉水的声音，她面无表情地拔出了靴子里的匕首。

一个人猫腰走进了这条下水道，火折子的光照亮通道的瞬间，穆澜扑了过去。那人手中的火折子掉进水中，"扑哧"熄灭了，黑暗中只听到拳脚声与喘息声。

冰凉的匕首压在那人喉间的瞬间，那人也掐住了穆澜腰间的伤口，她闷哼了声。身下的那人抱着她翻转着，将她抵在了洞壁上。胸口被他的肘尖一击，她再也撑不住，晕了过去。

也许是身体的触感让那人觉得诧异，他伸手摸到了穆澜的脸，火折子的光亮了起来。

"我莫琴这运气是要逆天了？不对，你的运气不是一般的好啊。"他拉下了面罩，脸上两个小笑窝被火光映得一跳一跳的，他有些兴奋地搓了搓手，"但愿你是池家的漏网之鱼。池起良当初救了指挥使老娘，他要报恩，我若救了你，岂不是也报了指挥使的恩？小爷从此再不欠他了，这笔生意倒也划算。"

说着他揭开了穆澜的蒙面巾，脸上的笑容瞬间僵住了，半晌才喃喃说道："少爷，你的运气才是真的好啊。"他一巴掌拍在自己脑袋上骂道，"你是燕声那猪脑子吗？今晚行动的明明是珍珑的人，有这身轻功的人不是穆澜是谁？还用得着猜？"

该怎么处理穆澜？

站在莫琴的角度看，他是幼时被龚铁捡回锦衣卫的孤儿，冲着活命之恩，他也该对龚铁忠心不二。站在雁行的角度看，十岁时他就被送到了林一川身边，十年来林一川待他如兄弟，对他有知遇之恩。他没有思考多久，俯身捞起了穆澜："反正也对指挥使瞒下了你可能是刺客珍珑的事，那件事站在了少爷那边，这次先帮少爷好了。"

谭诚背着手站在库房里。李玉隼、梁信鸥和曹飞鸠讪讪地站在他身后。三位东厂大档头出马，户部一有动静，早有准备的五城兵马司就围了六部衙门所在，但依然叫那人逃走了。

梁信鸥擅长破案，也擅长追踪搜捕，先开口道："督主，是从下水道逃的。管网复杂，夜里雨大，狗不好使。"

谭诚思索着："咱家记得，去冬工部才疏通清理了下水道，那份图纸是怎么流出去的？"

"卑职去查。"梁信鸥领了差使，走了。

"飞鸠，你眼力过人，看出什么没有？"

曹飞鸠想了想道："督主，有点儿像鞭法。"

"银丝惊云鞭！"谭诚喃喃说着，眼里飘过一丝感慨，"总算找到你了。咱家早该想到，珍珑是你所建，也只有你能建。"

李玉隼再次失手，单膝跪了下去："督主，卑职让您失望了。"

守在老库二十天，仍然没能抓住那人，还让那人把东西带走了，李玉隼满心愧疚。

"这库里的东西都是假的，早就重新置换过了。能逼出珍珑的人来，就是大功一件。"谭诚毫不在意地说道。

都猜想池起良或许藏有东西，才能让池家的东西这样摆在库房里。既然知道那东西就藏在抄家所得之中，拆碎了所有的物件，还能找不出来？

谭诚愉悦地吩咐道："全城搜捕，惊一惊对方也是好的。"

图书在版编目（CIP）数据

珍珑·无双局. II / 桩桩著. -- 北京 ： 北京联合
出版公司，2018.4
　　ISBN 978-7-5596-1502-2

　　Ⅰ. ①珍… Ⅱ. ①桩… Ⅲ. ①长篇小说－中国－当代
Ⅳ. ①I247.5

中国版本图书馆CIP数据核字 (2018) 第005395号

珍珑·无双局 II

作　　者：桩　桩
出版统筹：新华先锋
责任编辑：李　伟
特约监制：林　丽
策划编辑：木思樱　李　娜
封面设计：杨祎妹
版式设计：朱明月
封面绘画：violet
营销统筹：章艳芬

北京联合出版公司出版
（北京市西城区德外大街83号楼9层　100088）
北京市松源印刷有限公司印刷　新华书店经销
字数246千字　620毫米×889毫米　1/16　23印张
2018年4月第1版　2018年4月第1次印刷
ISBN 978-7-5596-1502-2
定价：39.80元